KB274658

문학과
예술의
지평

문학과 예술의 지평

토마스 만 지음
원당희 옮김

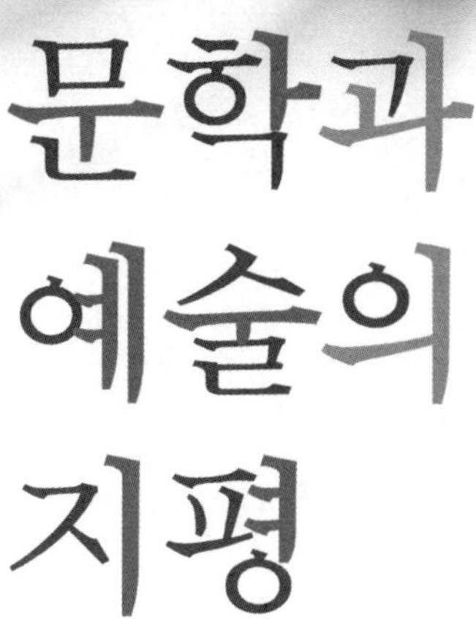

세창미디어

문학과 예술의 지평

초판 1쇄 인쇄 2010년 6월 25일
초판 1쇄 발행 2010년 7월 1일

지은이 토마스 만 | **옮긴이** 원당희 | **펴낸이** 이방원

편집 김명희 · 김종훈 · 손소현 · 안효희 | **마케팅** 최성수

펴낸곳 세창미디어 | **출판신고** 1998년 1월 12일 제300-1998-3호
주소 120-050 서울시 서대문구 냉천동 182 냉천빌딩 4층
전화 723-8660 | **팩스** 720-4579
이메일 sc1992@empal.com
홈페이지 http://www.scpc.co.kr

ISBN 978-89-5586-109-9 03850
ⓒ 원당희, 세창미디어, 2010

값 17,000원

잘못 만들어진 책은 바꾸어 드립니다.

문학과 예술의 지평 / 토마스 만 지음 ; 원당희 옮김. ― 서울 : 세창미디어, 2010
　　　 p. ;　cm

원저자명: Thomas Mann
ISBN 978-89-5586-109-9 03850 : ₩17000

문학론[文學論]

850.9-KDC5
830.9-DDC21　　　　　　　　　　　　　　　　　CIP2010002222

차 례

문학 및 예술론

제 **1** 부

소설의 예술 Die Kunst des Romans

소설의 예술에 관하여 며칠간 나는 여러분들에게 강연하려고 합니다. 그런데 소설이 예술형식이 아니라고 말한 어느 한 사람이 문득 떠오릅니다. 이 미학자는 다음과 같이 자신의 견해를 피력하고 있습니다. "서사문학이라고 하면 본래의 영웅서사시, 전설에서 유래하는 민족서사시, 개인적인 예술서사시, 전원시와 전설, 담시와 설화시, 동화와 끝으로 장편소설 및 중단편 소설이 이에 포함된다. 그런데 혹자는 소설을 문학의 주도적 장르인 서사문학의 일종으로 분류한다." 그러나 첫째로 (나는 이 미학자 선생님의 말을 계속 인용할 것입니다) "서사적 예술형식 일반은 등급에 있어서 두 번째에 불과하다. 서사적 예술형식은 모든 문학의 종류들을 자체 내에 통합하고 있는 희곡과는 비교가 되지 않는다. 희곡은 실제로 문학의 최고봉이며, 문학이라는 왕국에서 왕비의 위치를 차지한다. 그리고 둘째로 산문소설은 저급한 형식이며, 형식상으로도 매우 품격이 떨어지는 운문서사시의 해체 형식이다. 소설작가는 시인의 이복형제에 불과하며, 문학의 서자庶子인 것이다."

이는 강단에서 강의하는 미학 선생님의 주장입니다. 우리는 정중히 그의 말을 경청하겠지만, 이런저런 항변을 억누르기 힘들 것입니다. 그의 첫 번째 주장과 두 번째 주장 모두에 대해서 말입니다. 거기에는 예술의 종種 내지 장르의 영역에서 어떤 원리적 서열을 매기려는 무익하고도 교조적인 시도가 엿보입니다. 만일 예술에 있어서 하나의 현상형식, 예컨대 음악이나 미술, 또는 문학을 (듣기에 그럴싸하다는 이유로, 또는 다른 예술장르를 높이거나 미화하기에 적합한 근거를 찾아낼 수 있다고 해서) 다른 것과 비교하여 가장 높고 가장 고상한 것으로 높이고자 한다면, 이는 어리석은 행위일 것입니다. 마찬가지로 문학이라는 창조적인 분야 내에서 형식과 장르의 서열을 매기는 것 또한 몰취미한 행위일 것입니다.

서사문학[1]에 대한 희곡의 원칙적인 우위는 논쟁의 여지가 많기 때문에 거기에서 우리는 동일한 오류에 빠져 등급을 전도시키려는 유혹에 빠져들기 십상입니다. 더구나 서사문학의 정신은 희곡에 서사시 Epos와 서정시Lyrik가 담겨 있는 것과 마찬가지로 서정적인 요소와 희곡적인 요소를 동시에 포함할 수 있는 것입니다. 이런 서사문학의 정신—아마도 소설의 정신, 영원히 호메로스적이고 세계적으로 광범위한 정신, 세계를 알고 있고 알려 주는 과거창조의 정신은 가장 존경할 가

1_ 여기서는 서술문학erzählende Dichtung이라고 옮기는 것이 더 정확하지만, 독자에 따라 오히려 혼란이 가중될 수 있어서 서사문학epische Dichtung으로 똑같이 번역했다. 실상 '서술'은 이야기하는 태도 내지 방법, 관점 등 협의의 의미이고, '서사'는 포괄적 의미 또는 장르 자체 내지 장르구분에 대응하는 의미로 볼 수 있을 것 같다.

치가 있는 문학의 현상형식이라 하겠습니다. 그리고 소설의 화자話者, 과거를 불러내려고 중얼거리는 이 마법사는 아주 품위 있는 서사문학의 대변자인 것입니다. 인도인들의 서술형식인 베다는 〈이티하사-찬가Itihasa-Hymnen〉라고도 불립니다. 그것은 '그러했었다'라는 의미입니다. 서사적 의미의 이 '그러했었다'는 희곡의 지금 "여기 있다"보다 더 신성한 시적 태도가 아닐까 싶습니다. 그러나 이는 객관적으로 볼 때 무책임한 발언일 수 있으며, 따라서 기질과 취향의 문제입니다. 게다가 예술 장르들에서 중요한 것은 언제나 예술이지 장르가 아닙니다.

산문소설에 대한 두 번째 반론에 관한 한, 산문소설이 "본래적인 것", 즉 운문서사시Vers-Epos의 몰락형태라는 주장은 의심할 바 없이 좀 더 그럴듯한 이야기입니다. 역사적으로 보아 소설이 민족들의 서사적 생활에 있어서 후기의 소박하지 못한, 이른바 현대적[2] 단계를 그때그때 규칙적으로 의미한다는 것은 사실입니다. 반면에 서사시는 소설과 비교할 때 안정적인 옛 시대, 고전적 시대와 같은 어떤 것을 늘 표상하고 있습니다. 그것은 찬송 내지 종교의 의미로 출발하여 사실적·민주적 의미로 발전하게 됩니다. 때때로 그것의 대중적·오락적 영역은 이집트에서처럼 이미 장엄한 영역과 나란히 하여 존속합니다. 이집트에서는 이미 제6 왕조시대에 유명한 《시누헤의 모험Abenteuer des Sinuhe》과 같은 산문이 나왔습니다. 이어서 난파선에 관한 소설, 말 잘하는 농부

2_ 토마스 만도 뒤에 언급하고 있듯이 그는 '소박하지 못한'과 '현대적'이란 표현을 동일한 의미로 사용하고 있다. 이는 특히 실러의 '소박성Naivität'과 '감상성Sentimentalität'이란 개념과 직접 관련되어 있다.

이야기, 아마도 성서적 요셉소설의 전형일 수도 있는 두 형제 이야기, 그리고는 《람프시니트의 보물Schatz des Rhampsinit》이 나왔습니다. —우리는 고대 이집트에 관하여 그 모든 공식적인 제신찬가에서보다 이들로부터 더 많은 것을 배울 수 있습니다. 인도에서 우리는 2행시 10만으로 이루어진 거의 신성시되는 《마하바라타Mahabharata》와 또한 식물이 무성하게 자라듯 무절제한 환상과 멋진 언어구사를 보이는 일종의 변형과도 같은 소설을 보게 됩니다.

호메로스의 나라에 있어서 산문소설이 꽃피도록 만든 것은 헬레니즘과 알렉산드리아학파입니다. 이때 〈툴레 섬 피안의 기적들〉에 대한 여행소설이 생겨났는데, 이는 《오디세이》에서 파생한 후기 형태에 불과합니다. 《사랑의 모험에 대하여》라는 책으로 산문의 연애소설을 창시한 파르테니오스Parthenios도 이 시기 사람이었습니다. 알렉산드리아 출신 아킬레우스 타티오스Achilleus Tatios의 《레우키페와 클레이토폰의 이야기Geschichte der Leukippe und des Kleitophon》와 같은 무구속적이고 끝없는 모험담 또한 이때였습니다. 그런가 하면 모든 민족의 문화유산이 된 이솝의 《동물우화》도 이때 나왔습니다. 그것은 중세의 동물문학에 영향을 주었고, 괴테의 《여우 라이네케Reineke Fuchs》에서 다시 운문의 서사문학이 되었습니다. 로마제국에서도 처음 베르길리우스의 서사시가 나온 다음 비로소 아풀레이우스Apulejus의 《황금 나귀der goldene Esel》가 나왔습니다. 《황금 나귀》는 정말 세계 소설문학에서 주옥같은 작품인바, 이 안에는 《아모르와 프시케Amor und Psyche》라는 매력적인 소설이 들어 있습니다.

페르시아에서도 네자미Nizami와 피르다우시Firdawsi의 고전적 서사
문학에 뒤이어 이것의 해체적 산물로서 수다스럽게 늘어놓는 지혜와
다채로움을 담은 소설문학이 나타났음은 의심의 여지가 없습니다. 그
러나 이 소설문학은 52편의 사랑이야기를 하나의 틀에 넣어 편찬한
《앵무새 책Papageienbuch》을 탄생시켰습니다. 이 이야기는 이탈리아에서
《데카메론》과 반델로Bandello 소설류가 나오게 만든 선구적 작품들이었
습니다.

프랑스에서는 영웅시가 소설로 발전했는데,《롤랑의 노래La Chanson
de Roland》가 먼저 나오고 이어서 《란슬로Lancelot》라는 산문이 나옵니다.
《란슬로》라는 소설에 대해서는 제목 외에 아르노 다니엘이라는 작가
의 이름만 알려져 있을 뿐, 책은 없어졌습니다. 그럼에도 불구하고《란
슬로》는 유령처럼 영광스럽게 세계문학 속에 지속적 생명을 유지하고
있습니다. 특히 단테의《신곡》에 나오는 파올로와 프란체스카가 함께
읽었다는 책이 이 책일 가능성이 있습니다. 그들은 물론 특정 부분까
지만 읽었습니다. 단테의 책에 의하면 "이 날 저녁 그들은 더 이상 읽
지 않았다"라고 되어 있습니다. 이는 정말 흥미로운 경우가 아닐 수 없
습니다! 그럴 것이 산문소설이 동기로서 숭고한 서사시의 줄거리 속으
로 수용되고, 또한 그 속에서 찬미되고 있는 것입니다.

잠시 단테에 머물러 보기로 합시다! 그는 시인이었지 소설가가 아
니었습니다. 그의《신곡》을 소설이라고 칭한다면 부적절하게 여길 것
입니다. 그러면 사전에서 소설의 정의는 어떨까요? 어디에서 소설이
라는 이름이 유래할까요? 이 명칭은 영국에서도 언제나 노벨novel 및

픽션fiction이라고만 하지 않고, 독일어에서 로만roman, 프랑스어에서 로망roman, 이탈리아어에서 로만초romanzo라고 하듯, 로맨스romance라고도 합니다. 본래 그것은 로만어계 민족 간에 공식 라틴어가 아닌 민속어로 작성되었던 단순히 하나의 이야기작품을 의미합니다. 그렇다면 《신곡》은 이 규정을 충족시키고 있는데, 왜냐하면 《신곡》은 라틴어가 아니라 통속어lingua parlata로 씌어졌기 때문입니다. 이런 의미로 그것은 일반 대중에게 접근될 수 있는 작품으로, 바로 그렇기에 중세에서 근대로 넘어서는 작품입니다. 그리고 현대 이탈리아어의 원천이 되는 이 종교적 서사시는 어원에 따르면 로만초romanzo, 즉 소설인 것입니다.

조금 더 나아가 보기로 합시다. 아서왕에 관한 소설들은 앵글로 노르만족의 영웅서사시인 성배서사시聖杯敍事詩가 산문으로 해체된 형태입니다. 그러나 14세기에 프랑스의 아서왕 계열의 아서왕과 원탁의 기사 소설들이 스페인으로 침투했습니다. 이렇게 생겨난 유형 중의 하나인 《아마디스 데 가울라Amadís de Gaula》는 세르반테스 소설의 주인공 돈키호테를 열광에 빠트린 기사소설들의 원형이 되었습니다. 본래 이상적-영웅적 기사의 낭만주의에 대한 풍자적 의도로부터 국민문학 및 세계문학의 고전이 된 이 《돈키호테》라는 소설이 탄생한 것입니다. 오늘날 문학정신의 최고 창작물인 이 소설을 셰익스피어 및 괴테와 동일선상에서 평가하기를 주저하는 사람은 아무도 없을 것입니다. 여기서 우리는 어떤 창조적 현상을 대면하게 됩니다. 이론적·미학적 서사시와 소설의 등급 차이가 완전히 지양되고, 영원하고 서사적인 것 자체가 노래로든 서술로든, 운문이든 산문이든 관계없이 그 본연의 단일한 모습을 드러냅니다. 《신곡》이 소설이고 《오디세이》 또한 이미 소설의 하나였다면, 《돈키호테》는 하나의 서사시, 가장 위대한 서사시들 가운데 하나입니다. 예술의 형태는 예술장르 자체의 천재가 그 장르의 주권과 자유로운 위대성을 보장하는 가운데 출현한다면 그리 중요하지 않게 됩니다.

바로 이 예술장르, 서사문학의 천재에게 나의 사랑과 관심이 속해 있다는 개인적이고 학술적이지 못한 나의 고백을 이해하여 주시기 바랍니다. 그리고 〈소설의 예술〉에 대한 강연이 부지불식간에 서사적 예술정신 자체에 대한 찬미로 변하게 되는 것을 너그럽게 지켜봐 주십시오. 서사적 예술정신은 강력하고 존엄하며, 확장적이고 생동하는 정신이며, 단조롭게 흔들리는 바다처럼 광활하고 거대한 동시에 정확하고, 음악적이면서도 현명하고 신중한 정신입니다. 그것은 단면, 하나의 에피소드가 아니라 무한히 많은 에피소드와 개별적 사건들을 담은 세계, 하나의 전체를 원합니다. 동시에 서사문학의 정신은 이들 에피소드마다 마치 그것들 하나하나가 모두 각별히 중요한 것처럼, 자신을 망각하고 머물러 있습니다. 왜냐하면 그것은 서두를 일이 없기 때문입니다.

서사문학의 정신은 무한한 시간을 소유하고 있습니다. 그것은 인내와 성실 및 참고 견뎌나가는 정신이며, 사랑을 통해 향락적으로 되는 느림의 정신이자 매혹적 지루함의 정신입니다. 그것은 모든 사물의 근원적 시작부터가 아니면 달리 시작할 줄을 거의 모릅니다. 그리고 그것은 도대체가 끝내려 하질 않습니다. 우리의 시인 괴테의 "그대가 끝내지 못한다는 사실, 그것이 그대를 위대하게 한다"라는 말은 이런 정신에 매우 적절하고 알맞은 말입니다. 서사문학의 위대함은 부드럽고 조용하고 유쾌하고 현명합니다. 단적으로 표현하여 '객관적'입니다. 이 위대성은 사물에 대하여 거리를 갖습니다. 사물의 위에 부유하여 사물을 내려다보고 미소를 짓습니다. 동시에 그것은 청중이나 독자를 이들 사물 속에 연루시키고 잡아맵니다. 서사문학의 예술은 미학적 용어로 말하여 '아폴로적' 예술입니다. 그럴 것이 먼 곳에 이르는 신 아폴로는 원거리의 신이요 간격의 신, 객관성의 신이자 아이러니의 신이기 때문입니다. 객관성은 아이러니이고, 서사적 예술정신은 아이러니의 정신입니다.

여기서 여러분들은 깜짝 놀라 반문하게 될 것입니다. 아니, 객관성과 아이러니가 서로 무슨 관계가 있는가? 아이러니란 객관성의 반대말이 아닌가? 그것은 모든 고전주의적 조용함과 즉물성에 대한 적으로서 상호 대립되어 있는 낭만적 자유사상의 요인인 지극히 주관적 태도가 아닌가? 올바른 지적입니다. 아이러니는 그런 의미를 지닐 수 있습니다. 그러나 나는 여기서 이 말을 낭만주의적 주관성이 그것에 부여했던 의미보다 훨씬 넓고 큰 의미로 사용하고 있습니다. 그것은 태연함에 있어서 거의 어마어마한 의미입니다. 요컨대 그것은 '예술' 자체의 의미인바, 이런 의미의 아이러니란 모든 것의 긍정인 동시에 또한 이런 긍정으로서 모든 것의 부정입니다. 태양처럼 명료하고 유쾌하게 전체를 포괄하는 통찰, 그것은 다름 아닌 예술의 통찰인 것입니다. 이는 곧 최대의 자유, 고요 그리고 어떤 도덕주의에 의해서도 흐려지지 않는 객관성의 명료한 시선입니다.

괴테의 시선이 바로 그러했습니다. 그는 아이러니에 대해 다음처럼 도저히 잊을 수 없는 진기한 말을 남길 정도로 대단한 예술가였습니다. "아이러니는 소금 알맹이이다. 이를 통해 상에 오른 음식을 모두 비로소 맛있게 먹을 수 있게 된다." 그가 평생 셰익스피어를 크게 존경했던 것도 결코 우연이 아닙니다. 왜냐하면 셰익스피어의 희곡세계는 실제로 이런 포괄적 아이러니가 지배하고 있기 때문입니다. 바로 이 아이러니 때문에 셰익스피어의 작품은 도덕가가 되고자 노력했던 톨스토이에게 그토록 혐오감을 불러일으켰던 것입니다. 내가 지금 서사문학의 아이러니한 객관성에 대하여 이야기하는 것은 이런 아이러니를 두고 하는 말입니다. 여러분은 여기서 냉담 및 무정함, 조소와 조롱을 생각해서는 안 됩니다. 서사적 아이러니는 오히려 마음의 아이러니로서 사랑에 가득 찬 아이러니입니다. 그것은 작은 것에 대해서도 세심하게 배려하는 위대함입니다.

페르시아의 시인 피르다우시Firdawsi는 서기 1000년경에 《샤나메Schah-nameh》, 즉 페르시아 왕들의 전설을 신생한 〈왕의 책〉이라는 서사시를 썼습니다. 22년 동안 그는 투스Thus라는 나라에서 이 서사시 작업을 수행했습니다. 58세가 되어 그는 가스나에 있는 술탄에게 갔습니다. 이 술탄은 거대한 시를 쓰는데 2행시 1,000연마다 1,000냥의 금을 지불하겠다고 제의했습니다. 그러나 피르다우시는 "시를 완성한 다음에 지불해 주십시오"라고 대답했습니다. 작품이 완성되는 데는 수십 년의 세월이 흘렀으나 그 자신의 감정, 그 자신의 요구를 충족시키기에는 아직까지 완성된 것이 아니었습니다. 아무튼 그는 장구한 세월에 걸쳐 인물들, 이야기들, 모험들, 영웅적 행위 및 악령의 마력, 그리고 찬란한 아라비아 무늬로 가득 찬 그의 거대한 시의 양탄자를 앉아서 짜고 연결시켜 놓았습니다. 이미 그는 그 일을 하다가 80세가 되어 버렸습니다. 이때 그는 자신의 작품이 완성되었노라고 선언했습니다. 그것은 호메로스의 서사시 《일리아드》보다 8배나 길고, 8만의 2행시로 이루어졌습니다. 그런데 술탄은 그에게 1,000연마다 1,000냥의 금화를 준 것이 아니고, 그를 속여 1,000냥의 은화를 보냈습니다. 백발의 작가는 돈이 도착했을 때 목욕통에 앉아 있었습니다. 그는 이 돈을 그것을 가져온 심부름꾼과 목욕을 도와준 하인에게 팁으로 선사했습니다.

이는 서사문학의 세계에서 나온 아주 멋진 일화입니다. 이와 같은 일화는 희곡이나 서정시의 세계에는 존재하지 않습니다. 희곡과 서정시의 세계는 서사문학의 세계와 비교하면 빠른 호흡으로 재빨리 끝맺는 세계입니다. 서사적 작품, 그것은 바다를 마시듯 엄청난 모험에서 생기는 기적입니다. 그 속에는 수많은 삶, 인내, 내밀한 예술적 근면, 참고 견디며 영감을 매일 새롭게 하는 진지함이 투여됩니다.—서사적 작품이란 개별적인 것들이 자신에게는 모두인 양 열중하는 것처럼 보이면서도 동시에 전체를 눈으로 투시하는 거대한 세밀화법을 지니고 있습니다.

여러분들 앞에서 '소설의 예술'에 대하여 강연해야 하는 지금, 나는 바로 이런 것을 염두에 두고 있습니다. 즉, 나는 언급한 피르다우시와 그의 엄청난 서사시인 왕들의 시를 떠올리면서, 그가 쓴 시들을 금이 아니라 은으로 보상했기에 그 돈을 남에게 희사했다는 것을 생각하고 있습니다. 그런데 만일 그가 쓴 것이 산문이었다면, 내 판단에 그는 그 글의 대가로 금 대신 은을 받지 않았을 것입니다. 나의 감정으로는 서사시와 소설, 예컨대 《신곡La Divina Commedia》과 발자크의 《인간희극La Comédie Humaine》 사이에 어떤 본질적 차이라든가 심지어는 등급차이를 둘 수 없으며, 두고 싶은 마음도 없습니다. 발자크가 바로 이 두 영역을 통합하면서 그들의 동등권을 주장하는 제목을 자신의 소설에 붙인 것은 매우 훌륭한 일이라고 생각합니다.

레프 톨스토이 역시 현대소설의 작가였습니다. ─그는 말할 것도 없이 현대의 모든 작가들 가운데 가장 역동적인 작가였습니다. 그는 우리로 하여금 강단미학이 주장하는 소설과 서사시의 관계를 전도시켜 소설을 서사시의 몰락형태로 보지 말고, 오히려 서사시에서 소설의 원시적 전형식前形式을 보도록 시도하는 경우들 중 하나입니다.

이와 같은 역사적 관찰방식은 얼마든지 가능합니다. 그 이유는 해체 및 몰락, 소위 퇴화의 현상은 모두가 나름대로 독특하기 때문입니다. 일반적으로 말하자면 그것은 하나의 복합현상으로서 자연생물학과 단순히 일치되는 것이 아닌 정신생물학의 문제입니다. 정신생물학 분야에서는 해체와 몰락이 공허한 말이 될 수도 있으며, 또는 단지 자연생물학의 의미에서 특질화되었던 것과는 반대의 것을 나타내는 말이 될 수도 있습니다. 이런 말들은 추후의 단계를 거치면서 보다 더 높은, 보다 더 발전된 단계를 특질화할 수도 있는 사실입니다. 단적으로 몰락, 그것은 세련, 심화, 순화를 의미할 수 있는 것입니다. 그것은 반드시 죽음 및 종말과 관계될 필요는 없습니다. 오히려 그것은 삶의 상승, 고양, 완성일 수가 있습니다.

소설과 서사시를 이런 관계에서 보는 것은 가능하며, 어쩌면 그렇게 봐야 할 필요가 있습니다. 하나는 현대의 세계요, 다른 하나는 고대의 세계입니다. 운문의 서사문학은 우리에게 고대적 특징을 지닙니다. 운문 자체가 고대적인 것을 내포하는데, 실제로 아직도 어떤 마법적인 세계 감흥을 간직하고 있는 것처럼 말입니다. 본래의 서사시는 읽혀지거나 이야기되지 않았습니다. 그것은 현악기 연주를 동반한 노래였음이 틀림없습니다. 시인에게 고대의 언어로 남아 있는 가수라는 이름은 오랫동안, 연가戀歌 경연대회가 시작된 중세에 이르기까지 글자 그대로 적중하는 말이었습니다. 그리고 특히 서사시는 무엇인가 알리는 노래로서 서사시의 아버지 호메로스는 눈이 먼 가수였습니다. 이는 지금 우리 앞에 존재하는 《일리아드》와 《오디세이》의 노래들, 마찬가지로 《에다》와 《니벨룽겐의 노래》가 본래 음유시인들의 시들을 나중에 문학적으로 개편한 것이라는 사실을 뒷받침하고 있습니다.

산문소설로의 거침없는 걸음이 소설문학의 삶을 높이고 세련되게 했음을 의미한다고 말하는 것은 대담한 주장이 될지도 모르겠습니다. 우선 소설은 운문으로 된 서사문학의 난잡하고 자의적이고 모험적인 변종이었던 것은 사실입니다. 그러나 소설은 자체 내에 여러 가능성을 지니고 있습니다. 따라서 후기 그리스와 인도의 기괴한 우화들로부터 플로베르의 《감정교육Education sentimentale》과 괴테의 《친화력Die Wahlverwandtschaften》에 이르기까지의 기나긴 발전과정에 걸쳐서 소설에 잠재한 가능성의 실현은 우리로 하여금 서사시에서 오히려 소설의 고대적 전형식前形式을 볼 수 있게 합니다.

그러나 소설로 하여금 이렇게 인간적으로 의미 있는 길을 가도록 했던 원리는 '내면화Verinnerlichung'의 원리입니다. 보통 사상가들에게서 볼 수 있는 것보다 훨씬 더 예술과 내밀한 관계에 있었던 쇼펜하우어는 이를 가장 유효적절하게 표현했습니다. "소설은 그것이 내적인 삶을 많이 서술하면 서술할수록, 그리고 외적인 삶을 적게 서술하면 서술할수록 더욱 더 수준 높고 고귀한 것이 된다. 그리고 이 관계는 특징적인 표지로서 모든 단계의 소설에 해당한다. 그것은 로렌스 스턴Laurence Sterne의 《트리스트럼 샌디Tristram Shandy》로부터 가장 거칠고 가장 행동적인 기사소설 및 강도소설에 이르기까지 해당된다. 《트리스트럼 샌디》는 물론 줄거리가 전혀 없는 것과 다름없다. 그러나 장 자크 루소의 《새로운 엘로이즈La Nouvelle Heloise》와 괴테의 《빌헬름 마이스터Wilhelm Meister》에도 얼마나 줄거리가 적은가!《돈키호테》조차도 비교적 줄거리가 적은 편이다. 그러나 특히 여기에는 극히 중요하지 않은, 농담으로 끝나게 되는 줄거리가 있다. 그런데 이 네 편의 소설은 이 장르의 정점들이다. 이 외에도 저 경이로운 장 파울의 소설들을 관찰해 보라. 그의 소설들이 얼마나 많은 내적 삶을 극히 좁은 외적 기반에서 움직이게 하고 있는지를 보라. 월터 스콧의 소설 또한 아직도 외적 삶보다는 내적 삶에 더 중요한 비중을 두고 있다. 물론 여기에는 외적 삶이 나타나기는 하지만, 이는 언제나 내적 삶을 움직이게 하려는 의도가 있을 뿐이다. 반면 좋지 못한 소설들에는 이 외적 삶이 그 자신을 위해 나타난다. 예술은 가능한 한 외적 삶을 최소한으로 사용하여 내적 삶을 가장 강력하게 움직이도록 하는 데 있는데, 왜냐하면 내적 삶은 본래 우리의 관심 대상이기 때문이다.—소설가의 과제는 거대한 사건들을 이야기하는 것이 아니라, 작은 사건들을 흥미롭게 만드는 것이다.”

쇼펜하우어의 이 말들은 소설 분야에서 고전이 되었습니다. 특히 마지막 경구는 언제나 가장 나의 마음에 들었습니다. 이유인즉 이 말은 흥미롭게 만드는 것에 대해 언급하고 있기 때문입니다.—본래는 지루했었을 것을 흥미롭게 만드는 것이 바로 소설의 비결입니다. 이 비결을 노출하여 해명하고자 하는 것은 아마도 전혀 가망 없는 일이라 하겠습니다. 그러나 작은 것을 흥미롭게 만드는 일에 대한 쇼펜하우어의 언급이 서술기법의 내면화에 대한 그의 관찰과 결부되는 것은 우연이 아닙니다. 내면화의 원리는 우리가 그 자체로서는 중요하지 않은 것에 완전히 귀를 기울임으로써, 자극적이고 거친 모험에의 흥취를 완전히 망각하게 되는 비결로 인해 바로 작동되는 것임에 틀림없습니다.

산문소설이 서사시로부터 분리되었을 때, 소설은 내면화와 세련화의 길로 들어섰습니다. 이 길은 먼 길이었고 또 그 초기에는 그런 경향을 아직 예측하지 못했습니다. 국가적으로 내게 가까이 있는 실례를 들어보자면, 독일의 교양소설, 교육소설, 성장소설은 무엇이겠습니까? 괴테의 《빌헬름 마이스터》는 모험가 소설의 내면화, 세련화가 아니고 무엇이겠습니까? 내면화와 관련하여 작은 것, 단순한 것의 마술적 변용, 시문학의 시민화가 얼마나 중요한가 하는 것은 《빌헬름 마이스터》에 관해 언급한 시의 천사, 낭만주의자 노발리스의 한 비판에서 너무나 뚜렷하고 특별한 어조로 나타나 있습니다. 이 비판은 매우 악의에 차 있지만 그만큼 적확합니다. 노발리스는 독일에서 가장 위대한 이 소설을 좋아하지 않았습니다. 그는 이 소설을 "시문학에 거역하는 캉디드Candide"라고 명명했습니다.

노발리스에 의하면 이 책은 서술에 있어서는 그토록 시적이면서도 극도로 비시적이며, 시와 종교 등에 대한 하나의 풍자이자 밀집과 대팻밥으로 맛있는 요리, 하나의 신상神像을 차려놓은 것이며, 그 뒤에는 모두가 소극笑劇만이 있을 뿐이라는 것입니다. "경제적 본성이 지속적으로 남아 있는 진짜 본성이다. 낭만적인 것은 이 안에서 파멸한다. 자연시, 기적적인 것 역시 파멸한다. 다루고 있는 것은 오로지 일상의 인간사들뿐으로, 자연과 신비주의는 완전히 망각된다. 그것은 시화된 시민적이고 가정적인 이야기이다. [⋯]《빌헬름 마이스터》에 있어서 제1권은 보편적·일상적 사건도 그것이 마음에 들도록 변조되어 낭독될 때, 또한 세련된 능변의 옷을 소박하게 차려입고 천천히 지나갈 때, 듣기가 얼마나 즐거운가 하는 것을 보여준다. [⋯]

"괴테는 아주 실용적인 시인이다"라고 노발리스는 다른 글에서 말하고 있습니다. "괴테의 작품은 영국인의 상품과 같다. 즉, 지극히 소박하고 친절하며, 편안하고 지속적이다. 그는 웨지우드Wedgwood가 영국 예술계에서 했던 일을 독일문학에서 수행했다. 그는 영국인들처럼 자연적인 경제적 취미를 가졌고, 이성을 통해 획득한 고상한 취미를 가지고 있다. [⋯] 그가 좋아한 것은 완벽하게 수행하지 못할 것이라는 것을 미리 아는 어떤 세계를 시작하여 행하기보다는 차라리 중요하지 않은 어떤 것을 완벽하게 끝마치고 그것에 광택과 안락을 부여하는 일이다. […]"

이런 비판을 내가 생각하는 것처럼 높이 평가하기 위해서는 부정적인 것을 긍정적으로 읽을 수 있어야 하며, 인식에 있어서 악평이 가져오는 결실을 믿어야 합니다. 괴테에게 해당하는 것으로 기술된 영국식 미학은 리처드슨, 필딩, 골드스미스의 영국 시민소설이 실제로 괴테에게 미쳤던 영향을 상기시켜줍니다. 그러나 우리가 노발리스의 《빌헬름 마이스터》 비판을 통하여 알게 되는 것은 소설 일반이 지닌 시민성입니다. 소설을 형식 및 정신사적으로 서사시의 봉건성과 구분하고, 그것을 우리 시대의 지배적 예술형식이자 현대정신의 설비로 만든 것은 바로 소설의 타고난 민주적 성격입니다. 19세기에 걸쳐서 영국, 프랑스, 러시아, 스칸디나비아에서 있었던 소설의 놀라운 번영, 이 번영은 결코 우연한 것이 아닙니다.

소설의 번영은 시대적 정당성을 지닌 소설의 민주적 성격과 현대적 삶의 표현에 봉사하려는 그것의 자연스런 적응과 연관되어 있습니다. 나아가 소설을 현대의 대표적 예술형식으로 만들었고 소설가를 현대문학 예술가의 전형으로까지 만들었던 소설의 사회적, 심리적 열정과도 연관되어 있습니다. 소설가를 가장 본질적인 현대예술가의 현상형식으로 파악하려는 시도를 우리는 니체 문화비평의 여러 곳에서 찾아볼 수 있습니다. 즉, 사회적이고 심리적인 호기심 및 신경과민, 감정과 예민함, 형성능력과 비판적 특성의 혼합적 체질을 가지고 가장 미세한 감각과 그 최후의 결실까지도 수용하고 전달하는 이 소설가라는 존재는 니체라는 정신적 시대상에 있어서 대단한 역할을 수행합니다. 니체 자신도 예술가와 인식자의 높은 능력을 지닌 혼합형이었으며, 스스로가 일종의 '소설가'였습니다. 그 이전의 어느 사상가보다 니체는 예술과 학문을 더욱 가깝게 접근시키고 상호 교류하도록 만든 장본인이었습니다.

그리고 여기서 무엇보다 소설과 오늘날 예술형식으로서 소설이 차지하는 지배적 위치와 관련하여, 현대의 문학과 예술 창작 일반에 대하여 비평의 요소가 갖게 되는 의미를 생각하지 않을 수 없습니다. 그리고 다시 한 번 나는 러시아의 철학자 드미트리 메레시콥스키Dmitri Merezhkovsky가 푸시킨과 고골리에 관한 자리에서 '비평'을 통한 순수 '시문학Poesie'의 해체, 즉 "무의식적 창조로부터 창조적 의식으로 넘어가는 것"에 관해 언급했던 것을 상기해 봅니다. 여기서 중심논제는 실러가 그의 유명한 글에서 '소박한 것'과 '감상적인 것'이라는 한 쌍의 개념으로 제기했던 것과도 같은 대립의 문제입니다. 메레시콥스키는 고골리의 경우 '비평' 또는 '창조적 의식'이라고 명명하고 있으며, 푸시킨의 경우에는 '무의식적 창조'와 비교하여 현대적인 것, 미래의 것으로 보고 있습니다. 그의 이런 관점은 실러가 의식과 비평의 창조성, 즉 감상적인 것을 보다 새롭고 보다 현대적인 발전단계로 해명하고, 또한 '소박한 것'에 대립시켜 '감상적인 것'이라는 말 아래서 이해한 것과 동일합니다.

이런 구분은 완전히 우리의 주제, 소설의 특성에 속합니다. 소설은 현대의 예술작품으로서 '시문학'의 단계 다음에 온 '비평'의 단계를 대변합니다. 서사시에 대한 소설의 관계는 '무의식적 창조'에 대한 '창조적 의식'의 관계입니다. 그리고 부언할 수 있는 것은 소설이 이 창조적 의식의 민주적 산물로서 그 기념비적 성격에 있어서 결코 서사시보다 뒤질 필요가 없다는 사실입니다.

디킨스, 새커리, 톨스토이, 도스토옙스키, 발자크, 졸라, 프루스트의 위대한 사회적 소설문학은 바로 19세기의 기념비적 예술입니다. 그런데 이 사람들은 영국인, 러시아인, 프랑스인입니다. 왜 독일인의 이름은 없을까요? 독일이 유럽의 소설예술에 이바지한 것은 부분적으로 훌륭합니다. 그러나 이런 성과는 괴테의 《빌헬름 마이스터》와 이후 고트프리트 켈러의 《녹색옷의 하인리히Der grüne Heinrich》가 보여주듯이 주로 교육소설 내지 교양소설에 있습니다. 더욱이 우리는 다시 괴테의 작품으로서 세계 소설예술 전체에서 하나의 주옥같은 작품인 《친화력》을 가지고 있습니다. 이 소설은 최고 수준에 속하는 심리적 · 자연철학적 산문문학입니다. 이후 불충분한 결과로 끝난 독일 시민혁명의 정신을 지닌 청년독일파의 대변자들인 이머만, 구츠코프 등이 사회소설을 쓴 바 있습니다. —이 소설들은 그다지 세상의 관심을 끌지 못했고, 유럽 전역으로 침투하지 못했습니다. 슈필하겐의 산문소설은 오늘날 너무 시들하기에, 우리가 유럽소설이라고 칭할 만큼 그것이 실제적 기여를 한 적이 없었다고 결론을 내려도 좋을 것입니다.

우리는 테오도르 폰타네Theodor Fontane를 거론해야 합니다. 매우 상이한 그의 만년의 작품들 가운데 적어도 하나는 유럽적인 것에 도달했습니다. 그것은 《에피 브리스트Effi Briest》라는 걸작이지만, 유럽이나 그

외의 어느 곳에서도 이 소설에 대해 그리 관심을 갖지 않았습니다. 폰타네는 독일 외에서는 거의 알려져 있지 않으며, 이미 남독이나 스위스에서도 거의 읽혀지지 않고 있습니다. 독일어권의 스위스 작가들도 크게 다를 바 없는 실정입니다. 나름대로 대단한, 아니 강력한 농민도덕가인 고트헬프가 그렇고, 참으로 빛나는 산문을 썼으며 현대 동화의 빼어난 작가였던, 경애하는 고트프리트 켈러도 그러합니다. 그런가 하면 지극히 품격 높은 역사소설의 작가 페르디난트 마이어도 그러합니다.

이 모든 것이 유럽적으로 올바르게 평가되지 않은 이유는 무엇일까요? 앞서 거론한 서유럽과 러시아의 작가들 가운데 한 사람만 이야기해도 그 영향력과 대표성에서 차이를 느끼게 되는 것은 무엇 때문일까요? 이들 위대한 소설가들의 이름에 내포되어 있는 유럽적 경향, 세계를 압도하는 힘은 독일에서는 문학적·사회비판적 측면과는 아주 다른 곳, 즉 음악에서 찾아야 할 것입니다. 독일이 자랑스런 이름들의 서열에 비교되거나 나란히 세울 수 있는 이름은 바로 리하르트 바그너입니다.—그의 작품은 정말 여러 면에서 서사시와 관련되어 있으나 그것은 음악적인 희곡인 오페라입니다. 19세기에 있어서 기념비적 예술을 위한 독일의 기여는 문학에서가 아니라 음악에서였습니다.—지극히 독일적입니다.

바그너의 기념비적 작품과 19세기 위대한 유럽 소설 사이에는 주목할 만한 시대심리적 공통성이 제기될 수 있을 것입니다. 〈니벨룽겐의 반지〉는 에밀 졸라의 소설 시리즈 《루공 마카르Les Rougon-Macqart》의 상징적 자연주의와 많은 공통점을 지닙니다.—심지어는 주도동기

Leitmitiv의 사용까지 그러합니다. 그러나 이 프랑스 작가의 사회정신과 바그너를 구별해주는 본질적이고 전형적인 민족적 차이는 독일 음악가에게서 나타나는 신화적, 시 본원적 정신입니다. 소설의 유럽적 형태가 독일에서는 본래 낯선 것이라고 선언해도 지나친 말이 아닙니다. ―이는 소설의 타고난 민주적 성격뿐만 아니라, 가장 광범위하고 정신적 의미에서의 민주주의 일반에 대해 독일정신이 갖는 관계에 대해 의미심장한 내용을 함축하고 있습니다.

내가 지금 독일에서 소설의 이질성 및 세계에 있어서 독일소설의 이질성에 대해 말하는 것은 물론 19세기, 그 중에서도 특히 19세기 후반을 고려한 것입니다. 왜냐하면 장 파울, 노발리스, 티크, 슐레겔, 아르님, 브렌타노 등이 놀랄 만큼 기여했던 독일 낭만주의 소설의 경우 적어도 E. T. A. 호프만이라는 대표자는 그의 유령 같은 공상예술을 통해 어떻게든 유럽적이 되었고, 특히 프랑스에는 강한 영향력을 행사했기 때문입니다.

오늘날 유럽 문학에서 이와 비슷한 영향을 얻기 시작하는 것이 바로 요절한 독일계 체코 작가 프란츠 카프카의 지극히 독특하고 의미 있는 소설작품들입니다. 그의 종교적·해학적 꿈과 불안의 문학은 세계문학이 산문형식으로 이제까지 낳았던 것 가운데 가장 심오하고 기이한 것에 속합니다. ―20세기로 넘어가는 전향기와 그 세기의 약 1/3이 지난 시점에서 독일소설의 형식적·정신적 측면에서 전 유럽의 관심권으로 침투해 들어갈 어떤 일이 일어났습니다. 그러나 이에 대해서는 다음 기회에 언급하겠습니다.

쇼펜하우어와
《부덴브로크 일가》[3]

　　쇼펜하우어는 매우 음악적이다. 그는 되풀이하여 그의 작품이 네 악장으로 구성된 교향곡이라고 칭했다. 그는 예술의 대상에 바쳐진 그의 저서 세 번째 장에서 다른 어떤 사상가 이상으로 음악에 찬사를 보낸 바 있다. 그는 음악에 대해 다른 예술의 옆자리가 아니라 완전히 특별석을 마련해 주는데, 그것은 음악이 다른 예술처럼 현상의 모사模寫가 아니라 바로 의지 자체의 모사이기 때문이며, 또한 세계의 모든 물리적인 것에 대해 음악은 형이상학적이자 모든 현상에 대한 물자체物自體를 표현하고 있기 때문이다. 그의 철학은 여기서도 오성은 의지에 봉사한다고 밝히고 있으며, 그가 음악을 사랑한 것은 자신이 음악에 그와 같은 형이상학적 의미를 부여했기 때문이 아니라, 진정으로 음악을 사랑했기 때문이라고 밝히고 있다. 그러나 확실하게도 음악에 대한 이런 사랑은 죽음이라는 문제에 대한 그의 전문가적 태도와 직접

3_ 이 글은 〈쇼펜하우어〉라는 장문의 에세이 가운데 《부덴브로크 일가》와 관련된 극히 일부분을 발췌한 것이다. 쇼펜하우어의 저서 《의지와 표상으로서의 세계》는 특히 이 소설의 염세적 분위기 및 세기말의 묵시록적 상황과 직결되어 있다.

적·영적 관계를 맺고 있다. 그는 어쩌면 "죽음 없이도 음악이 된다는 것은 어려울 것"이라고 말했을 수도 있다.

"삶에 관심을 갖는 자는 특히 죽음에 대해서도 관심을 갖는다"라고 나는《마법의 산》에서 말한 바 있다. 이는 깊이 있게 각인된, 전 생애를 통하여 영향력을 미쳐온 쇼펜하우어의 흔적이다. 설령 내가 "죽음에 관심이 있는 자는 이 죽음에서 삶을 찾고 있다"고 덧붙여 말했다 할지라도 이 또한 쇼펜하우어와 관계가 있었을 것이다. 나는 이에 대해 명백한 견해를 피력하지는 않았지만, 이미 작품을 통하여 시사했었다. 당시에 나는 아주 젊은 작가로서 내 소설의 주인공 토마스 부덴브로크를 죽음에 이르게 했다. 내가 그에게 쇼펜하우어의 저서《의지와 표상으로서의 세계Die Welt als Wille und Vorstellung》가운데 〈죽음에 관해서〉라는 장을 읽게 했을 때, 나 스스로도 스물서넛의 작가로서 그것의 신선한 충격 아래 있었다. 그것은 대단한 행복감이었다.

나는 때때로 기억을 더듬어 이런 체험을 나 자신의 내부에 가두어 둘 필요가 없었다고, 이를 입증하고 이에 감사드릴 멋진 가능성이 즉시 제공되어 직접적으로 문학적 피난처가 될 수 있었다고 설명했었다. 나는 내 시민소설의 주인공, 내 젊은 나이의 짐이자 가치였고, 고향이자 은총이었던 작품《부덴브로크 일가Die Buddenbrook》의 주인공에게 값비싼 체험, 지고의 모험을 선사하였다. 그리고 마지막에 이르러 그의 삶에 그것을 짜 넣었고, 그의 지친 개별존재의 쇠사슬로부터 구원을, 상징적으로 받아들인 그리고 용감함과 영리함으로 대변되는 삶의 역할로부터의 해방을 서사적 양식으로 짜 넣었다. 그러나 주인공의 삶의 역할은 정신과 그의 세계욕구를 조금도 만족시켜주지 못했고, 다른 어떤 것, 보다 나은 어떤 것이 되기에는 그에게 장애가 되었기 때문에 해방과 구원을 필요로 했다.

쇼펜하우어는 젊은이들에게 어울리는 그 무엇이었는데, 그럴 수밖에 없는 것이 그의 철학은 젊은이의 착상이었기 때문이다. 체계적으로 이루어진 《의지와 표상으로서의 세계》 제1권이 1818년에 발간되었을 때, 그는 서른 살이었다. 물론 이 작업은 4년간 지속되었는데, 그 핵심을 이루는 사상체험은 분명히 훨씬 그 이전이었다. 대략 그의 책의 핵심이 이루어졌을 때, 그는 내가 그 책을 처음 읽었을 때의 젊은 나이에 불과했었다. 그는 청춘기의 체험들을 짜 맞추고 주석을 모으고, 끈질기고 지칠 줄 모르게 확인해보고 단련해가면서 노년에 이르렀다. 그리하여 그는 마지막 순간까지 놀랍도록 충실하게 청춘기의 작품을 위해 노력하는 백발노인의 연기를 보여주었다.

그러나 이와 같은 모든 것은 그의 가장 깊은 내면에 머물러 있었다. 니체가 인간은 자신의 전성기 철학을 갖게 되는바, 쇼펜하우어의 세계시世界詩는 그 연륜의 특별한 인상을 각인하는 가운데 성적性的인 것이 지배적이라고 말한 바 있다. 이렇게 니체가 쇼펜하우어의 조숙함을 지적했던 것도 결코 허튼소리가 아니었다. 죽음에 대한 감각, 이를 부연하자면 젊은이들이란 사랑에 대해 더 많이 알고 있기 때문에 노인들보다 오히려 죽음에 더 친숙해 있고, 죽음에 대해서도 더 많이 알고 있는 것이다.

죽음의 에로티시즘은 음악적·논리적 사상체계이며, 정신과 감관

感官의 거대한 긴장으로부터 발생한다. 즉 이 긴장의 결과와 거기에서 튀어 오르는 불꽃이 바로 에로스인 것이다. 이는 감수성이 강한 젊은 이와 이런 철학과의 친족관계에서 비롯되는 체험이다. 이런 종류의 철학은 긴장을 도덕적으로 이해하는 것이 아니라 생명력과의 관계에서, 개인의 관계에서 이해한다. 이런 철학은 가르침과 설교에 따르는 것이 아니라, 그것의 본질에 따름으로써 긴장을 올바르게 이해한다. "내가 죽으면 나는 어디에 존재하는 것일까?" 소설에서 고뇌의 주인공 토마스 부덴브로크는 이렇게 자문한다. 그리고는 이어서 다음과 같이 긴 독백으로 대답한다.

"하지만 그것은 훤히 밝혀진 일이며, 너무나 명백한 사실이 아닌가! 내가 매 순간 말해 왔고 말하고 있으며, 말하게 될 그 모든 것 속에 존재하게 될 것이다. 그러나 특히 보다 충만하고, 보다 강력하고, 보다 즐겁게 말하는 것들 속에 … 세계의 어딘가에 한 소년이 잘 준비되고, 성공을 거두고, 자기능력을 발전시킬 소질을 갖고 자라나고 있다. 그 아이는 곧게 성장하고, 우울함도 없이 순수하게, 때로는 잔인하면서도 쾌활하게, 하여 그들의 시선을 통하여 행복한 사람들의 행복을 더욱 높이고, 불행한 사람들을 절망으로 빠트리는 가운데 하나로 성장하고 있는 것이다. 그것이 나의 아들이다. 죽음이 내가 그도 나도 아니라는 가련한 망상으로부터 불현듯 나를 행방시키는 어느 한 순간, 나는 참으로 존재한다. 나는 과연 삶을, 순수하고도 잔혹하며 강인한 삶을 미워하였던가? 이는 실로 어리석은 오해인 것이다! 나는 그저 나

자신만을 증오했을 뿐(그 까닭은 내가 그것을 참아낼 수 없었기 때문이다),
나는 너희들을 사랑한다 … 너희들 모두, 너희들 행복한 자를 사랑한
다. 때로는 내게 밀폐된 감옥을 두어 너희들에게서 배척되지 않을 것
이요, 때로는 너희들을 사랑하는 나의 마음, 너희들에 대한 나의 사랑
이 너희들에게서 자유로워질 것이다. 나의 사랑은 너희들 곁에, 너희
들 마음속에 있게 될 것이다 … 정말 너희들 곁에, 너희들 모두의 마음
속에!"

형이상학적 마법의 수액을 섭취함으로써 20여 세의 젊은이가 빠
져 들어갔던 영감의 산물인 이 청춘의 서정시를 다시 인용한 것에 대
해 부디 용서하길 바란다. 도취가 의미했던 유기체적 전율은 오직 첫
사랑과 최초의 성경험이 젊은 영혼에게 가져왔던 전율과 비교할 수 있
다고 확신한다.

《부덴브로크 일가》에서 학교의 장[4]

〈세계 최고〉[5]—25세도 채 안 되는 젊은이가 한 작품의 끝 부분에 이와 관련된 청춘의 지면들을 적어 넣었습니다. 이 작가는 자신의 본래 의도를 한층 넘어서서 스스로 위대해지려는 작품의 자기 의지를 불굴의 노력 속에서 실현시키지 않을 수 없었습니다. 과연 세계 최고라는 말이 이 책을 뽐내는 제목으로서 타당하고, 또한 성숙한 문학대가의 범례들과 나란히 해도 부끄러움이 없는 것일까요? 우리끼리 하는 말이지만, 그것은 내가 선택한 것이 아닙니다. 실제로 그렇게 한 사람들은 일련의 제안들을 전제로 하여 결정한 이 전집의 편집인들이었습니다. 그들의 결정 이유는 다음과 같습니다. "너무 많은 사람들이 이 까다로운 소설particular novel에 관하여 친근감을 느낀다. 이는 우리 자신이 그것은 매우 훌륭하고 보편적인 선택이 될 것이라고 느끼는 것과는 구별되는 측면이다."

나의 책이 세계 최고에 들어가든 또는 내 자신의 마음에만 가장 호

4_ 《부덴브로크 일가》 가운데 한 휼이 이 에세이의 원제이다.
5_ 미국의 편집인들이 선택한 표제.

감이 있든, 나는 결정을 면제받아 즐거웠습니다. 내가 이 기이한 학교 이야기를 쓴 것은 학교생활에 근거한 경험들이 나에게 신선하면서도 아주 우스운 기억으로 남아 있었기 때문일까요? 거의 아닙니다. 그것은 어린 요한이라는 민감한 주인공의 형상, 그의 음악으로의 도피 때문이었습니다. 음악으로의 도피는 심지어 죽음으로의 도피, 실제로 그것의 전주곡이 되고 있습니다. 그렇습니다, 이것이 훨씬 더 타당합니다. 하노 부덴브로크의 고통스런 형상과 고뇌가 나에게는 사랑스럽고 값진 것으로 남아 있습니다. 내가 편집인들의 결정에 동의한 데는 모종의 자서전적 고려가 있었습니다.

시민적인 것이 음악으로 녹아 있는 우울한 청춘기 작품의 일부, 이른바 부분적으로 편성된 것이 멋진 선집의 틀로 다시 출간되는 것은 의미심장한 우연이거나 우연 이상일 수도 있습니다. 이와 같이 뜻깊은 순간에 시대의 온갖 공포로 무섭게 요동치는 노년기의 소설이자 《부덴브로크 일가》의 뒤늦은 형제소설 《파우스트 박사》가 영미판으로 출간되었습니다. 이 소설은 악마를 주술로 불러내는 파우스트 박사의 옛 독일 민중설화에 근거하는 예술가의 전기로, 여기서는 음악의 운명이 예술 자체, 문화 일반의 위기를 드러내는 패러다임으로서 다루어집니다. 이제 50년이라는 시공의 여행 끝에 나의 길은 다시 고향 독일의 옛 도시 분위기, 독일의 음악적 분위기로 접어들고 있습니다. 그리하여 나는 우울함 속에서도 정말이지 큰 행복을 만들어냈던 신선하지만 이미 많은 것을 알고 있는 초기 작품을 다시 만나게 될 것입니다. 왜냐하면 (대부분 세련된) 그 모든 예술적 순수함에는 이 작품 스스로가 알고 있었던 것보다, 또한 뭔가 전제되었던 것보다 더 많은 것이 들어 있었기 때문입니다.

이 작품은 막 쟁취하고 배워서 극복한 자연주의 소설의 수단들을 가지고 북독일의 한자도시에 거주하는 '한 가문의 몰락'을 묘사하려고 시도했습니다. 그러나 이 작품에서는 그 형상, 성격, 분위기와 운명에 따라 유럽의 시민성 일반, 세기말을 앞둔 시기의 영적 상황이 재인식되어 있습니다. 이로부터 정확히 15년 뒤에는 제1차 세계대전의 발발, 세계를 뒤흔드는 혁명과 시민시대의 종결이 일어났습니다. 시대가 책을 따라가 자체 내에 수용한다면, 책은 시대에 저항합니다.

《부덴브로크 일가》는 매우 독일적인 책입니다. 단지 환경에 따라서만 그런 것이 아닙니다. 저지독일어의 유머와 바그너의 서사적 동기-기법Motiv-Technik은 그것과 놀라운 관계를 맺고 있었습니다. 하지만 독일적 고향감정에 즐거워하고 독일의 책이 되기에 적절했던 만큼, 유럽 지향적이고 문학적 세계주의가 되려는 성향 또한 아주 강렬했습니다. 이런 성향은 당시 독일에서 '향토예술'이라고 불리던 것과는 아주 다른 것이었습니다. 예술적 자세를 결정하던 영향들은 프랑스, 영국, 러시아, 스칸디나비아 등 사방에서 왔습니다. ― 젊은 작가가 한 작품을 위하여 열렬히 배우려는 마음에서 받아들이고, 필수불가결한 것으로 느꼈던 영향들이었습니다. 그의 가장 깊은 관심사는 심리학, 그것도 권태로운 삶의 심리학, 요컨대 생물학적 몰락을 동반하는 영혼의 세련화와 미적 변용ästhetische Verklärung이었습니다.

나의 마음을 가장 끌었던 것은 예민한 늦둥이 주인공 하노의 형상과 경험들이었다는 것을 나는 지금도 기억합니다. 그러므로 하노의 이야기가 바로 신선한 추억과 문학적 성찰로부터 수행될 수 있었던, 여기 인쇄된 장章의 내용을 이루고 있는 것입니다. 그것은 근본적으로 나의 삶의 여정뿐만 아니라 사회비판에 대해서는 그리 알고 싶어 하지 않았던 독일문학의 전통과도 일치했습니다. 그러나 나는 어떤 서사적 본능에 따라 태생에서 시작하여 가문의 전체 이야기를 모두 받아들이지 않을 수 없었기 때문에, 당시 독일에서 창조된 다른 것들과 그리 차이가 없었을 수도 있었던 소년소설Knabennovelle 대신에 그 자체로 독일적 유형보다는 유럽적 유형에 가까운 가족설화를 가장한 사회소설Gesellschaftsroman, 몰락의 사고로 그늘진 문화의 수채화가 탄생하게 되었던 것입니다. 이 소설에 나타난 비판은 유머의 형식으로 유지되고 있지만, 당시 독일 학교의 성격으로 볼 때는 고발적인 풍자에 가깝습니다.

이 책의 편집인은 내 청춘기 소설에서 학교의 장Schul-Kapitel을 선택한 이유를 다음과 같이 설명했습니다. "이 장은 우리에게 여러 번 제시한 바 있었던 여러분의 사고와 글의 한 단계를 대표하는 것처럼 보인다는 점, 다시 말해 예민하고 비교적 내향적인 개인에 대한 절대 권력의 횡포라는 점에서 어린 하노와 학교 선생들과의 관계를 반영하고 있다." 아주 좋은 설명입니다. 그러나 나는 고상하고 음악적 열정을 지닌 젊은 영국인들로부터 학교시절의 고통에 대하여 솔직한 고백을 들어 본 적이 있습니다. 그들의 고통은 잊을 수 없는 아픔을 남길 정도로 하노의 고통에 비해 조금도 뒤떨어지는 것이 아니었습니다. 게다가 프랑스 학교의 기숙사 환경을 묘사한 문학작품들도 있습니다. 여기 나타나는 비판적·고발적인 분노는《부덴브로크 일가》의 학교 장면보다 훨씬 더 격렬합니다.

고백하건대 나는 나 자신도 다녔고 무슨 일인가 있었을 공립학교를 문학적으로 가공해야만 했습니다. 실제로 그 학교는 존재하거나 존재하지 않을 수 있습니다. 독일의 학교생활에 대한 나의 청춘기의 비판에도 불구하고 나는 이런 사실을 조용히 의식하고 있었습니다. 학교에 대한 비판은 그것을 행하는 매개자, 어린 몰락의 왕자 하노의 경험 속에서 굴절됩니다. 여기서 학교는 모멸적인 냉담과 비속함을 드러내는 삶 자체, 늦둥이 아이에게 공포를 자아내는 삶의 자리에 너무 근접해 있습니다. 그렇다고 개혁의 경향이 이야기되거나 풍자가 학교혁신을 지향하는 것은 아닙니다. 예술을 통한 삶과 현실, 인간사회의 비판,—그것은 언제나 어린 하노에 의하여 행해지는 비판이 아니겠습니까?

이 물음은 정신이 자기 자신을 향해 겨누는 모든 아이러니의 근원을 내포하고 있습니다.—정신의 자존심, 비밀스런 초월의식을 신기하게도 거의 허물지 않는 아이러니의 근원 말입니다. "비교적 내성적이고 예민한" 유형, 유약함의 '잔류감정Ressentiment', 이로부터 생겨나는 도덕적 편협성, 현실 그 자체와 유용성에 호의적인 현실을 견디지 못하는 고뇌의 비판주의,—짧게 말해 어린 하노와 같은 데카당dékadent이 없었다면, 인류와 사회는 노아의 대홍수 시대 이래로 한 발짝도 앞으로 나아가지 못했을 것입니다. 삶을 상승시키는 것은 삶의 무용성입니다. 그 이유는 그것이 정신과 연관되어 있기 때문입니다.

《부덴브로크 일가》의 젊은 작가는 몰락의 심리학을 니체로부터 배웠습니다. 그가 거부하거나 또는 진지하게 받아들이지 않았던 것은 도취적인 삶의 찬양자가 주장하는 다음과 같은 선언입니다. "현존재를 반영할 수 있는 삶의 외부에는 어떤 고정점도 없고, 삶이 부끄러워할 수 있는 어떤 재판석도 없다." 이는 독일적인 사고일 수는 있으나, 유럽적인 사고는 아닐 것입니다. ─25세 때와 마찬가지로 70세에도 내가 그의 제자로서 믿는 유럽적 휴머니즘의 신념은 아닐 것입니다. 저 '고정점'과 '재판석'은 존재합니다. 그것은 삶의 외부와 삶을 넘어서서 정신적인 부분과 함께 하는 인간에게 있습니다. 그것은 삶을 있는 그대로 내버려두는 것이 아니라 삶을 자유롭게 조절하는 섬세한 인류에게 있습니다. ─인류가 설령 그로 말미암아 멸망할지라도 말입니다.

그런데 인류는 오로지 이 자연주의적 소설에서만 멸망합니다. 삶이 생물학에 대하여 반기를 드는 흥미로운 일이 발생합니다. '한 가문의 몰락'은 유용성 있는 서사적 주제이지만, 우리들 부덴브로크 가문의 사람들은 시민사회 해체 이후로 이 세계에서 더욱 번성하면서 좁은 담 안에 살던 우리의 우직한 선조들에게 베풀어졌던 것보다 더 많은 것을 삶에 선사했습니다.

프린스턴 대학생을 위한
《마법의 산》 입문

여러분의 문학 수업에 작가가 직접 참석하여 여러분과 함께 자신의 작품을 고찰한다는 것은 참으로 흔치 않은 경우입니다. 여러분은 틀림없이 볼테르나 세르반테스의 유명한 책들에 관하여 몇 가지 개인적인 언급을 듣는 것을 더 선호했을 것 같습니다. 그러나 시간과 동시대성의 법칙에 따라서 필연적으로 여러분은 《마법의 산》의 저자인 나에게 만족하지 않을 수 없게 되었습니다. 나는 나의 책이 연구 대상으로서 세계문학의 위대한 작품들 가운데 하나로 들어가 있는 것을 보고 적지 않게 당황하고 있습니다. 이 연속 강의에서 현대적 작품 역시 마땅히 읽혀지고 분석되는 것이 옳다고 결정한 것은 여러분이 존경하는 선생님의 관대함 덕분이었습니다.

물론 내 책들 가운데 하나가 선정된 것에 대하여 물론 나는 진심으로 기뻐하고 있지만, 그것이 최종적 분류를 의미한다고는 생각하지 않습니다. 《마법의 산》이 여러분들 수업에서 다루는 다른 고전적 작품들의 의미에서 명작으로 간주되어도 좋은지를 결정하는 것은 후대에 달려 있습니다. 아무튼 20세기 초엽에 있어서 유럽의 영적 상태와 정신적 문제성의 기록을 후대의 사람들은 언젠가 이 책 속에서 보게 될 것입니다. 그리고 이 책의 성립과정과 저자가 겪었던 경험에 대한 얼마간의 표명들이 여러분에게 환영을 받았으면 좋겠습니다.

내가 이 표명을 영어로 해야만 한다는 것은 내게는 특별히 부담이라기보다는 오히려 위안입니다. 이렇게 말하자니 나는 즉시 《마법의 산》 제1권 끝에서 키르기스인의 눈을 가진 쇼샤 부인에게 기이한 사랑의 설명을 시도하는 젊은 엔지니어 한스 카스토르프를 생각하게 됩니다. 그는 부인에게 외국어, 프랑스어로 비밀스런 핑계의 말을 던질 수 있는 청년이기 때문입니다. 프랑스어는 그에게 부끄러움을 없애주고, 그로 하여금 독일어로는 차마 입 밖에 낼 수 없는 것을 말하도록 용기를 줍니다. 그는 프랑스어로 이렇게 말을 겁니다. "프랑스어로 말하는 것, 그것은 이를테면 이야기할 수 없는 것을 말하는 것입니다." 짧게 말해 프랑스어는 그가 장애를 극복하는 데 도움이 됩니다.―자신의 책에 관해 언급하지 않으면 안 되는 작가로서 내가 느끼는 그의 장애들 역시 외국어로 변조된 말을 통하여 완화됩니다.

그런데 그들만이 현저하게 감지되는 유일한 인물들은 아닙니다. 이름만 들어도 단 하나의 위대한 작품과 연결되고 그것과 거의 동일시되는 작가들이 있습니다. 그들의 본질은 그들의 단 하나의 작품 속에서 완벽하게 표출됩니다. 예컨대 단테라고 하면 《신곡》인 것처럼, 세르반테스라고 하면 《돈키호테》인 것입니다. 그러나 내가 고려해야만 하는 다른 사람들도 있습니다. 그들의 경우 개별 작품은 결코 이처럼 완벽한 대표성과 의미를 소유하는 것이 아니라 더 큰 전체, 필생의 작품의 일부분, 시간이 흐름과 추후연속의 법칙을 지양하려고 시도하는 삶과 개체의 일부분에 지나지 않습니다. 따라서 그들은 매번 작품을 완성함에 있어서 그때그때 순간에 완전하려고 노력합니다.

《마법의 산》이 그러합니다. 이 소설은 내적 전체성에 매 순간 현재를 부여하는 수단이자 전과 후를 예시하는 마법의 원리인 이른바 주도동기Leitmotiv를 통하여 스스로 시간의 지양을 시도합니다. 필생의 작품 또한 마찬가지로 주도동기들을 가지고 있습니다. 그것은 통일성을 창출하고 느끼도록 하여 개별 작품 내에 전체적인 것을 현재적인 것으로 유지하려는 시도에 봉사합니다. 그러나 바로 이 때문에 필생의 역작과 개별적인 것의 관련성을 등한시하고 자체에 내재된 연관체계만을 고려하여 개별적인 것을 따로 떼어 파악한다면, 개별적인 것은 정당성을 잃게 될 것입니다. 예를 들어《마법의 산》에 대하여 연관성들을 생각하지 않고 논의한다면, 그것은 매우 난감하고 거의 무익한 일입니다. 이 소설은 그 이전에는 내 청춘기의 장편소설《부덴브로크 일가》, 비판적·논쟁적인 에세이《비정치인의 고찰Betrachtungen eines Unpolitischen》, 단편 〈베니스에서의 죽음〉과 연관되며, 그 이후로는《요셉과 그의 형제들》과 연관됩니다.

여러분, 내가 이제까지 말했던 것은《마법의 산》에 관해 피력해야 할 과제와 직면하여 느끼고 있는 장애들을 먼저 암시하려는 의도에서였습니다. 그러나 나의 말은 이미 이 책의 구조와 예술적 삶의 전반적 시도에서 나타나는 구조의 문제로 상당히 깊숙이—본래 내가 오늘 들어가려던 것보다 더—접어들고 있습니다. 이 책은 이런 나의 예술적 시도의 일부이자 본보기입니다. 이제 여러분에게 나의 삶의 결실이었던 이 소설의 구상과 성립배경에 관하여 순수 역사적이고 일화적인 이야기로 풀어나가는 것이 더 좋을 것 같습니다.

1912년에는 이미 내 나이가 거의 장년기에 속합니다만, 오늘날 대학생이라면 그때는 태어나지도 않았습니다. 당시에 나의 아내가 ─그리 심각하지 않은─ 폐렴에 걸렸고, 이로 인해 고산 지대에 위치한 스위스의 다보스 요양소에서 반년 동안 지낼 필요가 있었습니다. 그 동안 나는 뮌헨의 이자르 강변에 있는 튈츠 마을의 별장에서 아이들과 함께 지냈습니다. 그러나 그 해 5월과 6월에 다보스에서 요양 중인 나의 아내를 몇 주일간 방문하게 되었습니다. 여러분이 《마법의 산》 첫머리의 〈도착〉이라는 장을 읽어 보면, 손님으로 찾아간 한스 카스토르프는 환자인 사촌 침센과 함께 요양소 식당에서 저녁식사를 합니다. 그는 훌륭한 베르크호프-식당의 첫 요리를 맛볼 뿐만 아니라, 당시의 분위기와 "여기 위에서의" 삶에 관해서도 경험하게 됩니다. 여러분이 이 장을 읽게 되면, 여러분은 이곳에서의 우리 부부의 재회와 내 자신이 당시에 갖고 있었던 놀라운 인상에 대해 자세히 알게 될 것입니다.

이처럼 아주 특수한 인상들이 내가 다보스 요양소의 병적 분위기 속에서 내 아내의 동반자로서 지내는 3주 동안 강화되고 심화되었습니다. 본래 주인공 카스토르프 역시 그곳에서 지내려고 생각한 것은 3주였는데, 그 3주가 그만 마법의 동화 같은 7년으로 바뀌게 됩니다. 나는 이에 관해 아마도 상세히 이야기할 수 있었을 것 같습니다. 왜냐하면 만일 나에게 그런 일이 일어났다 해도, 그 세월은 적지 않은 기간이었기 때문입니다. 적어도 그의—실제로 근본적인—체험들 가운데 하나는 내가 직접 겪었던 일을 주인공에게 그대로 옮긴 것입니다. 즉, 평지 출신의 병과는 상관없는 손님이 우연히 검사를 받다가 그 자신이 병자라는 판명을 받게 됩니다.

나는 그 위에서 대략 열흘간 지내던 중이었는데, 춥고 축축한 날씨에 발코니에 나갔다가 고지의 대기에서 생기는 특수한 카타르에 걸리게 되었습니다. 이때 두 명의 전문의, 과장과 그의 조수가 현지에 있었기 때문에, 요양소의 안전과 질서를 위하여 나는 기관지를 검사받았습니다. 그리고 나는 검사받도록 지시를 받은 나의 아내의 뜻에 따르기로 하였습니다. 여러분들도 상상할 수 있듯이 외견상 소설 속의 베렌스 원장을 약간 닮은 과장이 나의 몸을 여기저기 타진하기 시작하다가, 아주 빠르게 이른바 탁음이 나는 부분, 나의 폐의 병든 부분을 찾아냈습니다. 만일 내가 한스 카스토르프와 같았더라면, 이로 인해 나 역시도 인생에 있어서 전환점을 맞이하게 되었을 것입니다. 의사는 나에게 조심스럽게 행동하는 것이 좋을 것이며, 이곳 요양소에서 반년 정도 치료받을 것을 권고했습니다. 그런데 내가 만일 그 권고를 따랐더라면, 나는 그 위에서 아직까지도 누워 있을지 모르는 일입니다.

나는 《마법의 산》을 집필하기로 마음먹었습니다. 짧은 3주일 동안에 그 위에서 받았던 인상들, 젊은이에 대한 이런 환경의 위험으로부터 내게 하나의 개념을 부여하기에 충분한 인상들을 나는 이 책에서 활용하였습니다.—폐결핵은 젊은이의 병입니다. 고산지대에 있는 병의 세계는 여러분도 나의 소설을 읽으면서 조금은 느끼게 되어 있는

폐쇄성과 자체완결성을 지니고 있습니다. 젊은이를 상대적으로 짧은 시간 내에 현실적이고 행동적인 삶에서 완전히 멀어지게 한 것은 일종의 삶의 보상입니다. 그 위에 존재하는 모든 것, 특히 시간의 개념 또한 사치스러웠습니다. 이런 종류의 사치스런 병의 치료에는 계속 수개월이 걸리거나 종종은 수년까지도 걸릴 수 있습니다. 그러나 6개월 뒤에 젊은이는 머릿속에 사치스러운 것을 더 많이 갖게 됩니다. 그리고 1년 뒤에는 많은 경우에 있어서 그는 머릿속에 이와 다른 어떤 것을 다시는 가질 수 없게 됩니다.

주인공인 젊은이는 종국적으로 평지에서는 삶에 대해 무용한 존재가 되었을 것입니다. 이 요양소라는 학습장소에서는 전쟁 발발 이전의 전형적인 현상이 다루어지고 있는데, 이는 아직은 훼손되지 않은 자본주의적 경제형식의 경우에서만 생각될 수 있는 상황입니다. 가족의 비용으로 살아가는 환자들이 수년 내지 영구히 환자로서 지낼 수 있었던 것은 오로지 자본주의적 상황에 따라서만 가능했습니다. 오늘날 같으면 이런 상황은 끝났거나 거의 끝났다고 해도 과언이 아닐 것입니다. 《마법의 산》은 이런 실존형식의 서글픈 최후의 작품이 되어 버렸습니다. 이는 소설의 묘사가 삶의 형식을 종결시키고 이에 따라 삶의 형식 또한 사라져 버리는 일종의 법칙과 같은 어떤 것입니다. 오늘날 폐의 치료는 현저히 다른 방법들을 모색해 나가고 있으며, 따라서 수많은 스위스의 고산지대 요양소들도 스포츠 호텔로 변해 버렸습니다.

다보스에서 얻은 인상들과 경험들을 이야기로 꾸미려는 생각은 아주 빨리 확고해졌습니다. 당시 나의 문학적 상황은 다음과 같았습니다. 《대공전하Königliche Hohheit》라는 왕자소설을 끝낸 뒤, 나는 고등사기꾼이자 화려한 도둑의 회고담을 쓰려는 흥미진진한 시도에 착수했습니다. 이 소설은 범죄적 반사회성의 형식에 의거하면서도 근본적으로는 《대공전하》에 나오는 젊은 왕자의 이야기처럼 예술가의 이야기였습니다. 이에 관해서 비교적 긴 단편 하나만 남아 있었던 이 기묘한 책의 문체는 18세기의 위대한 회상문학과 괴테의 에세이 〈문학과 진실〉에 대한 일종의 패러디였는데, 이것이 제대로 다듬어지기까지는 오랜 세월의 힘든 과정을 거쳤습니다. 이렇게 언어와 사고에 있어서 색다른 영역을 개척해보려는 문체상의 욕구가 나에게서 강렬하게 솟아오르고 있었습니다. 그러나 나는 중단편 소설 〈베니스에서의 죽음〉을 집필하면서 이 소설을 중단했습니다.

　다보스를 방문할 무렵에는 베니스-소설이 거의 완성될 단계에 있었습니다. 다보스를 방문하면서 계획한 서사적 작품(즉시 '마법의 산'이라는 제목을 얻었던 작품)은 〈베니스에서의 죽음〉과 비교하여 해학적 성격을 지닌 상관물 이상의 어떤 것도 아니었습니다. 규모에서도 이 작품에 비해 약간 늘어날 정도의 중단편 소설로 계획하고 있었습니다. 그것은 당시로서는 바로 완성한 비극적 소설 〈베니스에서의 죽음〉에 대한 풍자로서 여겨졌습니다. 내가 저 위 고산지대의 특수한 지역에서 경험했었던 것처럼 이 작품의 분위기는 죽음과 재미가 서로 뒤섞여 있게 될 예정이었습니다. 〈베니스에서의 죽음〉에서 서술된 죽음의 매혹, 최고의 질서에 바쳐진 삶을 누르는 도취적 무질서의 승리는 이제 해학적 차원으로 옮겨지도록 되어 있었습니다. 순진무구한 주인공, 죽음의 모험과 시민적 신뢰성 사이의 우스운 갈등이 한동안 나의 의도였습니다. 출발은 불확실했으나 어떻게든 스스로의 길을 찾아나가게 될 터였습니다. 전체는 가볍고 재미있게 처리될 것처럼 보였고, 아마 많은 공간도 차지하지 않을 터였습니다. 튈츠와 뮌헨에 되돌아 왔을 때, 나는 이 소설의 제1장을 쓰기 시작했습니다.

이 중단편을 확대했을 때의 위험, 의미 있고 사상적으로 광대한 곳을 지향하는 소재의 위험이 이미 처음부터 나를 엄습했습니다. 나는 소재가 위험스런 연관성의 중심에 놓여 있음을 감출 수가 없었습니다. 무엇인가 시도하는 것을 과소평가하려는 태도는 나만이 겪는 경험만은 아닙니다. 작품을 구상하는 단계에서는 작업이 안정적이고 단순하며 실제적인 빛을 띠고 나타납니다. 그것은 어떤 커다란 노고나 실행을 요구하지 않는 것처럼 보입니다. 나의 최초 장편소설 《부덴브로크 일가》도 처음에는 북구의 상인 및 가족이야기의 전범을 따르는 책, 200페이지 가량의 책으로 생각했던 것이 두툼한 두 권짜리 책으로 확대되었습니다. 〈베니스에서의 죽음〉도 뮌헨의 잡지 〈짐플리시스무스〉에 게재될 짧은 스토리로 예정되어 있었습니다. 방대한 연작소설 《요셉과 그의 형제들》도 마찬가지로 처음에는 베니스-소설 정도의 분량을 지닌 중단편의 형태로 생각하던 것입니다.

사정은 《마법의 산》도 다르지 않습니다. 이런 경우 아마도 필연적인 생산적 자기기만이 일어나는 것 아닌가 생각합니다. 만일 누군가가 작품의 모든 가능성들과 난제들을 앞서서 명확히 하고, 작가의 의지와는 번번이 크게 구별되는 작품 자체의 의지를 알고 있다면, 무능력자들은 낙담하여 아마도 무엇인가 시작할 엄두조차 내지 못할 것입니다. 작품이란 정황에 따라서는 작가의 명예심을 훨씬 초월할지도 모르는 자신의 명예심을 가지고 있습니다. 그리고 그것은 좋은 일입니다. 왜냐하면 이럴 경우 명예심은 인간의 명예심이 아니어도 좋기 때문입니다. 그리고 명예심은 작품에 앞서 존재한다기보다는 오히려 작품이 자기 의지로부터 명예심을 이끌어내고 또한 이끌어내도록 강요할 수 있기 때문입니다. 위대한 작품이란 이런 식으로 생겨났으며, 처음부터 미리 전제된 명예심으로부터는 창조될 수 없다고 나는 생각합니다.

　간단히 말해 나는 다보스의 이야기가 자체 내에 그것을 소유하고 있었고, 자신에 관해서도 내가 생각했던 것과는 전혀 다르게 생각했다는 것을 일찍이 알고 있었습니다. 외적으로 보아도 이는 틀림없는 사실이었습니다. 이유인즉 베니스-소설의 엄격함 대신에 여기서 내가 시도했던 영국적이고 해학이 두드러진 문체는 보다 넓은 공간과 이에 적합한 시간을 요구했기 때문입니다. 이어서 제1차 세계대전이 발발하자 나는 그 즉시 소설의 종결부에 착수했습니다. 전쟁의 내적 체험이 나의 책에 수많은 기록으로 보고되고 있으나, 반면에 전쟁으로 말미암아 나의 작업은 수년간 중단되었습니다.

　나는 전쟁 기간 중에 《비정치인의 고찰》이라는 힘들게 쓴 작품, 요컨대 자기탐구와 유럽의 모순점 및 쟁점들에 대한 경험을 담은 방대한 작품을 썼습니다. 이 책은 매우 진지한 유희이기는 했지만 바로 예술 작품, 예술 본연의 유희가 되기 위하여 수년간을 소모하는 그야말로 엄청난 준비가 필요했습니다. 그리고 선행된 분석적·논쟁적 작업을 통하여 이 책이 겪었던 질료적 부담의 완화를 통해서만 그렇게 될 가능성이 있었습니다. "이 매우 진지한 농담"이라고 언젠가 괴테가 《파우스트》에 관하여 말한 것도 이와 관련이 있습니다. 이것이 모든 예술의 정의, 《마법의 산》의 정의이기도 합니다. 하지만 먼저 진정한 인간에 대한 문제성을 직접 체험하지 않았더라면, 나는 농담을 하거나 유희도 할 수 없었을 것입니다. 이런 뒤에야 나는 자유로운 예술가로서 인간에 대한 문제성을 극복하고 일어섰습니다. 《고찰》의 모토가 "무엇 때문에 그 자는 이런 일에 걸려들었나?"라는 물음이었다면, 그 대답으로 나의 소설 《마법의 산》이 생겨났던 것입니다.

내가 전쟁의 와중에서 사용했던 수법을 통하여 정신적 안정을 얻고자 시도했던 최초의 예술적 행보는 〈어린이의 노래〉와 〈주인과 개〉라는 두 편의 전원시였습니다. 이후로 나는 급기야 《마법의 산》을 다시 시작했지만, 이번에도 이 소설 이전에 발표된 비판적 에세이들로 말미암아 작업이 중단되었습니다. 이 에세이들 가운데 내용상 가장 중요한 〈괴테와 톨스토이〉, 〈독일공화국론〉, 〈신비의 체험들〉이라는 세 편의 에세이는 진행되고 있던 장편소설 《마법의 산》의 직접적이고 정신적인 싹 내지 가지와도 같았습니다.

마침내 1924년 가을에 중단편으로 구상되었다가 확대되어 완성된 두 권짜리 장편이 출간되었습니다. 이 책은 통틀어 7년이 아니라 12년 동안이나 나를 꼼짝 못하게 잡아맸으며, 착수는 매우 불리했었는지도 모르지만 뜻밖에도 나의 기대를 뛰어넘었습니다. 나는 어깨를 으쓱하며 체념의 제스처를 취하거나 이 책의 세계적 가능성에 대하여 조금도 신뢰하지 못한 채 완벽한 작업을 포기하곤 하는 데 익숙해져 있었습니다. 언젠가 나라는 후견인을 향하여 이 책이 발산하던 자극들은 어느새 진부해져 버렸는데, 완성이란 창조의 윤리에 있어서 용기의 문제, 근본적으로 고집의 문제였습니다. 그 오랜 세월의 고초도 내게는 고집이라는 것에 의하여 대부분 결정된 것처럼 보입니다. 나의 경우 이런 어려움조차도 언제나 지극히 문제적인 개인의 즐거움 같은 것으로 나타납니다. 이런 까닭에 나는 감히 나의 유별난 오전시간의 작업 흔적에 동참하는 많은 독자들을 고려하지 않을 수 없었습니다.

그렇지만 나는 인생에서 여러 차례 그랬듯이, 독자의 참여가 거의 소란에 가까울 정도가 되면 상당히 당황합니다. 이런 우호적인 물결이 《마법의 산》의 경우에는 특히 심하고 놀라웠습니다. 경제적으로 몰리고 궁핍하던 독자들이 1,200페이지나 되는 사상적 구성물의 꿈과 같은 연결들을 기꺼이 따르도록 되어 있었다는 것을 믿을 수 있었겠습니까? ("무려 20만 행으로 이루어진 그의 노래의 거대한 양탄자." 하이네가 페르시아의 시인 피루다우시Firdawsi를 묘사하기 위하여 쓴 이 구절은 《마법의 산》 작업 중에 내가 즐겨 사용하던 인용문이었습니다. 다음으로 "네가 끝낼 수 없다는 것이 너를 위대하게 만든다"는 괴테의 구절 또한 그랬습니다.)

그런데 오늘날의 상황에서 수천 명 이상의 사람들이 어떤 통상적 의미에서 소설읽기와는 거의 무관할지도 모르는 대단히 특이한 재밋거리에 대하여 16 내지 20마르크의 비용을 지불할 준비가 되어 있을까요? 이 두 권의 책을 10년만 더 일찍 썼더라면 틀림없이 독자가 없었을 것입니다. 더구나 작가는 그의 국가와 공유하던 체험들을 제때에 예술적으로 성숙하게 만들어야 할 필요가 있었습니다. 그래야만 그의 모험적인 창작물이 언젠가 이미 그랬던 것처럼 유리한 순간에 나올 수가 있습니다. 《마법의 산》의 문제들은 본래 평범한 대중에게는 적합하지 않았고, 그보다는 교양적 대중을 뜨겁게 자극했습니다. 그리고 넓은 독자층의 수용적 관심은 보편적인 필요성 때문에 젊은 주인공 카스토르프의 본질적 모험으로부터 형성된 '연금술적 상승alchimistische Steigerung'을 경험할 수 있었습니다. 물론입니다, 독일의 독자는 단순하지만 "영악한" 소설의 주인공을 통하여 자신을 인식했습니다. 독일의 독자는 그를 따를 수 있었고, 따르는 것을 좋아했습니다.

실제로 《마법의 산》은 매우 독일적인 책으로, 외국의 비평가들이 이 책의 세계적 가능성을 완전히 과소평가할 정도로 독일적이었습니다. 스웨덴의 어느 비평가는 그 누구도 이 책을 외국어로는 결코 번역할 생각을 하지 못할 것이라고 단호한 어조로 공공연하게 선언했는데, 그 이유는 이 책이 번역하기에는 전혀 쓸모없기 때문이라는 것이었습니다. 그의 말은 빗나간 예언이 되고 말았습니다. 《마법의 산》은 거의 모든 유럽 국가의 언어로 번역되었으며, 내가 이에 대해 판단할 수 있는 한 내 책들 가운데 어떤 것도 이것만큼 세계적이지 않았습니다. 특히 미국에서 이 책만큼 많은 관심을 얻은 것이 거의 없다는 것을 확인하면서 나는 참으로 기쁘게 생각합니다.

과연 나는 이 책 자체에 관해, 그리고 이를테면 이 책을 어떻게 읽어야 할 것인가에 관해 무슨 말을 해야만 하는 것일까요? 첫 말을 꺼내

자면 이는 매우 교만한 요구, 요컨대 독자는 이 책을 두 번 읽어야 한다는 요구입니다. 물론 이 요구는 첫 번째 읽었을 때 이미 지루했을 경우에는 즉시 철회됩니다. 예술이란 학교의 과제물 같은 것 내지 피곤한 것, 마음이 내키지 않는 일이어서는 안 되며, 즐거움과 쾌락, 분위기 쇄신을 주려고 하고 또 주어야만 합니다. 작품이 이런 효과를 행하지 못하는 경우, 해당 작가는 그 작품을 그만두고 다른 것을 향해야 합니다. 반면에 《마법의 산》을 끝까지 읽은 사람에게는 그것을 한 번 더 읽을 것을 권합니다. 왜냐하면 이 소설의 특수한 창작방식, '작곡'과 같은 구성적 성격은 두 번 읽을 때에야 독자의 만족감을 높이고 심화시키기 때문입니다. ―우리가 음악을 올바르게 즐기기 위해서는 음악에서도 그렇게 해야만 하는 것과 마찬가지 이치입니다.

흔히 음악이라고 하면 먼저 떠오르는 '작곡'이라는 말을 내가 사용한 것은 우연이 아닙니다. 음악은 전부터 나의 창작에 문체를 형성하는 강렬한 수단으로서 영향을 미쳤습니다. 작가들이란 대체로 본래는 다른 어떤 존재입니다. 그들은 일반 화가나 목판화가, 조각가, 건축가 등의 기질을 가지고 있습니다. 나에 관한 한, 나는 무엇보다 음악가적 기질을 가지고 있는 작가에 속합니다. 소설은 나에게 언제나 심포니, 대위법의 작품, 이념들이 그 안에서 음악적 동기들의 역할을 담당하는 주제의 연관조직이었습니다. 사람들은 때때로 바그너의 예술이 나의 작품에 미친 영향을 지적하곤 했습니다. ―실제로 그랬습니다. 나는 물론 이 영향을 부인하지 않습니다. 특히 내가 서사작품 내에 전위시킨 주도동기Leitmotiv의 사용에 있어서도 나는 바그너를 따랐습니다.

물론 이와 같은 서술형식은 톨스토이와 졸라, 또는 내 자신의 청춘기 소설인 《부덴브로크 일가》의 경우처럼 순수 자연주의적 특성, 말하자면 기계적 방식이 아니라 음악의 상징적 방식에 근거합니다. 이를 나는 우선 〈토니오 크뢰거〉에서 시도해 보았습니다. 내가 그 작품에서 사용한 기법은 《마법의 산》에서는 훨씬 더 포괄적인 틀 속에서 대단히 복합적이면서도 모든 것을 관통하는 방식으로 적용되었습니다. 《마법의 산》을 두 번 읽으라는 나의 주제넘은 요구는 바로 이런 것과 관련이 있습니다. 독자들이 이 소설의 주제를 이미 알아차리고 상징적으로 사용된 특수한 언어를 전후 관계 속에서 해명할 수 있을 때에야 비로소, 이 소설에서 형성된 음악적·이념적 연관조직을 올바르게 꿰뚫어보고 즐길 수 있을 것입니다.

이제 나는 이미 더욱 매혹적인 어떤 것, 이 소설이 다면적으로 관계를 맺고 있는 시간의 신비에 관해 거론할 시점에 와 있습니다. 《마법의 산》은 이중의 의미에서 시간소설Zeitroman[6]입니다. 이 소설이 유럽에서 전쟁이 발발하기 이전 시기의 내적 상을 형상화하려고 한다는 점에서는 한편으로 역사적이지만, 다른 한편으로 순수한 시간 자체가 이 소설을 주인공의 경험으로서 다룰 뿐만 아니라 그 자체 내에서 또한 그 자체를 통하여 다루는 대상이기 때문에 이중적입니다. 이 책 자체

6_ 주인공은 이 소설에서 시간의 이중성에 깊이 빠진다. 즉 평지라고 불리는 시민사회에서의 물리적인 시간 및 역사적 시간 이외에 이른바 신비롭고 낭만적인 시간성, 예컨대 '정지된 시간stehende Zeit'을 체험한다. 이것이야말로 바로 '마법Zauber'이 불러온 기이한 현상이라고 하겠는데, 이 소설의 시간성은 이런 의미에서 제임스 조이스 소설들의 시간성이나 프루스트 소설의 시간성과 비교될 만한 현대소설의 흥미로운 특징을 보여준다.

가 서술의 대상이 되고 있는데, 왜냐하면 이 책은 젊은 주인공의 연금
술적 마법을 무시간적인 것으로 서술하는 가운데 예술적 수법을 통하
여 시간의 지양[7]을 추구하고 있기 때문입니다. 시간의 지양은 이 책이
포괄하고 있는 음악적 · 이념적 전체세계에 매 순간 완전한 현재성을
부여하고, 마술적인 '정지된 현재nunc stans'를 이끌어내려는 시도에 의
하여 가능해집니다.

그러나 내용과 형식, 본질과 현상을 완벽하게 일치시키고 동시에
줄거리로서 서술되는 것과 언제나 동일해지려는 이 책의 명예심은 이
정도로 그치는 것이 아니라 한층 더 나아갑니다. 《마법의 산》은 또 다
른 기본주제, 종종 '연금술적'이라는 부가어가 주어져 있는 '상승'과
연관되어 있습니다. 여러분은 한스 카스토르프가 순박한 주인공, 함부
르크에 가족이 있는 평범한 엔지니어라는 것을 기억하고 있을 것입니
다. 그러나 마법의 산의 열기어린 연금술 속에서 이 순박한 철부지는
자신을 도덕적이고 정신적이며 감성적인 모험들을 가능하게 하는 상
승을 경험하게 됩니다. 늘 아이러니하게도 이런 것에 관해서 그는 "평
지"로 특징화되는 세계에서는 결코 꿈도 꿀 수 없었을 것입니다. 카스
토르프의 이야기는 상승의 이야기이지만, 그것은 이야기와 서사작품
으로서도 자체 내에서의 상승입니다.

그의 이야기는 얼핏 사실주의 소설의 수단으로 이루어지는 것처

7_ 이 책에서 '시간의 지양Aufhebung der Zeit'이란 주인공 카스토르프가 병과 죽음에 가까이 다가
가면서 점점 평지에서의 관습 및 질서, 물리적 시간에 지배를 받던 사회적 규범 및 규율 등을
잃어가고 있다는 것과 궤적을 같이 한다.

럼 보이지만, 그렇지 않습니다. 그의 이야기는 사실적인 것을 상징적으로 상승시키고, 정신적이고 이념적인 것을 투명하게 만드는 가운데 지속적으로 사실적인 것을 초월합니다. 등장인물들의 처리에서도 이미 이 이야기는 그러합니다. 인물들 모두가 독자의 감정에 대하여 겉으로 보이는 것 이상으로 호소력을 갖고 있습니다. 그들은 정신적 영역 및 원칙들, 정신세계의 순수 대리인, 대표자 내지 사절들입니다. 이때문에 나는 그들이 그림자가 아니라 움직이는 알레고리Allegorie이기를 바랍니다. 반면에 나는 독자가 소설의 인물들, 즉 요아힘, 쇼샤, 페퍼코른, 세템브리니 등을 실제의 인물처럼 여기는 경험을 통하여 위안을 받습니다. 독자는 그들을 정말 친분을 맺은 사람들처럼 기억하고 있습니다.

그러므로 이 책은 상승의 도정에서 공간적으로나 정신적으로 작가가 본래 의도했던 것 이상으로 발전적인 양상을 보여줍니다. 더구나 짧은 이야기에서 두 권의 방대한 작품이 되었던 것은 하나의 사건이었습니다.─만일 이 소설이 많은 사람들이 처음에 파악했었고 오늘날에도 파악하고 있듯이 폐질환자들의 요양소 생활에 대한 풍자로만 남아있었더라면 아마도 일어나지 않았을 사건 말입니다. 《마법의 산》은 당시에 의학계에서 적지 않은 센세이션을 일으켰습니다. 한편으로는 동감과 다른 한편으로는 분노를 자아내면서 의학전문지들에서 작은 풍파를 일으켰던 것입니다. 하지만 요양소 치료요법 중 비판이 되는 부분은 이 책의 전경前景들 가운데 하나일 뿐이며, 이 책의 본질은 배경들에 내재해 있습니다.

환자로서 누워 있는 생활과 전반적으로 무서운 환경의 도덕적 위험에 대한 교훈적 경고는 본래 능변의 합리주의자이자 휴머니스트인 세템브리니 씨에게 맡겨져 있습니다. 그는 어느 누구보다 해학적이고 공감적인 인물로서 때때로 작가의 입 역할을 하고는 있으나, 그렇다고 해서 결코 작가 자신은 아닙니다. 작가가 주인공으로 하여금 경험하도록 만드는 죽음과 병과 그 모든 극단적 모험들이 그에게는 바로 교육적 수단입니다. 이를 통해 순박한 주인공에게선 자기 본연의 기질을 넘어서서 강력한 "상승"과 촉진이 이루어지게 됩니다. 이와 같은 모험들은 주인공이 체험의 과정에 따라 궁극적으로 죽음에 대한 자신의 천부적 성향과 인간애에 대하여 이해하게 된다면, 교육적 수단으로서 계속 긍정적으로 평가됩니다. 여기서 주인공이 깨닫는 것은 죽음의 이념과 삶의 온갖 어두움 및 신비로움을 합리적 사고에 따라 간과하거나 무시하는 것이 아니라, 이 모든 것을 정신적으로 제약하지 않고 포괄할 수 있는 인간애입니다.

주인공이 체득하는 것은 죄의식이 구원의 조건인 것처럼 더 높은 건강에 도달하기 위해서는 병과 죽음의 깊은 경험이 필요하다는 사실입니다. 언젠가 한스 카스토르프는 쇼샤 부인에게 다음과 같이 말합니다. "삶, 그것을 위해서는 두 가지 길이 있습니다. 그 중 하나는 평범하고 직선적이며 호의적인 길입니다. 다른 하나는 평탄하지 않습니다. 그 길은 죽음으로 인도합니다. 요컨대 그것은 천재의 길입니다." 병과 죽음을 지혜, 건강, 삶을 위한 필연적 통로로서 파악하는 태도는《마법의 산》을 일종의 밀교소설Initiationsroman이 되도록 하고 있습니다.

이 표현은 나 자신에게서 나온 것이 아닙니다. 비평가가 한 말을 제가 추후로 사용한 것입니다. 나는 여러분에게 《마법의 산》에 관해 언급해야 하기에 비평가의 말을 사용하고 있는 것입니다. 낯선 것처럼 들리는 비평가의 말도 나에게는 도움이 될 수 있는데, 왜냐하면 작가야말로 자기 자신의 작품을 가장 잘 알고 있고 해설할 수 있는 사람이라고 생각하는 것은 오류이기 때문입니다. 작가가 작품에 몰두하고 거기 매달려 있을 때에는 그럴 수 있을지 모릅니다. 그러나 끝나고 경과된 작품은 갈수록 더욱더 작가의 곁을 떠나버린 낯선 어떤 것이 되는 법입니다. 시간이 지남에 따라 작가보다는 다른 사람들이 그 작품에 대해 훨씬 더 잘 알게 되고, 따라서 그들이 오히려 작가가 잊고 있거나 또는 결코 명확히 알지 못했던 많은 것들을 그에게 상기시켜 줄 수도 있습니다.

우리는 이런 식으로 도움을 받아 새롭게 기억을 떠올릴 필요가 있습니다. 우리는 결코 우리들 자신의 소유물을 언제나 의식하고 있는 것이 아닙니다. 우리의 의식은 우리가 언제나 그것을 철저히 현재적인 상태로 보유하지 않는 한 허약하게 마련입니다. 대단한 명료성과 집중, 통찰의 순간들에만 우리는 진실로 우리들 자신에 관해 알고 있습니다. 종종 우리를 놀라게 하는 중요한 인물들의 겸손은 상당 부분 그들이 자신에 관해 거의 알지 못하거나 현재적 의식을 유지하지 못한 채 스스로를 당연히 평범한 존재로 느끼고 있기 때문인지도 모릅니다.

아무튼 비평의 도움을 받아 자기 자신에 대해 해명하거나 지나간 작품들에 대해 지식의 폭을 넓히고, 그 작품들 속으로 다시 돌아갈 수 있는 것은 매우 흥미로운 일입니다. 이럴 경우 다음과 같은 프랑스어로 가장 적절하게 요약될 수 있는 감정이 생겨나게 될 것입니다. "이렇게 내가 재능이 있었던가?" 그렇다면 나는 이렇게 감사의 마음을 표현할 것입니다. "귀하가 나를 그토록 친절하게 기억해주셔서 대단히 감사합니다." 이 감사의 답장은 예일 대학교의 바이간트Hermann J. Weigand 교수가 나에게 《마법의 산》에 대한 연구서를 보냈을 때 사용했던 표현입니다. 이 책은 주로 《마법의 산》에 대해 헌정된 대단히 포괄적이고 심층적인 비평서입니다. 여러분들 가운데 바이간트 교수에게 좀 더 친밀하게 관심을 느끼는 분이 있다면, 나는 이 탁월한 비평적 해설서를 진심으로 권하는 바입니다.

얼마 전에는 하버드 대학교의 젊은 학자가 저술한 영문 원고가 나에게 도착했습니다. 이 연구서의 제목은 《탐구자 주인공. 토마스 만의 작품에서 보편적 상징으로서의 신화The Quester Hero. Myth as Universal Symbol in the Works of Th. M.》입니다. 이 저술은 나 자신의 추억과 의식을 대단히 새롭게 일깨워 주었습니다. 이 연구서의 저자는 《마법의 산Magic Mountain》과 순박한 주인공을 거대한 전통, 독일의 전통뿐만 아니라 세계의 전통 속으로 들여보냅니다. 저자는 주인공을 민족들의 문헌으로까지 소급되는 문학의 한 전형으로 설정해 놓고, 그에게 '탐구자 설화The Quester Legend'라는 명칭을 부여하고 있습니다.

그의 가장 유명한 독일의 현상형식은 괴테의 《파우스트》입니다. 그러나 영원한 탐구자 파우스트의 배후에는 성배소설聖杯小說, 즉 상그랄Sangraal 또는 할리 그레일Holy Grail 소설이라는 일반적 명칭을 가지고 있는 일군의 문학들이 존재합니다. 성배소설의 주인공은 거웨인Gawain 또는 갤러해드Galahad, 퍼시발Perceval이라고 불리든 아니든, 바로 천국과 지옥을 유랑하면서 거기서 일어나는 모든 것을 받아들이는 탐구자, 추적자, 묻는 자입니다. 그는 성배를 찾아가는 도정에서는 그 어떤 것과도 협정을 맺습니다. 그는 비밀, 병, 악, 죽음, 다른 세상, 신비로운 것, 《마법의 산》에서는 "의심스러운 것"으로 특징화되는 세계와도 가리지 않고 협정을 맺습니다. 말하자면 주인공의 모험은 바로 최고의 것, 지식 및 인식, 비결의 전수, 현자의 돌, 마시는 금aurum potabile,[8] 생명의 음료를 찾아가는 도정입니다.

이런 탐구자로서의 주인공이 한스 카스토르프라고 저자는 설명하고 있는데, 올바른 지적인 것 같습니다. 성배의 탐구자, 특히 퍼시발은 처음 모험을 떠날 때에는 "바보Fool", "바보천치Great fool", "순진한 바보Guileless Fool" 등의 소리를 듣고도 마다하지 않았습니다. 이런 표현은 내 소설의 주인공에게 계속 따라다니는 소박함Einfachheit, 단순함Simplizität, 순박함Schlichtheit과 일치합니다. —마치 비밀스럽게 내려오는 전통의 감정이 이런 특성을 고집하도록 강요하는 것 아닌가 싶습니다. 괴테의 주인공 빌헬름 마이스터 역시 순진한 바보, 작가와 지극히 동일하면서도 동시에 그의 아이러니의 대상이 아니겠습니까? 우리는 이런 점에서 《마법의 산》의 훌륭한 조상에 속하며 마찬가지로 탐구자 설화인 괴테의 위대한 소설을 만나게 됩니다.

8_ 독어로는 Trinkgold에 해당하는데, 중세 연금술사들이 사용하던 강장제.

그런데 《빌헬름 마이스터》뿐만 아니라 《마법의 산》도 그 전형에 속하는 독일 교양소설은 도대체가 모험소설의 승화 및 정신화와 무엇이 다르겠습니까? 성배의 탐구자는 그가 성스러운 산에 오르기 전에 "위험한 벽난로"라고 불리는 길가의 예배당에서 일련의 무시무시하고 비밀스런 시험을 치러야만 합니다. 아마도 이 모험적인 시험들이 밀교적인 의식, 신비주의의 비전秘傳에 접근하는 조건들이었을 것입니다. 그리고 언제나 지식 및 인식의 이념은 다른 세계, 죽음 및 밤과 결부되어 있습니다. 《마법의 산》에서 많이 나오는 말은 연금술적 교육학, 실체변형Transsubstantiation입니다. 나는 다시 비밀스런 전통에 따라서 '순진한 바보'였는데, 왜냐하면 성배의 신비와 관련하여 언제나 적용되는 것이 이 말이기 때문입니다.

프리메이슨과 그들의 신비가 그토록 강렬하게 《마법의 산》에서 역할을 하는 것도 헛된 일이 아닙니다. 그 이유는 프리메이슨이 밀교적 의식의 직접적인 후예이기 때문입니다. 한 마디로 《마법의 산》은 밀교 신전의 변형, 삶의 비밀에 대한 위험스런 탐구의 장소인 것입니다. '교양을 추구하는 여행자' 한스 카스토르프는 고상하고 신비로운 기사 출신의 조상을 가지고 있습니다. 그는 아주 높은 의미에서 자유의지로, 지나치게 자유의지로 병과 죽음을 포옹하는 전형적인 개종자, 호기심 많은 개종자입니다. 왜냐하면 병과 죽음과의 첫 접촉 즉시 그는 비상한 이해력을 갖게 되면서 모험을 감행하기 때문입니다. ─이에 상응하는 위험과 직결되어 있는 것은 당연합니다.

나의 소설에 대하여 (나를 포함하여) 여러분을 가르치는 데 마침 도움이 되었던 것은 매우 멋지고 탁월한 해설입니다.—위대한 일련의 전승(傳承)에 있어서 이 추후적인 현대의 복잡하고 의식화되거나 무의식적인 부분에 대하여. 여러분은 카스토르프의 이야기를 읽었을 때 그를 성배의 탐구자라고는 아마 생각하지 못했을 것입니다. 나 자신도 그것을 생각했었지만, 생각만 하는 것 그 이상도 이하도 아니었습니다. 여러분이 이제 다시 한 번 읽게 된다면 이런 관점에서 읽으리라 생각합니다. 그렇다면 여러분은 성배란 무엇인지, 그것은 바로 지식, 비결의 전수, 죽음을 경험하는 주인공뿐만 아니라 책 자체가 추구하는 가장 숭고한 것이라는 것 또한 발견하게 될 것입니다.

여러분은 특히 죽음의 고지에서 길을 잃고 헤매는 주인공이 인간에 대한 지극히 아름다운 꿈을 꾸는 '눈'이라는 장(章)에서 이런 것을 발견하게 될 것입니다. 설령 찾지는 못할지라도 그가 산에서 내려와 유럽의 대재앙 속으로 휩쓸려 들어가기 직전에 거의 죽음과 같은 꿈결에서 예감하는 성배, 그것은 인간의 이념, 병과 죽음에 대한 심오한 깨달음을 통하여 관철되는 미래에 실현될 인류애의 구상입니다. 성배는 비밀이지만, 인류애 또한 그렇습니다. 그럴 것이 인간 자체가 비밀이며, 모든 인류애는 인간 비밀에 대한 경외심에 근거하기 때문입니다.

아도르노와 음악소설
《파우스트 박사》[9]

나는 음악을 소설에서 다루기 위해서는 외부 조언자의
도움, 전문가적인 동시에 내 문학의 의도를 잘 알아서 함께 착상을 나
눌 수 있는 선생이 필요하다는 것을 절실히 느꼈다. 나는 이런 도움을
받을 준비가 그만큼 충분히 되어 있었다. 왜냐하면 소설에서 음악이
다루어지는 한 (음악이 소설에서 실제화되는 것도 정말 사실이지만, 그러나
그것은 한 가지 사안이다) 음악은 보편적인 것에 대한 오직 전경前景과 대
표성, 패러다임으로만 존립하는 것이며, 철저히 비판적인 우리 시대에
있어서 예술 일반, 문화, 인간, 정신 자체의 상황을 표현해야만 하는 수
단일 뿐이었기 때문이다. 음악소설? 물론 음악이 중요하다. 그러나 나
는 그것을 문화 및 시대소설로 생각하고 있었다. 그런데 수단과 전경
을 정확하게 사실화함에 있어서 주저 없이 도움을 받겠다는 생각은 나
에게 지극히 당연한 일이었다.

조력자, 상담자, 이 일에 협력할 선생을 나는 발견하였다.ㅡ전문

9_ 이 글은 소설 《파우스트 박사》가 집필되기까지의 성립배경에 관하여 기록한 〈파우스트 박사
의 성립Die Entstehung des Doktor Faustus〉 가운데 아도르노에 관한 내용 일부만 발췌한 것이다.

성에 있어서 어느 누구보다 뛰어난 그의 능력이나 그의 정신적 신분을 보더라도 그는 참으로 적임자였다. 1943년 7월의 어느 이른 날의 일기에는 이렇게 적혀 있다. "《음악적 창조에 있어서 영감》이라는 발레Bahle의 책. 중요하다. 아도르노 박사가 가져오다." 이 책이 나의 작업에 어느 정도로 특별히 중요하게 될 것인지는 거의 알지 못했다. 그러나 이 책을 가져온 (나의 작업 내용에 관해 알고 있었던) 친절한 사람의 이름이 대략 2주일 뒤에 다시 떠올랐다. 이때는 러시아가 대공세로 팔레르모를 점령한 시점이었고, 나는 《파우스트 박사》 제7장에서 머뭇거리고 있었다. 당시에 나는 다음과 같이 일기에 기록했다.

"아도르노 박사의 글 《현대 음악의 철학을 위하여Zur Philosophie der modernen Musik》 … 아도르노의 원고에서 절실히 … 저녁에도 계속 그 원고를 읽었는데, 그의 원고는 나에게 많은 정보를 주는 동시에 내가 하려는 시도의 어려움을 알려주고 있다 … 마침내 아도르노의 글 읽기를 마쳤다. 덕분에 내 소설의 주인공 아드리안의 위치에 관하여 뭔가 분명해졌다. 어려움들이 더 커지기 전에 그 어려움들을 극복해야만 한다. 예술의 절망적 상황, 가장 공감이 가는 순간이었다. 도취 속에서 불현듯 모습을 드러내는 힘들게 얻어지는 영감에 대한 기본사고…."

1903년생인 테오도르 비젠그룬트 아도르노Theodor Wiesengrund Adorno는 독일 프랑크푸르트 마인에서 태어났다. 그의 아버지는 유태인 혈통이었고, 그의 어머니는 코르시카(본래는 제노바) 태생의 프랑스 장교와 독일의 여가수 사이에서 태어났다. 그는 나치스에 쫓기다가 죽음에 이른 철학자 발터 베냐민Walter Benjamin의 사촌이었다. 베냐민은 철학과 알레고리의 역사를 다룬 놀라울 만큼 날카롭고 심오한 저서인 《독일 비극의 원천Ursprung des Deutschen Trauerspiels》을 남겼다. 어머니의 처녀시절 이름을 지닌 아도르노는 이름처럼 수줍고 우울하면서도 지혜롭고 독립성이 강한 정신적 유형의 인물이었다. 대단히 이론적이고 (또한 정치적이고) 예술적이며, 무엇보다 음악적 관심이 지배적인 분위기에서 성장한 아도르노는 프랑크푸르트 대학교에서 철학과 음악을 공부했으며, 이곳에서 교수자격논문을 통과한 후 나치스에 쫓기기 전까지 철학을 강의했다. 1941년부터 그는 나의 집 근처에 있는 로스앤젤레스에서 살고 있다.

이 특이한 사람은 평생 동안 철학과 음악 사이의 직업적 결정을 거부했다. 그가 분리된 두 영역에서 본질적으로 동일한 것을 추구한 것은 틀림없는 사실이었다. 그의 변증법적 사고방향과 사회적, 역사철학적 경향은 오늘날에는 흔히 있을 수 있는 시대의 문제성에 근거한 방식에 따라 음악적 열정과 교차한다. 그는 이런 열정을 위한 연구들, 작곡과 피아노를 처음에는 프랑크푸르트의 음악교육학자들, 다음에는 오스트리아 빈의 알반 베르크Alban Berg와 에두아르트 슈토이어만Eduard Steuermann에게서 배워나갔다. 1928년에서 1931년까지 그는 급진적인 현대음악의 의미에서 빈의 잡지사 〈새벽Anbruch〉의 편집자로 일했다.

그러나 평신도Laie를 일종의 음악적 과격공화당원을 꿈꾸는 경향에 빠트린 이 '급진주의'가 전통에 대한 가장 강렬한 의미, 단호한 역사적 정취, 수공업의 능력 및 엄밀함과 견고함에 대한 가차 없는 주장에 이르게 된 까닭은 무엇인지—이런 유형의 음악가들에게서 얼마나 나는 지속적으로 자주 이런 점을 발견하곤 했던가? 예컨대 이런 유형인 아도르노가 바그너에게 반감을 품고 있던 것은 정작 그의 낭만주의나 지나치게 탐닉적인 경향이라거나 그의 시민성 내지 선동주의 때문이 아니었다. 그보다는 오히려 바그너가 "작곡을 잘못하는" 때가 너무 잦다는 이유에서였다. ―그렇다면 과연 아도르노는 어떻게 작곡하는지에 관하여 나는 판단을 내릴 수 없다. 그러나 전통음악에 대한 그의 지식이나 음악 전반에 걸친 해박함은 상상을 초월한다. 언젠가 그와 함께 일하던 미국인 여가수가 나에게 이렇게 말한 적이 있었다. "믿을 수가 없어요. 그는 세상에 있는 악보란 악보는 다 알고 있어요."

당시에 아도르노가 내게 가져온 원고는 그 안에 들어 있는 관련 사항이나 나의 소설에 너무도 잘 어울리는 내용 때문에 즉시 나의 주목을 끌었다. 그것은 본질적으로 쇤베르크Scoenberg와 그의 이론적 주장, 12음계 기법Zwölf-Ton-Technik을 대상으로 하고 있었다. 쇤베르크의 탁월한 성과에 관한 저자의 심층적 파악에 한 치의 의구심도 허용치 않는 원고는 한편으로는 음악적 체계에 대하여 날카롭고도 논구적論究的인 비평을 행사하고 있었다. 다른 한편으로 그것은 지극히 간결하고 첨예화된 문체, 니체와 나아가 칼 크라우스로부터 연마된 문체를 통하여 객관적 근거들에서 도출되는 음악의 철저히 필연적이고 구성적인 해명을 흡사 예술가의 사고를 무시해버리듯 비밀스러운 것, 신화적인 것으로 되돌리게 하는 숙명을 논하고 있었다.

나의 '마술적 평방Magisches Quadrat'의 세계에 무엇이 더 잘 어울릴수 있었을까? 나는 나 자신의 것으로 느끼는 것, 나에게 속하는 것, 즉

'주제'에 합당한 것을 주저 없이 받아들이려는 자세를 이미 어떤 친숙한 것으로 생각하고 있었다. 나의 소설 《파우스트 박사》의 제22장이 제시하듯이 음계에 대한 서술과 대화로 녹아들어간 비평은 전적으로 아도르노의 분석에 근거한다. 그것은 일찍이 책 서두의 크레츠슈마르의 객담客談에서 나타나는 것처럼 후기 베토벤의 억양, 요컨대 천재성과 인습 사이에서 죽음이 어루만지는 정신적 관계에 대하여 뭔가 언질을 주고 있는 것이다. 이런 사고들 역시 아도르노의 원고를 접했을 때 내게는 '기이하게도' 친숙한 것으로 다가왔었다.

내가 이런 사고를 나의 소설에서 말더듬이의 입으로 변형시켰던 내면의 정서 — 어떤 낱말을 선택할 것인지? — 를 표현하기 위해 나는 다음과 같이 말하지 않을 수 없다. 오랜 정신적 영향 뒤에는 예전에 바람에 날려 보냈던 씨앗들이 새롭게 변화된 모습이 되어 다른 관계를 만들어내고, 마침내 나에게 되돌아오면서 그 자신과 특성을 나에게 상기시키는 일이 아주 빈번해졌다는 사실이다. 죽음과 형식, 자아와 객관적인 것에 대한 이념은 35년 전에 집필된 베니스-소설의 저자에게 추억 그 자체로서 가치가 있는 것인지도 모른다. 이런 이념은 비교적 젊은 철학자의 글에서 권리를 주장함과 아울러 나의 영적·시대적 수채화에서 그 기능적 역할을 수행하는 것이 아닌가 생각된다. 사상 자체는 예술가의 눈에는 자기 소유로서의 가치를 그리 많이 지니는 것이 아니다. 그에게 중요한 것은 작품의 정신적 불안정 속에서 사상이 수행하는 기능적 능력이다.

1943년 9월 말로 접어들던 시기의 일이다. 나는 당시 크레츠슈마르Kretzschmar의 강연부분이 들어 있던 제8장에 만족하지 못한 채 제9장에 이미 들어가 있었다. 이때 나는 아도르노와 집에서 저녁식사를 마친 뒤 그에게 제8장을 들려주었다. "식탁에서는 음악철학의 개별적 사안들에 대한 논의가 진행되었다. 이어서 《파우스트 박사》 제8장의 낭독이 이어졌다. 음악과의 친밀성이 입증된 것은 자랑할 만했다. 몇몇 부분에서는 이의가 있었다. 그 중에서 어떤 것은 사소한 문제였지만, 어떤 것은 심각하게 고려해야할 문제도 있었다. 전체적으로 의견차가 완화되었다." 물론 이렇게 수정된 부분도 오래가지는 않았다. 하루만 지나면 다시 이 8장의 강연부분은 더 다듬어지고 수정되고 확대되곤 하였다.

10월 초 (이 사이에 나는 다시 제9장으로 넘어가 있었다) 우리는 아도르노의 집에서 저녁 시간을 보냈다. 분위기는 무거웠다. 프란츠 베르펠Franz Werfel이 첫 심장마비를 당한 뒤 아직도 회복되기 힘든 것처럼 보였기 때문이다. 나는 피아노에 관한 3페이지를 읽었는데, 그것은 지나치게 비대해져 우려스럽던 장에 삽입되어 있던 부분이었다. 이 집의 주인은 자신이 연구한 내용 가운데 몇 가지와 베토벤에 대한 경구들에 관해 이야기했다. 이 경구들에서는 무조이스Musäus[10]의 〈뤼베찰Rübezahl〉에서 빌려온 몇몇 인용이 흥미로운 내용을 이루고 있었다. 이어서 우리는 정화된 어둠의 힘으로서의 휴머니즘, 베토벤과 괴테의 관계, 사회 및 인습에 대한 낭만적 대립(루소)과 저항(괴테의 《파우스트》에

10_ 정확한 이름은 Johann Karl August Musäus로 민담을 경구적이고 풍자적으로 이용하여 인기를 끌었던 풍자작가 또는 동화작가.

서 산문장면)으로서의 인간적인 것에 관하여 대화를 나누었다.

대화를 나눈 뒤 내가 피아노 옆에 서서 아도르노를 응시하는 동안, 그는 나를 위해 베토벤의 피아노 소나타 111번을 완벽하고도 전적으로 교습하는 방식을 취하며 연주했다. 나는 이렇게 집중력을 기울여 본 적이 없었다. 다음 날 나는 아침 일찍 일어나서 이후 3일 동안 소나타 연주 부분을 효과적으로 수정하고 다듬는 데 혼신을 기울였다. 이는 해당 장, 아니 책 자체를 눈에 띨 만큼 풍성하고 아름답게 하는 것을 의미했다. 나는 본원적이고 보다 완벽한 종결의 형태를 지닌 아리에타 주제에 시적인 언어를 첨가했다. 그리고는 거기에 내밀한 감사의 표시로 본래 아도르노의 아버지 이름인 〈비젠그룬트〉를 새겨 넣었다.

몇 달 뒤인 1944년 초에는 가끔씩 우리 집에서 모임이 있었다. 나는 아도르노와 호르크하이머 및 그의 친구와 사회연구소Institut for Social Research 동료들에게 소설의 첫 세 장章과 소나타 111번 에피소드를 읽어 주었다. 이에 대한 반응은 놀라울 만큼 좋았다. 아마도 소설에 들어 있는 철저히 독일적인 기반 및 음조와 반면에 광란의 조국에 대한 나의 아주 상이한 개인적 태도 사이의 차이를 비교해 보았을 때 감동은 더 큰 것 같았다. 더구나 자신의 가르침을 기념할 만한 작은 모임의 기회를 통하여 음악적으로 매료되고 흥분한 아도르노는 나에게 다가와 "밤새도록 들을 수도 있답니다!"라고 말하는 것이었다.

이후 나는 아도르노와 가깝게 지냈다. 물론 나는 작품의 더 심오한 지점에 가면 그의 도움, 아니 바로 그가 필요하게 되리라는 것을 의식하고 있었다.

유머와 아이러니에 대한
방송 토론

친애하는 얀케 씨, 나는 선생이 방금 서두에서 언급했던 개념들에 대해 조금이나마 도움이 되도록 최선을 다할 것입니다. 나는 선생의 질문을 듣고 내가 아이러니와 유머의 차이를 어떻게 생각하고 또한 이 두 요소가 나의 개인적 작품들에서 어떤 역할을 하는 것인지를 묻는 뜻으로 알아들었습니다. 그런데 간혹 아이러니를 품위와 정신에 있어서 유머를 훨씬 뛰어넘는 보다 고차적인 원리로 간주하려는 시도가 있는 것 같습니다. 이럴 때면 나는 항상 나에게 깊은 인상을 심어주었던 괴테의 말을 떠올립니다. 그는 종종 이렇게 말했습니다. 즉 "아이러니는 그것이 있어야 비로소 식탁에 오른 것을 맛볼 수 있는 소금알이다."

매우 음미할 만한 표현입니다. 이로부터 우리는 괴테가 아이러니를 거의 예술 일반의 원리와 일치시키거나 동일시한다는 것을 추론할 수 있습니다. 나아가 이로부터 우리는 괴테가 아이러니를 그가 살아생전에 추구했던 저 예술의 객관성과 동일시했으며, 예술이 대상에 대하여 취하는 거리Abstand와도 동일시했다는 사실을 추론할 수 있을 것 같

습니다. 그에게 아이러니는 사물들 위에 부유하면서 미소를 띤 채 그
것들을 내려다보는 바로 거리인 동시에, 청중이나 독자들로 하여금 사
물들의 내부로 연루시키고 관계의 실타래를 자아내는 수단입니다. 우
리는 아이러니를 미학용어로 사용되는 아폴로적인 것의 예술원리와
동일시할 수 있을 것입니다. 왜냐하면 아폴로는 먼 과녁을 맞추는 자,
거리와 냉정, 객관성의 신이기 때문입니다. 한 마디로 아폴로는 아이
러니의 신이자 서사적 예술정신입니다. ─객관성은 곧 아이러니입니
다. 우리는 아폴로를 아이러니의 정신으로서 간주해도 좋을 것입니다.

이제 선생도 나의 그때그때 사적인 표현으로부터 이미 알고 있는
사실을 말하고자 합니다. 나는 평론가들이 나의 개인적 작업을 지나치
게 아이러니의 개념에 고정시키고, 유머의 개념은 논점에서 배제시킨
채 나를 전적으로 아이러니스트로서만 간주하려고 할 때면 언제나 약
간은 따분함을 느끼곤 합니다. 그러나 나의 경우에 유머라는 개념은
전혀 빠질 수 없고 또한 빠져서도 안 되는 것이 아닌가 생각됩니다.

이 문제를 좀 더 철저히 논의해 봅시다. 내가 보기에 아이러니는
독자 내지 청중에게서 미소, 그것도 지적인 미소를 이끌어내는 예술정
신인 반면에, 유머는 가슴에서 솟아오르는 웃음을 만들어낸다고 말하
고 싶습니다. 나는 이런 웃음을 개인적으로는 예술의 영향으로서뿐만
아니라 내 작품이 지닌 영향으로서도 아이러니를 통하여 창조되는 에
라스무스적인 미소보다 더 높게 평가하고 더욱 즐거운 마음으로 받아
들이고 있습니다. 아시다시피 나는 내 인생에서 수많은 공개 강연을
해왔습니다. 그럴 때마다 나는 내 강연이 강당에서 가슴의 웃음을 자

아냈을 때 가장 즐거웠고, 연단에 선 것을 한없이 행복하게 느끼곤 했습니다.

물론 《부덴브로크 일가》 이후의 모든 작품에 어느 정도 아이러니가 기본이 되고 있는 것도 사실이지만, 나의 청춘기 소설에서 사람들이 주로 아이러니만을 발견하리라고는 생각하지 않습니다. 그것은 오히려 염세주의의 유머를 들려주는 책입니다. 어쩌면 기묘한 결합처럼 보일지도 모르는 나의 말을 용서하십시오. 이 책의 근거와 요소는 쇼펜하우어와 바그너, 프랑스와 러시아와 영국소설일 뿐만 아니라, 무엇보다 저지독일어에 의한 유머입니다. 최초의 문학적 감동 중 하나였던 프리츠 로이터Fritz Reuter의 작품에 표출되어 있던 이 유머는 나에게도 전달되어 이 책에서 아주 강한 영향력을 행사하고 있습니다.

나를 아이러니의 작가라기보다는 유머작가로 보아주면 늘 기쁘겠습니다. 나의 작품에서 유머의 요소를 증명하는 것은 어려운 일이 아니라고 생각합니다. 네 권으로 이루어진 연작소설 《요셉과 그의 형제들》에서 야콥이라는 인물을 봅시다. 물론 그는 매우 열정적인 인물이지만, 그럼에도 그는 모든 독자가 느끼기에는 틀림없이 유머를 지닌 인물입니다. 상심에 빠진 사랑하는 아들에 대한 야콥의 비탄처럼 그 자체로 철저히 비극적이어야 할 장면, 그리고 야콥이 하느님을 원망하면서 인간의 마음이야 어떻든 무심하기만 한 하느님의 도덕적 무관심을 탓하는 엘리에처와의 대화에서 바로 유머가 나타나는 것입니다. 그것을 아이러니와 혼동할 수는 없습니다. 그것은 본질적으로 다른 어떤 것입니다.

이제는 문득 나의 뇌리에 떠오르는 다른 예를 들어보겠습니다. 고등사기꾼 펠릭스 크룰의 회고록 가운데 어느 새로운 장章에는 흥미로운 장면이 나옵니다. 거기서 자연과학 분야의 한 교수는 후작을 사칭하는 젊은 주인공에게 운이 좋다면 때때로 포옹할 수 있는 아름답고 날씬한 여자의 팔은 시조새의 발톱 달린 날개나 물고기의 가슴지느러미와 전혀 다를 것이 없다고 가르칩니다. 이에 대해 이른바 후작은 이렇게 대답합니다. "네, 교수님, 감사합니다. 앞으로는 그 점을 명심하겠습니다." 보시다시피 이런 경우에 강당에는 늘 웃음이 터져 나오곤 했습니다. 이런 경우가 바로 청중이 유쾌해질 때면 유머 작가로서 느끼는 만족감이 나에게 부여하던 효과였습니다.

자, 이제는 또 한 가지의 사례를 생각해 볼 차례입니다. 그것은 《파우스트 박사》라는 확실히 우울하고 비장한 소설의 경우입니다. 이 책에, 아니 이 책에도 유머의 요소들이 살짝 들어가 있다면 믿을 수 있겠습니까? 유머의 요소들이 살짝 들어가 있는 것이 아니라, 나는 이 요소가 이 책에서 얼마나 필수적인 것이 될 것인지를 분명하게 깨달으면서 의도적으로 그것을 이 책에 넣었습니다. 이미 다음과 같은 이념, 즉 주인공인 작곡가 레버퀸의 삶의 이야기를 선량한 휴머니스트 차이트블롬의 입으로 서술하거나 그의 글로 표현되게 하는 것, 전혀 악마적이 아닌 매개를 통하여 악마적인 것을 일어나게 하는 것, 이런 이념이야말로 이미 유머의 의도를 지닌 전적으로 유머적인 착상인 것입니다. 적어도 이 소설의 제1부에서는 지속적으로 이런 유머의 의도가 입증된다고 나는 생각합니다. 이렇게 나는 여러분에게 즉석에서 나의 유머를 대변해 줄 수 있는 세 가지 예를 이야기했으며, 이렇게 우리는 즉흥적으로 즐기고 있습니다.

그러나 나는 내 말만 이미 너무 장황하게 늘어놓았고, 이제 우리의 토론 친구들에게 이야기를 넘길까 합니다. 물론 전체적인 것은 모험적 시도입니다. 우리는 마치 우리가 집에 있는 것처럼 행동하면서 수많은 시청자들이 우리의 대화를 듣고 있다는 사실을 잊으려고 하거나 정말 잊은 것처럼 담소하고 있습니다. 그것은 모험적 시도입니다. 하지만 우리는 소위 행운을 가져다준다는 네잎클로버이며, 그러므로 어려움은 해결될 것입니다.

[…]

선생이 하신 말씀은 지당합니다. 너무 일찍 중도에 말을 끊어서 미안합니다. 언제나 나에게 웃음거리를 선사하던 짧막한 이야기가 불현듯 떠오릅니다. 그것은 요셉 황제와 하이든에 관하여 대화를 나누던 작곡가 디터스도르프Dittersdorf에 관한 이야기입니다. 황제는 디터스도르프에게 물었습니다. "하지만 그대는 하이든의 작품들 중에서 무엇을 실내악으로 간주하는가?" 이에 대해 디터스도르프는 "폐하, 그의 작품들은 전 세계에서 인기를 끌고 있어서 모두가 그렇다고 해도 당연합니다"라고 대답했습니다. 그러자 황제는 다시 그에게 물었습니다. "많은 경우 하이든의 음악은 장난이 지나친 것 아닌가?" 디터스도르프는 대답했습니다. "그렇지만 그는 예술의 품격을 떨어트리지 않고 장난하는 천부적 재질이 있습니다." 나는 이제 내가 언어를 가지고 장난을 쳤다면, 나는 진지한 마음으로 예술의 품격을 결코 떨어트리지 않기를 바라는 수밖에 없노라고 말할 수 있을 뿐입니다.

[…]

그렇습니다, 베버 박사님. 그것은 쉽지 않습니다만, 나는 이런 제안에 대해 대답할 각오가 되어 있습니다. 나는 과연 여러 사람들에게는 허락되지 않은 것처럼 보이거나 허락되지 않는 것으로 나타나지만, 나에게는 글을 쓸 때 즐거움을 선사하는 바로 언어유희에 대한 예로서 내 작품 가운데 어떤 부분을 선택할 수 있을 것인지 숙고해 보았습니다. 나는 박사님에게 제안합니다. 나는 그다지 길지 않은 소설《선택받은 인간》에 나오는 짤막한 일화를 이야기하겠습니다. '하느님의 필요'라는 수도원의 원장 그레고리우스는 노르망디의 작은 섬인 세인트 던스턴의 해안에서 그가 파견한 어부들을 기다리는데, 그들이 돌아올 때에는 버려진 영주의 아이를 찾아옵니다.

아이러니와 급진주의[11]

아이러니와 급진주의Radikalismus는 대립적 관계이거나 이것 아니면 저것Entweder oder의 관계이다. 정신적인 인간은 아이러니스트가 되거나 급진주의자가 되거나 둘 중 하나를 (선택이 주어지는 한) 선택하게 된다. 적당히 제3의 길은 불가능하다. 그가 둘 중 무엇으로 입증되는가 하는 것은 마지막 논증을 위한 물음이다. 이는 어떤 논거가 그에게 최종적이고 결정적이며 절대적인 것으로서 통용되는가에 의하여 결정된다. 여기서 바로 삶이냐 정신(진리 또는 정의 또는 순수성으로서의 정신)이냐의 선택이 문제시된다. 급진주의자에게 삶은 논증의 근거가 되지 못한다. "세상이 멸망하지 않도록 정의 또는 진리 또는 자유를 실현하라!" 모든 급진주의는 이렇게 외친다. 반면에 "삶이 중요하다면, 도대체 진리는 논증의 근거가 되는 것인가?" 이 물음이 아이러니

11_ 본래 이 에세이 〈아이러니와 급진주의〉는 토마스 만의 방대한 저서 《비정치인의 고찰》(1918) 가운데 마지막 장章에 들어 있는데, 본문은 그것의 일부 발췌문이다. 《마법의 산》이 나오기 직전에 집필된 《고찰》의 시기에 작가는 프랑스의 문명지향적 · 정치적 방향을 반대하고 독일적 보수주의와 문화옹호주의를 견지하고 있었고, 이 때문에 여기서는 바로 뒤에 나온 〈독일공화국론〉 등의 글에서보다 보수주의 성향이 훨씬 더 짙게 나타난다.

의 공식이다.

급진주의는 허무주의Nihilismus이다. 아이러니스트는 보수적 konservativ이다. 하지만 보수주의는 그것이 삶 자체의 목소리를 의미하는 것이 아니라 삶을 원하는 정신의 목소리를 의미할 때에만 아이러니의 성격을 갖게 된다.

여기에는 에로스가 관련된다. 에로스는 "가치와는 상관없이 한 인간의 긍정"으로서 규정되어 왔다. 이제 그것은 아주 정신적이거나 아주 도덕적인 긍정이 아니며, 정신을 통한 삶의 긍정 또한 아니다. 긍정이란 아이러니적이다. 언제나 에로스는 아이러니스트와 동일하며, 아이러니는 바로 에로티시즘이다.[12]

삶과 정신의 관계는 지극히 미묘하고 난해하며 격앙되고 고통스런 관계, 아이러니와 에로티시즘으로 가득 차 있는 관계이다. 이 관계는 내가 어느 행동주의자의 글에서 읽었던 문장으로도 폐기되는 것이 아니다. 그는 "세계가 정신을 필요로 하지 않을 정도로" 정신을 통하여 세계를 만들어 나가는 것이 중요하다는 것이었다. 이런 전환의 움직임을 나는 알고 있었다. '정신을 필요로 하지 않는' 전환의 극단적 움직임들은 동시대의 문학에서 이미 화제에 올랐다. 여기에는 어쩌면 삶에 대한 정신의 철학적·문학적 관계를 형성하고 있을지 모르는, 어쩌면 정신 그 자체일지도 모르는 영악한 동경이 내재해 있다.

삶이 정신을 (또는 예술을) 필요로 하지 않을 정도로 삶을 만들어

---

12. 정신과 삶 양방향에 대한 사랑 또는 양자 사이의 비밀스런 관계를 의미하며, 무엇보다 일방성이 아니라는 점에서 급진주의와 구별된다.

나가라! 이런 외침 또한 유토피아일까? 그렇지만 그것은 허무주의적 유토피아, 증오와 폭군적 부정 및 순수주의의 망상에서 태어난 유토피아이다. 그것은 어떤 '예술을 위한 예술l'art pour l'art'보다 더 경직되고 냉정한 '정신을 위한 정신Geist für den Geist', 삶이 정신을 신뢰하지 않는다 해도 놀라워할 필요가 없는 절대정신의 삭막한 유토피아이다. 요컨대 동경은 정신과 삶 사이를 오가는 법이다. 삶 역시 정신을 열망한다. 삶과 정신이라는 두 세계의 관계는 에로스적이다. 그러나 양자는 성性이 불명료하여 하나는 남성적인 것, 다른 하나는 여성적인 것을 표출하는 것이 아니다. 그러므로 두 세계에는 합일이 아니라 합일과 소통의 짧고 도취적인 환각, 해결 없는 영원한 긴장만이 존재한다.

그런데 정신이 삶을, 삶 또한 정신을 '미美'로서 느낀다는 것이 바로 '미의 문제'인 것이다 … 사랑하는 정신은 공상적인 것이 아니다. 사랑하는 정신은 발랄하고 정치적이며, 무엇인가 구하려고 노력한다. 이런 구애의 행동이 바로 에로스적 아이러니이다. 우리는 이에 대해 정치적 용어를 가지고 있다. '보수주의'가 바로 그것이다. 보수주의란 무엇인가? 그것은 정신의 에로스적 아이러니이다.

예술에 관해 언급할 시점이다. 오늘날 예술은 목적을 추구해야만 하고, 세계완성을 지향해야 하며, 도덕적 결과를 얻어야만 하는 것으로 간주되고 있다. 하지만 삶과 세계를 완성하려는 예술가의 방식은 적어도 본래에는 정치적 개선의 방식과는 전혀 다른 것이었다. 단적으로 그것은 변용과 찬미의 방식이었다. 본원적이고 자연적이며 '소박한naiv'[13] 예술은 삶, 미美, 영웅, 위대한 행위 등에 대한 찬미와 축하였다. 이와 같은 예술은 삶에 대하여 거울을 제공함으로써, 삶은 더 행복하게 미화되고 순수해진 실재의 자기 모습을 들여다볼 수 있었다. 이런 응시를 통하여 삶은 자기 자신을 위한 새로운 쾌락을 포착하곤 했다.

예술은 삶을 위한 자극, 유혹이었고, 앞으로도 대부분 그런 것을 위해 존재하도록 되어 있었다. 예술을 문제적으로 만들고, 그 성격을 너무나 복잡하게 한 것은 정신, 순수 정신이라는 비판적이고 부정적이며 파괴적인 원리와의 결합이었다. — 예술이 가장 내적인 삶의 긍정, 감각적으로 가장 천부적인 창조적 삶의 긍정을 철저한 비판의 마지막 허무주의적 열정과 연관시키는 한, 이는 마술적 패러독스의 성격을 띠고 있다.

이제 예술 및 문학은 소박한 것으로 존재하기를 중지했다. 그것은 좀 더 오래된 표현을 사용하자면 '감상적sentimentalisch'이 되어 버렸거나 이른바 '이지적intellektuell'이 되어 버렸다. 이에 따라 예술 및 문학은 더 이상 전적으로 삶을 위한 것이 아니라 '삶의 비판', 그것도 그 수단이 더 풍부하고 영적이며, 더 다양하고 흥겨워졌듯이 순수한 정신의 비판보다 훨씬 더 무섭고 충격적인 비판이 되어버렸다.

그러므로 예술은 도덕적이 되어버렸다. 그런데 예술이 명예욕의

13_ 실러Schiller는 '소박한 것das Naive'과 '감상적인 것das Sentimentalische'을 대립적 개념으로 설명한 바 있다. 감상적인 것은 '현대적인 것'과 같은 맥락에서 파악되는데, 그 특징은 '상실감'과 아울러 '세련화'라는 것이다. 나중에 게오르크 루카치는 이 개념들을 현존재의 '고향상실' 및 '총체성의 부재'와 연결시킨다.

소산이든 아니든 그 영향의 제고와 심화가 목적이 아니냐는 회의적 심리의 측면에서는 비난이 없지 않았다. 왜냐하면 예술은 이제 주로 영향으로 귀결되기 때문이다. 이런 관점에 따르면 예술의 도덕주의를 지나치게 도덕적으로 받아들여서는 안 된다는 것이다. 예술은 도덕주의를 통하여 품위를 얻거나 그렇게 하는 것이라고 믿는다. 재능은 본래 비속하고 거의 어리석은 것이지만, 그것에는 찬사를 얻으려는 야망이 내재해 있다. 그리고 찬사를 얻기 위해서 재능에는 당연히 정신이 필요하다. 이런 심리만이 예술이라는 영악한 눈을 지닌 수수께끼에 근접할 수 있다는 것이다.

이제 여기에 성실성이 작용한다. 미혹과 화려한 모방, 내적인 요술을 통하여 돌연 인간의 가슴을 형언할 수 없는 흐느낌과 홍소로 뒤흔드는 형식의 유희가 열렬히 진행되는 것이다! 예술은 실로 도덕과의 결합을 통하여, 다시 말해 급진적 · 비판적 정신을 통하여 삶의 자극으로서의 본성을 결코 상실하지 않았다. 예술은 설령 다른 것을 원할지라도 ─ 때때로 예술은 다른 것을 원하거나 원하는 것처럼 보인다 ─ 삶을 감각적 · 초감각적 자기직관, 가장 충만한 자기의식과 자기감정으로 인도하는 가운데 삶을 향해 새로운 즐거움을 뜨겁게 쏟아붓지 않을 수 없으며, 이는 예술의 비판적 태도가 철저히 삶에 적대적이고 삶을 무력화시키는 것처럼 보이는 경우들에서조차 다를 수 없다.

우리는 이런 경우들을 알고 있다. 톨스토이의 《크로이처 소나타》가 한 예에 속한다. 예술은 여기서 이중적 의미에서 자기 자신을 배반한다. 예술은 삶에 대항하기 위해 자기 자신과도 대항함으로써 그 본질을 드러낸다. 능력 있는 예언자는 예술을 비난하고 순결을 설교한다. 그에게는 그러나 이런 식으로는 삶이 고갈된다는 항변이 제기된다. 반면에 예술가적 예언자는 괜찮아! 하고 대답한다. 이때 정신은 이렇게 묻는다. "도대체 삶이 논증의 근거가 되는가?" 우리는 이런 질문을 받지만, 대답은 물론 침묵으로 그친다. 그러나 이런 가르침과 질문이 예술가의 이야기 형식, 즉 여흥의 과정에서 인간에게 제공하는 것은 얼마나 이상하고, 또 얼마나 어리석은 모순인가!

그럼에도 불구하고 예술을 그토록 사랑스럽고 행할 만한 가치가 있는 것으로 만드는 것은 바로 이런 것, 즉 예술은 삶의 흥미로운 추후 형성과 비판적·도덕적 파괴를 통하여 삶의 청량제이자 동시에 재판관, 찬양과 찬미로 존재하거나 존재할 수 있다는 놀라운 모순이다. 예술은 이렇게 쾌감뿐만 아니라 양심을 일깨우는 작용을 하는 것이다. 예술의 사명은 외교적으로 말하자면 예술이 삶만이 아니라 정신과도 좋은 관계를 이루는 데 있으며, 또한 보수적인 동시에 급진적인 성격을 지니는 데 있다. 그것은 정신과 삶 사이의 중간위치 또는 중개자의 위치에 있다. 여기에 아이러니의 원천이 있는 것이다.

그러나 여기 어딘가에는 또한 예술과 정치의 본질적 유사성이 나타난다. 왜냐하면 정치 역시 자체의 방식대로 순수 정신과 삶 사이에서 중개자의 위치를 차지하고 있기 때문이다. 정치가 단지 보수주의적 성향 일색이거나 급진적·파괴적 성향 일색이라면 정말 무가치하지 않겠는가! 하지만 이런 위치의 유사성 때문에 예술가를 정치가로 만들고자 한다면, 그것은 오해일 것이다. 이유인즉 삶의 양심을 일깨우고 계속 환기시키는 예술의 과제는 전혀 정치적인 것이 아니라 오히려 종교적인 것에 가깝기 때문이다.

어느 위대한 신경의학자는 언젠가 양심을 "사회적 불안soziale Angst"으로 규정한 바 있다. 이는 매우 존경스럽기는 하지만 불쾌한 '현대적' 규정이다. ─ 오늘날 우리가 온갖 도덕성과 종교성을 얼마나 사회적인 면에서 부각시키고 있는가 하는 것에 대한 전형적 실례라 할 것이다. 나는 이를테면 루터가 뜻밖에도 종교개혁자가 되면서 사회적 문제에 연루되기 이전에 그의 수도원에서의 외로운 고뇌와 양심의 투쟁이 사회이념과 과연 어떤 관계가 있었는지 알고 싶다 … 그러나 누군가가 예술이 삶을 순수 정신이라는 재판관의 면전에 데려가듯이 그것을 하느님의 불안을 일깨우려는 예술의 사명으로 설명한다면, 나는 항변할 생각이 없다. […]

아이러니는 그러나 늘 양쪽 측면을 향해 있다. 다시 말해 아이러니는 삶을 지향하듯이 정신을 지향한다. 이런 점이 아이러니로부터 큰 거동을 빼앗아가며, 이런 점이 아이러니에 대해 멜랑콜리와 신중함을 부여한다. 예술이 아이러니하다면, 그런 예술은 멜랑콜리하고 신중하다. 아니, 우리가 더 정확하게 표현한다면, 예술가란 멜랑콜리하고 신중한 자이다. 그럴 것이 품성의 영역이란 개인의 영역이기 때문이다. 따라서 예술가가 아이러니스트라면, 그는 멜랑콜리하고 신중하다.

'정열', 커다란 제스처, 거창한 말은 아이러니스트에게서 거부되는데, 그는 정신적으로 결코 존엄Würde의 경지에는 도달할 수가 없다. 그의 중간위치의 문제성, 정신과 감각의 혼합적 본성, "가슴에 들어 있는 두 개의 영혼"이 그것을 가로막는 것이다. 예술가로서의 삶은 존엄의 삶이 아니며, 미美의 길 또한 존엄의 길이 아니다. 미는 요컨대 아주 정신적이면서도 감각적이다(플라톤은 미를 "신적인 동시에 가시적可視的 성격"이라고 말했다). 그러므로 미는 정신을 향하는 예술가의 길이다. [⋯]

독일이 국가적 결실의 최절정기였던 1876년에는 비스마르크, 몰트케, 헬름홀츠, 니체, 바그너, 폰타네가 살고 있었다. 그들은 문명의 문학가들Zivilisationsliterat[14]이 아니라 전적으로 정신적인 인물들이었다. 그런데 오늘날 우리는 무엇을 가지고 있는가? 평균, 민주주의, 이런 것들을 가지고 있다! 독일의 순화, 인간화, 문학화, 민주화는 대략 20년 사이에 정말 급속도로 진행되었던 것이다! 우리는 대체 무엇을 외치고 무엇을 좇고 있는가? 차라리 보수주의가 시대에 적합한 것은 아니겠는가?

나는 개인적으로는 태어난 지 25년이 지난 1900년도에 큰 성과를 이루었는데, 이때부터 갑자기 어떤 문화민족에게도 없었던 생산성의 퇴행이 일어나기 시작한다는 것이 무엇을 의미하는지 나는 잘 알고 있다. 정확히 이 해에 한 독일 시민가문의 순화 및 승화와 퇴화를 다루는

14_ '문학가Literat'(역자에 따라서는 문필가)는 대체로 정치적 성향이 강한 작가, 또는 시류를 좇는 작가를 의미한다. 토마스 만은 '문명Zivilisation'에 대해서는 '문화Kultur', '문필가'에 대해서는 '시인Dichter'이라는 말을 대립적으로 사용하는데, 이는 프랑스적인 것과 독일적인 것의 대립과도 일맥상통한다. 당시 토마스 만의 전통지향과 보수주의적 성향은 진보적이었던 그의 형 하인리히 만과 불화를 일으키기도 하였으나, 만은 《마법의 산》을 집필하는 동안 형과 화해할 뿐만 아니라 사상적으로도 새로운 길을 모색하게 된다.

아주 독일적인 책, 그러나 의심할 바 없이 국가적 건강의 쇠퇴를 표징하고 있던 《부덴브로크 일가》가 출간되어 15년 뒤에는 70판을 기록하게 된다. 바로 이 시점에 나와 나의 책과 더불어 사냥꾼의 채찍을 든 문명문학가의 면전에서 도덕적·정치적·생물학적 몰락의 과정[15]이 전개되기 시작한다.

내가 이 과정에 얼마나 깊이 관련되어 있으며, 나의 작업 또한 이 과정을 얼마나 많이 표출하고 촉발하고 있는지 나는 잘 알고 있다. 다만 나는 전부터 급진주의 문학가들과는 반대로 보수적 성향을 지니고 있었고, 일찍이 그 성향을 정치적으로 이해함이 없이 표현해왔을 따름이다. 니체에게서 전수받은 삶의 개념이 이렇게 하도록 만들었다. 아이러니할 수도 있는 '삶'이라는 개념과 나의 관계는 '정신'과 나의 관계보다는 아이러니하지 않았다. 이 삶의 개념은 생산성의 돌발적 퇴행이 일어나기 시작하는 1900년에 국가적 현실성을 얻는다. 삶의 개념은 보수주의의 개념인 것으로, 몰락의 소설 《부덴브로크 일가》가 완성되자마자 보수주의의 의지가 아이러니의 형식으로 나타나며, 나의 작품에서 '삶'과 '보존하다konservieren'라는 말이 그 역할을 발휘하기 시작한다.

나는 〈토니오 크뢰거〉에서 이에 관해 다음과 같이 적었다. "예술

15_ 이 소설이 전반적으로 몰락의 과정을 서술하고 있을지라도 여기에는 이를 반전시키는 아이러니가 감추어져 있다. 토마스 만은 《부덴브로크 일가》의 한 章(학교의 장)이라는 에세이에서 "만일 하노라는 데카당이 없었더라면 노아의 방주 시대 이래로 이 세계는 한 발짝도 앞으로 나아가지 못했을 것이다"라고 말하고 있다. 이렇게 몰락은 이 소설에서 단순한 몰락이 아니라 정신의 상승을 겨냥한다.

의 왕국이 커지게 되면, 건강하고 순진무구한 사람들의 나라는 줄어들게 된다. 우리는 거기서 아직 남아 있는 부분을 아주 소중하게 보존해야 할 것이다. 우리는 스냅 사진이 들어 있는 승마 교본을 즐겨 읽고 싶어 하는 사람들을 시의 세계로 유혹하려 해서는 안 될 것이다."

문학과 히틀러

모든 작가는 문학이 경향을 지녀야 하는지, 그렇지 않으면 당파와 정치적 영향에서 자유로워야 하는지 하는 물음에 직면하게 된다. 이제는 정치적 결과가 거시적으로 볼 때 문학에 영향을 미치지 않는다는 것이 전혀 불가능한 시점에 와 있다. 모든 예술은 은연중에 또는 명시적으로 정치적 문제들에 의존한다. 예술적 결과와 정치·사회적 결과 사이에 하나의 분명한 경계선을 긋는다는 것은 어려운 일이다. 이런 결과들이 예술적 창조에 있어서 중요한 역할을 수행함은 물론이다. 시대의 정신적 분위기는 하나의 매개물이고, 이 매개물로부터 작가는 분리되어 나올 수 없다. 그럼에도 불구하고 이는 예술가가 문예란을 취급하는 기자나 순수 언론 리포터의 기능을 받아들여야만 한다거나, 마찬가지로 예술가가 예술적 기본원칙의 요구에서 해방되었다는 것을 의미하는 것도 아니다.

특히 소설가는 소설가라는 특징으로 인하여 이 문제와 직접적으로 부딪친다. 도대체 소설가는 본능적 삶으로부터 이런 특징을 취하거나 적어도 그렇게 해야만 하는 것인가, 또는 그것을 자신의 환상으로부터 창조해내어야 하는 것인가? 이에 대해 나는 한 인격과 개성이 사실성과 이상의 결합이어야 한다고 생각한다. 소설가는 현실을 사용하여 묘사하지만, 그렇다고 해서 현실의 성격들을 변용되지 않는 삶에서 그려낼 수는 없는 것이다. 그것은 사진일 수는 있어도 예술은 아닐 것이다. 문학이라는 예술은 다른 여러 예술과 마찬가지로 현실의 정신적 고양이다. 왜냐하면 문학의 순수 예술성은 문체화를 통하여 존립되는 것이지 언어 자체에 충실한 것은 아니기 때문이다.

이런 보편적 사고에 비추어 독일 현대소설의 발전을 고찰하고 미래에 대한 성찰을 가늠해 보는 것은 흥미로운 일이다. 지나간 삼사십 년 동안 독일소설은 거대한 변화를 체험해 왔다. 독일소설은 수많은 영향을 받아 왔는데, 이를테면 스칸디나비아의 사실주의자 입센과 비에른손Björnson, 러시아 작가 투르게네프와 톨스토이 및 도스토옙스키, 그리고 졸라와 그 밖에 프랑스의 자연주의 작가들이다. 그러나 장래의 독일소설의 발전은 이 불행한 나라에서 벌어지고 있는 현재의 정치·문화적 결과들에 의하여 강력한 반동을 겪게 될 것이라는 것이 나의 생각이다. 제1차 세계대전 동안 그리고 그 이후로 겪은 독일민족의 참담한 체험들은 독일작가들에게 깊은 영향력을 행사해 왔다. 우리는 이제 독일작가들에게 만연해 있는 극단적 국가주의의 경향이 어떤 지속성 있는 형태인지 또는 단순히 전쟁으로 말미암아 독일을 뒤흔들어놓았던 정치적 불안에 대한 자연스런 반응인지를 자문해 보아야만 한다.

나는 그것이 단지 잠정적인 경향일 뿐이라고 믿고 있다. 독일의 국가주의는 아주 일반적인 의미에서 유럽문학에 대단히 악영향을 미쳤으며, 현재의 국가사회주의는 독일문학에 대해 이와 같은 나쁜 영향력을 소유하고 있다. 나 자신으로서는 독일의 본질과 유럽 내지 세계 시민성의 본질 사이에서 하나의 균형점을 찾아내고자 시도했다. 괴테와 독일낭만주의의 후예로서 나는 유럽문화의 이 대가들과 같은 방향을 모색해 왔다. 독일적 시각에서 고찰한다면 나는 특정 독일인이라기보다는 오히려 유럽인에 근접해 있다. 나의 유럽적 기질은 나의 어머니에게서 전수된 것이다.

정치적 사건에 대한 예술가의 자세는 완전히 해당 예술가의 개인적 방향성에 근거해 있다. 얼마나 작가가 사회주의나 파시즘, 자본주의와의 투쟁에 감화되고 있는가? 이 투쟁은 내적 지향성을 지니고 있고, 내적 사물에 관해 저술하는 작가에게 그것은 그리 강력한 영향을 미치지는 못할 것이다. 그럼에도 정치·사회적 결과에 관심 있는 작가에게는 이것이 삶의 중량만큼이나 의미가 있을 수 있다. 이런 작가의 개별관심, 소위 그의 직업적 활동, 사회적 연대감과 메시아적 충동에 대한 그의 능력은 그를 사회적 투쟁의 한가운데로 끌어들이게 하는 작용을 수행한다. 반면에 성격상 다른 기질의 예술가는 이런 문제로 우려하지는 않을 것이다.

나는 게르하르트 하우프트만Gehrhard Hauptmann이 민주주의자에서 국가사회주의자로 변절했다는 약식판단은 잘못되었다고 생각한다. 물론 그는 여전히 독일에 남아 정치적 결과에 대해 일관된 자세를 대변하고 있다. 하우프트만은 지속적으로 강렬하고 아주 본질적인 면에서 독일적이었다. 그의 민주주의는 애초부터 국가사회주의의 강렬한 색채를 띠고 있었다. 그는 순간적인 정치적 결과들과 영합하고 있다. 그는 충분히 다면적이어서 정권의 통제에 따라 자신을 적절히 변화시킬 수 있는 작가이다. 비록 내가 크게 의혹을 품고 있기는 하지만, 그는 어쩌면 국가사회주의의 정신적 기본 주장들을 확신하고 있는지 모른다. 어쨌든 그는 순간적으로 권력 있는 모든 정권에 외견상으로는 의탁하고 있다.

독일의 망명작가들은 그들의 조국과 교류할 수 있는 길을 상실할 커다란 위험에 처해 있다. 그들은 조국에서 추방당함으로써, 독일 밖에서 어떤 문학이 그들의 삶을 가능하게 할 것인지의 절박한 물음에 직면해 있는 것이다. 고백하건대 나로서는 망명문학이 지속성 내지 발전의 동력을 가질 수 있으리라는 것에는 회의가 앞선다. 이에 대한 거대한 위험은 독일적 삶에 대한 감각이 사라져버린다는 것, 망명문학가들이 독일적 삶과의 유대를 상실하고 있다는 것에 근거한다. 이런 면은 이미 러시아 작가들에게서 나타난다. 러시아의 망명작가들은 독일과는 다른 문화권, 소위 사회적 진공상태에서 저술활동을 시작했으며, 그들은 어떤 확고한 토양에 뿌리를 내릴 수 없었다는 것을 입증하였다. 나는 내 나름대로의 위치에서 이 위험성을 매우 심각하게 느껴왔다. 나 역시 독일의 밖에서 살고 있으나, 같은 독일어권인 스위스에 살기로 작정했다. 그 이유는 나의 저술활동이 불리하지 않다는 것, 외국에 거주하면서도 독일문화 및 언어와 내적 관계를 유지할 수 있기 때문이다.

나의 형 하인리히 만Heinrich Mann은 독일의 망명자들이 서로 결속하여 독일의 국경 밖에서 자유주의와 급진주의적 독일의 이상을 구현해 나갈 것을 호소하고 있다. 그러나 나는 지식인들의 집단행동을 그리 신뢰하지 않는다. 나는 모든 개별적 예술가가 자신의 관심을 불러일으키는 작품에 충실히 따라야 한다고 생각한다. 정신적인 일을 수행함에 있어서 협동이란 늘 개별적 예술가들에게 손상을 입혀왔음을 잘 알고 있었기 때문이다. 나는 독일에서 현재의 사건이 발생하기 이전부터 이미 이런 견해를 가지고 있었고, 국가사회주의가 부활한 이후에도 여전히 이런 견해를 고수하고 있다. 개별적 예술가의 작업은 통일적 조직체의 그것보다 더욱 중요하다는 것이 변함없는 나의 견해였다. 이런 이유로 나는 정신적이고 예술적인 일을 수행함에 있어서 독일의 망명 문학가들로 구성된 조직에 동조하지 못하는 것이다. 물론 그것이 평화를 찾는 데 조력하기 위한 독일작가들의 의무이자 모든 작가들의 의무라는 것은 인정한다. 그러나 이를 어떻게 성취할 수 있는가 하는 것은 다른 문제인데, 왜냐하면 만일 히틀러와 괴링에게 질문을 던진다면 그들은 독일이 평화를 사랑하는 국가요, 더욱이 그들 또한 평화를 위해 일하고 있노라고 대답할 것이기 때문이다.

나는 독일인들의 문학적·사회적 삶이 실제로는 히틀러의 대두로 말미암아 위험에 빠졌다고 주장하던 그 모든 사람들에게 단연코 '아니요'라는 말로 대답할 것이다. 이와는 달리 괴벨스의 주도면밀한 정책은 문학과 문화에 관한 한 기회주의자나 중용을 지키는 작가들에게는 넓은 문호를 개방하였다. 이에 따라 그들은 사이비 애국주의의 물결에 휩쓸려 들어갔다. 물론 현재의 정치조직은 성격적으로 유약한 인간과 선동자들에게는 대단한 유혹을 주고 있지만, 이는 결코 오래 지속될 수 없다. 실제로 '유산'과 '조국'을 앞세우는 서적들은 독일의 대중들에게 처음만큼 그리 대량으로 구독되지 않고 있다. 대중은 그런 것에 염증을 느끼기 시작한 것이다.

독일의 저널리즘은 강요된 획일화에 의하여 독일의 신문들을 정부기관지로 전락시켰던 것은 사실이다. 그것이 현재 저널리즘의 기본 이념이다. 이탈리아나 러시아와 똑같이 독일의 언론은 정부의 기관이요 도구에 지나지 않는다. 그러나 다른 한편으로 모든 출판물들의 배후에는 특수한 관심이 도사리고 있는 것은 아닐까?

뉴욕의 어느 유명 일간지와의 짧은 인터뷰에서 내가 "사회주의는 성장하는 과정에 있고, 독일 대중은 국가사회주의보다 사회주의에 더 깊이 공감하고 있다"고 말했다는 식의 인용이 게재된 바 있었다. 이 인터뷰 내용은 어느 정도 사실이지만, 전적으로 옳은 것은 아니다. 내가 실제로 표명했던 내용은 어떤 부류들, 특히 젊은이들 사이에서 모종의 사회주의적 경향들이 나타나고 있으며, 이들은 반동의 힘을 극복하려는 움직임을 보인다는 것이었다. 그러나 독일에는 러시아의 그것과 유사한 일단의 사회주의가 존재한다. 국가가 사회 활동에 적극적으로 참여한다. 자본주의와 동일한 의미였던 개인주의는 독일에서 대기업을 위하여 사라져 버렸다. 독일정부가 가격을 조정하고, 수출입 배당을 결정한다. 나치스가 정권을 인수했을 때, 국민들은 그들이 일종의 사회주의 형식을 수행할 것이라는 기대에 부풀어 있었다. 그런 일은 전혀 일어나지 않았다. 계속해서 기업의 불만이 현 독일과 함께 팽배하고 있으며, 그것은 정부가 자본주의에 대해 호의적이 아니라는 것을 반증한다.

　나 자신의 작품에 관하여 말하자면, 나는 현재《요셉과 그의 형제들Joseph und seine Brüder》이라는 성서에 입각한 연작소설을 집필 중에 있다. 이 작품의 제2권은 이미 독일에서 출간된 바 있었다. 지금은 제3권을 쓰고 있다. 개인적인 의견을 피력하자면 이 연작소설이야말로 내 최고의 걸작이라고 생각한다.

영화와 소설

영화 자체는 모종의 자부심과 정당성을 지닌 일종의 '기업적 성격'으로 간주되고 있다. 미국에서 영화는 인더스트리Industry라고 불리고, 독일에서는 브랑셰Branche라고 불린다. 이 용어는 예술 취향적인 것은 아니며, 오히려 냉철한 자기인식에서 나온 것처럼 들린다. 왜냐하면 영화는 실제로 대중적 오락매체로서 그 자체의 논박할 수 없는 법칙을 지니고 있기 때문이다. 영화가 점점 더 성장해 가면서 예술적 명예심을 자체의 법칙과 연결시킬 때, 사람들은 그만큼 그 법칙들을 경시할 수 없게 될 것이다. — 여러 사례, 아니 적지 않은 특별한 사례에서도 영화는 아주 매혹적인 방식으로 어떻게 이 예술적 명예심을 충족시킬 것인지를 잘 알고 있었다.

예술로서도 영화는 부분적으로는 기업적인 법칙과 관련되는 그 자체의 법칙을 가지고 있다. 그러나 평범한 소설이 지니고 있는 것보다 더 높은 예술적 가치를 지닌 영화들이 적지 않게 존재한다. 따라서 영화와 소설 중 어느 것이 더 예술적으로 우수한 장르인가 하는 물음은 있을 수 없으며, 단지 비교대상의 특수한 등급에 따라서만 서열을 정하는 것이 가능하다.

지난 이삼십 년에 걸쳐서 이루어진 영화의 기술적·예술적 발전은 너무나 눈부신 것이어서 영화에 대한 나의 관심 또한 갈수록 커가고 있으며, 나 자신의 소설들이 영화로 상영되면 좋겠다는 바람까지도 갖게 되었다. 물론 전제되어야 할 사항은 소설들의 영화화가《대공전하Königliche Hoheit》의 경우처럼 사랑스럽고 운율이 넘치도록 완성되어야 한다는 것, 그리고 눈을 만족시키는 아주 운치 있는 영상작품이 만들어져서 그것이 대중을 즐겁게 하고, 동시에 정신적 의도 및 소설의 성격을 제대로 잘 반영해야 한다는 것이다.

물론 책과 영화가 함께 존속해 나갔으면 좋겠다고 생각한다. 그러나 나는 훌륭한 소설이 영화화되면 근본적으로 훼손될 수밖에 없다는 것은 믿지 않는다. 더욱이 영화의 본질은 서사작품의 본질과 너무나 유사하다. 영화는 드라마보다 소설에 훨씬 더 가깝게 있다. 영화는 비주얼로 이루어진 서사작품이다. 영화는 사람들을 기쁘게 할 뿐만 아니라, 그들의 아름다운 희망을 자신의 미래에 담을 수 있는 장르인 것이다.

문화와 사회주의

정치적 문헌학자들이 내가 나의 저서《비정치인의 고찰 Betrachtungen eines Unpolitischen》을 변조하여 반민주적인 것으로 논란이 되는 부분을 민주적 논조로 슬며시 바꾸었다고 주장했는데, 그것은 어처구니없는 일이다.—아니, 단순히 어처구니없는 정도가 아니다. 그렇게 주장한 이유는 1922년[16]에 내가 인고의 세월 속에서 집필한 그 방대한 저서의 몇 페이지를 출판 관계상 잘라내었기 때문이었다. 하지만 그렇게 함으로써 나의 글을 모아 출판함에 있어서 그 책은 전집 가운데 한 권으로 나올 수 있었다. 나는 그것을 개인적 삶의 기록으로서뿐만 아니라 나 자신을 가눌 수 없었던 시대의 기록으로 집착했었고, 지금도 그렇게 느끼고 있다.

물론 다른 의미로 보자면 나는 그 저서를 집필할 만큼 어려운 시대

16_《고찰》은 토마스 만의 초기 보수주의적 사고를 대변하던 저서로, 그는 제1차 세계대전에서 패전을 경험함으로써 자신의 입장을 철회하고 독일공화국의 지지자로 변하게 된다. 이 책은 1918년에 출간되었고, 1922년에는 이를 전집에 넣어 재출간하게 된다. 〈독일공화국론〉과 소설 《마의 산》은 그의 민주주의에 대한 새로운 관심과 밀접하게 관련되어 있다.

앞에서 안정을 취할 수 없었다. 그런데 오늘날에 들어와 당시보다 내게 훨씬 거부감을 일으키는 비민주적 도덕성을 전달하는 그 선동적 작품이 전집으로 출판되면서 첫 출간시보다 오해의 여지를 줄이도록 조작되었다고 비난받는 것은 참으로 안타까운 일이다. 독일의 성격과 운명에 대한 오랜 번민, 뼈저린 증거의 병기고가 아직도 그대로 남아 있다.—그것은 비록 반민주적은 아니라 해도 통상 민주적으로 이해되는 것과는 대립적 성격을 띠고 있다. 그럴진대 잘못된 비난보다는 차라리 "과거에 많은 사람들의 흥미를 끌었으면서도 뒤이어 곧바로 직접적 표명을 통하여 그 태도를 어떤 식으로든 부인한 바 있던 한 권의 책을 당신은 전집에 다시 끼어 넣을 권리가 없소"라고 비난한다면 그것이 더 정당할 것이다.

그러나 이런 항변 또한 근거가 불충분하다. 왜냐하면 나는 《비정치인의 고찰》에 관하여 어떤 것도 부인하지 않고 있으며, 그 책의 발간 후에 썼던 어떤 글을 통해서도 마찬가지였기 때문이다. 우리는 자신의 삶을 부인할지언정 자신의 체험을 부인하지 않는 법이다. 우리는 삶을 직접 겪어왔으며 어느 부분은 그 과정을 빠져나와 있기 때문에, 우리가 직접 체험한 것을 부인하지 않는다. 전집으로 모아진 글들은 형식을 통하여 내적 삶의 과정과 단계를 지속성과 상대적 영원성으로 고양시키고, 또한 이를 위해 길을 열어주고 열어주어야만 하는 정신적 자서전이다. 요컨대 삶이란 바로 통일성이지만, 운동의 정지를 뜻하지는 않는다. 그리고 삶의 추후적인 상태에서 체험된 것이 우리에게 소중해지면 소중해질수록, 우리는 과거에 그것이 가장 내적인 현재였을 때보다 훨씬 큰 열의와 정열을 가지고 그것에 달려가 더욱 매진한다. 《비정치인의 고찰》은 내가 하나의 문제를 놓고 기나긴 세월 동안 깊은 고뇌 속에서 열의를 다했던 작품이다. 하나의 문제, 즉 독일성이라는 문제는 그 당시만 해도 가장 개인적이면서 삶의 가장 당면한 문제였다. 그런데 내가 그것을 과연 부인할 수 있단 말인가?

그렇다면 이 저서의 기본인식, 출발점의 기본명제는 어떤 것이었는가? 그것은 정치와 민주주의의 동일성,[17] 이 복합관계의 자연스런 비非독일적 성격에 근거하고 있었다. 다시 말해 그것은 정치세계나 민주주의 세계에 대립된 독일정신의 자연스런 이질성을 파악하려는 것으로, 독일정신은 이 세계와 맞서 비정치적·귀족적 '문화'의 개념을 자신의 본질로 제시하고 있다고 보았다. 종래는 이 이질성과 저항성이 전쟁의 원인이었다는 사실은 나에게 우울하고도 부인할 수 없는 감정이 되고 말았다. 이로 말미암아 독일은 고립에 빠져들었고, 세계가 우리에게 대항하여 분연히 일어나 분노를 터뜨리는 원인이 되고 말았던 것이다.

독일문화! 1914년에는 세계의 어떤 것도 이 말보다 더 가증스럽고 욕된 것은 없었다. 그런데 이 무렵 독일문화에서 문화Kultur[18]는 '케이 K'라는 약어로 사용되면서 그것이 협상기자들의 특별한 분노를 일으

17_ 토마스 만에게 '정치'라는 개념은 당시 '민주주의'와 동일한 의미로 사용된다. 반면에 '독일적'이란 거의 '비정치적' 또는 '정치회피적' 내지 심지어 '정치혐오적' 의미로 사용된다.

18_ 정치, 민주주의, 문명이란 개념의 반대편에 바로 문화개념이 대두되며, 이것이 바로 제1차 세계대전을 전후한 시기의 전쟁이데올로기와도 연관된다. 토마스 만과 그의 형 하인리히 만 사이의 형제불화도 근본적으로 이 대립개념을 두고 일어났다.

키는 결과를 초래했다. 그러나 이 대문자 케이에 대한 적대세계의 무분별한 논쟁에 대하여 우리는 초연했어야 했다. 그것이 우리 독일인에게 상처를 주고 방어본능을 부추겼다는 점은 납득이 되지만, 우리는 그것을 웃어넘기고 어처구니없는 소리로 일축할 수 없었으며, 이를 용납하지 못했다. 왜냐하면 실제로 문화개념이라는 것이 독일의 전쟁이데올로기에서 중심이 되었으며, 마찬가지로 '문명Zivilisation'이라는 정치적·민주적 개념이 적대국들에게는 이데올로기의 중심이었기 때문이다. 우리는 이런 전쟁을 정신적으로 가능하게 했던 것에 대해 근본적으로 적대자와 철저히 같은 견해를 가지고 있었으며, 의심할 나위 없이 정당한 견해로 생각했다. 그러나 전쟁을 정신적으로 가능하게 했고 우리로 하여금 전쟁을 정신화하도록 만들었던 것 이외에도 비정신적 근원에 따라, 관심과 의도에 따라 냉정한 사실로서 전쟁이 발발했던 것이다. 전쟁의 이데올로기적 측면이 그것의 다른 측면, 즉 현실적이고 야만적 측면에 대해 독일시민의 눈을 현혹시킬 수 있었다는 사실은 바로 독일의 비정치적 이상주의, 문화개념의 비판적 순결성과 관련되어 있었다. 전쟁의 무기산업의 폭발적 생산물을 가지고 이 문화개념을 보호해야 한다는 것을 숭고한 필연과 거룩한 신의 은총으로 느꼈다.

전쟁은 패배했다. 그러나 독일의 감정을 뿌리째 뒤흔들고 고통을 주었던 것은 물리적 패배나 몰락, 외부적 힘의 절정으로부터 국가적 비참으로 떨어져 내린 붕괴상태 때문이 아니었다. 그것은 독일 신앙의 훼손, 이념적 패배, 독일이데올로기의 괴멸, 이 이데올로기가 지닌 구심력, 다시 말해 전쟁에서 완전히 굴복당한 문화이념의 대참변과 같은 더욱 무서운 혼란 때문이었다. 문화이념은 이념적 현실인 민주적 문명 세계에 의하여 압도되어 버렸다. 독일은 너무 진지하게 전쟁을 변증법적으로, 동시에 이념적 형식으로 수행함으로써 이제 와서는 이념적으로도 패배했다는 생각을 도저히 가볍게 받아들일 수 없게 되었다. 그리고 독일이 패전을 부인하려는 절망적인 안간힘을 쓰면서 우리는 "야전에서 패하지 않았소"라고 애써 주장했을 때, 그것은 내가 올바르게 느끼는 한 바로 이데올로기적 근거에서 나오는 것이며, 또한 정신적이고 이념적인, 이른바 철학적 패배를 부인하기 위한 것이었다.

오늘날 독일을 삼분오열시키는 대립들은 저마다 자신의 이름을 내걸고 각양각색의 분장한 모습으로 나타난다. 근본적으로 또는 근원에 있어서 이들은 하나같이 화해적 용서와는 대립된 저항과 의지를 고집하는 경향을 띠고 있다. 이 대립의 현장은 독일이 전통적으로 내려온 문화개념을 고수해야만 하는지, 아니면 그것을 수정하고 새롭게 변화시켜 나가는 방향으로 일을 추진해야만 하는 것인지에 대해 노여워 창백해진 모습으로 논쟁을 벌이는 격전장이 되고 있다. 우리는 지나치게 정신적인 민족이어서 국가형식과 신앙의 대립 속에서는 삶을 영위하지 못한다. 이와 같은 민족이 공화국의 국가형식을 도입했을 때, 독일은 아직 민주화가 되지 않았다. 독일의 보수주의, 독일의 전통적 문화이념을 더럽히지 않으려는 의지는 정치 분야에서 공화적 민주주의의 국가형식을 분명 자기 나라와 민족에 이질적인 것으로, 거짓되고 영적 현실에 위배되는 것으로 배척하고 전면 부정한다. 이는 본성과 사물의 내적 필연성에 근거한다. 그리고 역으로 세계화해적이며 민주적 방향에서 독일의 문화이념의 변화를 바람직하다고 생각하는 사람만이 민주주의 국가형식을 지지하고 독일에서의 그 가능성과 미래를 신봉할 수 있게 된다.

이제 여기서 강조되어야 할 사실은 독일의 민주화를 위하여 제기된 현실적이며 보다 수준 높은 문제들은 외국에서는 거의 인식될 수 없으며, 또한 이와 같은 문제를 실행에 옮겨보려는 시도들도 타당성을 충분히 인정받지 못할 것이라는 점이다. 이들은 자신들의 시도가 실패로 끝난 것에 대해 의아해하고 그럼으로써 정치적 불신을 강화하고 있지만, 올바른 파악을 위한 모든 정신적 선행조건들이 정작 자신들에게 결핍되어 있다는 것을 간과하고 있다. 독일적 인간성의 형성자이자 교육자들인 루터, 괴테, 쇼펜하우어, 니체, 게오르게는 민주주의자가 아니었다. 유감스럽게도 그렇지 않았다. 따라서 외국에서 그들에게 존경심을 표할 때면 언제나 숙고해야 할 사항이 있다. 그들이야말로 문화이념을 대문자 케이의 형식으로 창조하였고, 독일 전쟁이데올로기의 구심점을 형성했던 장본인들인 것이다. 파리에서는 바그너의 〈뉘른베르크의 명가수〉가 찬사를 받고 있다. 말하자면 이 관련성들이 잘못 인식되고 있다. 니체는 〈명가수〉를 "반문명적이요 불란서적인 것에 대립되는 독일성"이라고 언급한 바 있다.

'문화Kultur'라는 낱말은 그것과는 단지 어미의 철자 하나만 다른 '숭배Kultus'와 같은 근원을 지닌다. 두 낱말은 모두 '배양Pflege'을 의미한다. 후자는 예배의 의미, 종교적 구원의 제식행위라는 의미에서 배양과 관련된다. 전자는 종교에서 분리되어 순수 인간의 미학적, 도덕적 세련화, 교양화, 내면적 개체의 상승이라는 의미에서 배양과 관련된다. 인간은 개체의 내적 상승으로부터 직접적인 효과를 겨냥하는 것이 아니라, 간접적으로 세계촉진적인 영향을 기대한다. 바로 이를 통하여, 요컨대 무의식적인 의지와 그것의 초개인적이고 사회적인 영향의 개인적 불투명성을 통하여 기적과 신비의 요소가 문화개념 안으로 이입되어 들어오며, 그럼으로써 이런 요소는 새롭게 종교적인 성격으로 형성되어 나간다. 그럴 것이 문화는 본래 종교예찬과의 관계에서 실제로는 하나의 세속적 개념이지만, 사회적 형성으로서의 문명과 결합될 때에는 종교적 정신, 즉 본질적으로 비사회적·이기적이고 개인적인 성격을 표현하고 있기 때문이다. 니체는 "종교적 인간이란 자기 자신만을 생각한다"고 말한다. 종교적 인간이란 자신의 '구원'과 '영혼의 치유'만을 생각한다는 것이다. 종교적 인간은 근원적으로 볼 때는 적어도 그 이상 생각하는 바가 없지만, 신앙에 대해서는 비밀스럽고도 철저하게 경애심을 나타내며 종교적인 자기구원의 내면적 행위를 통하여 어떤 신비적인 방식으로 '전체'에 봉사하게 된다는 약속을 굳게 믿고 있다. 이런 면이 문화신념에도 철저히 해당된다.

그럼에도 인류는 모두가 지상에 내려와 살고 있다. 더욱이 통일성과 사회성의 형식에 일치되지 않는 고립 및 신과의 직접적인 삶이란 존재하지 않는다. 종교적 자아는 종교사회Gemeinde에서 살면서 타락해 간다. 문화적 자아는 공동체Gemeinschaft의 형식과 명칭, 지극히 귀족적이고 종교예찬적인 명칭을 빌려 자신의 고귀한 축제적 삶을 영위한다.

문화적 자아는 공동체를 통하여 민주적 관행의 세속적 사회Gesellschaft 개념[19]과 문화적 사회이념의 신성함을 구분한다. 나는 늘 게마인샤프트와 게젤샤프트, 문화적 사회형식과 민주적 사회형식 사이의 차이점을 드러내는 가장 교훈적인 예가 있음을 보아 왔다. 그것은 여기저기 산재한 토착적이면서도 아주 상이한 특징을 표출하는 극 단체에서였다. 내가 20세의 나이로 지중해 연안의 외국에서 1년 동안 지내고 돌아올 때, 독일로 향하는 귀향자가 가장 정감 있고 독일적으로 느꼈던 것은 독일극[20] 연출에 지배적이었던 문화적 원칙이었다. ― 이는 외국의 극 단체들에게서 인상적으로 풍겨 나오는 사회적 건조함과는 전적으로 다른 면이었다.

독일의 극은 그 뿌리에 있어서 문화사상이나 종교적 공동체와 연관되어 있다. 이런 영역으로부터 그것은 형이상학적 품위, 사회적 무조건성, 정신의 장엄함을 이끌어낸다. 독일극의 창조자와 작가는 독일극의 장엄한 형태를 형상화해 왔으나 서구의 민주주의나 남유럽의 사회극에 대해서는 별로 아는 것이 없다. 사회극이 일종의 법정, 신문, 토론의 광장, 대중적 사건에 대한 분석과 유희적 설명의 도구라면, 독일극은 이념에 따른 일종의 교회와도 같다. 극을 보는 관중 또한 마찬가지로 극작가의 영향으로 인한 초경험적 이념과 의지 속에서 민족의

19_ 토마스 만에게 게마인샤프트는 문화와 쌍을 이루는 개념이며, 게젤샤프트는 정치(민주주의)와 쌍을 이루는 개념이다. 프랑스와는 달리 독일이 왜 제국주의 체제에서 민주주의로 오랫동안 발전하지 못했는가 하는 문제도 문화적 · 보수적 · 비정치적 · 게마인샤프트적이라는 독일적 성격과 관련되어 파악된다.

20_ 여기서 극이란 연극만이 아니라 오페라까지도 포함된다.

성격을 지닌다. 한편 문명극의 관중은 사회적 사회soziale Gesellschaft와 나아가 가장 고도화되고 엄밀한 경우에는 국가Nation[21]의 성격까지 띠고 있다. 그러나 독일극에서는 아무도 귀족적 순수성의 낭만적 음향을 건성으로 듣는 법이 없다.

'민족' 또는 '독일민족'이라는 낱말은 민주적 내지 혁명적 과거나 이런 분위기에 근거한 국가의 개념과는 이 낭만적 음향을 통하여 현격히 구분된다. 독일국가에 대해 운운하는 것은 잘못된 것이다. 그리고 독일에서 민주주의를 반대하는 자가 독일국가를 논하고자 하는 것은 상당히 우스꽝스럽다. 우리의 '민족'이라는 말이 아무리 그 의미의 위협적인 성격에 근접해 있다 할지라도 언어상 여기에는 더 적절하다. 왜냐하면 국가개념은 역사적으로 민주주의와 연관되어 있는 반면, 민족이라는 낱말은 정말 독일적이며 문화보수주의적인 사상, 비정치적이고 반사회적인 사상과 결합되기 때문이다. 콘스탄틴 프란츠Konstantin Franz나 보구밀 골츠Bogumil Goltz와 같은 우리의 정치적 낭만주의자들은 독일이 결코 하나의 국가를 형성한 적이 없다고 굳게 믿고 있었다.

실제적이고 내적인, 그리고 국가법적인 '독일민주화'에 마주쳐 있는 장애들은 이제 상세히 논하지 않더라도 그 윤곽을 살펴볼 수 있다. 이런 장애가 민족개념이니 문화이념이니 하는 것과 가장 깊이 관련되어 있다는 사실, 따라서 그것은 바로 여기에 근원적 문제를 안고 있다

21_ 토마스 만은 '게젤샤프트'와 '국가'를 같은 선상에 놓고 파악한다. 이렇게 보면 '게마인샤프트'의 수준에 있는 민족은 아직 계몽적 의미에서의 국가 차원에 도달하지 못한 민족공동체에 속할 따름이다. 반면에 이런 민족은 문명적이라기보다는 문화적 특성을 강하게 지닌다.

는 사실은 이미 자명한 것으로 판명되었다. 문화적 경건성과 동시에 비정치적·반정치적 독일에서 누구나 할 것 없이 정치를 배척하고 몰아내야겠다는 강박관념이 지배적이라는 웃지 못할 희극적 현상을 주목해 때, 중요한 것은 문화정책과 실질정치 사이에 더 이상 경계를 두어서는 안 될 것이라는 사실이다. 모든 문화정책이란 우리가 몹시 거부감을 느낀다 할지라도 이미 정치에 속해 있으며, 또한 모든 정치는 문화정책의 기반 위에서 성립되는 것이다. 독일의 정당정치에 있어서 그들의 당론은 당론을 위해 강요된 문화개념을 지향하고 있으며, 이에 따라 문화를 보수적으로 수용할 것인지 또는 자유주의적으로 수용할 것인지를 결정할 따름이다. 그러나 의회 중심의 기능 및 시민성의 의미에서가 아니라 정신적 이원성의 정당체계라는 의미에서만은 ‘자유주의Liberalismus’가 아무리 거론되고 있다 해도, 여기서 부가적으로 다루어야 할 중심논제는 ‘사회주의Sozialismus’임이 명백하다:

서구에서 교육받은 유태인 혈통의 사회이론가로부터 창안된 독일 사회주의는 독일의 문화경건성으로 인하여 언제나 낯설고 민족에 거역하는 것으로, 악마의 간계로 느껴져 왔고 배척받아 왔다. 왜냐하면 사회주의는 사회계급론을 통하여 문화적 공동체, 반사회적 민족공동체의 이념을 해체한다는 것을 뜻하기 때문이다. 실제로 이 해체과정은 너무나 광범위하게 진행되고 있어서 민족과 공동체의 문화이념적 복합성은 그저 단순한 낭만적 발상으로 여겨지고, 그것의 모든 내실內實 있는 삶은 현재와 미래를 조금도 의심함이 없이 사회주의의 측면으로 밀려나 있다. 그러므로 삶을 향한 의미라는 것도 시민적 문화정당의 편에 서는 것이 아니라 사회주의 편에 서도록 되어 있다. ─삶을 향한 의미는 윤리적 성향이 짙고, 죽음의 친족성親族性을 강조하는 낭만적 본질에 의거하지 않는다.

그 이유는 이렇게 설명된다. 정신적인 것은 개인적 이상주의의 형태를 지니고 본원적으로 문화사상과 연관되어 있다. 반면에 사회계급 이념은 순수 경제적 유래를 결코 부인하는 법이 없지만, 그럼에도 민족적 낭만주의의 배면으로서 지성과 한층 친근한 관계를 유지한다. 이에 반해 낭만적 보수주의는 누가 봐도 명백히 살아 있는 지성과의 교류, 삶의 촉구에 대한 공감을 상실해 버렸고 또한 그것을 간과해 왔다. 그것은 낭만주의의 병적이며 위협적인 긴장관계라는 다른 차원에서 요약될 수 있는 문제였다. 이 세계에 내재한 긴장관계는 이미 최상의 인간성에 도달함과 동시에 내면화되어 있는 인식상태로서의 정신과 계속 가능성 있는 것으로 여겨지는 물질적 현실 사이의 간극에서 발생했다. 그러나 의심할 나위 없는 것은 사회주의 계급과 노동자 계층이 가능성의 인식에 따라 이 부끄럽고 위험한 괴리를 근절하기 위하여 문화적 주창자들 이상으로 훨씬 개혁적이고 생동감 있는 의지를 표명하고 있다는 사실이다. 여기서 중심적으로 다뤄지는 문제들은 합법칙성, 국가적 삶의 합리화, 유럽의 국제협약 및 기타 현안들이다. 사회주의 계급은 문화적 민족성과 정면 대립되어 있다. 그것은 경제이론에 따라 정신에 이질적이지만, 실천에 있어서는 정신에 호의적이다. 그리고 이런 면이 오늘날과 같은 상황에서 매우 중요한 결정적 요인이다.

사회주의 이념은 니체나 나아가 오늘날의 슈테판 게오르게에게는 결핍되어 있다. 게오르게의 서정시적 교훈은 문화적으로 민족적 낭만주의의 공동체 사상과 완전히 일치한다. 그것은 사회, 계급, 사회주의와 맞서 그의 자세를 미학적으로 결정지어 주는 저 모든 고집스럽고 비생산적인 기품을 명백히 드러낸다. 이 위대한 시인은 바로 이런 근거에서 자신이 '파르나스Parnaß'와 '유미주의' 출신이라는 점을 부인하지 않고 있다. 그러나 문화사상과 순수 개인주의로서 낭만적 민족공동체의 통일이념과 결부된 유미주의는 현재 논란의 와중에 있는 독일의 실제적 문제를 무시하거나 인정하지 않는다. 주장하는 관점에 따라 정당의 위치가 배열되는 이 문제는 사회성이 전통적·보수적 독일정신에 따라 문화적으로 파악될 수 있는 것인지 또는 그것이 정치적으로, 즉 사회적 내지 사회주의적으로 파악될 성질인지에 관한 논쟁이다. 그러므로 민족이념의 정치화, 기존의 민족공동체 개념을 사회주의적 사회로 전환시키려는 주도적 방안이 실제적 독일의 '민주화', 내적이며 정신적인 민주화를 의미한다고 볼 수 있다.

독일에서 진정 민주주의를 지지하는 사람은 그것이 일상적으로 이해되는 것과 같은 천민적 대중성, 부패나 당파경제를 말하는 것이 아니라, 문화이념의 바탕 위에서 시대의 흐름에 적절한 사회주의적 사회 이념을 용인하는 것이 바람직하다고 말하고 있다. 이유인즉 사회주의 이념은 이미 승리의 분위기가 충만하고, 그런 만큼 만일 그가 보수적 입장에서 이 이념을 거부했더라면, 문화사상 일반 또한 틀림없이 현존할 수 없기 때문이다. 반대로 독일의 문화사상을 과거에는 위대했기 때문에 숭배하는 사람은 확고하고 이미 완성된 사회주의 사상의 승리를 그의 면전에서 외면하는 가운데 무엇이 참되고 필연적인가를 말한다. 이와 같은 문화숭배자는 민주주의자가 정치적 급진주의자임을 자처하지 못하도록 문화적 감동과 적응의지, 수용능력을 강조한다.

　정치적 급진주의, 그것은 공산주의 교리에의 헌신적 태도이다. 그것은 사회이념 및 프롤레타리아 계급이 구원의 힘을 소유하고 있다고 굳게 믿는 신념을 포함한다. 물론 이 구원능력은 궁극적으로는 문화에 돌려지는 만큼 그렇게 프롤레타리아 계급에게 돌아가지는 못한다. 나아가 정치적 급진주의는 몽상적인 자기마비의 상태에서만 열릴 수 있는 인간 구원의 가능성에 대한 신념을 포함한다. 실로 긴급하고 궁극적으로 독일적일 수 있는 것은 보수적 문화이념과 혁명적 사회사상의 결속 내지 협약일 것이다. 핵심을 말하자면, 그리스와 모스크바 사이의 결속 내지 협약, 바야흐로 수행되어 나가는 하나의 만남이 매우 시급한 것이다. 나는 이미 이를 강력히 주장한 바 있었다. 양 극단의 만남이 이루어진 뒤에야 독일의 미래가 순조로워질 것이며, 그리고 만일 칼 마르크스가 프리드리히 횔덜린Friedrich Hölderlin의 책을 읽었더라면, 이런 문제는 저절로 해결되었을 것이라고 말한 바 있었다. 부디 일면적 지식이나마 무용한 것으로 남아 있지 않으면 좋겠다는 나의 바람을 덧붙인다.

슈펭글러의 문화비관론

니체는 언젠가 예언자란 자국 내에서는 전혀 통용되지 않는다는 명제가 거짓이라고 진술한 바 있었다. 니체에 의하면 "전도된 것" 즉 그 역逆이 진리라는 것이다. 그의 말은 아마도 자국에서 명성을 얻을 수 없는 사람은 어느 누구도 외국에서 명성을 얻을 수 없다는 의미로 풀이될 수 있을 것 같다. 《서구의 몰락Untergang des Abendlandes》이라는 지극히 위협적인 제목을 지닌 오스발트 슈펭글러Oswald Spengler[22]의 대단한 저서는 따라서 이 명성이라는 문제를 놓고 자국의 검열을 통과한 셈이다.

부연하자면 이 저서가 세계적 인기에 도달한 근본원인은 그것이 독일 내에서 얻어낸 비상한 관심의 결과에 기인하며, 다른 한편으로는

---

[22] 역사학자인 슈펭글러(1880~1936)는 1918년과 1922년에 출간된 이 저서에서 문명이란 발생, 성장, 노쇠, 사멸하는 하나의 유기체로서 하나의 문화는 불가피하게 종말의 운명에 직면하게 된다고 주장하였다. 따라서 서구는 몰락한다는 그의 발언은 당시 서구사회에 충격이었으며 특히 제1차 세계대전의 아픔을 맛본 독일인들은 더욱더 암울한 심정과 경각심을 갖게 되었다. 대체로 학계에서는 일종의 시대충격에 대해서는 인정하지만, 학문적 객관성 및 체계와 업적으로는 받아들이지 않는 추세이다.

이 저서가 소위 오락물이나 일상적 의미에서의 소설을 다루는 것이 아니라, '세계사의 변형론에 대한 시도'라는 거창한 학문적 부제를 가지고 주로 심오한 철학적 문제를 중심적인 것으로 내세움으로써 그만큼 더 높게 평가될 수 있는 결과를 이끌어냈다는 데 기인한다. 그러므로 여기에는 모든 정신적 저항감에도 불구하고 이 결과를 주시하는 국민적 시각에는 심지어 국가적 만족감까지도 내포된 것으로 볼 수 있으며, 아마도 이와 같은 전제가 오늘날 거의 어느 나라에도 주어져 있지 않은 독일적 상황이라 할 것이다.

우리는 뿌리째 파헤쳐진 민족인데, 그럴 것이 거대한 파국이 잇따라 우리를 덮치고 지나갔기 때문이다. 제1차 세계대전, 영구적으로 보였던 국가체제의 갑작스런 붕괴, 나아가 가장 과격한 방식으로 이행된 경제·사회적 계층들 간의 변동, 한 마디로 평지풍파를 일으키는 돌풍의 체험이 우리의 국가정신을 예측불허의 초긴장 상태로 바꾸어 놓았던 것이다. 보편적 정신의 이런 세계적 상황은 긴장을 한층 고조시켰다. 모든 것은 유동하는 큰 물결에 휩쓸려버렸다. 세기의 전환기를 맞이하여 이미 발굴된 것을 공고히 하고 그것을 착실하게 쌓아올리는 것 이외에는 아무것도 할 일이 없었던 것 같았던 제반 자연과학은 모든 면에서 새로운 시대의 문턱에 들어서 있다.

과학자의 냉철한 자세를 지키려는 태도는 이 혁명적 태동의 환상에 의해 깨어지기 십상이고, 대중의 전반적인 동요 또한 비속한 세계로 완전히 내몰린다. 예술은 때로는 사형 선고를 받기 일보 직전이고, 때로는 새로운 형식의 탄생을 꿈꾸는 완전한 위기에 봉착해 있다. 문제점들은 뒤얽혀 유동한다. 말하자면 문제점들이 따로따로 분리될 수 없을 만큼 복잡다단하게 얽혀 있어서, 정신적인 영역에 대해 얼마간의 지식 없이는 정치가로 행세할 수 없고, 마찬가지로 사회적 양심을 위해 조금이라도 우려를 표하지 않고서는 미학자나 순수 예술가로서 존립할 수 없는 실정이다.

다른 모든 것들은 단지 그것의 변형이거나 표면화된 것에 불과한 인간 자체에 대한 물음은 한 번도 살아 있는 자의 진지한 눈빛으로 절실하게 타오른 적이 없었다. 그런데 이러한 인간 자체의 진지한 물음이 시대와 세계전환의 의식이 골수에까지 파고들어 있는 시련과 패배의 우리 민족에게 가장 무거운 양심의 죄과를 부여하고, 그럼으로써 올바른 사유행위를 위하여 가장 날카로운 자극의 칼날이 될 수 있다면 그 얼마나 기적적인 순간일 것인가! 전쟁이 발발한 이후로 이에 대한 많은 사고와 토론이 활발하게 이루어지고 있다. 그러나 그것은 독일에서 거의 해결책이 보이지 않는 러시아적 방식으로 논의되고 있는 것이다. 민주주의, 그것은 토론이라고 선언한 정치가의 발언이 올바르다면, 우리는 오늘날 정말 일종의 민주주의를 영위하고 있다.

사람들은 열심히 책을 읽는다. 혼란과 마비를 위하여 그렇게 하는 것이 아니라 진리를 위하고 정신적으로 무장하기 위하여 책을 읽는다. 너무나 분명한 사실은 좁은 의미에서 '순수' 문학이 일반 사회의 관심에 따라 비판철학이나 사상적 시도의 배후로 밀려나고 있다는 점이다. 좀 더 정확하게 표현하자면 독일낭만주의자들에게서 발돋움하기 시작하여 니체의 철학시Erkenntnislyrik 현상을 통하여 강력하게 추진된 비판영역과 시적 영역의 융합이 지속적으로 수행되어 왔던 것이다. 그것은 학문과 예술의 경계를 없애고 사상을 체험적으로 풍성하게 하며 형상을 정신화하는 하나의 과정이었다.

이런 과정은 나의 지적이 틀리지 않는다면 오늘날 우리에게 지배적인, 그리고 소위 '지적 소설der intellektuelle Roman'이라고 불러도 좋을 새로운 저작형태를 낳고 있다. 여기에는 헤르만 카이저링Hermann Keyserling 백작의 《철학의 여행수첩》, 에른스트 베르트람의 《니체 선집》, 게오르게의 예언자 군돌프에 의한 기념비적인 《괴테》 연구와 같은 작품들이 속해 있다. 말할 것도 없이 슈펭글러의 작품 《서구의 몰락》도 이에 속해 있는데, 그 원동력은 그의 문학적 재능과 그가 문화에 대해 기술하고 있는 직관적이고 광시적狂詩的인 방식에 근거한다. 이 작품의 영향은 실로 세상의 이목을 있는 대로 집중시켰으며, 그것은 베네데토 크로체 Benedetto Croce의 말처럼 오늘날 독일을 휩쓸고 지나가는 "역사적 염세주의의 파동"에도 대단한 기여를 하였음은 물론이다.

슈펭글러는 염세주의자이기를 거부하고 있다. 그렇다고 해서 그가 일종의 낙관주의자라고 불리는 것을 원하는 것도 아닌 것 같다. 그는 숙명론자Fatalist이다. "우리는 필연적인 것을 소망해야 하며, 그렇지 않으면 파멸뿐이다"라는 문장으로 요약되는 그의 숙명론은 그럼에도 불구하고 니체가 염세주의와 낙관주의의 대립을 지양하던 기본요소였던 비극적·영웅적 성격, 디오니소스적 성격과는 먼 거리에 있다. 그의 숙명론은 오히려 학문적 냉철함을 가장한 악의에 찬 확증이나 미래에 대한 적대성을 내포하고 있다. 그의 숙명론은 소위 운명을 사랑하는 태도amor fati가 아니다. 그것은 '사랑'과는 전혀 관계가 없고 사랑에 대한 혐오감만을 나타낸다.

염세주의나 낙관주의가 문제시되는 것도 아니다. 왜냐하면 염세적이든 낙관적이든 인간은 늘 영원히 고통을 선고받거나 그렇게 결정지어져 있는 듯 보이는 자신의 운명을 매우 불가해하게 생각하고 있기 때문이다. 그리고 행복, 언젠가는 한 번쯤 찾아올 법한 행복한 예감에 대해서 진지하게 논의될 때에는 가장 깊은 회의에 휩쓸려 들어갈 수도 있는 것이다. 그렇지만 이에 대해서는 슈펭글러의 숙명론에 내재된 주임선생 투의 냉혹함으로부터 가장 몰취미한 품성을 끌어낼 필요조차 없다.

염세주의는 사랑의 결핍을 의미하는 것이 아니다. 염세주의는 발전에 대한 냉혹한 학문적 처리나 인간의 정신과 의지가 표출하는 그런 불확실성에 대해 적의에 찬 경멸의 태도를 필연적으로 의미하는 것은 아니다. 불확실성에는 물론 비합리성이 지닌, 학문적으로는 엄밀하게 계측될 수 없는 요소가 들어 있는 것도 사실이다. 그러나 인간적인 것에 대한 불손과 경멸의 태도는 슈펭글러에게서 나타나는 특성의 한 부분이다. 만일 그가 악마처럼 냉소적이라면! 그러나 그는 다만 숙명적일 뿐이다. 그는 괴테나 쇼펜하우어, 니체를 그의 탐욕스런 예언의 선구자로 간주하려 들지 않는다. 이들은 인간들이었다. 그렇지만 슈펭글러는 휴머니즘의 패배자에 불과했다.

나는 《서구의 몰락》을 읽어본 독자들을 고려하여 나의 견해를 밝히고 있다. 나는 아무도 반박하지 않았던 고유의 특성 덕분에 이 저작이 얻게 된 세계적 명성을 존중하면서 나의 견해를 피력하고자 한다. 그의 학설은 다음과 같이 간략하게 요약된다. 역사는 개체의 관상학적 현상과 제한된 삶의 지속성으로부터 식물학적이고 구조적으로 이루어지는 '유기체Organismus'의 생존과정에 근거하고 있다. 저자에 의하면 문화는 이런 유기체라는 것이다. 이제까지 형성되어 온 여덟 가지 문화는 이집트와 인도문화, 바빌로니아와 중국문화, 고대와 아랍문화, 우리들이 영위하는 서구문화와 중앙아메리카의 마야문화이다. 문화는 보편적 구조와 보편적 운명에 따라서 동등하지만, 이것은 엄밀하게 파악하여 자체로 완결된 생명체이고, 어떤 하나의 문화는 그 자체만의 사유, 직관, 감각, 체험의 양식법칙들에 빈틈없이 연관되어 있다. 그리고 하나의 문화는 다른 문화가 자기를 나타내고 주장하는 말을 이해하지 못한다.

슈펭글러만이 유일하게 문화를 전체적·개별적으로 이해하고 있다. 그는 아주 유유자적한 태도로 문화에 대해 논하는 것이 일종의 유희라고 읊조린다. 그러나 여기에 깊은 이해의 결핍이 현저하게 드러난다. 삶의 관계, 정신적 통일성, 요컨대 인류에 대해 논하는 그의 태도는 우습게도 낭만주의 시인 노발리스의 말과 일치한다. 노발리스는 인류란 "우리의 유성들의 최고의미이며, 이 부분을 더 상위의 세계와 연결시켜 주는 별, 그 별을 통하여 천체를 우러러보는 눈과도 같다"고 말한 바 있다. 고대중국의 서정시를 서구에서 가장 발전된 음악기법과 유기적인 인간적 통일체로 결합하고 있는 말러Mahler의 〈대지의 노래 Lied von der Erde〉와 같은 빼어난 작품이 문화 사이에 지배적인 극단적 이질성에 대한 슈펭글러의 이론 전체를 여지없이 무너트린다는 것은 상기해 볼 필요조차 없는 일이다.

슈펭글러에 따르면 하나의 인류가 존재하지 않는 것처럼 수학, 미술, 물리학이 아니라 수학들, 미술들, 물리학들이 존재하며, 이와 마찬가지로 문화들이 존재한다는 것이다. 완전히 본질적으로 상이한 것들, 바빌로니아 시대의 언어혼란만이 있을 뿐이라는 것이다. 슈펭글러는 이 모든 것을 이해하기 위하여 또 다시 직관의 은총을 받고 있다. 그때그때의 문화는 개별인간의 연륜에 따라 순환한다. 문화는 어머니와 같은 자연의 경관에서 탄생하여 꽃을 피우고 성숙하고, 그런 뒤에는 시들어 죽는다. 문화는 자신만의 특수한 생존을 영위하고 나서는, 그리고 그 본질로부터 우러나오는 모든 아름다운 표현가능성들을 배태하고 나서는 소멸한다. 예를 들어 그것은 각종 국가, 종교, 문화, 예술, 학문과 국가형태들을 창조한 이후에는 소멸해버린다.

슈펭글러는 소멸과 무역사성의 경직상태, 불가피한 종결로 넘어가는 모든 문화Kultur의 황혼을 '문명Zivillisation'이라고 부른다. 그럼에도 한 문화의 황혼기는 다른 문화에서도 증명될 수 있다는 점에서 첫째로 '동시성Gleichzeitigkeit'이라는 새롭고 흥미로운 개념이 나타난다. 두 번째로 보다 흥미로운 사실은 지적인 인간에게는 다가오는 미래에 대한 천문학적 확실성이 주어져 있다는 주장이다. 예컨대 19세기 초부터 문명의 쇠퇴기에 접어들고 있는, 그리고 가까운 장래에 로마의 군정황제Soldatenkaiser 시대와도 같아지게 되는 우리의 서구문화에 있어서 바야흐로 눈에 띄게 드러나는 모든 조짐은 이를 확증해주고 있다는 것이다.

그의 이런 확증은 소름끼칠 정도로 두렵다. 정녕 무엇인가 공포스러운 것이 운명으로 존재한다면, 그것은 무기력한 인간존재, 저항하는 몸짓 한번 제대로 해보지 못하고 운명을 감수해야 하는 인간일 것이다.

우리에게 이렇게 하라고 권유하는 사람이 바로 이 '강철의 학자'이다. 그는 필연적인 것을 소망하지 않으면 파멸이라고 말한다. 그는 이런 식의 논지가 전혀 해결 방안이 못 된다는 사실뿐만 아니라, 인간은 냉철한 학문이 필연적이라고 설명하는 것만을 소망하는 가운데 소망하는 것 자체를 중단하게 되리라는 것조차 깨닫지 못하고 있다. — 이것이야말로 바로 매우 비인간적이다. 그렇다면 도대체 필연적인 것이란 무엇인가? 이 낱말이 바로 서구의 몰락이요, 그가 내세운 공포의 현수막이다. 여기에서 몰락은 단순한 의미로 사용되지 않는다. 그것은 본래 육체적 몰락과 깊이 연관되어 있기는 하지만, 육체적 몰락이 아니라 서구문화의 몰락을 의미한다. 그는 중국이라는 나라가 아직까지 현존하며 수많은 사람들이 살고 있지만, 중국문화는 사멸되었다고 생각한다. 이집트 문화도 동일한 관점에서 파악된다. 이집트에는 로마시대 이래로 국가민족 내지 문화민족으로서의 이집트인들이 살고 있는 것이 아니라, 단지 토경민土耕民만이 살고 있을 뿐이다. 오로지 흙을 일구며 살면서 운명에 순응하는 토경민은 모든 민족적 삶의 최종상태를 지칭한다.

민족은 그들의 문화가 쇠퇴하여 사라지면 토경민의 단계로 옮겨가고, 원시부족이 그랬듯이 역사 없는 상태로 되돌아간다. 슈펭글러에 의하면 이런 상태를 초래하는 정신적 · 정치적 · 경제적 도구가 도시정신인 '문명'이다. 왜냐하면 문명에 의하여 토경민뿐만 아니라 제4계급의 개념인 집단, 민족에서 해체된 집단인 도시유랑민 또한 생겨나기 때문이다. 이는 무형식, 종말, 무의 상태인 것이다. 모든 문화에서뿐만 아니라 서구사회에 있어서 무형식적·무전통적 권력(나폴레옹)의 대두는 돌연 문명의 시초를 태동시키고 있다. 그러나 나폴레옹주의는 전제군주제로 넘어가고, 의회민주주의는 1인 독재와 인종탄압, 무도한 경제침략의 독재체제로 넘어간다. 전제군주제의 발전단계는 완전히 몰락해가는 문화 속에서 증명될 수 있으며, 이런 과정은 200년 이상은 족히 지속된다. 중국인들의 경우 그들은 이 단계를 "열강들의 시대"라고 부른다.

슈펭글러는 우리의 시대가 이런 단계에 속해 있다고 본다. 20세기 초에는 개인의 강권정치가 추상적 이상에 의해 결정되었던 의회의 정당정치를 해체시켰다. 개인의 권력, 위대한 독재자는 무기력해진 토경민을 지배하면서 그들을 도살장의 소처럼 대우한다. 다시 한 번 로마 시대의 시저가 나타날 수 있고, 또한 실제로 그렇게 되고 있다. 괴테와 같은 인간은 나타나지 않고, 어리석은 낭만주의만이 문화와 예술, 문학과 교양분야에서 어떤 진지한 관심을 기울일 따름이다. 이런 따위는 토경민에게는 어울리지 않는다. 예를 들어 우리의 문학적 삶은 지적 방식으로 문명을 지향하는 대도시예술Großstadtkunst과 전원적이며 시대에 뒤져 있는 향토예술Heimatkunst 사이의 완전히 냉랭한 투쟁을 의미하고 있다.

운명을 자명한 것으로 받아들이는 사람은 이런 사소한 일에는 전혀 개의치 않고 오로지 미래 자체의 의미, 미래가 지니고 있는 현실, 즉 기계주의나 기술, 경제 또는 정치에 온 신경을 기울인다. 착한 마음을 가지고 스스로 즐거워하는 사람들에 대한 비웃음, 품위 있는 인간질서에로의 도덕적 품성 및 정신, 의지 또한 운명의 일부에 속하며, 그것이 세계의 전개과정을 바로잡아나가는 영향력을 행사할 수 있을지 모른다. 문제는 우리에게 도래할 미래가 너무나 명백하다는 점이다. 힘을 쟁취하려는 시저와 같은 영웅들의 거대한 전쟁과 약탈, 피의 홍수, 토경민과 관계된 침묵과 고통의 감내, 이런 것들이 슈펭글러의 운명적 시각이다. 그러므로 동물학적이고 우주와 같은 비역사적인 것에 침잠하는 인간은 어머니 같은 대지의 흙덩이를 만지며 농부로 살게 될 것이고, 그렇지 않은 인간은 어리석게도 과거에 있었던 세계도시의 폐허 속에서 근심 어린 표정을 지으며 살게 될 것이다. 인간의 가련한 영혼은 영혼치유의 마취제로서 소위 '제2의 종교성', 즉 무기력한 만큼이나 자신 있게 고통에 순응하도록 도와주는 제1의 문화적·창조적 성격의 대용물을 발굴해낼 것이다.

이런 식으로 인간의 미래를 훤히 내다보는 남자야말로 꼬일 대로 꼬여 있는 몽상가이다. 학문적으로 냉정하고 인간적 감정이라고는 알지 못하는 그의 학설은 강철의 신념으로 모든 인간적 관계들, 흡사 순수 인식의 가능성을 초월하는 것처럼 보인다. 그럼에도 그의 학설은 하나의 의지, 세계관, 공감과 냉담을 고집스럽게 드러낸다. 그의 학설은 철저히 감정을 배제하고 있는데, 그 이유는 보수적 성향이 비밀스럽게 숨어 있기 때문이다. 그가 보수주의자가 아니라면, 즉 내밀한 가슴에 형식과 문화를 긍정하는 심정이 없고서는, 문명적 해체를 실제로 꺼려하는 마음이 없고서는, 이와 같은 학설이란 나올 수 없을 뿐만 아니라 사물과의 관계를 이런 식으로 규정하지도 않을 것이며, 이런 방식으로까지 역사와 문화를 입증하지는 않았을 것이다.

슈펭글러의 경우에 드러나는 복합성과 사태의 왜곡은 그가 이 비밀스런 심정적 보수주의를 가슴속 한편에 감추어 놓고 있으면서도 문화를 긍정하거나 '보존'을 위해 투쟁하지도 않는 데 그 근본원인이 있거나 또는 있는 것처럼 보인다. 그는 죽음과 소멸의 위협을 방지하기 위한 최소한의 교육적 견지에서 자기주장을 설파하는 것이 아니라, 오히려 문명을 긍정하고 자신의 의지가 명하는 광기에 가득한 문명을 받아들이고, 경멸조의 고집스런 태도로 문화와 대립적인 문명에 정당성을 부여한다. 그럴 수밖에 없는 것이 미래는 문명이 도래할 곳이고, 모든 삶의 전망을 위해서는 문화적인 것이 필요치 않다고 생각하기 때문이다. 냉철한 영웅적 사색가는 이렇게 무서운 자기극복과 자기부정의 태도를 터무니없이 요구하는 것인지도 모른다. 문화적 인간 슈펭글러는 얄궂게도 비밀스런 보수주의자로서 문명을 긍정하는 것처럼 보인다. 이는 전적으로 거짓의 거짓이며, 이중의 왜곡이다. 왜냐하면 그는 문명을 실제로는 긍정하고 있기 때문이다. 본심이 아니었던 것 같았던 그의 말뿐만 아니라 그의 본심까지도!

슈펭글러는 자신이 예언한 것을 부정하고, 그것을 다시 내세움으로써 그것의 화신이 되는데, 그것이란 다름 아닌 문명이다. 문명에 속하는 모든 것, 문명의 구성요소는 또한 주지주의主知主義, 합리주의, 상대주의, 인과율과 자연법칙의 숭배이다. 그의 학설은 이런 요소들로 흠뻑 젖어 있고 밀접하게 구성되어 있다. 이토록 납덩이처럼 무거운 역사유물론에 비하면 마르크스의 역사유물론은 그저 가벼운 관념의 푸른 하늘에 지나지 않는다. 슈펭글러의 학설은 지나간 19세기의 유물이자 완전히 낡은 수법이고, 철두철미 부르주아의 산물에 불과하다. 그의 숙명론이 묵시록적으로 문명을 미래의 것으로 채색하는 순간, 그것은 운명의 종말과 추모곡이 되고 있다.

《몰락》의 저자는 괴테에게서 변형론Morphologie의 개념을 차용한다. 그러나 이와 같은 이념이 그의 수중에 들어가면 마치 괴테의 발전이념이 다윈의 수중에 들어가 변질되는 것과 같은 꼴이 되어버린다. 그는 니체에게서도 저작 방법을 배웠고, 니체의 사상에 들어 있는 불길한 분위기를 들여다보았다. 하지만 그는 이 진실로 엄격하면서도 사랑스런 정신의 본질, 참으로 새로운 것에 대한 주창자의 본질을 간파하지는 못했다. 슈펭글러의 냉혹하고 그릇된 엄격성은 니체의 따뜻한 입김을 감지하지 못했다. 그는 문명의 순수한 적자이자 그것의 마지막 천재인 동시에 불쾌한 염세주의의 문명적 예언자이다. 다른 한편으로 그는 자신이 보수적 문화인간이라는 것 또한 자인하고 있다.

한 마디로 표현하면 그는 속류학자이다. —이런 면은 자연과 자연법칙에 대한 그의 편집偏執과 정신을 조롱하는 태도에서 입증된다. 노발리스는 "자연의 불멸하는 법칙들은 도대체가 착각이거나 매우 부자연스런 형상은 아닐까" 하고 반문한다. 반면에 슈펭글러는 이렇게 주장한다. "모든 것은 합법칙적이면서도 때로는 그렇지 못하다. 하나의 법칙이란 단순하고도 쉽게 간과될 수 있는 성질을 지닌다. 편의성의 원칙으로부터 우리는 법칙을 추구한다." 학문적 편의성과 당당히 증거를 요구하는 냉정함으로부터 법칙을 추구한다는 이 멋들어진 주장! 그럼에도 불구하고 여기에는 호시탐탐 배신의 기회를 엿보는 득의에 찬 태도, 다시 말해 정신과 인간에 대립되는 자연을 잔뜩 추켜세워 놓고는, 거들먹거리는 냉철함의 이름으로 정신과 자연을 거론하고, 그런 뒤에는 뻔뻔하면서도 고상한 미소로 자신도 잘 모르겠다는 듯이 놀라워하는 태도가 역력하다.

더구나 자연과 정신의 대립에 틀림없이 내포되어 있는 '고귀성'의 문제는 이렇게 모순적 태도, 그처럼 자연을 위해서는 정신에 대립해도 좋다는 식의 태도를 통해서는 해결될 수 없는 법이다. 물론 자연을 정신적으로 귀족적인 인물 실러와 대립시켰던 괴테처럼 자연의 순수 귀족이 있을 수 있다. 그렇지 않다면 내가 방금 재치로 가득 찬 《몰락》의 저자에 대해 그 특징을 기술하였던 바와 같이 속물적 인간이 존재한다. 그런데 우리와 동시대를 함께 살아가는 수많은 현대인들은 뻔뻔스럽게도 자신에게는 걸맞지 않은 것들을 가르치고 있는 것이다.

정신분석학과 나의 관계

정신분석학과 나의 관계는 뭐라고 규정하기 어려울 만큼 까다롭다. 정신분석학이라고 하면 과학적 · 문명적 정신의 괄목할 만한 발전, 너무나 당연하게 위대하고 감탄스런 어떤 것, 대담한 발견, 인식의 심층적 전진, 인간에 대한 놀랍고 상상을 뛰어넘는 지식의 확대가 먼저 부각될 수 있을 것이다. 그러나 다른 한편으로 정신분석학은 그것이 대중들 사이에서 오용되었을 때에는 사악한 계몽주의의 도구, 문화적대적인 폭로와 악평을 일삼는 행태로까지 전락할 수도 있다. 정신분석학에서 의구심을 갖는 것은 감상적인 태도가 아니기 때문이다. 정신분석학의 본질은 인식, 무엇보다 예술 및 예술성에 관한 한 우울Melancholie에 대한 인식인 것으로, 그것은 공공연하게 특별히 이런 증세를 겨냥해 왔다.

그런데 이와 같은 인식은 나에게 최초로 다가온 새로운 어떤 것은 아니었다. 니체, 특히 그의 바그너 비판에서 나는 이를 본질적으로 체험했었다. 그것은 아이러니로서 나의 정신적 기질과 내 작품의 한 요소가 되어 버렸다. ─예전부터 나의 글들에는 분석학파로부터 유래한 뭔가 특징적인 면밀함과 비판적 성향이 주어져 있었다는 사실은 틀림 없이 방금 언급한 상황 덕분이다. 〈베니스에서의 죽음〉 역시 다음과 같은 거창한 문장이 그 안에 들어 있기는 하지만 충분한 이유에 따라 같은 것을 경험했다.

"그러나 고귀하고 유용성 있는 정신은 인식의 날카롭고 보다 통렬한 자극에 대해서보다는 전혀 아무것도 아닌 것에 대하여 훨씬 더 근본적으로 빠르게 약화되는 것처럼 보인다. 그리고 청년의 우울하게도 가장 양심적인 자기인식의 철저성이란, 지식을 부정하거나 거부하고 머리를 꼿꼿이 세운 채 그 지식을 대수롭지 않게 무시해 버리는 대가의 심오한 결정과 비교할 때, 대가의 그것이 의지, 행동, 감정과 열정 자체를 조금이라도 해치거나 빼앗고 품격을 떨어트리는 경향이 없는 한 천박함을 의미하는 것은 확실하다."

상기 인용문은 상당히 반분석적이지만, '억압Verdrängung'의 특징적인 예로 이해될 수도 있었다. 반면에 실제로 예술가라는 신경증 환자에게 그의 일을 하도록 용기를 줄지도 모르는 것은 억압이라기보다는 자유방임으로 규정될 수 있을 것이다. ─비록 학문적이지는 않을지라도 적절한 표현이다. 이는 결코 단순한 적대성을 의미하는 것이 아닌데, 왜냐하면 니체가 그 현상을 지적했듯이 인식은 원리로서는 생산적일 수 없으나 지속적으로 예술과 대단히 밀접한 관계를 맺을 수 있으며, 더욱이 예술가는 인식에 의해 자기토대를 훌륭하게 구축할 수도 있기 때문이다. 이 말은 세상이 계속 눈가림을 통해 프로이트와 그의 학파의 성과를─흔히 하는 말로─외면할 수 있으리라는 망상을 뜻하는 것이 결코 아니다. 물론 현재 세상은 철저히 그것을 외면하고 있고, 예술 또한 그렇게 하려는 경향이 있다.

이미 정신분석학은 우리 전체 문화권의 문학에 깊이 파고 들어와 영향력을 행사하고 있으며, 아마도 가면 갈수록 더 큰 영향력을 발휘하게 될 것이다. 이제 막 출간된 소설 《마법의 산》에서도 정신분석학이 본연의 역할을 수행하고 있다. 이 작품에서 그 역할의 대리인으로 불리는 크로코프스키 박사는 조금은 우스꽝스러운 것도 사실이다. 그럼에도 그의 우스꽝스러움은 아마 작가가 작품의 심층에서 정신분석학을 더 깊이 승인하려는 데 대한 보상태도의 반영에 지나지 않는 것 같다.

정신분석학과 신화소설[23]

　　고대에는 축제라는 것이 본질적으로 연극적인 것, 가면극, 사제들에 의해 수행되는 신들의 이야기에 관한 극적 표현이었다. 예컨대 이집트의 신 오시리스의 삶과 고난의 이야기가 이에 속한다. 기독교가 지배적이던 중세에는 그 대신 하늘, 땅, 무시무시한 지옥의 입구가 나타나는 신비극이 있었다. 그것은 마찬가지로 괴테의 희곡작품 《파우스트》에서도 반복적으로 나타난다. 또한 중세에는 사육제에서의 광대놀이, 대중적 인기를 끌었던 몸짓익살극도 있었다.

　　그 밖에도 삶을 겨냥하는 신화적 예술관점이 대두되는데, 이에 따라 삶은 익살스런 유희, 축제적인 것으로 규정되는 것의 연극적 수행, 인형극으로 나타난다. 인형극의 경우 신화적 성격의 인형들은 과거에 있었던 확고한 사건, 농담조로 다시 현재화되는 줄거리를 실을 뽑듯 줄줄이 이야기하고 연출한다. 그런데 여기서 신화적 예술관점은 서사문학이 탄생할 만큼 행위하는 인격체들의 주관성과 연관되거나 그들

23_ 이 글은 〈프로이트와 미래Freud und die Zukunft〉라는 에세이(연설문)에서 몇 페이지만을 발췌한 일부분이다.

자체 내에서 유희의식, 축제 및 신화적 의식으로서 표출되기에는 미흡하다.

　반면에 내가 쓴 《요셉과 그의 형제들》 가운데 제1권 《야곱의 이야기》는 신화적 예술관점이 놀랄 만큼 충분히 들어 있다. 특히 〈대담한 익살〉이라는 장章에서는 자신들이 어떤 신분이고 또 어떤 자취를 따라가야 하는지를 잘 아는 인물들, 예를 들어 이삭, 에서, 야곱 사이에 지독히 우스꽝스런 이야기가 농부들의 즐거움을 자아내는 소극笑劇으로서 익살스럽고도 장중하게 진행된다. 여기서 붉은 털이 많은 에서는 장남으로서 부친의 축복을 받으려다 속임수에 넘어간다. 그런데 무엇보다 이 소설의 주인공은 이런 방식으로 삶을 찬양하는 자가 아닐까? 즉, 주인공 요셉은 종교적 고등사기술의 품위 있는 방식으로 타무즈-오시리스Tammuz-Osiris 신화를 자신의 인격체 안에서 현재화하고, 왜곡되고 묻혀 있고 소생하고 있는 것들의 삶을 다시 "일어나게 하도록" 노력한다. 그는 대체로 삶을 오로지 심층으로부터만 비밀스럽게 규정하고 형성하는 것, 다시 말해 무의식적인 것에 의하여 자신의 축제극을 수행해나가는 것이다.

　모든 소여所與의 수여자는 영혼이라고 규정하는 형이상학자와 심리학자의 비밀, 이 비밀은 가볍게 유희적이고 예술적으로, 쾌활하면서도 때로는 기만적으로, 유명한 익살꾼 오일렌슈피겔의 방식으로 요셉의 내부에 있게 된다. 그것은 그의 내부에서 '유아기의' 천성으로 살아있다. 아, 그런데 유아기라는 말을 꺼내다 보니 문득 마음이 진정된다. 화제에서 멀리 빗나간 것처럼 보이지만, 유아기라는 말을 통하여 우리가 오늘 축하의 본래 대상인 프로이트로부터 그리 멀리 떨어져 있었던 것은 아니라는 것, 그를 위해 축하하는 일을 거의 멈추지 않았다는 것을 알게 되어 다행스럽다.

이른바 유치증幼稚症Infantilismus이란 유아기의 발육부진 내지 퇴행이라는 뜻을 가지고 있다. 이 순수 정신분석학적 요소가 우리 모두의 삶에서 얼마나 큰 역할을 하며, 인간 삶의 형상화에 있어서 얼마나 큰 몫을 차지하는가! 이런 점은 바로 차후적인 삶, 자취의 추적과 같은 신화적 동일화형식에서도 마찬가지이다. 아버지에 대한 의존, 아버지 모방, 아버지의 역할, 그리고 더 높고 정신적인 방식의 아버지 상을 향한 전위轉位, 이렇게 유치증은 개체의 삶에 대해 얼마나 결정적이고 인상적으로 영향을 미치고, 추후의 형성에 있어서 얼마나 큰 작용을 하는가!

방금 나는 '형성'이라는 말을 사용했다. 이 말을 꺼낸 이유는 우리가 교양이라고 칭하는 것의 가장 즐겁고 유쾌한 규정이 내게는 감탄과 사랑의 대상을 통한, 즉 가장 내적인 공감으로부터 선택된 아버지 상과 유아의 동일화를 통한 형식화 및 형태화이기 때문이다. 더욱이 예술가라는 존재, 본래 유희를 즐기고 어린아이 천성의 열정적 인간은 비밀스럽지만 유아기의 모방에 따라 자신의 전기 및 생산적 삶의 태도에 미친 열려 있는 영향으로부터 노래하는 법을 배워서 알고 있는 것이다.

여기서 예술가의 삶의 태도란 매우 다른 시간적·개인적 조건들에 따라서 아주 다른 순진무구한 수단들을 사용하여 영웅적 힘을 새롭게 소생시키는 것과 다른 어떤 것이 아니다. 괴테의 모방은《베르테르의 슬픔》 및 《빌헬름 마이스터》의 단계, 《파우스트》와 《서동시집西東詩集》의 추후단계에 대한 회고에 의하여 오늘날에도 무의식적인 것을 원천으로 하여 작가적인 생존을 영위할 수 있다. 신화적으로 규정하자면 나는 이렇게 말하고자 한다. 즉, 예술가에게서 무의식적인 것이 매 순간 미소를 지으며 의식과 세심한 주의력으로 변화될지라도, 무의식적인 것은 그의 원천인 것이다.

나의 신화소설의 주인공 요셉은, 그가 하느님을 모방하면서 무의식적인 것을 바탕으로 유희하는 한, 예술가이다. 내가 유희를 위한 무의식의 개발, 삶의 생산물을 위한 무의식의 성과, 요컨대 심리학과 신화의 서사적 만남이자 동시에 문학과 정신분석학의 이 만남에 전념할지라도, 미래예감이나 미래의 즐거움에 대한 어떤 감정이 나를 사로잡을지는 나로서는 알지 못한다. '미래', 나는 이 낱말을 내 연설문의 제목으로 사용했는데, 그 이유는 단순하다. 미래라는 개념은 내가 즐거운 마음으로 자연스럽게 프로이트의 이름과 연결시킨 바로 그것이기 때문이다. 그러나 내가 연설을 진행하는 동안 오류로 인해 죄라도 지은 것은 아닐까 자문해 보지 않을 수 없었다.

〈프로이트와 신화〉, 이것이 내가 이제까지 궁극적으로 말했던 내용으로 보면 올바른 제목이 아닌가 한다. 그럼에도 내 감정은 명칭과 낱말의 연결에 매달리면서 내가 말했던 내용과 제목의 연관관계를 인정하고 싶다. 그렇다, 신화를 바탕으로 하는 심리학의 유희 속에서 프로이트의 세계와 친근한 소설이 펼쳐지노라고 나는 감히 말하고자 한다. 거기에는 새로운 인간감정, 다가올 휴머니즘의 씨앗과 요소가 포함되어 있다고 생각한다. 나는 확신한다. 우리는 그가 저술한 필생의 작품 속에서 오늘날 여러 가지로 형성되는 새로운 인류학과 아울러 미래의 토대, 보다 현명하고 자유로운 인류의 터전에 기여해왔던 중요한 초석들 가운데 하나를 인식하게 될 것이다.

의사이자 심리학자인 프로이트는 우리가 예감하듯이 많은 것을 관철시키게 될 미래의 인문주의, 과거의 인문주의는 전혀 알지 못하던 인문주의의 개척자로서 존경받게 될 것이라고 나는 확신한다. 단적으로 그가 개척하게 될 인문주의는 노이로제의 불안과 그로 인한 증오 속에서 힘겹게 살아가는 인류에게 허용되는 것 이상으로 지하세계 및 무의식의 힘과 더욱 대담하고 자유롭고, 예술적으로 더 성숙한 관계를 맺게 될 것이다. 그는 미래에는 아마도 무의식의 학문인 정신분석학의 의미가 치료요법으로서의 가치를 훨씬 더 능가할 것이라고 말한 바 있다.

그러나 정신분석학은 무의식의 학문으로서도 치료요법이며, 그것도 초개인적 치료요법이자 '위대한 문체'의 치료요법인 것이다. 그것을 문학가의 유토피아로 간주하라. 하지만 특히 거대한 불안과 증오의 해소, 아이러니하고 예술적인 동시에 무의식과는 필연적으로 돈독한 관계가 이 학문이 지닌 인류의 치료효과로서 간주될 수 있을 것이라는 사고는 모든 면에서 결코 터무니없는 것이 아니다.

작가론

제 **2** 부

괴테의 《베르테르》

《베르테르》라는 책 또는 《젊은 베르테르의 슬픔》이라는 완전한 제목의 서간체 소설은 괴테가 일찍이 저술가로서 온 세상을 떠들썩하게 한 가장 최대의 놀랄 만한 성과였다. 프랑크푸르트의 법률가가 외적으로는 방대하지 않은, 세계 및 삶의 상으로서도 제한된, 그러나 믿을 수 없을 만큼 폭발적 감정을 장전하고 있는 책자를 썼을 때, 그의 나이는 만 24세였다. 그것은 비로소 그의 두 번째로 큰 작업이었다.

과거의 독일 기사시대를 소재로 한 셰익스피어적인 드라마 《괴츠Götz》가 이 작품 바로 앞에 나왔다. 《괴츠》는 그것이 지닌 강력한 힘과 따뜻함 덕분에, 그리고 역사에 친밀감과 생명력을 채우는 방식을 통하여 문학세계의 이목을 이 젊은 작가에게 돌리도록 하였다. 반면에 《베르테르》는 아주 다른 측면에서 이런 면을 보여주었고, 성격과 영향에 의거해 보면 앞의 것과는 전혀 상이한 작품이었다.

이 작품의 성과는 부분적으로는 심지어 스캔들로 볼 수 있는 성격이었다. 이 소책자의 신경을 마비시키고 정신을 교란하는 민감성은 풍속의 지지자들을 싸움판으로 불러 모았고, 이는 자살의 찬양과 자살로의 유혹을 이 책에서 보았던 도덕주의자들을 경악과 혐오로 몰아넣었다. 그러나 바로 이런 특성이 모든 한계를 초월하는 성과의 폭풍 또한 일으켰던 것이며, 글자 그대로 온 세상을 죽음의 환희로 들끓게 만들었다. 소설은 도취와 열기, 전 세계 거주지를 뒤덮는 환희를 불러 일으켰으며, 갑자기 팽창하면서 화약통에 떨어지는 불꽃처럼 엄청난 영향력을 자아내었다.

이 무렵에 있어서 유럽문명의 터전을 형성하던 영적 상태를 분석하는 것은 쉬운 일이 아닐 것이다. 역사적으로 파악할 때 이 시기는 프랑스 혁명의 파국과 무시무시한 분위기 쇄신을 목전에 둔 상태였다. 정신사적으로 파악할 때에는 루소가 그의 예민하고 선동적인 정신의 도장을 찍었던 시기였다. 문명에 대한 권태, 감정의 해방, 자연의 요소로 되돌아가려는 강렬한 동경, 경직된 문화의 속박으로 인해 생겨나는 격동, 인습과 시민적 협소함에 대한 저항, 이 모든 것이 한꺼번에 출현하여 정신으로 하여금 개별화 자체의 한계와 맞서게 하고, 공상적이고 무한한 삶의 요구로 하여금 죽음의 동경이라는 형태를 수용하도록 만들었다.

독일에서 '세계고世界苦'라 불리는 운동은 당시에 영문학이 만들어 낸 모종의 묘지문학을 통하여 강화되었다. 셰익스피어 자신도 그것에 기여한 바 있었다. 햄릿과 그의 독백은 모든 젊은이들의 정서 속에서 유령처럼 출몰하였다. 그가 전파한 오시안과 무섭고 원초적이며 우울한 영웅적 목소리들은 젊은 사람들의 열정을 형성하고 있었다.

마치 모든 나라의 독자들은 정확히 표현하면 독일 제국도시의 젊은이가 쓴 여전히 임의적인 작품, 한 세계의 구속된 동경을 혁명적 해방의 방식으로 합법화하게 될 작품을 비밀스럽고 무의식적으로 기다렸던 것처럼 보였다. —그것은 검은 과녁을 맞히는 명중탄, 구원의 언어였다. 후일 바이마르를 찾아와 괴테가 지나가는 것을 본 영국의 젊은이는 너무 많은 기대감에 부풀어 올라 《베르테르》의 저자를 개인적으로 볼 수 없게 되자, 텅 빈 거리에 맥이 풀려 주저앉아 버렸다는 이야기가 전해진다. 괴테는 나중에 베니스의 경구에서 《베르테르》의 세계적 성과를 다음과 같이 회고하고 있다.

독일은 나를 모방했고, 프랑스는 나를 읽고 싶어 했다.
영국! 너는 혼란에 빠진 손님을 친근하게 맞이했다. 그렇지만
나로 하여금 중국인조차도 조심스럽게 베르테르와 로테의 그림들을
유리 위에 그리도록 부추기는 것은 무엇일까?

처음부터 쌍은 문학과 전설에서 일련의 고전적 사랑의 쌍으로 도입되었다. 예컨대 라우라와 페트라르카, 로미오와 줄리엣, 아벨라르와 엘로이즈, 파올로와 프란체스카가 사랑의 이런 쌍들이다. 청년이라면 누구나가 이렇게 사랑하기를 소망했고, 처녀라면 누구나가 이렇게 사랑받기를 소망했다. 젊은이들 한 세대 전체가 베르테르에게서 그들이 지닌 영혼의 소질을 재인식했다. 그들은 소설에서 젊은 죽음의 지망생에게 부여된 의상, 요컨대 노란 조끼에 푸른 연미복과 바지를 입고 꿈을 꾸듯 시위하며 사방을 돌아다녔다.

모방과 우울한 동반은 극단적인 사태로까지 흘러갔다. 베르테르의 범례에 대한 준수였던 자살이 공개적이고 선언적으로 계속 일어났으며, 따라서 도덕주의자들은 이 소설의 작가가 양심에 문제가 있노라고 말하곤 했다. 이렇게 유혹에 빠진 젊은이들은 《베르테르》의 작가가 자살 결단의 과정을 젊은 가슴을 통하여 위대한 예술로 묘사했음에도 불구하고, 정작 그 자신은 결코 자살하는 법이 없이 오히려 창조적 도정에서 죽음의 분위기를 떨쳐버리고 문학에 의해 죽음으로부터 해방되었다는 사실을 망각하고 있었다.

괴테는 과거를 회고하는 자리에서 자신의 삶을 위해 베르테르-소설에 부여된 치유의 기능과 그가 실제로 끼쳤던 외적 영향 사이의 거의 그로테스크한 차이에 관해 언급한 바 있었다. 그는 개인적으로 그의 세대를 괴롭히고 마비시켰던 모든 것을 몸소 겪어 나왔다. 자살에 대한 생각이 그에게도 결코 낯선 것이 아니었으며, 때때로 그 역시 마음속으로 거의 시도하려고 했었다. 괴테는 《시와 진실》에서 《베르테르》가 출간되기 이전 시기에는 불을 끄고 잠들 무렵에 밤마다 가지고 있던 단도의 날카로운 끝을 가슴속으로 몇 인치라도 찔러 넣을 수 있는지 없는지를 시험했노라고 고백했다.

물론 이 시도에 성공하지 못했기에 그는 웃음을 터트리며 살기로 작정했다. 하지만 그는 이렇게 할 때면 언제나 문학적 과제를 실행할 수 있었다고 느꼈다. 이 점에 대하여 생각하고 느꼈던 모든 것이 언어화되는 것처럼 보였다. 괴테가 "총고백Genaralbeichte"이라고 칭하는 이 고백이 바로 《베르테르》였다. 작품이 완결되자 그는 자유로움을 느꼈고, 새로운 삶의 자세를 갖출 수 있었다. 그러나 이제 그가 현실을 시화함으로써 마음이 가뿐해지고 청명해지는 반면에, 다른 젊은이들은 이로 인해 혼란스러워지고 자신들은 시를 현실화하고, 소설에서처럼 행동하여 아무튼 총으로 자살해야 한다고 생각한다. 이렇게 하여 그에게 정말 필요했던 것은 지극히 해로운 것으로서 비난을 받게 되었다.

괴테는 삶을 마칠 때까지도 이 청춘기의 작품에 자부심을 가졌으며, 《파우스트》와 더불어 가장 훌륭한 작품으로 자랑스럽게 생각했다. 노인이 된 그는 "24세의 나이로 《베르테르》를 쓴 자는 그렇지만 지금은 고양이가 아니다"라고 말했다. 그의 생애에서 가장 의미심장한 순간들 가운데 하나인 에르푸르트에서 나폴레옹과의 만남은 이 소설과 결부되어 있다. 황제는 작은 책자로 된 소설을 일곱 번이나 읽었으며, 더구나 이집트 원정에도 그 책을 가져갔을 정도였다. 저 유명한 알현 때 황제는 이 책에 대해 작가의 평을 청취했다. 위대한 삶의 완성자는 문제적 청춘의 형상을 결코 부인한 적이 없었으며, 그는 언제나 그 그림자를 친밀한 마음으로 따라다녔다. 젊은 울리케Ulrike 때문에 다시 한 번 달콤하고 경악스런 사랑의 좌절을 견뎌야만 했던 75세의 노인은 〈베르테르에게〉라는 시에서 그의 과거에로의 회귀를 무섭게 토로한다.

《베르테르》에 근본적인 체험, 즉 베츨라Wetzlar에 사는 관리의 사랑스런 딸 로테 부프Lotte Buff에 대한 괴테의 사랑에 관한 전원적 슬픔의 이야기는 소설 자체만큼이나 유명해졌다. 당연한 것이 책의 대부분은 사실과 완벽하게 일치하며, 그것의 성실하고 수정이 없는 모사이기 때문이다. 괴테는 1772년 23세 때 매혹적인 라인 지역의 소도시로 젊은 법학박사가 그곳 제국법원에서 실습하기를 원했던 부친의 지시에 따라 들어왔다. 그러나 괴테 자신의 의도는 오히려 멋진 학문들을 연구하거나 창작하며 지내는 것이었으며, 실제로 그는 그렇게 하며 지냈다. 제국법원에 그는 거의 나타나지 않았다.

소도시 베츨라의 오솔길들은 좁고 불결했지만, 자연환경은 아주 아름다웠다. 때는 5월이어서 만물이 개화하는 시기였고, 시적 여흥을 즐기는 젊은이는 즉시 샘물과 개울 등 란탈 너머로 펼쳐진 낭만적 경관의 장소를 즐겨 찾았다. 거기서 그는 호메로스와 핀다를 읽거나 친구들과 토론도 하고, 그림을 그리거나 명상에 빠지기도 했다. 이때 괴테와 홀아비로 살아가는 아버지와 많은 동생들과 함께 이른바 독일 정규가정에서 살아가는 19세의 로테는 젊은이들이 즐기는 마을 무도회에서 만나게 된다. 그녀는 금발에 푸른 눈을 가진 귀여운 모습의 단정하면서도 명랑한 성격이었으며, 높은 교양은 없었지만 건전한 방식으로 섬세하고 천진스럽고 동시에 근엄한 면을 지니고 있었다. 그럴 것이 어머니가 죽은 뒤로는 그녀가 여러 어린 동생들에게 어머니의 자리를 대신하면서 아버지의 가정일까지도 돌보고 있었기 때문이다.

괴테는 로테의 집에서 그녀를 마중하기 위해 왔을 때 그녀를 처음 보게 된다. 그녀는 붉은 리본으로 가장자리를 감친 하얀 무도회 의복을 이미 차려 입고는, 그녀를 빙 두른 아이들에게 오후의 간식을 나누어주고 있었다. ─이 부분은 《베르테르》에서 영원히 남게 될 만한 장면이며 조형예술에 의해서도 종종 재현되는 장면이다. 그는 로테와 저녁시간을 보냈고, 다음 날 그녀의 집에 잠깐 들르는데, 그는 로테가 약혼했다는 것을 알기도 전에 그녀에게 홀딱 빠진다.

괴테는 곧 약혼 사실을 알게 된다. 신랑감은 하노버 출신의 참사관 서기인 케스트너였다. 그는 지극히 평범한 남자로서 로테를 솔직담백하게 사랑하고, 로테 역시 이 사랑에 대하여 신뢰성 있게 응답한다. 주목해야 할 것은 여기에 열정이란 없다는 사실이다. 여기에 쌍방의 섬세한 호의는 없지 않지만, 무엇보다 공동의 미래, 합리적 목적, 가족 구성을 지향하는 조용한 교감이 자리 잡고 있었다. 사람들은 약혼자의 생활형편으로 미루어 곧 결혼하게 되리라고 믿고 있었다.

이제 괴테는 시인으로서, 두 약혼자가 감탄하며 진심으로 호감을 갖는 친구이자 동반자로서 이 관계에 개입한다. 그는 시인이자 천재로서 진지함과 솔직함을 지니고 있었지만, 그러나 다시 신뢰할 수 없는 자, 세속적 의미에서는 구속적인 결혼에 화들짝 놀라 바로 프리데리케 브리온Friderike Brion[24]을 배신하고 떠났던 감정의 방랑자였다. 《파우스트》에서 다음과 같이 독백하는 것은 젊음의 악마인 것이다. "나는 도피자가 아닌가? 정착할 곳 없는 자? 목적도 휴식도 없는 괴물이란 말인가?" — 멋지고 재능 있고, 정신과 생명으로 충일해 있고, 열정적이고 감정으로 가득 차 있으며, 태연자약하면서도 우울한 그야말로 사랑스런 괴물이다.

---

[24] 괴테는 약 3년 전 프리데리케 브리온과 전원적인 사랑을 나누고 약혼까지 했다가 도피한 바 있었다. 그의 여성으로부터의 도피는 여러 차례 거듭되는데, 그때마다 문학적으로는 새로운 단계로의 도약을 보여준다.

그렇지만 사랑의 의미에서는 어리석다. 케스트너와 로테라는 두 약혼자 모두가 그를 좋아하며, 집의 아이들 역시 그를 잘 따른다. 기이하게도 그들은 행복하면서도 위험한 여름을 셋이서 함께 보낸다. 괴테와 로테 둘이서도 종종 함께 지내는데, 왜냐하면 본래 책임감 있고 몰두형인 케스트너는 로테와 늘 함께 할 수 없고, 심지어는 함께 하는 날이 거의 드물 정도이기 때문이다. 케스트너가 그의 부임지에서 열심히 일하는 동안, 아무 상관도 없는 괴테가 이미 약혼한 로테의 집에서 지내는 것이다.

괴테는 그녀의 가정일, 채소와 정원 가꾸는 일을 돕는다. 그녀와 함께 과일을 따거나 콩 껍질을 벗겨내기도 한다. 그는 일에 몰두하는 약혼자에 비해 천재적 젊은이의 개성을 제외하면 자유롭고 어떤 일에도 구애받지 않는 현존의 모든 장점을 지니고 있다. 물론 성실한 케스트너의 개성은 괴테의 천재적 개성과는 비교가 되지 않는다. 로테가 괴테를 사랑했다는 것은 의심할 바 없었다. 그러나 로테는 영리하고 이성적인 여성으로서 그녀가 바라던 것, 즉 괴테에 대한 자신의 감정을 억제하듯이 언제나 숨김이 없는 그의 방황하는 열정을 울타리에 이성적으로 가두어 두는 법을 알고 있었다. 적어도 대체로는 그랬다. 그는 언젠가 나무딸기 숲에서 그녀에게 키스하고 싶은 생각에 사로잡혀 어쩔 줄 몰랐다. ─그녀는 이에 대해 가차 없었고 약혼자에게도 그랬다.

솔직하게 말할 것인가 아니면 참회의 말을 해야 할 것인가? 그 어느 것이든 충분했다. 그들은 그를 더 멀리하고 더 냉정하게 대하기로 결정했는데, 이는 실제로 이상한 관계라는 소문이 떠돈다는 것을 대변하고 있었다. 케스트너는 약간 기분이 상했으나 분노를 터트릴 수는 없었다. 로테는 죄인에게 레위기를 읽어주며 최종적으로 자신은 친구 이외의 다른 어떤 관계를 결코 바라지 않노라고 단호하게 선언했다. 그가 이를 깨닫지 못했던 것일까?—그는 이때 너무나 서글픈 모습으로 서 있었다.

그는 일찍이 이 처녀를 선량한 한스 크리스티안에게서 끌어내어 여러 사람들이 이미 보았다고 믿는 것처럼 그녀를 취할 생각을 했었던 것인가? 성실성과 기품으로 볼 때 분명히 그것은 아니었다. 성실성과 기품 때문만이 아니라 그의 사랑은 케스트너와 같은 삶의 공고함과 합목적성이 결여되어 있었기 때문이다. 그의 사랑은 유랑의 감정과 목적 없는 열정이자 근본적으로 형성과정에 있는 문학이었다.

약혼자들은 당황하면서도 사랑스런 남성의 무분별한 열정의 아픔에 동정심을 갖고 있었다. 그들은 그에게 진기한 위로의 선물을 주었다. 로테의 실루엣과 괴테가 그녀를 처음 보던 날 의복에 달고 있었던 붉은 리본이 그것이었다. 유의해야 하는 것은 이를 보낸 것은 로테가 아니라 그녀의 약혼자 케스트너라는 사실이다. 이는 우리로 하여금 어떤 왕자가 아주 소박하고 선량한 일반 백성들에게서 자선을 받는 모습을 목도할 때와 유사한 감정을 일으킨다.

가을이 다가왔을 때, 괴테는 비밀스럽게 여행을 떠났다. 갑작스런 여행이었다. 그간 4개월 동안 셋이서 전원생활을 지속했었다. 그것이 시인에게 가져다준 인상들, 고통스럽고 자포자기의 솔직한 심정이 언제나 분명히 문학적 목적이라는 사고와 혼합되곤 하던 인상들은 그가 찾아간 프랑크푸르트에서 로테와 결별하자마자 즉시 특별한 자리를 차지한 다른 어느 여성과의 경험들을 통하여 보완되었다. 그녀는 바로 라인 강 부근에 위치한 에렌브라이트슈타인 출신의 막시밀리아네 Maximiliane La Loche였다. 이때 막시밀리아네는 프랑크푸르트의 부유한 상인이자 홀아비였던 브렌타노와 막 결혼하여 그와 함께 살면서, 어두운 집에서 기름과 치즈 냄새가 나는 것을 무척이나 싫어하던 검은 눈동자의 지극히 아름다운 여인이었다.

괴테는 그녀의 집에 오랫동안 앉아서 로테의 동생들에게 했듯이 그녀의 다섯 의붓자식들과 얘기도 나누고 장난도 치곤하였다(왜냐하면 그는 아이들만 보면 좋아서 정신을 못 차릴 정도여서, 그를 보면 아이들도 즉시 그에게 매달렸기 때문이다). 이럴 때면 첼로에 맞춰서 막시밀리아네의 피아노 연주가 뒤따르곤 하였다. ―이것으로 모든 정황이 언급된 것은 아닐 것이다. 왜냐하면 어느 날 상인 브렌타노가 분노를 터트리며 방안에 들어왔기 때문이다. 큰 소동이 벌어졌던 것이다. 괴테 자신이 말한 것처럼 "무서운 순간"이 닥쳐왔고, 그것으로 브렌타노와의 교분은 끝나고 말았다. 그러나 푸른 눈동자의 로테가 《베르테르》에서 소유한 검은 눈동자는 브렌타노의 부인에게서 나온 것이다.

막시밀리아네와의 교제는 소설의 줄거리를 보완하는 데 크게 기여했다. 그러나 무엇보다 바로 이 무렵 작가와 친분이 있던 사람들 가운데에서 발생한 자살사건이 중요한 실마리를 제공했다. 재능이 있지만 우울하고 염세적인 브라운슈바이크 출신의 참사관 서기 예루살렘은 유부녀와의 절망적 사랑에 빠진 채 사회적 모멸감을 이기지 못해

권총으로 자신의 머리를 쏘아 자살하는 일이 벌어졌다. 이 사건은 세인들의 이목을 자극했으며, 이에 대해 괴테 역시 인간적으로 비애를 느껴서 부름이라도 받은 것처럼 이 사건에 접근하게 되었다. 괴테는 아직도 모호하게 떠다니는 베츨라―이야기에 개관적 줄거리를 부여했다. 시인의 사고에 이미 아주 친숙한 행동을 자행한 예루살렘과의 자기 동일화의 과정이 시작되었다. 인물은 그 모든 세계고와 천재적 회한, 고결함과 비애, 그 모든 유약함, 동경, 마음의 열정을 수용하기에 적합했다. 이제 형식만은 아직도 매혹적인 계획에서 불확실하게 남아 있었다.

괴테는 이 이야기를 본래는 드라마의 형식으로 쓸 생각이었으나 그것이 마음에 들지 않았다. 그 대신 드라마적인 것, 서정적인 것, 서사적인 것을 통합하는 어떤 다른 것이 생겨나게 되었다. 그것은 사무엘 리차든슨과 루소가 창안한 서간소설의 형식이었다. 젊은 작가는 일체 관계를 끊고 집에서 두문불출한 채 꼭 4주 만에《젊은 베르테르의 슬픔》을 탈고했다. 그에게 베츨라 시절에 써두었던 수많은 편지와 일기장 및 수첩이 그곳에 없었음에도, 성과는 훨씬 더 놀라웠다. 그는 그 자료들이 거의 있는 것처럼 소설에 날짜까지 정확하게 기입했다.

《베르테르》는 매혹감과 성숙한 예술이해가 절묘하게 배합된 명작이다. 청춘과 천재가 작품의 대상이며, 작품 자체가 청춘과 천재의 소산이다. 나는 이 비상한 책을 읽었던 사람들과 이야기를 나누어 보는데, 나는 그들에게 가장 신뢰성 있는 해박한 해설을 들려줄 수 있다. 아무튼 나에게 남아 있는 것이 있다면, 나는 구성의 몇 가지 아름다움

과 정교함을 지적할 수 있거나 또는 내가 다시 읽었을 때 스스로 메모
해 둔 것을 상기시킬 수도 있을 것이다.

　주인공과 서한 작성자인 젊은 베르테르의 형상에 대해 한 마디 하
자면, 그는 자연이 괴테에게 부여한 창조적 재능만 제외한다면 바로
젊은 괴테 자신이다. 죽음에 빠져드는 인간본질, 삶에 대해 너무 선하
거나 너무 유약한 인간본질을 묘사하기 위해서 작가는 자기 자신을 바
칠 필요가 있었다. 작가에게 지주이자 지팡이인 창조적 재능을 빼놓았
을 경우, 그것이 작가 자신을 삶의 길목에서 계속 유혹하고—우리가
괴테에게 적용한 말을 반복하자면—그를 삶의 완성자로 만드는 원동
력이었다. 괴테는 그가 《베르테르》를 쓰지 않으면 안 되었기에 자살하
지 않았던 것이다.—그 밖에 몇 가지 이유가 더 있을 것이다.

　베르테르는 삶에 대한 고뇌, 그의 목을 조르는 햄릿적인 인식의 구
토[25] 외에는 지상에서 어떤 종류의 사명도 지닌 것이 없으며, 따라서
그는 파멸해야만 한다. 그의 소설, 요컨대 다른 남자의 여인에 대한 불
가능하고 금지된 사랑은 그의 죽음의 염원, 다소는 그의 몰락의 우연
한 형식을 받아들이는 위장에 지나지 않는다. 유약하지만 사랑스럽고
비범한 사람의 열정이 아무리 로테에게 살랑거려도, 그것이 정말 그녀
의 이성과 덕성에 대하여 거대한 유혹을 의미할지라도, 로테는 이런

---

[25]_ 토마스 만의 단편소설 〈토니오 크뢰거〉에서 러시아의 여류화가 리자베타와 대화를 나누는
가운데 '인식의 구토Erkenntnisekel'라는 말이 나온다. 그 밖에도 그의 많은 에세이에서 이 표
현이 반복되어 나오는데, 그 원류는 쇼펜하우어적인 사상, 즉 삶은 일차적으로 인식이 아니
라 의지와 욕망에 의해 좌우된다는 〈의지의 고뇌론〉에 기초해 있다.

충격에 대하여 매우 섬세하고 올바른 감정을 유지한다. 그녀는 베르테르에게 다음과 같이 묻는다. "당신은 자신을 기만하고, 고의로 파멸을 향하고 있다고 느끼지 않으세요? 도대체 왜 나를, 베르테르? 하필이면 다른 남자에게 속하는 나를, 바로 나를? 나는 두려워요, 두려워요. 나를 소유하는 것은 불가능할 따름이에요. 당신이 아무리 이런 소망을 가졌어도 소용없는 일이에요."

이런 언질에 대해 베르테르는 쓰디쓴 경멸로 반응하는데, 이는 근본적으로 그가 얼마나 정확히 정곡을 찔려 당황하는지를 잘 드러낸다. 그리고 이와 같은 예민함은 매우 순진한 삶의 측면을 보여주는데, 그럴 것이 어리석은 인간의 마음을 어둡고 절망적인 눈빛으로 탐욕스럽게 바라보는 염세적 심리학자는 일단 심리학이 자기 자신을 향하게 되면 대부분 그것을 제대로 견뎌내지 못하기 때문이다.

이것으로 베르테르의 태도가 신중해졌다고는 말할 수 없다. 그는 냉정한 내면적 성찰과 자기관찰, 자기분석의 고통스런 대가이기 때문이다. ―경건한 기독교의 영적 문화와 뿌리 깊은 정서의 지나치게 세련된 마지막 소산이다. 레싱과 같은 정신적 인간에게 이런 인물은 마음에 들지 않는다. 레싱은 이런 인물을 근대 기독교문화 전체의 모형으로 보려는 경향이 있었다. 이유인즉 이런 개체들이 바로 근대 기독교문화의 산물이었기 때문이다. 그는 과거에 로마나 그리스의 젊은이가 예컨대 불행한 사랑으로 인하여 도대체가 자신의 목숨을 끊은 적이 있었는가라고 의문을 제기했다. 물론 경청할 만한 물음이다. 그러나 기독교 문화가 귀류법적으로 그것이 첨예화된 상태에서 일으키는 미묘한 퇴화와 약화를 통하여 수행되고 있다는 것, 그리고 기독교가 인간 양심의 진화에 대해 의미하는 엄청난 발전이 한 개체의 고통과 죽음을 통해서는 그리 큰 효과가 없다는 것을 우리는 인정할 수 없을 것이다. 괴테는 그의 청춘의 작품에서 이에 관해 가장 내밀한 지식에 근거하여 시종일관 섬세한 논조로 개진해 나간다.

《베르테르》는 필연성, 영혼의 개별적 사건들을 정교하고도 섬세하고 의식적으로 빈틈없이 접합한 모자이크의 걸작품, 요컨대 사랑의 가치와 죽음의 이미지를 함께 부여하는 심리적 계기들과 특징들을 잘 드러내는 걸작품이다. 그 밖에도 작가는 주인공의 치명적인 유약함을 오히려 과도한 힘으로 느껴지도록 형상화하는 데 성공한다. 실제로 베르테르는 종종 책에서 이야기되는 고귀한 혈통의 말, 무섭게 질주하다가 극도로 가열되면 호흡을 가다듬기 위하여 본능적으로 혈관을 깨무는 말을 연상시킨다. "나는 영원한 자유를 얻기 위하여 내 혈관을 절개하고 싶을 때가 종종 있다"고 그는 말한다.

'영원한 자유'. 구속과 제약으로부터 무한성, 자유를 향하려는 갈망은 파우스트가 그렇듯이 베르테르라는 존재의 기본성향이다. 그가 공간적인 거리와 미래, 나아가 공간과 미래를 향한 끝없는 동경에 대해 무엇이라고 적고 있는지 읽어보시라. 그러면 당신은 그를 완전히 소유하게 되리라. 팽창Expansion의 제3형식은 감정이다. 여기서도 그는 인간적인 것의 제약 및 불충분성에 대한 절망과 자기모멸에 부딪친다. "반신半神이라 찬양되는 인간이란 게 무엇이란 말인가! 인간이 힘을 가장 필요로 할 때면, 그에게는 막상 그 힘이 부족하지 않은가? 그리고 그가 희열에 차서 솟구쳐 오르거나 아니면 고통에 잠겨들 때도, 바야흐로 무한한 것의 충일 속으로 빠져들기를 갈망하는 그 순간, 정작 그 두 상태에 정체된 채 둔중하고 차가운 의식으로 되돌아가지 않는가?”

여기서 삶, 인간이라는 존재, 개성은 그에게 감옥인 것이다. 베르테르 자신은 함께 살아 움직이기를 간절히 소망하는 야생의 격동적 자연과 직면하여 이렇게 외친다. “내가 저 폭풍으로 구름장을 찢어 홍수를 일으킬 수 있다면, 나는 나의 인간존재를 기꺼이 내버릴 수도 있을 텐데! 아! 그런데 이런 환희가 감옥에 갇힌 자에게는 주어지지 않는 것이란 말인가?” 우리는 이와 같은 격정적인 범신론汎神論을 쇼펜하우어의 의지철학에서 다시 만나게 된다.

영적 팽창의 지고하고 가장 강렬한 형식은 사랑이다. 베르테르는 사랑을 갈구하고 있으며, 처음부터 사랑할 준비가 되어 있다. 하지만 그를 전망 없고 파멸적인 사랑에 빠지게 하는 것은 그의 죽음의 본능이다. 그의 천성에는 모든 사람들, 특히 서민과 어린아이들이 신뢰할 만한 무엇인가가 있기 때문에, 그는 과부로 사는 여주인에게 연정을 품고 결혼하기를 원하는 어느 젊은 머슴의 고백을 듣게 된다. 하지만 그녀는 결혼에 실패한 경험이 있어서 더 이상 결혼을 원치 않는다. 베르테르는 이 남자를 통해 알게 된 도취의 감정에 깊이 충격을 받는다. 그의 무심한 심정은 처음부터 이에 대한 부러움을 드러낸다. 그는 다음과 같이 친구에게 편지를 보낸다.

“나는 내 인생에 있어서 절박한 욕구가 있다네. 그런데 말이네만 그리움에 찬 갈망이 이렇게 순수하게 나타나는 것을 본 적이 없네. 아니, 이런 것은 생각도 못했고 꿈도 꾸지 못했다고 말할 수 있다네. 부디 꾸짖지 말아 주게나. 이런 순수성과 진실을 떠올릴 때면 내 영혼은 가장 깊은 곳에서 불타오르고, 그 진실과 애정의 생생한 모습이 어디를 가나 나를 따라온다네. 그 불꽃이 활활 타오르기라도 하듯이 나는 몹시 안타깝고 애가 탄다네." 그는 사랑의 대상을 만나기도 전에 사랑에 빠져 있는 것이다. 빌헬름에게 보내는 다음 번 편지는 로테와의 첫 만남에 관해 보고하는 내용이다.

바야흐로 시작되는 것은 애정소설이다. 이 소설의 심리적 풍부함은 목가적이고 유머러스하고 매혹적인 것으로부터 영적 유혹의 가장 어두운 심연에까지 이르고 있으며, 소설의 가장 행복한 순간에서조차도 애초에 죽음의 그늘이 드리워져 있다. 독자들은 아마도 베르테르가 로테의 약혼자 알베르트와의 관계에 대해 자신이 대접받는 호의는 틀림없이 그 자신의 느낌 이상으로 로테의 역할이 크다고 언급하고 말하는 부분을 기억할 것이다. 이 점에 여성들은 예민하기 때문이다. 이처럼 흠모하는 두 사람이 서로 좋은 관계를 유지할 수 있다면, 아주 드문 일이지만 여성들이 언제나 유리한 입장에 있게 된다. 내가 이 소설의 유머러스한 점에 관해 언급한다면, 나는 바로 이와 같은 것을 생각한다.

이때만 해도 베르테르의 정서는 대체로 '여성'의 외교술을 유쾌하게 바라볼 수 있을 만큼 자유로운 상태에 있다. 그러나 그가 로테의 배우자로 부적격하다고 여길 수 있는 동일한 알베르트에 대해 어느 날 처음에는 단지 가설로만 존립하던 죽음의 소망을 품게 된다. '만일 그가 죽으면 어떨까'라는 상상은 마침내 그를 '심연'으로 인도한다. 이에 대해 그는 주춤하며 무엇이라고 명명하지는 않지만, 그 명칭은 실상 살인을 의미한다.

증오뿐만 아니라 사랑이 베르테르를 심연으로 인도한다. 그의 운명과 나란히 하여 무섭게 흘러지나가는 불운한 젊은 농부의 운명으로 말미암아 그의 순수하고 고상하며 양심적인 정서에 폭력의 사고가 줄기차게 파고든다. 그 젊은 머슴은 법정의 추적을 받고 있었는데, 왜냐하면 그는 절망적 열정의 순간에 여자를 강제로 욕보이려 했기 때문이다. 물론 이런 미친 짓에는 여자 또한 의식적이든 무의식적이든 반쯤 승인하거나 약간의 친밀감을 보임으로써 그의 열정을 키웠다는 점에서 책임이 없지 않았다.

그런데 로테는 어떨까? 그녀의 경우도 동일한 것은 아닐까? 소설에서는 위험한 애정표현이 부끄러운 어떤 것을 나타내거나 착한 로테가 베르테르의 열정을 자극하는 천진스런 애교의 장면이 한 군데 있다. 베르테르의 면전에서 그녀가 카나리아의 부리에 입맞춤하는 장면이 그것이다. 로테는 키스한 새를 자신의 입술로부터 베르테르에게 보내곤, 입가에 미소를 지으며 빵부스러기를 건네어 그가 새와 입 맞추도록 하는 것이었다. 베르테르는 얼굴을 돌리며 그런 짓을 하지 말았어야 한다고 생각한다. 물론 우리 역시 그렇게 생각할 수 있는데, 그녀가 베르테르의 위태로운 본성을 잘 알 수 있을 만큼 충분히 영리하고, 그 본성을 염려할 만큼 선량하기 때문이다. 그녀가 베르테르를 사랑한다면, 그렇게 하는 것이 그를 보호할 수 있는 근거가 될 수 있는 것이다. 하지만 약혼자 알베르트에 대한 그녀의 성실의 의무에도 불구하고 베르테르에 대한 사랑이 그녀를 "약간의 친밀감"으로 이끌어들인다. 이 약간의 친밀감 때문에 앞서 과부는 머슴을 극단으로 내몬 바 있었다.

로테가 베르테르를 사랑한다는 것을 소설은 심리적으로 적절하게 또한 암시적으로 이해시킨다. 이런 방식이 소설의 기법으로 나타나고 있으며, 그것은 무의식적인 것에 대한 심층적 파악과 아울러 거의 해학적으로 모순되는 어떤 것을 동시에 보여준다. 로테는 베르테르를 잃으면 자신이 대단히 힘들어질 것이라는 것을 감지하고 있다. 그녀는 그가 오빠가 되거나 자신의 친구들 가운데 하나와 결혼할 수 있기를 소망한다. 이렇게 되면 베르테르와 선량한 알베르트와의 관계도 아마 다시 좋아질 것이다. 그러나 로테가 친구들을 일일이 점검해 보았을 때, 그들 가운데 어느 누구도 흠이 없는 친구가 없었다. 그에게 권할 만한 친구가 하나도 없었다. 젊은 날의 작가는 이런 관찰에 따라 로테가 그녀의 비밀스런 열망이 베르테르와의 관계를 유지해야 한다는 것을 "표면화하지 않고" 마음으로 "깊이" 느끼고 있었다고 부언 설명한다. 괴테는 《친화력Wahlverwandtschaften》에서는 더 이상 이런 방식을 채택할 수 없었을 것이다. 이와 같은 심리적 수법은 이미 베르테르의 여러 곳에서 충분히 사용되었기 때문이다.

내가 온갖 번잡스런 자유로부터 특별히 예증할 만한 것을 모조리 이끌어내려고 한다면, 이는 자제되어야 할 것이다. 겨울에 꽃을 찾으러 다니는 오류의 에피소드야말로 가장 무모한 자의 행태이다. 이런 자는 아름답고 행복하고 편안한 시절, 물속의 고기처럼 자유롭게 지내던 시절에 관하여 이야기한다. —이를 통해 그는 자신이 광인으로서 정신병원에서 보냈던 시절 또한 언급한다. 여기서 소설의 가장 극단적 영혼의 표명들에 속하는 망상의 장점에 대한 선망이 생겨난다.

베르테르의 시기에 작가 자신을 거의 고정된 이념처럼 몰두시켰던 자살 사고의 논구論究가 소설에서 넓은 자리를 차지한다. 베르테르는 처음부터 자살을 이론적으로 옹호하다가 끝내는 스스로 그것을 실행할 결심에 도달한다. 그는 그것이 유약한 도피의 행위로 여겨지는 데 대해 항거한다. 이유인즉 그는 자살에서 인간존엄과 자유의지가 고통을 가하는 무기력 증세를 압도하고 승리한다고 보고 있기 때문이다. "우리의 힘을 먹어치우는 악이 동시에 그로부터 해방되려는 우리의 용기를 앗아가는 것은 아닌가?"라고 그는 물음을 던진다.

이와 같은 딜레마에 굴복하지 않고, 고통이 그에게서 해방을 추구하는 용기를 빼앗아갈 수 없었다는 것을 스스로 입증하려는 명예심은 자기파괴를 위한 가장 강렬한 원동력의 하나로서 제시된다. 우리는 여기서 젊은 작가 자신에게 치명적으로 될 수 있는 사고의 합목적적·예술적 객관화, 심리적 보조수단 및 이해수단으로서 그것의 자유로운 사용이 어떻게 그로 하여금 스스로 자신의 위기를 극복하는 데 도움이 되었는가 하는 것을 명백히 보게 된다.

우리는 괴테가 베르테르의 인식의 구토라는 이미지를 완벽하게 하기 위하여 받아들였던 사회적 동기, 계층의 갈등을 잊어서는 안 된다. 베르테르가 로테 근처로 도피해 와서 공사관 시보가 되었을 때, 작가는 시대에 민감한 주인공을 그런 갈등에 빠트리게 한다. 예컨대 루소의 영향을 받은 B라는 처녀를 그가 친구로 사귀게 되면서 "자신의 가슴속 뜨거운 소망을 조금도 만족시키지 못하기" 때문에 자신의 위치가 부담스러운 교만한 귀족사회와의 충돌, 이 굴욕감을 주고 마음을 자극하는 가증스런 계층과의 충돌은 이 소설의 역사적 상황과 어떤 날카로운 분석조차도 간과해서는 안 되는 혁명적 기본성향에 대해 너무나 특징적이다.

나폴레옹은 이런 성향에 이의를 제기한 바 있었다. 황제는 에르푸르트에서 괴테와 대화를 나누는 동안 "그대가 이렇게 한 이유는 무엇 때문이오?"라고 물었다. 괴테는 사회적 반항의 기질을 순수 인간적 사랑의 비극으로 가볍게 돌려서 변론했던 것처럼 보인다. 실상 그의 격렬한 청춘기는 사회적 반항 같은 것에는 낯설었다. 우리는 《파우스트》에서 선동적인 산문 장면을 생각하면 된다. 우리의 불운한 그레첸의 유혹자는 사회적 비참함에 격분하는데, 그것의 희생양은 파멸에 빠지는 처녀인 것이다. 바이마르의 공연에 대해 재상이 된 괴테는 이 장면을 강조했다. 그는 사랑이야기의 잠재적, 오직 정신적·영적 혁명성이 사회적으로 표명되고 있는 저 베르테르-에피소드로 말미암아 보수주의의 제왕으로서 난처한 입장이었는지도 모른다. 그러나 《베르테르의 슬픔》을 첨예화하지 않을지라도 이 책이 프랑스 혁명을 예시하고 준비한 많은 책들 가운데 하나라는 것은 틀림없는 사실이다.

괴테는 이를 분명히 의식하고 있었고, 그것에 언제나 비밀스런 자부심을 부여했다. 노년의 괴테는 1824년 《베르테르》에 대해 일종의 사랑스런 경악의 표현으로서 다음과 같이 술회했다. "나는 이 책이 출간된 이후 단 한 번 더 읽었을 뿐이며, 더 읽는 것은 자제했다. '그것은 정말 날아가는 불화살인 것이다!' 그것을 볼 때마다 나는 무시무시해진다. 나는 그것이 자아내는 병리적 상태를 다시 경험하게 될까봐 두렵다."

괴테가 이 책을 다시 읽은 것은 이미 8년 전인 1816년의 일이었다. 67세의 나이로 이 책과 만나게 된 것은 개인적으로 기념할 만한, 적어도 우리에게는 기념할 가치가 있는 재회의 사건을 동반했다. 괴테보다 네 살 젊은 노부인이 자매들 가운데 하나가 결혼하여 살고 있던 바이마르를 방문했던 것으로, 괴테 역시 그 소식을 보고받았다. 노부인은 바로 부프 가문의 샬로테 케스트너,《베르테르》의 로테 역인 베츨라의 로테였다. 그들은 44년간 서로 만난 적이 없었다. 그녀와 그녀의 남편은 당시에《베르테르》를 통하여 그들의 관계가 완전히 노출되어 큰 고통을 겪은 바 있었다.

그러나 사태가 모두 진정된 이때 착한 천성의 부인은 대문호의 청춘기 작품에서 여주인공의 모델이 자신이었다는 사실에 자부심을 갖고 있었다. 그녀가 바이마르에 나타난 사건은 세간의 이목을 끌었는데, 이는 결코 노신사에게 반가운 일은 아니었다. 각하는 부인을 궁정으로 점심식사에 초대했으며, 그녀를 정중한 신사의 예를 갖추어 대접했다. 이에 대해서는 노부인이 괴테와의 재회에 관해 그녀의 아들 가운데 하나에게 쓴 편지에 잘 나타나 있다. 이 편지는 참으로 희극과 비극이 교차하는 인간적이면서도 문학사적인 문서이다. 그녀의 편지에 의하면 "나는 한 노인을 알게 되었다. 나는 그가 괴테라는 것을 알지 못하지만, 아무튼 그는 내게 감명을 주지 못했다."

나는 이 일화에 근거하여 숙고할 만한 이야기, 한 편의 소설, 즉 감정과 문학, 품위와 이에 반해 노령이 된 인물의 몰락에 관해 많은 것을 다루고, 요컨대 괴테라는 천재 자체의 인상적인 성격에 동인이 될 수 있는 소설[26]이 이루어질 수 있다고 생각한다. 아마도 그것을 시도하는 작가가 있을 것이다.

26_ 실제로 이런 일화에 근거하여 생겨난 소설이 토마스 만의 《바이마르의 로테》이다. 이 유머소설이 전반적으로 해피 엔드로 끝난다는 점에서는 《대공전하》와도 유사한 결말을 갖고 있다.

톨스토이

탄생 100주년을 맞이하여

　　서사문학의 무게를 짊어진 거인 톨스토이는 19세기의 큰 도량을 지녔다. 만일 오늘날처럼 이렇게 약하고 짧은 호흡을 지닌 세대들이 그 짐을 짊어진다면 무게에 눌려 부서지고 말 것이다. 그 모든 어둠과 미성숙, 과학주의의 조야함과 고행에도 불구하고 이 시대는 얼마나 위대했던가! 톨스토이가 속한 창조자들의 세대와 그들의 행위는 1900년 이전의 50년을 얼마나 압도적으로 지배했던가!

　　실제로 저물어가는 시대 앞에서 우리의 세계상을 선취先取하고 있거나 또는 선취하기 시작했던 것, 즉 약간의 개명과 정신적 계발, 밝고 떳떳하며 새로운 인간감정의 가능성에 대한 저 희미한 전망 등 과거에 있었고 일어났을 이런 것들에 대하여 우리가 과연 과소평가할 권리가 있겠는가? 우리에게는 그럴 권리가 없는데, 왜냐하면 우리가 도덕적으로 당시보다 훨씬 뒤떨어져 있다는 주장은 논박할 여지가 없을 것이기 때문이다. 우리의 현실이 이념과 인간품위의 경시와 능멸로 인해 역사적 자족감을 가지고 받아들이는 것 가운데 아주 많은 것들을 숙명적인 19세기는 아마도 인정하지 않았을 것이다. 세계대전이 광란의 춤을 추는 동안, 만일 1914년에 야스나야 폴랴나의 회색빛 형안을 지닌 노인이 눈을 활짝 뜨고 있었더라면, 전쟁은 감히 발발하지 않았을 것이라고 나는 종종 생각했었다. 치기어린 생각이었을까? 아무튼 역사는 그렇게 흘러갔다. 그는 당시에 존재하지 않았고, 아무도 그와 같은 사람을 원하지도 않았다. 유럽의 고삐는 풀려버려서 중심점 없이 흔들렸으며, 오늘날까지 그러하다.

톨스토이는 그의 청년기 작품 《유년기와 소년시대》에 관해 다음과 같이 언급했다. "거짓 겸손이 없다면 그것은 《일리아드》와 같은 어떤 것이다." 이는 정말 진리였으며, 외적인 이유만으로도 그의 성숙기에 쓴 소설 《전쟁과 평화》에 더욱 잘 어울리는 말이다. 영원히 서사적인 것, 호머적인 것은 아마도 세상의 어떤 예술가보다 톨스토이의 마음에 더욱 강렬한 영향을 주었을 것이다. 그의 작품에는 바다와 같은 파동과 서사적 요소의 거룩한 단조로움, 준엄하고 힘찬 생동감과 흥취를 돋우는 야성, 불멸의 건강함, 영원한 리얼리즘이 들어 있다. 왜냐하면 건강함과 리얼리즘, 이것을 동시적으로 파악하고 하나로 느낄 수 있는 능력이 정신적으로 허락되어 있기 때문이다. —이 조형성과 소박성의 세계, 고상하고 자연스런 순수함이 묻어나는 세계를 나는 과거에 더 큰 관계에서 파악해보려고 시도했었다. 즉, 이런 톨스토이의 세계를 더 높은 병과 정신이 수여하는 저 귀족의 세계, 실러의 이상적 세계 및 도스토옙스키의 묵시록적 어둠의 세계와 대립적인 관계에서 파악하려고 했었다.

괴테와 톨스토이—몇몇 비평가들이 두 거장의 이름을 동일선상에 놓고 파악했을 때, 이는 놀라움과 낯섦을 자아낸 바 있었다. 그러나 현대 심리학적 분석은 그들의 유사성이 이미 자명한 것으로 통용되고 있음을 보여준다. 두 사람을 너무 지나치게 기본유형적 요소에서 배제하려는 태도는 융통성이 없고 완고한 짓이다. 명백한 사실을 놓고 영적 분위기의 차이나 지형학적이고 역사적인 각인의 차이를 고집스럽게 주장하는 것 또한 거의 가치 없는 일이다. 정신과 자연의 관계에 있어서 정신의 감상적 욕구der sentimentalische Drang에 상응하여 자연의 사랑을 강조하는 원리가 문화의 개념으로 등장하자마자, 일찍이 신비로운 친밀성을 통하여 황홀감을 자아낼 수 있었던 멋진 친족관계가 발생한다. 실로 괴테를 소유한 우리에게 부조리하고 당혹스럽게도 자연의 총아 톨스토이의 비극적으로 정체되어 있는 정신화의 열망이 진실하고 인간적인 것을 얻으려는 순박한 야만인의 존경스럽지만 무모한 투쟁, 위대하고 동시에 슬픈 연극으로서 나타날 수밖에 없다는 것을 우리는 솔직하게 인정하지 않을 수 없는 것이다.

그럼에도 불구하고 예술적으로 파악할 때 톨스토이에게는 고뇌하는 미켈란젤로의 조각세계가 연상될 정도로 자신의 작품에 엄청난 윤리적 무게, 산처럼 거대한 도덕적 부담 및 긴장을 부여하려는 거인적인 무모함이 나타난다. 그의 작품의 서술적인 힘은 그 누구도 비교가 되지 않을 만큼 대단하다. 그가 예술을 더 이상 원치 않고 경멸 내지 무시하여 그것을 단지 습관적으로 의심스럽고 강압된 도덕적 교훈의 전달수단으로 이용했을 때조차도, 그가 작품에 손만 대면 수용능력이 풍부한 그의 재능은 힘과 신선함, 창작의 근원욕구와 건강함의 물결을 만들어냈다. 이런 그에게 모방의 문제가 제기되는 것은 아닐까? 하지만 이런 힘을 어떻게 모방할 수 있으랴!

앞으로 이런 이름을 얻을 만한 어떤 문하생조차도 그와 같은 존재로는 거의 인식될 수 없을 것이다. 더구나 톨스토이라는 거장의 영향력하에서 예술은 정신과 형식에 따라 아주 상이한 방식으로, 특히 그만의 아주 독특한 방식으로 수행되었다고 할 수 있다. 그러나 안테우스 신처럼 건장한 톨스토이가 예술가로서 매번 자애로운 대지와 접촉할 때마다 강력해졌듯이, 그의 놀랄 만큼 자명한 창조성은 우리에게 예술 자체의 다른 현상인 대지와 자연으로 나타나는 것이다. 톨스토이에 관한 것, 즉 동물처럼 날카로운 눈빛, 어떤 신비에 의해서도 흐려지지 않는 창조적 필력의 무게, 다시금 그토록 괴테를 연상시키는 조형적 작가의 전적으로 투명한 합리성을 다시 읽는다는 것, 그리하여 거기에 스스로 감화된다는 것은 작위적 예술경향과 병적 유희의 모든 위험으로부터 빠져나와 원초성과 건강함, 우리 내부에 건강하게 본원적으로 존재하는 것을 향해 돌아가는 길을 발견한다는 것을 의미한다.

메레시콥스키Mereschkowski[27]는 톨스토이를 '영혼의 투시자' 도스토옙스키와 구분하여 '육체의 위대한 투시자'라고 칭했다. 실제로 톨스토이 예술의 건강함은 탄탄한 구체성Leiblichkeit에 근거해 있다. 심리학

---

[27]_ 드미트리 메레시콥스키Dmitri Mereschkowski는 러시아의 철학자이자 비평가이다. 그는 푸시킨과 고골리를 '무의식적 창조'와 '창조적 의식'을 대변하는 것으로 평한 바 있는데, 토마스 만은 그의 글 여러 곳에서 이를 괴테의 '소박성Naivität'과 실러의 '감상성Sentimentalität'과 비교하여 설명한다.

이 있는 곳에는 역시 병리적인 것이 이미 존재한다. 영혼의 세계는 병의 세계이지만, 건강의 세계는 육체의 세계인 것이다. 도스토옙스키는 톨스토이의 《안나 카레니나》에 관하여 지극히 아름답고 심오한 분석을 남긴 바 있었다. 그것은 괴테의 《빌헬름 마이스터》에 대한 실러의 감상적 찬미를 현저히 상기시키는 사랑과 깊은 통찰을 지닌 분석이다. ─그러나 정작 톨스토이는 도스토옙스키에 관해 아무것도 이해하지 못했다.

《카라마조프》의 작가가 죽었을 때에서야 톨스토이는 "이 사람을 매우 사랑했었던" 순간을 떠올렸다. 그러나 그가 살았을 때에는 그에게 전혀 관심이 없었다. 그리고 사람들과 대화를 나누면서 톨스토이가 그를 비난했던 것은 일종의 어리석음의 소치라고 할 수 있었다. 도스토옙스키는 병적이었고, 따라서 모든 것을 그는 병적인 것으로 만들었다고 톨스토이는 비판한 바 있었다. 이 말이 사실이라는 것을 우리가 인정할지라도, 사람들이 니체에게 "그렇다니까, 병자에게서는 병적인 것만 나오는 법이오!"라고 말한 것과 흡사하게 그것은 쓸데없는 이야기에 불과하다. 그것은 무가치할 뿐만 아니라 진실과도 어긋나는 것인지 모른다.

톨스토이의 판단은 한 위대한 남성의 판단으로서 위엄 있고 객관적이며, 냉철하기 그지없다. 이렇게 냉정한 판단을 내린다고 해서 우리는 셰익스피어의 부도덕을 강조하려고 그가 《톰 아저씨의 오두막》을 내세워 비교했던 시절을 생각할 필요는 없다. 그렇다면 그가 자기 자신에 대해서는 더욱 준엄하게 판단했던 것일까? 이는 다시 자신의 필생의 걸작을 무익하고 부정한 유희로서 질책한 시절과 관련된다. 톨스토이가 훨씬 전에 세계문학에서 가장 강렬한 사회소설 《안나 카레니나》를 집필하고 있었을 당시, 그는 이 작품이 쓸모없는 잡동사니라는 이유로 원고를 열 번이나 집어던졌으며, 그것이 완성되었을 때에도 그리 좋게 평가하지 않았다. 이와 같은 것을 그는 자기의식의 침체로서 좋지 않게 이해한 것이리라.

아마도 그는 다른 사람들에게는 이렇듯 준엄하게 판단하는 법이 거의 없었을 것이다. 그가 내세웠던 척도는 오직 그 자신에게만 통용되는 것이었으리라고 생각된다. 그러므로 이와는 반대로 우리는 이 예술가 형상의 위대한 인간을 통한 자기 작품의 성급한 과소평가의 태도에서 멀리는 작품을 초월하는 자기의식의 표현을 보게 되는 것인지도 모른다. 그렇게 하기 위해서는 아마도 인간이 작품 이상의 존재여야 하며, 또 그런 위대함이란 보다 더 위대한 것 속에 자기 근거를 가지고 있어야 할 것이다. 적어도 다빈치, 괴테, 톨스토이와 같은 특수한 인간들은 이런 가정을 설득력 있게 입증한다. 그러나 왜 톨스토이는 자신의 예술작품에 비해 자신의 교훈과 종파적 예언, 도덕적 개혁이념에 관해서는 그다지 출중한 언사를 남기지 않았는가? 무엇 때문에 그는 이를 단 한 번도 조롱하지 않았는가? 우리는 이에 항변할 자격이 있는데, 이유인즉 톨스토이가 자신의 작품보다 더 위대했던 것처럼 그는 자신의 사상보다 분명히 더 위대했기 때문이다.

아, 톨스토이의 견해는 얼마나 계시적인가! 우리가 계시와도 같은 그의 견해에 귀를 기울였다면, 의심할 바 없이 그 견해가 정말 독재자의 선언과도 같은 것이었기 때문이었다. 이 독재자의 선언은 툴라 지역에 있는 그의 농장을 인간 결핍을 채워주는 순례지, 온 세상에 빛을 뿌리는 강력한 힘의 중심지로 만들었던 저 자연의 마술을 통하여 정의를 강요하고 '인격'이라 불리는 그런 것이었다. 생명력과 위대함, 위대함과 힘? 얼마나 멀고도 동일한 것인가?

모든 지대에 사는 인류가 근본적으로 깊이 숙고하지 않으면 안 되는 긴급하고도 불분명한 물음을 제기하는 것이 바로 톨스토이라는 위대한 자의 문제가 되고 있다. 그는 위대한 자란 "공적으로는 불행한 자"라는 우리의 귀를 수치스럽게 하는 격언을 가지고 중국의 민본주의 사상에 관해 토로한 바 있었다. 반면에 유럽의 본능은 언제나 뛰어난 인물을 미화하려 했었고, 지금도 그런 경향을 지니고 있다. 그러나 만일 지도와 교훈, 인류의 개선 등이 그에게서 중요한 문제로 거론된다면, 부드럽게 말해 일말의 회의가 남는다. 과연 위대한 자의 기능이나 그의 본질이 진실의 허구적 미화 없이 어떤 관계에 도달할 수 있는 것인지, 그리고 위대한 자란 자기 자신을 도덕적 전형으로 제시하려는 시도에 의해 순수 역동적 결과, 엄청난 도덕적 냉담의 분출을 감동적으로 표출하는 것은 아닌지 의문시된다. 실제로 '야스나야 폴랴나 Jasnaja Polijana의 예언자'는 아주 미숙하고 어설프지만 존경스럽게 그의 연금술사들의 가소로움을 통하여[28] 이런 시도를 감행했다.

이는 얼마나 축복받은 삶인가! 그의 삶은 모든 비극과 성스러운 희

---

[28]_ 독일어 원문은 durch die Lächerlichkeit seiner Adepten인데, 톨스토이의 소설인물들을 지칭하는 것으로 보인다.

비극에 이르기까지 정신으로부터가 아니라 힘으로부터 축복을 받았다. 그도 그럴 것이 이 진동하는 삶의 도덕적 고뇌와 열망 자체가 힘으로 가득 차 있기 때문이다. 그 근저에는 무엇이 있을까? 무시무시한 죽음의 공포, 반면에 정신적인 것처럼 보이는 형태 속에서도 빛을 발하는 생명력만이 존재한다. 이를 통해 서슴없이 위대한 것을 깎아내릴 만큼 우리는 진실해야만 한다. 톨스토이의 마지막 시기에 있어서도 집과 가족을 멀리한 성자聖者의 그 유명한 행동에는 적어도 종교적 구원의 욕구만큼이나 죽음으로부터 도피하려는 동물적 충동이 동시에 작용한다.

하지만 그 모든 것에도 불구하고 다음과 같이 괴테가 인간에 관해 읊었던 아름답고 경건한 시가 나의 뇌리에서 떠나려 하지 않는 것은 무슨 까닭일까?

그가 늘 정의롭게 생각한다면,
그는 영원히 아름답고 위대한 것인가?

자연의 축복을 받아 "넘쳐흐르는" 형성력을 사용하려는 노력, 다시 말해 인간을 위해 "정의롭게 생각하고" 또한 삶의 충동을 인간이념과 정신적 사고에 바치려는 노력에는 얼마나 겸손한 태도와 모범적 행위가 깃들어 있는가! 이럴 때마다 톨스토이의 창조성은 수없이 좌절에 부딪치고, 자기 성찰적으로 터무니없고 반문화적인 것, 부조리한 사상에 휘말려들었어도, 바로 이 때문에 그의 고뇌에 찬 노력은 "영원히 아름답고 위대한 것"으로 남아 있는 것이다. 그의 창조성은 심오한 진실에 대한 감정통찰의 결과이다.

톨스토이는 앞으로 도래하는 시기에는 실로 삶을 상승시키는 예술만이 충분하게 생겨나는 것이 아니라고 파악한다. 그보다는 오히려 주도적이고 결정적이며 어둠을 밝히는 정신, 사회적 책임을 느끼고 봉사하는 정신이 객관적 천재 및 무책임한 미美보다 도덕적·이지적인 것을 중시하지 않으면 안 되는 시기가 도래하고 있다는 것이다. 그는 결코 자신이 소유한 자연력으로 인하여 정신에 손상을 입힌 적이 없었고, 천재와 위대한 자의 권리를 요구하여 혼란하고 퇴행적이며, 무질서하고 옳지 않게 영향력을 행사한 적이 없었다. 그는 그것을 정말 잘 이해하고 있었으며, 완전히 겸허한 자세로 이성적이고 신적인 것에 헌신했다.

나는 이를 모범적이라는 말로 칭한 바 있었다. 우리들, 오늘날의 작가들은 톨스토이의 세대와 비교하면 자그만, 기껏해야 평균치의 세대에 불과하다. 만일 우리가 시대와 정신적 의무의 요구를 충족시키지 못한다면, 그리고 우리들 각자가 톨스토이와 그의 민족에게서 지혜를 얻어 참으로 정의롭게 사고하지 않는다면, 그 어떤 것에 대해서도 우리는 용서를 구할 수 없을 것이며, 적어도 비방과 질책과 어리석은 증오로부터 도피할 길이 없게 될 것이다.

프란츠 카프카와 《성》

대단히 기이하고 천재적인 소설 《성das Schloß》, 이 작품과 쌍을 이루는 비범한 소설 《심판der Prozeß》의 저자 프란츠 카프카는 1883년 체코 프라하의 유태계 혈통을 지니고 태어나 41세가 되는 1924년 폐결핵에 따른 빈혈로 사망했다. 그의 사망 직전에 제작된 마지막 초상화는 41세의 남성이라기보다는 오히려 25세의 앳된 모습을 하고 있다. 전반적으로 수줍은 듯 깊이 생각에 잠겨 있는 청년의 얼굴을 하고 있는데, 이마 쪽으로 무성한 검은 곱슬머리, 날카로우면서도 몽상적으로 바라보는 큰 눈, 직각으로 꺾여 있는 코, 병색이 완연한 그늘진 뺨, 주변에 미소가 맴도는 매우 섬세한 형태의 입모양이 인상적이다. 예지적이면서도 순수한 표정을 지닌 그의 모습은 일찍이 폐결핵으로 사망한 프리드리히 폰 하르덴베르크Friedrich von Hardenberg, 즉 청순한 신비주의자이자이자 소설 《푸른 꽃》의 저자 노발리스Novalis의 그 유명한 초상을 적지 않게 연상시킨다.

그러나 카프카가 체코의 노발리스와 같은 시각을 지녔다 해도, 나는 그를 낭만주의자나 청결주의자, 신비주의자로 칭하고 싶지 않다.

그는 낭만주의자이기에는 너무 정확하고 사실적으로 삶과 삶에서의 단순하고 자연적인 활동에 연관되어 있으며, 또한 청순한 시인이 되기에는 그의—매우 독특하고 복합적인—해학적 성향이 너무 뚜렷하게 각인되어 있다. 신비주의에 관한 한 그는 물론 인지학자 루돌프 슈타이너Rudolf Steiner와의 대화에서 자신은 작업으로부터 모종의 "천리안적 투시상태"를 이해하게 되었으며, 이에 의거하여 자신의 작품을 "새로운 밀교적 가르침인 유태인들의 카발라Kabbala"와도 비교한 바 있노라고 설명했다. 하지만 엄청난 불안의 요소, 감각적인 것을 넘어서는 초감각적 자기초월, "지옥에서나 맛보는 고통의 환희", 무덤 속의 신방新房과 그와 같은 진짜 신비주의의 부가적 성격은 분명히 그와는 어울리지 않았다. 마찬가지로 바그너의 〈트리스탄〉이나 노발리스의 〈밤에 드리는 노래〉 및 소피에 대한 그의 사랑도 카프카에게는 어울리는 것이 아니었다.

카프카는 몽상가였다. 종종 그의 작품들은 완전히 꿈의 특징 속에서 구상되고 형상화되곤 하였다. 그의 작품들은 삶의 기묘한 그림자의 유희인 꿈들의 부조리하고 불안한 움직임들을 모방함으로써 웃음을 자아낸다. 그러나 아이러니하게도 그것은 이성적이고 해학적인 것, 한계에 이르도록 이성적인 것, 가장 강력한 힘에 따라서는 선과 정의와 신의 뜻을 지향하는 도덕적인 것으로 가득 차 있다. 이와 같은 도덕적 특징은 이미 양심적으로 꼼꼼하고 세밀하고 확실하면서도 명료한 면을 보이면서 정확하고 거의 관료적인 보수주의를 통하여 종종 아달베르트 슈티프터Adalbert Stifter를 연상시키는 사실적 문체를 그려낸다. 따라

서 이 몽상가의 동경은 어디엔가 신비로운 곳에서 피어나는 '푸른 꽃'
이 아니라 "일상의 기쁨"을 향하고 있었다.

이는 나의 초기 단편인 〈토니오 크뢰거〉의 몇 줄에서 인용된 삶과
예술에 대한 기본적인 공식이다. 나도 알고 있는 카프카의 고향 친구
이자 편찬인, 평론가 막스 브로트Max Brod는 카프카에게 특별한 공감을
보인 바 있었는데, 그는 아주 상이한 동유럽 거주 유태인의 인간성을
근거로 카프카의 문학과 〈토니오 크뢰거〉의 시민적 · 예술적 감정세
계와의 차이를 올바르게 이해하고 있었다. 《성》과 같은 작품을 언어로
표현하려는 "각고의 노력", 그것에 기초해 있는 희비극적 열광이란 시
민적 양심의 가책을 느끼면서 "금발머리의 평범한 사람들"에 대한 사
랑의 소박하고 인간적인 감정을 얻으려는 토니오 크뢰거의 예술가적
고독의 아픔을 종교적인 것으로 바꾸고 고양시키려는 태도라고 말할
수 있을 것이다. 이런 작가의 본질을 아마도 가장 적절하게 특징지을
수 있는 명칭은 종교적 해학가라는 명칭일 것이다.

이 낯설어 보이는 언어 결합의 두 구성요소를 해명할 필요가 있을
것 같다. 막스 브로트의 언급에 따르면 카프카는 플로베르의 말년에
있었던 일화에 지속적으로 깊은 감동을 나타냈다고 한다. 일생을 문학
이라는 허무한 우상에 바쳤던 위대한 유미주의자 플로베르는 조카딸
마담 코망빌과 함께 매력적인 아이들로 둘러싸인 친절하고 행복한 부
부의 가정을 방문했다. 당시에 《성 안투안의 유혹Tentation de Saint-Antonie》
을 출간한 바 있던 저자는 집으로 돌아오는 길에 깊은 생각에 잠겨서
무엇인가에 골몰해 있었다. 플로베르는 조카딸과 함께 강변을 걸어가

면서 그가 통찰을 얻었던 자연적이고 진지하며, 건강하고 쾌활하고 정직한 삶이라는 것에 관해 계속해서 머릿속에 떠올렸다. 그러다가 그는 "그 가족은 참으로 진실하다!"라고 반복하여 외쳤다. 그런데 작품을 위하여 삶을 전면 부정하고 예술가에게 의무를 지우는, 대가의 입에서 나온 자기포기의 이 말이 프란츠 카프카가 가장 좋아하는 인용문이 되었던 것이다.

참되고 정의롭게 산다는 것은 그에게 신과 가까이하거나 신 안에서 산다는 것, 신의 뜻에 따라 올바르게 산다는 것을 의미했다. ―하지만 그는 정의와 신의 뜻 속에서 보호받는다고는 거의 느낄 수 없었다. 그가 일찍이 인식한 바와 같이 "문학적 작업이야말로 유일한 소망이자 유일한 소명이었다"는 사실은 그것이 틀림없이 신의 뜻이었으리라는 사실과 아마도 일치할 것이다. 카프카는 32세였던 1914년에 다음과 같이 적고 있다. "그러나 나의 꿈과 같은 내적 삶의 서술에 대한 의미는 다른 모든 일들을 부차적인 것으로 떠밀어 버렸다. 다른 모든 일들은 형편없이 위축되어 버렸고, 위축되기를 멈추지 않는다." 이어서 그는 부언한다. "종종 나의 무감각에 대한 서글프지만 조용히 뇌리를 스치는 놀라움이 나를 사로잡는데, […] 오로지 문학적 결정에 따라서 나는 다른 것에는 무관심하고 냉정해지기 때문이다."

이 서글프지만 조용히 뇌리를 스치는 놀라움이란 진실로 거대한 불안, 그것도 종교적인 불안인 것이다. 예술의 열정으로 인한 인간적 박탈감과 위축은 의심할 바 없이 신과 멀어지고 있으며 참되고 정의로운 삶에 대립되고 있다는 생각에서 비롯된다. 그 모든 일상적 삶에 대하여 모든 것을 무관심하게 만드는 열정을 의미심장한 어떤 것으로 이해하는 것, 즉 그것을 윤리적 상징으로서 받아들이는 것은 물론 가능한 일이다. 예술이란 플로베르의 경우처럼 필연적으로 삶의 망아적忘我的·금욕적 부정에서 나타나는 산물, 의미 내지 결과인 것만은 아니다. 오히려 예술은 삶 자체의 윤리적 표현형식일 수 있다. 그리고 이런 상태는 작품이 아니라 삶에 좌우될 수가 있다. 그렇다면 삶이란 미적 완결성의 이상을 얻기 위한 '냉정한' 방식으로서의 수단에 불과한 것이 아니라, 윤리적 삶의 상징으로서의 작업Arbeit이다. 어떤 객관적 완결성이 아니라, 최선을 다하고 다른 인간적 작업과 대등한 확고한 성과를 의미 있게 수행한 주관적 의식이 종국적 목적인 것이다.

카프카는 언젠가 이렇게 기록한 바 있다. "나는 머칠간 계속 글을 쓰고 있다, 얼마나 지속될지는 모르지만! 나의 삶은 정당성을 갖고 있다. 나는 다시 나 자신과 대화를 진행해 나갈 수 있으며, 앞으로는 그렇게 완벽한 공허감에 정체되지 않을 것이다. 이런 도정에서만 나에게 개선Besserung이 있게 된다." 잘못된 것은 아니었지만, 그는 '개선' 대신에 '구원Rettung'이라고 말하는 것이 더 좋았을 것이다. 그러므로 작업을 통한 그의 안정의 종교적 의미는 더욱 명백해졌다고 할 수 있다. 예술은 신에게 받은 재능의 실현으로서, 성실하게 수행한 작업으로서 의미를 갖게 된다. 정신적 의미뿐만 아니라 도덕적 의미까지도 갖게 되는 것이다. 예술이 진리를 위하여 현실을 고양시킬 때, 그것은 주관적으로나 인간적으로 삶에 의미와 정당성을 부여하게 된다. 예술은 다른 일과 마찬가지로 무엇인가를 구성하는 작업이고, 올바르게 살거나 또는 정의에 접근하기 위한 수단인 것이며, 이럴 때에야 비로소 인간적 삶에 적응하게 된다.

프란츠 카프카, 이 후대의 의심스럽고 거의 절망적으로 복잡한 독일문단의 대변자가 틀림없이 존경했을 괴테로부터는 다음과 같은 명언이 전해져 내려온다. "세상에서 안전하게 도피하기에 가장 좋은 수단은 예술이며, 세상에서 안전하게 살기에 가장 좋은 수단 또한 예술이다." 참으로 놀라운 문장이다. 고독과 사회성은 여기서 화해에 도달하는데, 아마도 이런 것에 카프카도 놀라움을 금치 못했을 것이다. 그의 창조성은 지리멸렬, 요컨대 신과의 거리감 및 불안정에 기인하는 것이었기 때문이다. 그가 글을 쓸 수 있었을 때의 행복과 감사함은 그에게 예술은 우리를 "세계"뿐만 아니라 도덕적인 것, 신성 및 정의와 "연결시켜 주었다"는 것을 입증했을 것이다. —그것도 이중의 의미, 즉 '선'의 이념과 그것에 내재된 상징적 깊이를 통해서 말이다. 예술가가 '선하다'라고 부르는 것, 그가 진지한 유희와 자조의 아픔 속에서 찾고자 노력하는 것은 하나의 비유, 아니 이미 정의와 선이라는 비유 이상의 것, 완벽함을 추구하는 모든 인간적 노력을 대변하는 하나의 상징이다.

그렇다면 카프카의 몽상적 예술작업은 매우 선한 것이다. 그의 예술작업은 성실과 인내, 자연에 대한 정확성, 늘 아이러니와 패러디를 동반하지만 비밀스럽게 웃음을 자아내는 양심, 사랑과 주도면밀함에 의하여 수행되었다. 이는 그가 부정적인 인간이 아니라 까다로운 방식으로 선과 정의를 믿고 있었다는 것을 입증한다. 그러나 신과 인간 사이의 불화, 선을 인식하고 그것에 따라 정의롭게 살아갈 수 없는 인간의 무능력을 그는 문학의 대상으로 삼았다. 그의 작품들은 어떤 문장에서든 환상적 · 해학적 · 절망적 선의지善意志를 증명한다.

그의 작품들은 토착민들, 예컨대 '성' 외곽 주민들 사이에서 살아가는 예술가(더욱이 유태인!)의 낯설음과 고독의 표현이다. 그것은 자기 자신을 부인하면서 아주 절망적으로 편입, 귀속, 시민권, 정규 직업, 결혼, 단적으로 말해 "일상의 즐거움"을 얻으려고 노력하는 천부적 고독의 표현이며, 나아가 억제하기 어렵고 항상 좌절하면서도 "정의롭게 살려는" 선의지의 표현이기도 하다. 《성》은 철저히 자서전적인 소설이다. 본래 단순히 1인칭으로만 말하도록 되어 있는 주인공은 K라는 이름으로 불린다. 그러나 정작 모든 노고와 그로테스크한 실패들을 몸소 체험했던 것은 작가 자신이었다. 그의 자서전에는 약혼 이야기가 나오는데, 그것은 그 모든 우울한 실패의 정수를 이룬다. 소설 《성》에서는 가족을 이루고 자연스런 생활형식과의 결합을 통하여 '신에게' 가까이 가려는 경련적인 시도들이 주도적인 역할을 수행한다.

왜냐하면 공동체로의 바람직한 편입, 이방인으로부터 토착민이 되려는 불굴의 시도는 단지 성과 K와의 관계를 개선하거나 또는 관계 자체를 만들어내려는 수단일 뿐이기 때문이다. 이는 물론 신에게 다가가 은총을 구하려는 수단이기도 하다. 소설의 이상야릇하고 몽상적인 상징성 속에서 마을은 삶, 토양, 공동체, 선한 규범, 인간적 · 시민적 유대에서 생겨나는 축복을 대변한다. 반면에 성은 신적인 것, 천상의 지배, 비밀스런 은총, 접근불허, 파악불가능을 대변한다. 초인간적 신성이 이 소설보다 더 기괴하고 우습고 대담한 수법들, 보다 더 풍부한 경건 및 독신瀆神의 심리에 의해 관찰되거나 체험되고 규정된 적은 결코 없었다. 이 소설은 확고한 신념을 가지고 은총을 구하려는 너무나 열정적이고 가차 없는 결핍자의 이야기인바, 그렇기 때문에 그는 심지어 속임수와 계략을 쓰면서까지 목적을 이루려고 발버둥치는 것이다.

다음의 물음은 정말 중요하다. 즉 주인공 K가 실제로 백작의 관할 관청으로부터 측량기사로 초빙을 받았는지 또는 그가 공동체에 편입되고 은총을 얻기 위하여 그냥 꾸며내고 사람들에게 거짓말을 하는 것인지 하는 물음이 소설 전체를 통하여 미해결로 남아 있다는 사실은 복잡하고 까다로운 종교적·해학적 중요성을 지니고 있다. 제1장의 경우 "저쪽"과의 전화대화에서 K의 초빙 사실은 처음에는 부인됨으로써 그는 순간적으로 떠돌이 사기꾼으로 몰릴 뻔했다. 하지만 그것이 수정되면서 그의 측량기사 신분은 저 위로부터 모호하나마 인정을 받는다. 물론 이때 K 자신은 자기 신분의 증명이 오로지 "정신적 초월"로부터만, 자신과의 "투쟁을 웃으면서 받아들이려는" 의도에 따라 일어날 수 있는 일이라고 느낀다.

제2장에서 K가 성과 나누게 되는 두 번째 전화대화는 더욱 인상적이다. 이때는 이미 성에서 파견된 두 명의 조수들이 그에게 와 있었는데, 그의 눈에 들어온 그들은 어딘지 얼이 빠져 보이는 "나이 든" 사람들이었다. 이 책을 읽으면서 K와 함께 수화기를 통하여 "아주 아득한 곳에서 들리는 치기어린 목소리들의 무수한 웅얼거림"을 듣거나, 저 위에서의 "사소한 말실수"로 관리가 이 아랫마을 술집 전화기를 통하

여 뻔뻔스런 거짓말쟁이 대기자에게 보낸 거절의 답신을 들어본 사람은 책에서 손을 떼지 못하고 길고 긴 이 전대미문의 이야기를 따라가며 기이한 체험에 흠뻑 빠지게 될 것이다. 그리하여 독자는 고통스런 꿈결 속에서도 웃음을 터트리며 신성과 악의가 까다롭기 이를 데 없는 하늘당국himmlische Behörde의 "전혀 다른" 천성의 타율적 지배와 본질에 접근하게 될 것이다.

이 당국의 가장 객관적인 성격은 성과의 전화에서 본질적인 현상들이 점차 밝혀지는 제5장에서 "대리인"의 입을 통하여 나타난다. 우리는 이런 교류가 전혀 신뢰성이 없으며 기만적이라는 것, 여기에는 우리의 교신을 진행시켜 나갈 센터도 없고, 우리는 단지 음향장치마저도 차단되어 있는 최하 부서에만 도달할 수 있다는 것, 그리고 만일 이런 경우가 아니라면 우리는 더 이상 농담이 아닌 대답을 받게 되리라는 것을 경험하게 된다. 나는 특히 K와 대리인이 나누는 놀라운 대화를 지적하지 않을 수 없다. 그러나 책 전체는 피곤하지 않게 짜여 있다. 이 책은 인간과 초월자 사이의 그로테스크한 부조화, 신적인 것의 불가사의, 이질감 내지 섬뜩함, 터무니없는 부조리, 침묵의 분위기, 공포, 심지어는 인간적 개념에 따라 상부의 힘, 즉 성의 부도덕성까지도 모든 수단을 동원하여 특징화하고 온갖 색채로 다양하게 연출하고 있는 것이다.

이는 경건하면서도 가장 절망적이며, 일찍이 있었던 것 가운데에서 가장 고집스런 "천사와의 씨름"이다. 더구나 유머, 즉 신성과 절대성의 실재實在를 완벽하게 침해하지 않는 신성한 풍자의 정신이 다루어진다는 사실은 대단히 새롭고 매혹을 줄 만큼 도발적이다. 카프카는 이런 점에서 그리고 이를 통하여 종교적 유머작가가 되고 있다. 그는 이해하기 어려운 수수께끼와 불가사의, 인간의 힘으로는 판단할 수 없는 초월세계의 성격을 다른 작가들이 시도하듯 열광적이고 화려하게 장엄한 상승의 수단을 통하여 절대적 숭고함을 서술하는 것이 아니다. 그의 서술방식은 오히려 이런 초월세계의 성격을 오스트리아의 "국유재산"으로, 다시 말해 엄밀하고 정확하고 완고하며 접근 및 예측을 불허하는 관료주의로, 눈에 보이지 않는 책임감에 의하여 움직이는 불명료한 관리계급의 전망할 수 없는 행동 및 심급체계Instanzwirtschaft로서 파악하고 기술함으로써 이루어진다. 이런 의미에서는 내가 앞서 언급했듯이 풍자적이지만, 그러나 여기에는 가장 솔직하고 경건하며 은총의 비밀스런 왕국으로 들어가고자 끊임없이 투쟁하는 겸허함, 열광 대신에 바로 풍자의 옷을 차려입는 겸허함이 내재해 있는 것이다.

전기에 따르면 카프카가 비교적 "은총"과 많이 관련되어 있는 《성》과는 달리 무엇보다 신의 "정당성"을 다루고 있는 소설 《심판》의 앞부분을 몇몇 친구들에게 낭독했을 때, 청자들은 거의 눈물을 흘릴 정도로 웃음을 터트렸고, 작가 자신도 너무 웃어서 순간적으로 낭독을 하지 못할 지경이었다고 한다. 이런 정황이 바로 매우 심원하면서도 복잡하게 얽혀 있는 쾌활함을 의미하는바, 소설 《성》을 낭독했을 때 의심할 것 없이 이 쾌활함이 반복되어 흘러나왔을 것이다. 그러나 웃음, 보다 고차적 이유에서 나오는 참을 수 없는 웃음이 우리가 갖고 있거나 우리에게 남아 있는 최상의 것이라는 점을 고려해 본다면, 세계문학이 창조해 낸 것 가운데 가장 읽을 만한 것을 만들어내려는 카프카의 사랑스런 의도를 독자들은 나와 더불어 이해하고 싶을 것이다.

《성》은 미완성 작품이었으나, 결여된 부분은 한 장章을 넘지 않는 것으로 생각된다. 저자는 이 소설에 관해 친구들에게 본인의 입으로 직접 이야기하곤 했었다. 이에 따르면 주인공 K는 죽는다.—공동체에 귀속되기 위한 투쟁과 성으로부터 자신을 확증받기 위한 힘에 겨운 노력 때문에 지쳐서 죽는다. 마을 주민들이 그를 찾아와 임종의 자리를 둘러싼다. 그리고 마지막 순간에는 성으로부터 통고, 마을에 거주하고자 하는 법적 청구는 물론 K에게 이루어지지 않지만, 사람들은 그에 대해 (진지한 노력에 대한 배려가 아니라) "어떤 부수적 상황"에 대한 배려에 따라 이곳에서 일하고 살 수 있도록 허용한다는 내용의 통고가 내려온다. 그러므로 이것이 이제 은총인 셈이다. 카프카 역시 죽음에 이르렀을 때, 가슴을 억누르는 비애 없이 이 은총을 틀림없이 받았을 것이다.

알브레히트 뒤러

뒤러를 생각할 때면 내게는 먼저 더 가까운 다른 이름, 니체라는 순수하고 숭고한 이름이 다가선다. 니체를 떠올린다는 것은 돌연 가장 깊은 추억과 최고의 희망을 의미할 정도로 지나간 시절의 이야기와 미래가 그 이름 안에서 서로 연관되어 있다. 나는 니체의 글[29]을 통해 간접적으로 뒤러의 세계를 처음 체험하고 예감하고 감상한 바 있었다. 이는 역사에는 그리 흥미가 없는 젊은이가 과거를 가르치는 것이 아니라 대략 반영할 뿐인 현대적인 것을 통하여 고풍스런 것을 어렴풋이 감지하게 되었을 때의 그런 느낌이었다.

그런데 뉘른베르크의 화가 뒤러의 이름이 니체에게서 거론이라도 되는 것일까? 나는 알지 못한다. 그러나 니체는 쇼펜하우어와 금욕적 이상을 위하여 바그너의 여성적 예술에 격려를 보냈던 그의 권위에 관

29_ 쇼펜하우어를 용감한 기사로 찬양하는 다음 문단의 내용은 뒤러의 미술작품 〈죽음과 악마 사이의 기사Ritter zwischen Tod und Teufel〉에 나오는 용감한 기사를 연상시키는데, 토마스 만의 우회적인 표현도 이를 암시하고 있다. 토마스 만은 이 글을 쓰고 3년이 지난 1931년 〈죽음과 악마 사이의 기사〉라는 에세이를 발표하면서 쇼펜하우어를 찬양하는 똑같은 니체의 글을 다시 인용하고 있다.

해 다음과 같이 언급하고 있다. "쇼펜하우어처럼 진정한 철학자, 참으로 자립적인 정신, '홀로 서는 법을 알면서 선행자先行者들과 그들의 더 높은 암시의 눈길조차 기다리지 않는 용감무쌍한 남성이자 이글거리는 눈빛의 기사Ritter mit erzenem Blick'가 금욕적 이상에 대하여 경의를 표한다면, 그것은 무엇을 의미하는 것일까?"

이렇게 말하는 니체는 대체 무엇을 생각하고 있는 것일까? 아니, 그가 그것을 생각하는 것이 아니라면, 도덕적 명쾌함과 남성다움을 이토록 본질적으로 자세하고 면밀하게 서술하는 까닭은 무엇일까? 우리가 쇼펜하우어를 거론하는 글 옆에 뒤러의 이름을 써넣는다면 잘못된 것일까?[30] 여기에다 괴테의 찬양의 시를 첨가하는 것도 좋을 것 같다. 괴테는 "모호한 형태와 근거 없는 환상"에 대해 때때로 고전주의자로서의 불신을 표했을지라도, 그는 뒤러가 지닌 예술의 본질을 다음과 같은 시로 표현했다.

그대의 확고한 삶과 남성다움,
그대의 내적 힘과 지구력.

뒤러, 괴테, 쇼펜하우어, 니체, 바그너! 뒤러의 이름과 괴테의 시가 첨가된 니체의 이 글에 갑자기 모든 것이 한꺼번에 몰려 있다. 전체적 운명의 복합체와 별자리, 하나의 세계, 그 자체로 야망에 찬 연극무대,

---

30_ 여기서 뒤러를 이야기하는 것도 각주 29와 일맥상통한다.

아니 종래에는 마술적이고 이지적인 분해가 일어나게 될 무대. ―그러나 분해는 일어나지 않는다. 왜냐하면 위대한 곡예사와 마법사 곁에는 예언자와 자기초극의 인간, 신화의 연출자이자 신화 자체, 새롭고 더 높은 인간성의 주역이자 희생자, 고지자告知者인 그가 있기 때문이다.

니체의 유행 내지 시류의 영향으로 말미암아 초인超人이라는 이름을 함부로 남용하던 치기 어린 청춘기에도 나는 니체에게서 윤리학자의 면모를 인식할 수 있었다. 그러나 그의 삶의 비극을 초래하는 영적 전제들과 근거, 자기극복과 자기징벌, 정신적 순교와 아울러 심장과 뇌를 파괴하는 종결로서의 십자가에 매달림이라는 저 불멸의 유럽적 연극,―이런 것들을 우리는 나움베르크에 살던 목사 아들의 프로테스탄티즘 이외에 어디서 찾아볼 수 있겠는가? 저 북독일의 풍토, 〈기사, 죽음과 악마〉[31]라는 판화작품이 존재하고 모든 행적에서 영혼의 고향 분위기가 남아 있는 시민적·뒤러적·도덕적 영역 이외에 어디서 찾아볼 수 있겠는가?

니체는 1868년 10월 로데Rohde에게 보내는 편지에서 이렇게 적었다. "바그너가 내 마음에 든다. 쇼펜하우어가 내 마음에 드는 것은 윤리적 분위기, 파우스트적 향기, 십자가, 죽음과 납골당 때문이다." 그가 바젤에서 1주일(부활제 전주)에 3번 〈마태 수난곡〉을 들었던 시기에도 십자가, 죽음, 납골당이 그의 마음을 끌었던 것이다! 그것은 계속 내적으로 '남성다움과 지구력', '죽음과 악마 사이의 기사'와 교차되는

31_ 〈죽음과 악마 사이의 기사〉라는 원제를 흔히 〈기사, 죽음과 악마〉라고 쓴다.

뒤러적 · 독일적 성격세계의 본질요소이다. 다시 말해 수난, 납골당의 냄새, 고통에 대한 공감, 파우스트적 멜랑콜리는 수용적 안식의 경건한 작업실의 노력을 위해 전원풍으로 묘사된다. 이 평화의 잔영을 그리는 창가의 태양은 죽은 자의 머리를 뜨겁게 달구고, 이런 겸손의 사사로운 것들의 영원한 순간과 위대성이 모래시계와 누워 있는 사자를 통하여 유지되는 것이다.

이는 과연 무엇인가? 이런 세계는 무엇을 형성해 나가고 어떤 것으로 존재하는가? 일련의 대가들을 통하여 운명 내지 성격을 결정하면서 상속되고 우리 모두의 본질에 침투하게 된 사랑과 추억, 전형, 모범으로서 존재하는 것인가? 판화로 묘사된 독일적인 것, 형상으로든 언어로든 독일 예술가의 사랑은 색채가 아니라 도식과 관련된다. —그렇다면 훌륭하거나 부끄러운 것, 자랑스럽거나 수치스런 많은 것, 모든 사람이 이 양쪽 결과를 의식하는 법이다. 하지만 '명작' 자체의 개념은 이런 것에서 유래하는 것이 아니다. 우리 모두에게서 가장 고귀하게 여겨지는 국가적 개념의 자산, 가장 높고 존경스러운 것, 이에 가장 일치하는 것, 이런 것과 관련하여 도대체 어떤 세계적 등급과 힘, 존엄과 영광이 이른바 '대가Meister'의 순박하고 내적으로 숭고한 생활형식의 독일적 의미로부터 나타나는 것이며, 또한 어떤 공감대 속에서 서로의 정서들이 '대가'의 이념과 연관되는 우직과 성실, 순수성, 예술 및 삶의 성숙, 도덕적 · 정신적 모범이라는 표상에서 보다 더 쉽게 오늘날에도 여전히 결합되고 있는 것일까?

훌륭한 평판이란 이런 사고에 따라 괴테가 뒤러의 예술성에 부어

한 불굴의 용기와 일치된다. 근면은 여기서 심원한 의미, 정확성, 위대성으로 변한다. 인내와 영웅정신, 품위와 문제의식, 전승傳承에 대한 배려와 예측불허의 것에 대한 기대가 일치하여 '하나'가 된다. 아, 그렇지만 모든 것은 아직도 원초체험 및 국가적이고 자연적인 불충분성, 미완의 불균형성을 이유로 지극히 정확한 명상의 세계, 치기와 노련함이 뒤섞인 기묘하고도 마성적인 독일예술의 무한히 병적인 세계, 수치스럽지만 정직성이 드러나 있는 세계를 지향하는 것이다. 고루함과 꼼꼼함, 지독한 골몰, 자기고문, 계산된 염려, 이 모든 것이 다시 모이고 하나로 되어 유동하다가 용감무쌍함이 만들어내는 무조건성, 절대적 불만족, 최고의 필요성에 대한 요구로 변화한다. 자신에 대한 가차 없음, 마지막 난제를 찾아내려는 시도, 어떤 경우에서든 극단으로 가지 않을 바에는 차라리 작품을 망가트리고 세상에서 무용지물로 만들려는 태도가 그러하다.

뒤러를 생각한다는 것은 사랑과 미소, 자기회상을 의미한다. 그것은 우리들 자아의 육체적 한계 밖에 존재하면서도 우리의 자아를 결정하고 성장시키는 가장 심원한 것, 초개인적인 것에 대한 성찰이다. 그것은 신화로서의 이야기, 언제나 인간의 살로서 존재하고 현재화되는 이야기이다. 왜냐하면 우리는 개별존재들이라기보다는 우리가 희망하는, 아니면 두려워하는 어떤 존재들이기 때문이다.

에밀 졸라에 대한 단상

에밀 졸라는 내겐 언제나 19세기에 가장 강렬하고 가장 모범적 인상을 남긴 대표자들 가운데 한 사람으로서 나타난다. 이미 수십 년 전인 언젠가 나는 그를 리하르트 바그너와 비교한 적이 있었다. 나는 당시에 《루공 마카르Rougon-Macquart》 총서와 《니벨룽겐의 반지 Ring des Nibelungen》를 함께 거론한 바 있었다. 그런데 이 두 작품들을 함께 거론하는 것이 가능한 것인가? 둘 사이에는 정신, 의도, 수단 자체의 유사성이 오늘날 현저히 눈에 띤다. 양자를 연결시키는 것은 비단 거대한 명예욕, 장엄하고 대규모적인 것에 대한 예술취향만이 아니다. 기법적인 것, 호메로스적인 주도동기Leitmotiv[32]까지도 유사한 면이 나타난다(이는 톨스토이에게서도 발견된다). 무엇보다 상징적인 것으로 고양되어 거의 신비스러운 느낌을 갖게 되는 자연주의가 그러하다.

32_ 주도동기란 사랑, 질투, 복수, 이별, 운명 등의 많은 동기들 가운데에서도 하나의 동기가 반복됨으로써 주제부를 이룰 수 있는 동기를 말하며, 이는 음악에서는 테마와 동일하고 또한 구성적 원리로서 작용한다. 예컨대 베토벤의 운명 교향곡을 생각하면 이해하기 쉬워질 것이다. 소설에서도 이런 구성적 원리는 유사하다. 바로 졸라가 이런 소설기법의 효시가 되며, 이후 토마스 만도 그의 소설의 교향악적 구성을 위하여 이 기법을 즐겨 사용하였다.

그 모든 철저함과 일찍이 진리를 위하여 스캔들을 일으킨 잔인성에도 불구하고 도대체 누가 졸라의 서사문학에서 초현실적인 것으로 상승하는 상징주의와 신비적 성향을 인정하려 하지 않았던가? 나나 Nana[33]라고 불리던 제2 제정帝政의 아스파시아Aspasia는 상징과 신화가 아니던가? 어디로부터 그녀는 이름을 갖게 되는가? 그 이름은 원초의 소리, 인류의 육감적 말더듬이다. 나나라는 이름은 바빌로니아의 여신 이슈타르Ischtar의 별명이었다. 졸라가 그것을 알았을까? 그러나 만일 그가 그것을 알지 못했다면, 그것은 그만큼 더 이상하고 특이한 일이리라.

졸라에게는 강력한 시민의식, 거대한 작업윤리, 학문에 대한 경건성이 주도적으로 나타난다. 더욱이 그의 경우 독특한 혼합이 특징적인데, 외설에 가까운 그의 어두운 세계관은 순수 이상적인 것에 대한 확고한 신념과 이를 얻기 위한 투쟁에 있어서 작중인물의 배치를 위한 능력과 연관되는 것이다. 이 모든 것은 19세기에 있어서는 가장 주목할 만한 것이었다. 내 생각에 이런 점은 우리가 '신화'를 '전통'과 동의어로 보는 경향이 있다면, 신화와 관련되어 있었다. 이유인즉 그의 서사작품에서 부각되는 지나친 진리에의 방자함이 바로 프랑스 사회비판의 전통을 보호하는 데 있었던 것처럼, 그의 1898년의 정치적 행동, 즉 드레퓌스Dreyfus 송사에 휘말린 유명한 평론 〈나는 고발한다J'accuse〉의 사건[34]은 프랑스 전통에 의하여 신비롭게 은폐되어 있었다. 만일

33_ 나나는 《루공-마카르》 총서에 나오는 고급 창녀의 이름이며, 본래 아스파시아는 아테네 정치가 페리클레스의 정부情夫의 이름이다.

볼테르의 선례 내지 경고의 전례, 장 칼라스Jean Calas의 경우[35]가 없었더라면, 시민의식으로 충만한 소설가 졸라는 투쟁을 거의 선언하지 않았을 것이며, 또한 자신의 국가에 대해서도 이해하지 못했을 것이다.

졸라라는 인간, 이 작가가 처해 있던 도덕적 상황의 행복한 소박함을 우리는 정말 부러워하지 않을 수 없다. 군 수뇌부의 불투명하고 자유를 해치는 음모에 대항하는 진리와 정의를 위한 투쟁은 얼마나 멋지고 훌륭하며 아름다운가! 이와 결부된 희생의 순교 또한 얼마나 정의로운 행위인가! 우리의 자유주의 이후 시대, 획일화된 시대가 일체의 불순응주의[36]에 대해 비난하는 것과 비교하면 더욱 그러하다.

졸라는 영국에 잠시 나가 있는 동안 천식으로 고생했지만, 시대정신에 부응하던 그였기에 그의 자산과 소유물, 그의 작품은 그 누구로부터 침해당하는 일이 없었다. 그러는 사이에도 그가 쓴 글들은 고국에서 계속 발표되고 있었고, 이후 영국에서 돌아온 그는 다음해에 이미 《멈추지 않는 진실La vérité en marche》이라는 제목으로 그 동안 쓴 글들을 모아서 책으로 출간할 수 있었다. ―우리에게 이런 귀결은 아주 관대한 것처럼 보이는데, 우리는 다른 것을 체험했기 때문이다. 그리고 오늘날 졸라처럼 그렇게 무모하게 저항하면서 거짓과 불법을 폭로하

34_ 유태계 프랑스 장교인 드레퓌스가 반역죄로 몰렸을 때, 졸라가 〈나는 고발한다〉라는 글을 써서 군 참모본부에 격렬히 항의한 사건. 이 때문에 졸라는 잠시 영국으로 도피하게 된다.

35_ 장 칼라스라는 노인은 아들을 죽인 혐의로 사형을 당했으나, 볼테르는 재심 여론을 조성하여 노인이 죽은 지 3년 뒤에 상고심에서 마침내 무죄가 선고되도록 하였다.

36_ 원문은 Nonkonformismus로, 일반적으로 사회규범이나 법칙에 쉽게 동화되지 않으려는 태도, 또는 개성적인 사고를 가지려는 자세를 의미한다.

고자 하는 자는 당시에 졸라가 견뎌내야만 했던 그런 불쾌한 일들이 그를 내버려두지 않을 것이다.—아니, 그를 철저히 준비하여 기다리고 있는 것은 파멸일 것이다.

법적으로 유죄, 어느 개별인간의 순진무구한 위법이 한 위대한 작가의 고발로 온 세상을 떠들썩하게 할 수 있었던 황금시대가 있었다니! 그 이래로 도덕적 후퇴가 급속도로 이루어졌다. 대규모적인 악의 경험을 통하여 우리의 영적 마비가 소름끼치도록 무섭게 일어나고 있다. 냉담과 불안이 우리를 도덕적 불구자로 만들고 있다. 그럼에도 우리는 여전히 우리 인식의 세련화, 물질주의의 극복, 심지어는 '종교적 충동의 새로운 강화' 따위를 운운하며 자족감에 빠져 있다.

시민시대, 이를 돌이켜볼 때 진실로 우리는 비웃음의 얼굴을 지어야 할 당사자들이 아닌가! 졸라를 보면서 나는 19세기에 대하여 감탄하는 마음이 생긴다. 나는 그를 보면서 프랑스의 신화, 그에게 영혼을 불어넣은 프랑스의 전통에 대하여 흠모하는 마음이 생긴다. 사회적 양심과 깨어 있는 감수성은 자유와 진리, 인간존엄을 위하여 존재한다.

슈테판 츠바이크

슈테판 츠바이크가 우리를 떠난 지 10주년을 맞이하여 너무나 충격적인 소식에 나를 사로잡았던 비애가 다시 마음속에서 되살아난다. 고백하건대 당시에 나는 자살이라는 돌발적인 행위에 대해 고인을 원망했었다. 나는 그의 행위에서 망명자라는 우리 모두가 처한 운명으로부터의 도피와 같은 어떤 것, 다른 한편으로는 독일 지배자에 대한 승리와 같은 어떤 것을 보았다. 이런 끔찍한 '사실'에 대하여 이곳에서는 특히 의미 있는 희생이라는 평이 떨어지는 것 같았다. 이런 뒤부터 나는 그의 작별에 대해 전과는 다르게, 이해하는 쪽에서 생각하는 법을 배웠다. 그리고 그의 사망 때문에 내가 그의 삶과 전 세계를 매료시킨 그의 업적에 대하여 항상 품고 있었던 존경심이 단 한 순간이라도 사라질 수는 없었다.

우리가 그의 위대한 회상서 《어제의 세계Die Welt von Gestern》를 읽어보면, 이 활발하면서도 부드러운 인간, 전적으로 평화, 우정, 사랑, 자유로운 정신적 교류에 의존하는 인간이 얼마나 사라져버린 세계, 그러나 1914년의 세계대전과 아울러 이미 종말을 맞이한 세계를 고향처럼 여기며 그 세계와 돈독하게 연결되어 있었는지를 아주 잘 이해하게 된다. 실로 사라져버린 세계가 그의 실존의 조건이 될 정도였다. 그리고 그가 이 세계에서 우리를 에워싸고 있는 증오의 외침, 적대적 고립과 야만적 공포에 가득 차서 더 이상 살기를 원치 않았고 살 수도 없었다는 것이 그에게는 조금도 수치스럽지 않았다. 나는 그와 우울한 최후의 약속을 서슴없이 결행한 그의 동반여성의 절망적 고통에 관해서는 결코 말하지 않을 것이다.

그에게는 치명적인 이 세계가 사람들 사이에서 회자되는 그의 엄청난 명망을 조금도 훼손할 수 없었음은 사실이다. 그의 문학적 명성은 지구의 어느 구석까지 미치지 않은 곳이 없었다. 이는 참으로 기이한 현상인데, 본래 독일어권 작가들은 프랑스와 영국의 작가들과 비교하여 인기가 없었기 때문이다. 아마도 에라스무스(츠바이크가 그의 전기에서 훌륭하게 형상화한 인물) 이래로 어떤 작가도 츠바이크만큼 유명세를 타지 못했을 것이다.

하지만 그의 세계적 명성에도 불구하고 그처럼 신중하고 양심적이고 겸손한 사람은 없었을 것이다. 이는 누차 입증된 바 있었다. 내가 그를 알게 되어 유럽과 여기 이곳에서 종종 반갑게 친구처럼 만났었기에, 나는 그가 어떤 사람이었는지를 입증하고, 이를 직접 겪은 경험으로부터 확증하고자 한다. 수많은 감탄의 주인공인 츠바이크는 다른 사람이 행한 업적에 대하여 얼마나 솔직했는지 모른다. 그는 —늘 자신의 계획과 과제에 가득 차 있었으면서도— 다른 작가들에 대한 업적을 높게 평가하여 세계에 알리는 데 노고와 시간을 아끼지 않았다.

그는 선행에 앞장서기를 마음으로부터 즐거워했다. 아마도 그는 작품들을 번역하고 알리고, 다른 사람들을 돕고 봉사하는 일에 대략 삶의 절반을 할애했을 것이다. 그가 도처에서 미치는 자신의 영향력, 그에게는 그리 중요한 것이 아니었던 높은 수입들을 어느 정도로 남을 지원하고 구하고 후원하는 데 사용했는지 아는 사람이 별로 없거나 아무도 알지 못한다. 나 역시 다는 알지 못하지만,—물론 그에게 들은 것이 아니라—직접 그런 장면을 목격한 적이 있었다. 츠바이크는 그 자신보다 연상인, 상당히 지리멸렬에 빠진 한 동료를 저녁식사에 초대해서는, 식사 도중에 100마르크 지폐를 그 동료에게 살그머니 건네주었다. 다음과 같은 대화는 아직도 귀에 삼삼하다.

“선생 것입니다.”
“아니, 이게 무슨 돈입니까?”
“선생을 위한 것이라니까요.”
“츠바이크 씨, 솔직히 말씀드려 감사히 받겠습니다.”
“아, 예.”

이와 같은 일이 얼마나 여러 번 거듭되었을까?

이제 나는 한 가지 더 말하고 싶은 것이 있다. 한때 츠바이크의 급진적이고 무조건적인 평화주의Pazifismus가 나를 괴롭힌 시절이 있었다. 그는 그 어떤 것보다 자신에게 가증스럽게 여겨지는 것, 오로지 전쟁만 피할 수 있었다면, 악한 자의 지배권을 허락할 용의가 있는 것처럼 보였다. 그러나 선한 전쟁조차도 나쁜 결과만을 초래했다는 것을 우리가 경험한 이후, 나는 그의 당시의 태도에 대하여 지금은 달리 생각한다. —아니면 달리 생각하려고 노력한다.

그의 문학적 명성은 다른 위대한 평화주의자 로테르담의 에라스무스처럼 전설이 될 것이다. 그렇지만 이 부드럽고 상냥한 사람을 추모할 때면 사랑이 남게 될 것이다.

게오르크 루카치

게오르크 루카치의 고희에 대한 나의 축사는 짧을 수밖에 없습니다.—나처럼 이렇게 늙은 사람에게는 무리한 요구입니다. 그러나 나는 루카치라는 사상가를 그의 희생정신 때문에 존경해왔음을 명백히 하고자 합니다. 그는 자신의 신념을 위해 희생을 치렀고, 자신의 삶에 대해서는 엄격했습니다. 그리고 그의 정신적 노력에 대해서도 마찬가지로 존경해왔음을 명백히 하고자 합니다.

나는 처음으로 그의 초기 저작 〈영혼과 형식Die Seele und Formen〉, 지극히 미적 감각이 뛰어난 이 작품을 통하여 그의 정신적 노력을 알게 되었습니다. 그 이후로 그의 비평적 저작들을 유심히 존경심을 가지고 지켜보았고, 또 내 자신에게 유용하도록 꾸준히 읽어 보았습니다. 무엇보다 이 저작들에서 나의 공감을 자아낸 것은 '전통Tradition'과 '연속성Kontinuität'에 대한 감각이었습니다. 그의 학자로서의 현존은 대부분 이것으로부터 도출되고 또한 성과를 얻었습니다. 왜냐하면 그의 분석은 가장 보수적 역사학자처럼 해박한 지식을 가진 주로 과거의 문학 및 문화유산에 통용되기 때문입니다. 그러나 그는 이 과거의 유산을

그의 믿음의 새로운 세계와 연결시키고, 이에 대한 지식욕과 배움의
열망을 일깨우려고 노력했습니다.

동시에 그가 주로 시민문화의 이런 성과에 내재된 사회비판적 요
소를 찾아내고 밝히려 한 것은 올바르고 정당했습니다. 이로 인해 공
간과 세월의 변화 사이에서 중간적인 한 저작에 대한 나의 가치평가가
결코 나빠지지 않았습니다. 내가 보기에 이 저작은 오늘날에는 도처에
서 서글프게도 거의 존중되지 못하는 하나의 이념, '교양이념'에 고취
된 것처럼 보였습니다.

입센과 바그너

입센과 바그너 필생의 극작품들은 19세기에 있어서 두 사람의 위대한 선언들이었다. 이를 통해 스칸디나비아와 게르만의 예술정신은 여러 민족들 간에 필적할 만한 창조물들, 즉 프랑스, 러시아, 영국의 소설 및 프랑스 인상주의 미술과 어깨를 나란히 할 수 있게 되었다. 이 두 거장의 작품들은 위대함과 세련성, 병리적 성격에 있어서 19세기라는 해당 시기에 대하여 지속적으로 특징적인 면모를 남기게 된다. 오늘날 19세기를 두고 동정적이고 경멸적으로 말하는 사람들도 상당히 많지만, 그러나 이 세기는 적어도 완전히 쇠잔해가는 오늘날보다 그 척도에 있어서 훨씬 더 크고 포괄적이었다. 위대함, 어둡지만 주도적이고 동시에 회의적이며, 진리에 대하여 신랄하고 진리를 열망하는 위대함, 마음을 녹이는 감미로움이 순간의 도취 속에서 짧고 기약할 수 없는 행복을 찾을 줄 알았던 위대함이 바로 19세기의 본질이자 각인이었다.

그런데 19세기의 적자들인 바그너와 입센의 관계에 천착하여 그 연관성을 찾아보자면, 둘 사이에서 일반적으로 시대적이고 내적인 친족관계를 구분하는 것이 매우 어려워진다. 두 사람의 관계는 한 세대에 걸친 우리의 체험을 통하여 연결선을 갖는다. 이는 두 극작가와 톨스토이 및 졸라가 개별적으로는 아무 관계도 없지만, 우리의 체험을 통하여 상호 관계가 성립되는 것과도 같은 것이다.

뮌헨에서 입센의 작품을 처음으로 관람한 바이로이트 출신의 유명한 어느 지휘자는 결국에는 다음과 같이 판단을 내렸다. "이 연극은 우습거나 아니면 바그너의 작품만큼이나 대단하다." 그는 입센의 연극을 이론적 가능성으로 고려하기에는 너무 당황스러웠다. 하지만 명백한 것은 이런 선택적 평가가 부정적 선택의 경우를 없앤다는 것, 고로 이는 선택적 평가가 아니라는 사실이다. '우습거나 아니면 대단하다는 것', 그것은 사실상 바그너만큼이나 대단하다는 것을 의미하고 있었다. 다시 말해 그것은 '현대적'이고 과감하며 지극히 흥미로운 방식에 따라 바그너의 작품만큼 대단하다는 것을 의미하고 있었던 것이다. 음악가로서 문학분야에는 거의 정통하지 못한 지휘자 헤르만 레비 Hermann Levi는 〈사회극〉의 대사 속에서 극적 수단과 영향, 매혹적인 분규, 심원한 자극을 재인식할 수 있을 만큼 출중한 예술가였다. 그는 바그너의 음향세계에서 울려나오는 유사한 자극에 친숙해 있었기에, 위대함을 통해서뿐만 아니라 언제나 감지되고 확증되는 위대함 속에서 둘 사이의 형제관계를 알아보았던 것이다.

입센과 바그너는 괴테가 우리의 사랑을 받는 만큼 사랑을 받지 못한다. 그 두 사람에게는 작품 위에 존재하는 괴테의 경우만큼 삶에 대한 사랑 및 가치의 강조가 나타나지 않는다. 반면에 입센과 바그너는 부친으로부터 '완결'이라는 창작윤리적 명령을 물려받은 괴테보다 훨씬 더 우리의 작품본능을 가시로 찌르듯이 창작했다. 이에 비하면 괴테의 자서전적 문학은 그 모든 풍요로움과 전형적, 인간적 성취에도 불구하고 치열성에 있어서 조금은 뭔가 미흡하고 태만한 성격을 보인다.

체험, 자기형성, 고백의 호화롭고 인간적이며 고상한 세계, 이런 것에 대하여 객관성이란 본래 시적 아이러니poetische Ironie로서만 알려져 있을 뿐이다. ─우리는 입센과 바그너에 대한 우리의 편애를 구속력 있는 것으로 설명해야 하는 것일까? 창조력은 삶의 흔적과 미의 첨가물로서 파악되어야 하는 것인가 아니면 형식, 의지의 일차적 표현으로서 파악되어야 하는 것일까? 결정하기보다는 구분하는 것이 더 중요하다. 괴테와는 대립적 양상을 보이는 입센과 바그너는 전적으로 작품에 매진하는 인간들이고 철두철미한 힘의 세계 및 결과를 추구하는 인간유형, 이런 의미로 정치적 인간들이다. 여기에는 빈틈이라고는 전혀 없는 완결성, 영역의 포괄성, 청춘기의 경우에는 강렬한 사회혁명적 경향이, 그러나 나이가 들면서는 마법적·제식적祭式的으로 변색된 극적 삶의 작품 경향이 뒤섞여 있다. 예컨대 입센의 극 〈죽은 자들이 깨어날 때〉를 보면, 만년에서야 자신의 삶을 후회하고 삶에 대한 뒤늦은 사랑을 선언하는 철저 작품인간의 무시무시한 참회가 나타나는데, 바그너의 경우에도 구원의 오라토리오 〈파르지팔Parzifal〉에서 이와 같은 면모를 보여준다.

나는 이 두 작품을 하나로 보고, 하나로 느끼는 데 익숙하다. 두 작

품 모두가 영원한 침묵 앞에서 최후의 말을 행하는 작별의 봉헌극奉獻劇
이자 엄청난 야심가들의 피로감을 드러내는 백발의 작품인 것이다. 그
모든 수단들은 그들에게서 이미 기계적이 되어버렸을 만큼 완숙하며,
모든 것의 개괄 및 자기인용, 해체를 표현하는 후기의 각인들이다. 이
른바 세기말이란 바로 이 두 마법사의 노년기 작품에서 수행되던 본질
적이고 존경스런 세기의 음향을 위하여 준비된 짧은 시간의 서글픈 풍
자극이 아니었을까? 왜냐하면 늙은 마녀처럼 정말 노련하고 숙련된 달
인, 이 늙은 스칸디나비아의 마법사와 바그너는 심원하고 교묘한 마술
의 감미롭고 매혹적인 기법에 정통해 있었기 때문이다. 효과를 높이기
위한 조직화에 있어서도 대단하고, 가장 섬세한 것의 숭배 및 신비로
운 모호성, 상징화, 착상의 종교적 의례화儀禮化, 오성의 시화詩化에 있어
서도 대단하다. ─이렇게 보면 북구의 극작가에 대해서도 당연히 음악
가라는 호칭이 추가될 만하다. 태어나서 죽을 때까지 음악을 한 적은
없었지만, 의식적으로, 그리고 정복자로서 음악을 사용해야 했기에 음
악을 배워 익혔던 사람뿐만 아니라, 비밀스럽고 정신적인 방식으로 언
어의 배후에서 음악을 했던 사람까지도 음악적 동질성을 지닌다.

그러나 나는 입센과 바그너를 가장 밀접하게 연결시킬 수 있는 것
이 무엇인지 생각해 본다. 그것은 그 누구도 가능한 것으로 생각하지
않았던 승화과정이다. 진정 겸허한 상태에서 발견된 예술형식이야말
로 두 사람도 모르는 사이에 비밀스런 승화과정을 경험했던 것이다.
이 예술형식은 바그너의 경우 오페라였고, 입센의 경우는 사회극이었
다. 괴테는 다음과 같이 말한다. "종種에 있어서 완전한 모든 것은 그

종을 넘어서서 다른 것, 비할 데 없는 어떤 것이 되어야만 한다. 여러 음률 속에서도 나이팅게일은 여전히 새에 불과하다. 그렇지만 나이팅게일이 새의 부류를 넘어서면, 나이팅게일은 모든 새들에게 노래라는 것이 진정 무엇인지를 예시하는 것처럼 보일 것이다."

바그너와 입센은 오페라와 시민극을 아주 완벽하게 만들었다. 다시 말해 그들은 그것으로부터 다른 어떤 것, 비할 데 없는 어떤 것을 만들었던 것이다. 괴테의 나이팅게일의 예에서도 암시되듯이 그들에게는 저 잔재와 퇴행이 때때로, 심지어는 마지막 작품 〈파르지팔〉에 이르도록 나타나기도 한다. 바그너의 경우에는 몇몇 오페라가 그러하며, 입센의 경우에는 때때로 뒤마의 드라마 기법을 사용하다가 삐걱거리기도 하였다. 그러나 이 두 작가는 완벽하고 초월적인 의미에서 창조적이었다. 내적으로 동류인 두 사람은 주어진 것으로부터 새롭고 예감할 수 없는 것을 무한히 발전시켰다.

바그너와 〈니벨룽겐의 반지〉

　　신사 숙녀 여러분, 나는 거의 5년 전 독일과의 작별을 알거나 예상하지도 못한 채, 뮌헨대학교 대강당에서 리하르트 바그너에 관해 연설하는 자리에서 다음과 같이 말한 바 있습니다. "바그너의 매혹적인 작품에 대한 열정은 내가 그것을 감지하고, 그것에 사로잡히고, 그것을 인식으로 관철하기 시작한 이후부터 나의 삶에 계속 남아 있습니다. 나는 바그너 음악을 향유하고 배우는 자로서 그에게 감사하지 않을 수 없습니다. 나는 관객들 가운데에서의 깊고 고독한 행복의 순간들, 신경과 두뇌의 짜릿한 전율 및 환희로 가득 찬 순간들, 감동적이고 의미심장한 것에 대한 통찰로 가득 찬 순간들을 결코 잊을 수 없습니다. 그의 예술만이 이런 것을 보장해 줍니다."

　　이상의 인용은 그야말로 어떤 회의나 교묘하게 꾸며진 적대적 오용을 통해서도 전혀 침해되거나 저촉될 수 없는 '찬미Bewunderung'라 하겠습니다. 참으로 다행이 아니겠습니까! 왜냐하면 찬미란 우리가 가지고 있는 것 가운데 가장 좋은 것이기 때문입니다. 만일 누군가가 세계, 예술, 인생이라는 현상들에 대하여 내가 어떤 감동 및 감정을 가장 아름답고 행복하고, 가장 유익하고 필수적인 것으로 생각하는지를 묻는다면, 나는 주저 없이 '찬미'라고 대답할 것입니다. 어떻게 그렇지 않겠습니까? 인간, 특히 예술가가 찬미, 열광, 실현, 자기 자신과는 다른 어떤 것 내지 자기 자신보다 훨씬 위대한 것에 대한 어떤 것에 대한 몰두가 없다면 그는 과연 무엇이겠습니까? 게다가 그가 친숙하고 정말 마음에 드는 것으로 느끼는 것, "인식으로 관철하여" 완전히 자기 것으로 만들도록 그에게 열정적으로 요구하는 것에 더 접근하려는 태도가 없다면 그는 과연 무엇이겠습니까?

찬미는 사랑의 근원이자 이미 사랑 그 자체입니다. 그러나 찬미가 회의와 대상에 대하여 고뇌하는 법을 알지 못한다면, 그것은 깊은 사랑이나 열정이 아니며 정신이 결여된 것이라 하겠습니다. 찬미는 겸손인 동시에 자부심, 그것도 자기 자신에 대한 자부심인 것으로, "너희들은 대체 이에 대해 뭘 알아"라는 젊은 시절의 도발적인 질문처럼 경쟁심을 전제로 합니다. 찬미는 가장 순수한 동시에 가장 결실 있는 것, 경쟁을 유발하는 충동이자 더 높은 것을 우러러 보는 선망의 눈빛입니다. 그것은 높은 요구를 가르치는 스승, 자신의 정신적 공헌을 위한 가장 강렬하고 교육적으로 가장 엄격한 자극이자 그 모든 재능의 뿌리입니다. 그것이 없거나 사라진 곳에서는 더 이상 어떤 싹도 자라지 못할 것이며, 영락과 폐허만이 남게 될 것입니다.

신사 숙녀 여러분, 내가 창조적 힘으로서의 찬미에 대하여 이토록 확고한 신념을 말씀드리고 있습니다만, 여전히 나는 당시 뮌헨에서 연설의 대상이었고 지금도 마찬가지인 바그너라는 천재예술가의 제자에서 크게 벗어나지 못했습니다. 바그너는 〈나의 친구들에게 알림 Mitteilung an meine Freunde〉이라는 유명한 글에서 예술가의 능력을 찬미의 재능, 또는 그 자신의 표현처럼 "수용능력의 힘Kraft des Empfängnisvermögen" 으로 돌렸습니다. 그는 "최초의 예술가로서의 의지는 우리에게 가장 매혹적으로 영향을 미치는 것의 모방과 이런 모방의 무의식적 충동에 서 발생하는 만족감과 다른 어떤 것이 아니다"라고 말한 바 있습니다. 이는 우선 이렇게 말하는 당사자, 극적 모방에 뿌리를 두고 있는 천재 에 대하여 매우 특징적인 문장이지만, 그러나 동시에 많은 객관적 진 리의 내용을 담고 있는 문장이기도 합니다.

바그너에 의하면 예술적 성격을 결정하는 것 가운데 하나는 예술 가가 자신의 감각을 공감적으로 건드리는 인상들, 삶과 특히 예술의 인상들에—외부세계를 자신과 자신의 판단에만 연관시킬 뿐, 결코 인 상들에 의존하지 않는 정치적 성격과는 달리—얼마나 철저히 몰입하 는가 하는 것에 달려 있는데, 왜냐하면 예술가를 그 자체로서 먼저 결 정하는 것은 무조건적으로 순수 예술적 인상이기 때문이라는 것입니 다. 그러나 예술가의 능력이란 표현욕을 충족시키기 위하여 황홀할 만 큼 인상들로 철철 넘쳐흘러야 하는 수용능력의 힘에 따라 측정된다고 그는 말합니다. 예술가의 힘은 이처럼 넘쳐흐르는 충만함에 근거해 있 으며, 이런 열광에 의해 결정됩니다. 바그너에 의하면 그것은 풍부하 게 수용된 것을 다시 표현을 위해 내보내려는 욕구와 다르지 않습니 다. 힘, 삶과 사랑의 힘, 친숙하고 필요한 것을 자기 것으로 만들려는 힘은 천재의 본질이자 바로 수용능력인 것입니다. 수용능력은 가장 완벽한 강도를 가지고 필연적으로 가장 생산적인 힘으로 변모되어야 합니다.

거듭 말하지만, 이 고백의 확고한 진리내용은 논박의 여지가 없습니다. 그것은 매우 세심하고도 적절한 확증인 것으로, 사랑하고 가르치는 능력인 찬미의 소질, 습득력, 동화同化, 변전, 개인의 지속적 발전은 언제나 위대한 천부적 재능에 기초해 있습니다. 그리고 우리는 지금 위대한 작품을 찬미하고자 여기 함께 모여서 거기서 나타나는 화려한 전망을 정신적으로 준비하고 있으며, 철저한 경애심을 가지고 이제 찬미를 시작할 차례에 도달한 것 같습니다.

바그너는 위대한 찬미자, 이 작품을 만든 거장이었습니다. ─그는 청춘기를 사로잡던 열광의 나이에 있어서뿐만 아니라, 그의 강력한 생명력에 따라 노년기의 종말을 맞이하는 순간에 있어서까지도 이런 존재였습니다. 우리에게는 그가 베니스의 벤드라민 궁전에서 최후를 맞이하였다는 등의 이야기들이 전해져 내려옵니다. 그는 일찍이 바이로이트에서 가족과 친구와 함께 저녁식사를 할 때면, 여흥으로 셰익스피어와 칼데론, 로프, 또는 인도와 옛 스칸디나비아에 관한 것, 바흐, 모차르트, 베토벤 등의 온갖 문학 및 음악작품을 낭송하거나 직접 연주하곤 했습니다. ─그럴 때면 계속 해설을 하거나 상세히 설명하면서 이들의 감동적인 폭발력을 찬양했습니다.

그가 틀림없이 찬양해 마지않았던 "모차르트의 부드러운 빛과 사랑의 천재성"에 관하여 이야기하는 것을 듣는 것은 매우 감동적입니다. 그러나 바그너는 그 자신의 그토록 웅장하고 무거운 작품을 그만

두고 안정성을 찾은 지긋한 나이에 들어서서야 비로소 아주 순수하고 자유로운 헌신 속에서 모차르트에게 진정한 경애심을 보낼 수 있었습니다. 그렇습니다, 아무리 아름다워도 낯선 대상에 대한 찬미는 활동적이고 투쟁적인 세월의 특권과는 동떨어져 있다고 하겠습니다. 이런 것에 대한 찬미는 더 이상 자아가 특권의식을 갖지 않게 되어 자신을 반추하고, 다른 대상과 자신을 비교할 필요가 있는 아마도 지긋한 연령, 왕성한 활동을 끝낸 뒤에야 비로소 정말 자유로워지고 공평무사한 자세를 갖게 되는 것 같습니다.

"아름답다는 것은 이해관계 없이도 마음에 드는 것"[37]이라고 칸트는 말했습니다. 이제 지극히 아름다운 것을 창조하고자 몰두하는 사람에게는 이렇게 될 때에야 비로소 다른 아름다움도 "이해관계 없이" 마음에 들 수가 있는 것입니다. 그가 다른 사람에게 부여하는 찬사는 더 이상 사탕발림일 필요가 없으며, 그 자신을 입증하고 변호할 필요도 없습니다. 나이가 지긋한 거장 바그너는 멘델스존을 찬미하여 "사려 있고 신중하며, 섬세한 예술적 감각을 갖춘 표본"이라고 칭하였습니다. 이는 무엇보다 자기 자신과는 전혀 상관없는 칭송의 말, 다시 말해 객관적이고 이기심이 없는 찬미였습니다.

아울러 노년의 바그너는 베토벤에 대하여 그는 항상 최고의 위대한 음악가였다고 언급한 바 있습니다. "그의 음향의 황홀경에 빠지지 않고서는 그에 관해 이야기할 수 없다"라고까지 그는 칭송합니다. 그

37_ 원문은 다음과 같다. Schön ist was ohne Interesse gefällt.

러나 베토벤의 〈하머클라비어 소나타〉 연주가 끝난 후, 그는 이 "현존재의 순수한 스펙트럼"에 감동한 채 급기야 다음과 같이 기이한 말을 터트렸습니다. "하지만 피아노에 대해서만은 뭔가 생각하지 않을 수 없다.―대중 앞에서 연주한다는 것은 정말 부질없는 짓이다." 위대한 극작가이자 대중을 사로잡는 마법사, 언제나 고도의 예술방식으로 대중에게 호소하고 자신의 사명감을 실현하기 위해 그들을 이용하던 오케스트라의 영웅이 이런 말을 한 것입니다. 바그너가 베토벤의 피아노 소나타에 관해 언급한 것은 영적 친밀감, 자신과는 무관한 최고 경지에 대한 자유롭고 자기망각적인 고백이 아니었을까요? 여기에는 각축하려는 마음 없이 진정 사랑에서 우러난 보호 의식이 내재해 있었습니다. 이런 것이 전적으로 이기심 없는 찬미가 아니겠습니까?

바그너는 베토벤과 동등한 사람으로는 단지 셰익스피어만을 거론하고 있을 뿐입니다. 가장 높은 이상적 성격과 나란히 하여 가장 높은 사실성, 삶의 무서운 비유만이 비교의 대상이 되고 있습니다. 그는 셰익스피어의 극 중에서 《햄릿》과 《맥베스》라는 왕에 관한 극들을 읽었습니다. 그러면서 간간히 이 〈트리스탄〉의 창조자는 예술적 황홀경에 사로잡혀 노안老眼에서 흐르는 눈물을 닦아내기도 했습니다. 그리고 그는 이렇게 외치곤 했습니다. "이 남자가 본 것은 무엇이란 말인가! 그는 무엇을 봤더란 말인가! 그는 완전히 비교할 수 없는 탁월한 자로서 남아 있도다! 그를 기적으로밖에는 이해할 수가 없다!"

예전에는 때때로 좋지 않은 평판을 받기도 했었던 문학형식으로서의 언어극Wortdrama이 어떻게 해서 언제부턴가 비교할 수 없는 것, 기적을 낳았던 것일까요? 오직 예술만이 구현할 수 있는 미래지향적 종합예술작품의 은혜로운 사도는 어떤 것이겠습니까?—그것은 투쟁의 변증법, 바그너 자신을 알리려는 열정적이고 필수불가결한 자기 유세였습니다. 이런 것은 책에도 남아 있는지 모릅니다. 자신을 완벽하게 성취함에 있어서 매번 다른 사람에 의해 자기 뜻대로 성취를 이루어 낼 수 있었던 바그너는 순수 언어로 이루어진 세계 및 인간형상화의 절정들에 대하여 경의를 표했습니다. 괴테가 살아생전에 높게 평가했듯이 그 역시 마찬가지로 이와 같은 순수 언어예술을 높게 평가했던 것입니다.

괴테는 어땠을까요? 우리는 이 베니스의 밤에 그와도 만날 것이며, 그에 대하여 노년의 바그너가 보내는 찬미의 즐거움도 만나게 될 것입니다. 위대한 신화의 창조자 바그너가 좁은 영역에서 가장 즐겨 읽고 놀랄 만한 공감을 표현했던 것은 《파우스트》 제2부에 나오는 〈고전적 발푸르기스의 밤Klassische Walpurgisnacht〉이었습니다. 그는 다음과 같이 말하곤 했습니다. "이것이야말로 괴테가 창조한 것 가운데 가장 독창적이고 예술적으로 완벽하다. 가장 자유로운 형식에서 나타나는 참으로 독특한 고대의 재생, 대가다운 솜씨로 꾸며진 유머와 천재적 감각이 살아 움직이는 생동감, 가장 섬세하게 예술적으로 형상화된 언어가 그러하다."

바그너는 "필적할 수 없는 현상"이라고 거듭 찬사를 하곤 했습니다. 그런데 여기서 바그너의 천재성을 개인적으로 괴테의 그것과 비교하려는 것도 나쁘지 않을 것 같습니다. —내가 아는 한, 어떤 글에도 이런 것은 없기 때문입니다. 대체로 아주 대조적이고 양극적으로 서로 먼 거리에 있는 이 영역들을 다루는 것은 대단히 흥미로운 일입니다. 아주 포괄적인 독일성의 강력하고 상호모순적인 두 형상, 요컨대 북방의 음악적인 것과 남방의 조형적인 것, 비구름처럼 무겁고 도덕적인 것과 하늘처럼 가볍고 쾌활한 것, 민족 내지 설화를 연상시키는 고대적인 것과 유럽적인 것, 가장 강렬한 정서로서의 독일과 정신 및 완벽한 교양으로서의 독일, 이 두 세계가 친숙하게 함께 하는 모습을 보는 것도 기분 좋고 행복한 일입니다.

그도 그럴 것이 이 두 거인, 괴테와 바그너가 바로 우리들이고 독일이기 때문입니다. 그들은 우리의 가슴속에 존재하는 두 영혼을 대변하는 최고의 이름들입니다. 그 둘은 서로가 떨어지려 하지만, 그럼에도 우리는 그 대립을 영원히 생산적인 것, 내적 풍요로움을 창출하는 삶의 원천으로서 언제나 새롭게 느끼도록 배우지 않을 수 없습니다. 그들은 보다 숭고한 독일인의 영혼 깊숙이 흐르는 독일의 이중성, 독일의 간극을 대변합니다. 이제 우리는 괴테의 그리스적 환상마술에 대한 바그너의 무한한 고대찬미를 통하여 독일의 간극이 해소되는 것을 잠시 깊은 만족감을 가지고 보게 될 것입니다.

바로 신화가 만남을 위하여 바닥을 연 것은 물론 우연이 아니었습니다. 이미 〈방황하는 네덜란드인〉 이후 앞으로는 계속 동화만을 다루고 싶다고 선포한 신화의 해석자 내지 형성자는 자신의 본령인 이 원초세계에서 지극히 세련된 상대자를 만나게 되어 열광했습니다. 그러나 이 사람이 자아내는 가볍고 대단히 정신적인 우아함에 대해서는 충분히 기뻐하거나 감탄할 수 없었습니다. 실제로 신화를 다루는 바그너와 괴테의 방식 사이에는 어떤 차이가 있었을까요? 신화적 영역의 차이, 즉 괴테는 자신의 정신적인 극에 게르만 전설의 용, 거인과 난쟁이가 아니라 스핑크스와 독수리, 님프, 사이렌 등을 등장시킨다는 차이가 있는데, 바그너가 보기에 음악극이 되기 위해서는 분명히 충분치 않고 영적으로도 독일적인 것이 아니었습니다.

그러나 그 밖에도 차이가 있습니다. — 예술가의 자세와 정신적 의도에 있어서는 두 사람이 극단적으로 대립된다고 해도 전혀 지나치지 않습니다! 다만 양쪽 모두가 위대하다는 것은 의심할 바 없습니다. 이 경우에 "위대한 형상들, 위대한 추억들"이라 말이 어울립니다. 하지만 괴테에게 나타나는 예술적 전망의 위대성에는 장엄하고 비극적인 강세가 일절 들어 있지 않습니다. 그는 신화를 찬양하는 것이 아니라 신화와 더불어 유희를 벌이며, 신화를 사랑스럽고 진지한 농담으로 취급합니다. 그는 신화의 가장 사소한 모든 것까지 자유자재로 다루어 그것을 유쾌하고 가벼운 언어 속에서 정확하게 눈에 보이도록 만듭니다.

거기에는 숭고함보다는 코미디적인 것, 날카롭고 패러디적인 것이 더 많이 들어 있습니다. 그것은 전적으로 파우스트-문학이 지닌 세계 풍자적 성격에 따라 신화의 흥미로운 극화劇化인 것입니다. 그러나 괴테의 아이러니한 방식이 신화를 끌어들여 재생할 때에는 어떤 것도 바그너적이지 않은 것이 없었는데, 당시로서는 훨씬 젊고 작품에만 전념하던 바그너는 괴테의 〈고전적 발푸르기스의 밤〉에 대해 분명히 거의 끌림이 없거나 전혀 끌림이 없었을 것입니다. 물론 지나친 예술적 열광에서 벗어나 순수 객관적 관조의 태도를 갖게 되는 시기에 와서야 비로소 바그너는 이 작품을 찬미할 수 있었습니다.

신화를 향한 바그너의 개인적 도정, 다시 말해 기존의 오페라에서 예술의 혁명을 이끌어낸 그의 발전적 모습과 신화 및 음악에서 탄생한 새로운 악극樂劇의 발견은 정신적 등급, 즉 오페라 무대에서의 예술적 품위를 크게 고양시키고 그 무대에 진실로 독일적인 진지함을 부여하려던 시도와 일치합니다. 이런 그의 도정과 발전은 언제나 새롭게 고찰할 가치가 있는 것으로, 예술사 내지 연극사에 있어서 항상 크게 주목하고 생각해볼 만한 것으로 남아 있습니다.

하지만 이런 도정에서 인간적 관심 또한 지대한데, 왜냐하면 그의 미적, 예술적 동기 및 자극은 그에게 비로소 완전한 열광을 수여한 도덕적·사회윤리적·예술도덕적 동기 및 자극과 긴밀히 연관되어 있었기 때문입니다. 이를테면 여기에는 카타르시스의 과정, 인간적으로 그만큼 더 높게 평가되기 위한 순화 및 정화, 정신화의 과정이 주요한 문제로 대두되고 있습니다. 이유인즉 그것은 거칠고 어두운 충동으로로부터 힘과 쾌락으로 향하려는 가장 열정적인 본성의 분출인 것으로, 그는 이 본성의 명에 따라 충실히 행동해 왔기 때문입니다.

우리는 위험할 정도로 여러 재능을 지닌 예술적 본성의 충동이 어떻게 먼저 그랜드 오페라, 웅장한 역사적 오페라를 향해 달려갔으며, 〈리엔치Rienzi〉의 경우처럼 관객을 압도하는 형식으로 승리를 쟁취했는지 알고 있습니다. 이와 같은 승리로 말미암아 다른 작품들 모두 평생 동안 이런 도정을 계속 밟아 나아가도록 결정되었는지 모릅니다.

여기서 바그너를 방해하는 것은 그의 정신적 양심의 깊이, 진부하거나 사치스런 오락기능에 대한 설명되지 않는 본능적 거부감, 그의 구토능력이었습니다. 음악극이 그를 둘러싼 시민사회에서 오락적 역할을 담당한 것도 사실이었습니다. 이런 것이 특히 그가 말의 고상한 의미에 따라 너무 경건하고 너무 독일적으로 생각했던 음악과의 관계로, 그는 그랜드 오페라를 통하여 음악의 내적 본질이 오용되는 것을 꺼려했습니다.

단순하게 말해 거창한 시민적 구경거리에 음악적 장식으로 봉사하기 위한 그랜드 오페라를 그는 유감스럽게 여겼습니다. 내심으로 그는 보다 순수하고 보다 적절한 극적 연관성을 열망하고 있었습니다. 우리는 〈방황하는 네덜란드인〉, 〈탄호이저〉, 〈로엔그린〉에서 바그너가 다행히 음악으로부터 이처럼 보다 품위 있는 연관성을 얻고자 노력하는 모습을 찾아볼 수 있습니다. 그의 낭만적이고 전설적인 것에 대한 창조적 구체화는 그가 역사적-정치적인 것과는 반대로 음악의 본래적 고향으로 느끼는 순수 인간적인 것의 극복과 동일합니다. 그러나 그것은 동시에 문화적 부패, 사이비 교양, 금권지배, 알맹이 없는 학식과 영혼 없는 권태의 부르주아 세계로부터 돌아선다는 것을 의미합니다. 그가 향한 곳은 그에게 더욱더 사회적이고 예술적인 미래, 구원과 정화의 힘으로 나타나는 민족과 민중이었습니다.

바그너는 미디어를 통하여 그리고 그의 시대에 있어서 오페라극장 운영의 형태 속에서 현대문화, 시민사회의 문화를 체험했습니다. 이 현대세계에 있어서 예술의 위치, 또는 예술적으로 그와 관련된 것의 위치가 그에게는 시민문화 일반의 가치기준이 되었습니다. 그런데 그가 예술을 경멸하고 심지어 증오하는 법을 배웠다니 얼마나 기적 같은 일입니까? 그는 예술을 호사스런 향락의 수단으로 보았고, 예술가를 금권의 노예로 비하했습니다. 그가 성스러운 품격과 아름다운 영감을 열망할 때면, 그는 거기서 경솔과 나태한 관행, 엄청난 수단의 낭비를 분노의 눈으로 바라보았습니다. ─고도의 영향수단뿐만 아니라, 그가 예술가로서 가장 경멸했던 이른바 효과Effekt에 대해서도 그러했습니다. 그는 자신이 직접 겪었던 그 모든 것에 대하여 아무도 고뇌하지 않았을 때, 이런 일을 초래하고 함께 하는 정치 및 사회적 상황에 대하여 눈을 감았습니다. 그는 이와 관련하여 혁명적 변화의 필연성에 대해서도 눈을 감았습니다.

이렇게 해서 바그너는 혁명가가 되었습니다. 예술가로서의 혁명가 말입니다. 왜냐하면 그는 모든 사물들의 변화로부터 그의 예술에 대하여 보다 행복한 조건들, 신화적·음악적 민중극을 기대하고 있었기 때문입니다. 본래 정치적 인간이라는 것을 그는 계속 부인했으며, 정파들의 행위에 대해서도 반감을 숨기지 않았습니다. 그가 1848년의 혁명을 지지하여 거기에 참여했을 때에도 혁명에 대한 공감 정도만 피력했을 뿐, 혁명의 구체적 목적 때문에 자신의 진정한 꿈과 소망을 소홀히 하는 법은 없었습니다. 왜냐하면 꿈과 소망이 시민시대 자체보다 소중했기 때문입니다.

우리는 바그너가 〈로엔그린〉 이후 구상하고 있었던 〈니벨룽겐의 반지〉와 같은 작품이 르네상스 이래로 주도적이었던 전체 시민문화와 교양에 대하여 근본적으로 얼마나 대립되는 경향을 지니고 있으며 또한 대립적으로 창작되었는지 분명히 해야만 합니다. 이 작품은 고대성과 미래성의 혼융에 따라 계급 없는 민중의 내재적 세계를 지향하고 있었던 것입니다. 〈니벨룽겐의 반지〉에서 불거져 나오는 저항들, 거기서 나타나는 반항은 형식의 혁명적 변화를 지향한다기보다는 이 작품이 본래 속해 있던 오페라라는 기존 예술장르의 규칙들에서 벗어나고자 하는 경향을 지향합니다. 따라서 이 작품은 아주 다른 것으로부터 유래했습니다. 《파우스트》에 정통해 있었던 이 독일적 괴테인간 바그너는 이에 대해 분노와 경멸의 항의를 제기했습니다. ─이는 독일고전주의의 교양세계 및 휴머니즘과 맺고 있었던 이제까지의 연관관계에서 빠져나와 그것과 완전히 단절하려는 당당한 항의였습니다.

독일의 교양시민은 〈바갈라바이아Wagalaweia〉[38]와 그 노래가사에 들어 있는 모든 두운頭韻, 원시적 분위기를 조롱했습니다. 만일 다음과 같은 낱말이 그 시대에도 있었더라면, 독일의 교양시민은 바그너를 '문화볼셰비스트Kulturbolschwist'라고 칭했을지도 모릅니다. ─사실 부당한 것만은 아닙니다. 그럼에도 불구하고 〈니벨룽겐의 반지〉가 제공한 모종의 감각적이고 짜릿하면서도 지적인 자극으로 인하여 시민세계, 이 예술의 국제적 부르주아가 준비한 뜻밖의 어마어마한 결실은 희비

38_ 〈니벨룽겐의 반지〉는 〈라인의 황금〉, 〈발퀴레Walküre〉, 〈지그프리트〉, 〈신들의 황혼〉이라는 4막극으로 이루어져 있는데, 바갈라바이아는 〈라인의 황금〉에서 라인강 처녀들이 부르는 노래 가사이다. 독일어 원문은 다음과 같다. Woge, du Welle, Walle zur Wiege! Waglaweia! Wallala.

극이 교차하는 일종의 역설이라고 할 수 있습니다. 우리는 이 작품이 완전히 다른 관객을 위한 것이었으며, 사회적·도덕적으로 자본주의적 시민질서를 훨씬 넘어서서 권력과 금권으로부터 해방된 인간세계, 정의와 사랑에 기초한 친밀한 인간세계를 겨냥하고 있었음을 잊어서는 안 될 것입니다.

신화는 바그너에게 여전히 문학적·창조적 민족의 언어였습니다. 이 때문에 그는 신화를 사랑했고 예술가로서 신화에 전념했습니다. 신화는 그에게 소박함, 교양과는 낯선 것, 숭고함, 순수함이었습니다. — 짧게 말해 신화는 그가 "순수 인간적인 것"이라고 부른 것이며, 동시에 유일하게 음악적인 것이었습니다. 신화와 음악, 그것은 바로 극이며 예술 자체라 하겠는데, 왜냐하면 오직 순수 인간적인 것만이 바그너에게는 예술적 능력이었기 때문입니다.

예술, 그가 예술로 이해하고 있는 것에 대하여—근원적으로 순수하고 영원하며 인간적인 것과 대립되는—그 모든 역사적·도식적 연관관계는 얼마나 무용한 것인지를 그는 두 가지 소재 가운데 하나를 선택해야 할 입장에 처했을 때에서야 비로소 제대로 파악하게 되었습니다. 즉 〈프리드리히 로트바르트Friedrich der Rotbart〉와 〈지그프리트의 죽음〉이라는 두 소재는 〈로엔그린〉을 작곡하는 동안 그의 환상을 사로잡고 있었습니다. 이 두 대상 사이에서 하나를 결정하기 위하여 꽤나 이론적인 고민과 연관된 긴 번민이 따랐습니다. 여기서 먼 옛날의 영웅신화가 황제 및 역사 이야기를 누르게 되었다고 바그너는 나중에 스위스에서 집필한 저술 《나의 친구들에게 알림》에서 이야기한 바 있습니다. 이 책은 많은 사실들을 잘 알 수 있도록 씌어 있는데, 이에 대해 우리는 이 위대한 예술가의 솔직담백함에 감사해야 합니다. 이 책에서 바그너는 독일역사의 과거를 대변하는 대상으로서 그의 마음을 끌었던 '로트바르트' 소재를 정치·역사적 성격이라는 이유로 단지 언어극의 형식으로만 다룰 수 있었을 뿐이며, 작사의 보완과 완결이 필요했던 음악극으로는 포기할 수밖에 없었노라고 그 내막을 상세히 언급하였습니다.

그가 여전히 오페라 작곡자였던 〈리엔치〉의 완성 시기에 그는 아마도 로트바르트-극을 음악으로 옮겨볼 생각을 했었던 것 같습니다. 그러나 그는 더 이상 오페라 작곡자가 아니었으며, 더 이상 이런 단계로 되돌아갈 생각이 없었습니다. 당시에 그는 자신의 예술가적 운명을 계속적으로 예술 자체의 완전한 소박성 내에서 찾아가고 있었으며, 언어극과 같은 오페라는 그가 그것을 극복한 이후로는 영원히 사라져 버려야 한다고 믿고 있었습니다. 그는 그가 만들어낸 새로운 것, 즉 신화적 음악극이 미래의 예술작품이라고 생각했던 것입니다. 그러나 이런 작품을 위해서 모든 인습에서 벗어난 비역사적·순수 인간적인 것은 단지 대상으로서만 유용했습니다.

그럼에도 바그너는 참으로 행운아였습니다. 그는 자신이 결정한 소재의 침투로 말미암아 지그프리트 전설에서 점점 더 많은 역사적 불순물을 분리해내고, 대상을 차후의 변형들로부터 순박한 모습으로 걸러낼 수 있었습니다. 이렇게 함으로써 대상은 가장 순수한 인간적 모습을 지니고 새롭게 탄생한 지점, 예술적 민족정서로부터 창조된 지점으로까지 귀착할 수 있었습니다. 이 기이한 혁명가는 미래의 것들에 대해서만큼이나 과거에 대해서도 급진적이었습니다. 전설로 그는 만족할 수 없었습니다. 그것은 원초의 신화가 되지 않으면 안 되었습니다. 중세적인 니벨룽겐의 노래,[39] 그것은 이미 현대성, 변형, 겉치레, 역사, 멀리 보면 예술로 쓸모 있을 만큼 원초적 민족성으로나 음악적으로 불충분하다고 그는 생각했습니다.

그는 원초적 근원지와 시발점, 다시 말해 초기 독일적·북구적·초기 게르만적 신화의 에다Edda[40] 전거로까지 깊숙이 되돌아가야만 했습니다. ―이럴 때에야 비로소 그의 미래적 의미와 상응하는 성스러운 과거의 깊이가 성립되는 것입니다. 그때까지도 그는 작품 내에서 이미 역사적으로 억눌린 출발을 중단하고 어떻게든 모든 사태의 핵심에서 시작할 수 없을 것이라고는 생각하지 못했습니다. 여기서도 그는 모든 사물의 원천과 시초, 원초세포, 서막 가운데에서도 서막의 최초 울림으로 되돌아가리라고는 생각하지 못했습니다. 더구나 음악적 천지창조, 그야말로 신화적 우주 자체를 건설하고 심원한 유기적 생명력을 부여하는 것이 자신의 과제라는 것을 미처 생각하지 못했습니다.

그러나 바그너가 마지막 깊이와 원초를 향해 끊임없이 침투해 들

---

[39] 본래 〈니벨룽겐의 노래〉는 작자 미상의 중세 영웅서사시로서 게르만 민족 이동기의 영웅을 소재로 하고 있는 중세독일문학의 대표작이다. 이를 근거로 극작가 프리드리히 헵벨은 〈니벨룽겐의 사람들Die Nibelungen〉을 썼고, 바그너는 〈니벨룽겐의 반지〉라는 연작 오페라를 썼다.

[40] 북유럽 신화의 근간이 되는 시와 노래, 서사시를 엮은 책으로 13세기경 아이슬란드에서 편찬되었다. 에다는 오늘날 게르만 신화에 대한 충실한 자료집이 되고 있다.

어갔을 때, 그가 바라던 인간과 주인공, 브륀힐데Brünhilde처럼 그가 사랑해 마지않던 주인공, 그리고 그의 과거에 대한 열정을 미래에 대한 관심만큼이나 매혹적으로 사로잡고 만족감을 주었던 무시간적 형상 지그프리트Siegfried를 발견했다는 것을 깨달았습니다. 이런 인간에 대해 나는 바그너 자신의 표현을 인용해 보겠습니다. "감각적으로 타고난 재능이 가장 자연스럽고 가장 명쾌한 충만감 속에서 표출되는 인간, 영원히 독자적으로 입증되는 무의식의 남성적 정신을 지녔으면서도 실제적 행위의 실행자, 지고의 절대적인 힘과 무한한 사랑스러움의 충만감을 지닌 인간."

그러므로 이렇게 그 어떤 것으로도 제약되고 제한될 수 없는 빛의 형상, 완전히 독자적이고 자생적이며 자유롭게 빛을 발하는 소박한 인간, 죽음이라는 숭고한 자연의 사건을 통하여 힘이 쇠퇴한 옛 황혼의 세계를 이끌어 올리고 구원하는 동시에, 그 세계를 인식과 도덕의 새로운 단계로 고양시키는 두려움이라고는 없는 순진무구한 행위자, 운명의 실현자—바그너는 이런 인간을 그가 계획한 음악극의 주인공으로 설정했습니다. 그는 이 극을 더 이상 현대적인 운율이 아니라 옛 북구 신화세계에 어울리는 두운에 따라 초안을 잡아서 이를 〈지그프리트의 죽음〉이라고 명명했습니다.

바그너는 이 작품을 고향에서 상연할 수 없었습니다. 그는 1849년 드레스덴의 민중봉기에 연루되어 당분간 정치적 도피자, 요즘 말로 해외 망명객의 비참한 신세가 되어 있었습니다. 그러나 실상 비참함과 마음의 고뇌는 해외에서가 아니라 독일에서였습니다. 그는 독일에서는 없었던 친구들을 이곳에서 만나게 되었고, 그들의 보호로 그의 최후의 역작 〈파르시팔Parsifal〉에 이르는 먼 장래의 작품이 준비되고 있었습니다. 반면에 그는 혁명의 실패로 말미암아 독일에서 고통을 당했고, 차후에도 프로이센이 오스트리아를 전쟁에서 누르고 패권을 잡는 바람에 독일에서 고초를 겪었습니다. 1870년까지 이루어지는 독일의 정치적 전개과정은—이후로 더 악화되리라고 아무도 예상하지 못했습니다—그의 소망과는 반대로, 아니 거의 저주스러울 정도로 나쁘게 진행되었습니다.

그러나 역사에 대한 사실의 숭배는 그리 도량 있는 자세가 아니고, 전혀 훌륭한 태도도 아닙니다. 우리가 그런 일에 동참하지 않거나 가능한 한 참여하지 않는 소수 민족들을 특히 유감스럽게 생각할 필요가 없듯이, 역사에 의해 좌절된 위대한 인간의 소망을 이런 이유로 존중할 수 없는 것도 아니기 때문입니다. 만일 독일의 역사가 바그너의 소망대로 바로 자유의 의미에서 전개되었더라면, 독일은 물론이고 유럽이 훨씬 더 나은 상태가 되었을지 누가 알겠습니까? 바그너는 이런 소망들을 보다 고결한 많은 독일인들과 함께 나누었습니다. 그리고 그 소망의 좌절로 말미암아 〈지그프리트의 죽음〉을 쓴 시인은 스위스로 쫓겨 갔던 것입니다.

우리는 이런 과정을 유감으로 여기지 맙시다. 아마 그 어떤 곳, 고국 독일에서조차도 그의 필생의 역작이 이곳에서보다 더 훌륭한 것으로 발전될 수는 없었을 것입니다. 실제로 적지 않은 문서들에서 그는 이에 대해 의식적으로 감사의 뜻을 표명하고 있습니다. 1859년 가을

오토 베젠동크Otto Wesendonck[41]에게 보내는 편지의 내용은 다음과 같습니다. "내가 그곳, 고요하고 아름다운 스위스에서 장엄한 황금빛 노을이 깃든 산봉우리들을 바라보면서 받아들였던 작품들을 이제 조용히 완성하려고 합니다. 그것은 기적의 작품들입니다. 그리고 다른 곳이었더라면 나는 그런 작품들을 결코 얻을 수 없었을 것입니다."

기적의 작품들―바그너가 비극적이지만 그만큼 대가를 받은 행운 속에서 단지 그것이 순수한 사실이기 때문에 기적의 작품이라고 공개적으로 표명했듯이, 이 작품들은 참으로 아름답습니다. 어떤 언사도 예술에 관한 이 전대미문의 표명보다 더 잘 어울리지 않을 것입니다. 창조적 예술사에서 그 어떤 것도 이처럼 적절한 표명은 없을 것입니다.―단지 건축에 있어서 어떤 대규모적인 창조물들, 몇몇 고딕식 대성당 같은 것들을 제외한다면 말입니다.

결국 무조건적으로 지고한 어떤 것을 이렇게 선언한 사람은 없을지 모르겠습니다. 우리는 아마도 다른 소중하고 없어서는 안 되는 문화 및 영혼의 자산, 예컨대 《햄릿》이나 《이피게니에》, 베토벤 제9교향곡 등을 '기적의 작품들'로 명명해볼 시도조차 해보지 않았을 것입니다. 그러나 영적으로 거의 파악하기 힘들고 〈뉘른베르크의 명가수〉와는 거의 성가신 이웃인 〈트리스탄〉 총보는 기적의 작품입니다.―이

41_ 부유한 상인 오토 베젠동크(1815-1896)와 그의 처 마틸데는 1852년 취리히에서 바그너를 처음 만났으며, 이후 바그너의 든든한 후원자가 된다. 그러나 바그너는 마틸데와 사랑에 빠져드는데, 사랑의 주도동기로 구성된 그의 〈트리스탄과 이졸데〉라는 작품은 그녀와의 사랑이 하나의 계기가 되어 창작된 것으로도 알려져 있다.

두 작품은 《니벨룽겐》의 세밀한 거인적 사상구조의 기분전환으로 파악될 수 있습니다. 그것은 철저히 재능과 천재성의 일회적 분출인 동시에, 영적으로 충만하고 지혜에 가득 찬 마술사의 진지하고도 감동적인 작품입니다.

이 천재적인 인간을 이렇게 오랫동안이나 보호하고 손님으로 맞이했던 스위스야말로 정말 기억되어야 할 가치가 있습니다. 현재 취리히 시립극장이 계획하고 있는 〈니벨룽겐의 반지〉 연작 전체의 상연은 이 도시와 작품과의 관계, 다른 어느 도시도 자랑해보지 못한 돈독한 관계를 떠올리게 하는 생생한 계기가 되고 있습니다. 이것이 설령 우연이라 할지라도 박수를 보낼 만한 의미심장한 우연이라 하겠습니다. 그렇습니다, 세계를 압도할 만한 독일정신의 이 모험적 작품이 자유롭고 번화한 분위기에 있어서 취리히라는 세계적 도시와 일치했다는 것이 올바르고 적절한 표현일 것입니다. 취리히는 그 형태가 아니라 주어진 상황과 임무에 따라서 온갖 유럽적·아방가르드적 시도에 항상 호의적이었는데, 앞으로도 그랬으면 좋겠습니다.

이곳에서 바그너는 19세기 중엽인 1850년대를 살아가면서 문학적 형상화와 대부분의 음악적 구상들을 남겼습니다. 이곳 바우어 호텔 지하 홀에서 1853년 2월 16일부터 19일까지 4일 밤에 걸쳐서 저자 바그너는 초대된 관객들 앞에서 이 극의 각본을 최초로 낭독했습니다. 그는 이곳에서 작품의 진전이나 지지부진, 열광적인 노력 등에 관해 알리는 많은 편지들을 보냈습니다. 그 중에서도 그의 조카딸 클라라 브로크하우스Clara Brockhaus에게 보내는 1854년 3월의 편지는 다음과 같이 활기차고 계획적인 내용을 보여줍니다. "〈라인의 황금〉 각본은 11월에 시작되어 완결을 보았다. 지금은 다만 작곡에 매달리는 중이다. 여름이 되면 나는 〈발퀴레〉를 작곡할 생각이다. 내년 봄에는 〈젊은 지그프리트〉를 다룰 것이고, 그렇게 되면 나는 내후년 여름쯤에 〈지그프리트의 죽음〉을 완결할 생각이다."

그의 생각은 착각이었습니다. 〈신들의 황혼〉이 언제 어디서 완성되었는지는 그가 살았던 루체른 근처 트립셴의 저택에 있는 기념패가 알려줍니다. 자신의 계획대로 일찍 끝내기에는 〈반지〉의 창조자가 너무나 지나치게 비판적이고 까다로운 예술가였습니다. 이런 면은 그의 다른 편지에서도 표출됩니다. "작업에 있어서 만족감을 느껴도 좋을 때가 있다면, 가장 세밀한 디테일 묘사를 완결할 때이며, 번뜩 떠오른 훌륭한 착상들만이 성과를 이루는 힘이었다."(그의 거인적 작품에서 풍부한 것은 바로 가장 세밀한 디테일의 처리입니다.) 이처럼 일은 그리 빨리 진행되지 않았습니다. 그럼에도 〈반지〉가 언젠가 다시 취리히에서 성대하게 공연된다면, 타소의 시에 대해 괴테의 주인공이 "어떤 의미로 그 명칭은 나의 것이다"라고 말한 것처럼 선언되어도 좋을 것입니다.

취리히, 더 정확히 말해 알비스브룬으로 향하는 여행길에서 쓴 리스트에게 보내는 장문의 편지는 1851년 11월 20일자로 되어 있는데, 그 편지에서 바그너는 바이마르의 친구이자 후견인이었던 리스트에게 처음으로 자신의 거대한 계획을 하나하나 개진하고 확고히 하였습니다. 편지의 시작은 매우 엄숙한 분위기입니다. "가장 엄밀한 진리에 따라 나는 지금 오래 전부터 진행해 왔던 예술적 시도의 역사, 그리고 이를 위해 필연적으로 취하지 않으면 안 되었던 새로운 전환을 이렇게 경험하고 있다네." 이어서 그는 이 비상하고 그를 행복에 겨워 놀라게 할 역사에 관해 이야기해 나가는데, 우리는 그의 발자취를 좇아가면서 예술가가 본원적으로 자신의 작품에 관하여 얼마나 거의 아는 것이 없는지, 그리고 특히 자신과 연관된 문제에 있어서 얼마나 고집스러운 태도를 견지하는지 경험하게 됩니다.

그렇습니다! 정말이지 예술가란 존재는 작품이 도대체 어떻게 되어갈 것인지, 그것이 자신의 작품으로서 과연 어떻게 되어야만 하는 것인지, 이에 대한 예감조차 없습니다. 그는 종종 작품과 대면하여 다분히 감정적으로 "이런 걸 원했던 것이 아니야, 그러나 이제 기필코 뭔가 해내지 않으면 안 돼!"라고 외칩니다. 자아의 어렴풋한 공명심은 위대한 작품들의 시초에는 없으며, 그것이 위대한 작품들의 원천도 아닙니다. 공명심은 예술가의 것이 아니라, 그가 바라고 노심초사하는 것보다 스스로가 더욱 위대해지려는 작품의 것으로, 예술가에게 의지를 부여하는 것도 이런 작품입니다.

바그너는 4일 저녁을 연이어 채우는 대서사시를 공연함으로써 세계를 깜짝 놀라게 하리라고는 자신도 미처 생각하지 못했습니다. 이런 것을 해야만 한다는 것을 그는 자신의 작품에 대한 끔찍한 애정과 자존심 어린 즐거움으로 경험했습니다. 그가 1850년에 〈로엔그린〉을 완성했을 때, 이어서 〈지그프리트의 죽음〉을 끝내려고 생각했습니다. 그는 이 무렵 각본은 거의 다, 또는 반쯤 써놓은 상태였으므로 다음에는 음악가로서 마무리를 지어야 할 일만 남아 있었습니다. 그러나 그것은 이루어지지 않았고, 아직도 남은 문제가 있었습니다. 이 작품은 당장에 그의 꿈의 관객이 있는 무대에서 공연될 수 없었습니다. 그렇게 하려면 꼭 갖춰야 할 준비가 필요했습니다.

어떤 것이 먼저 필요했을까요? 이를 위해 다른 극을 준비할 필요가 있었습니다. 이 극은 지그프리트에 관한 전사前史로 채워져 있었습니다. 말하자면 이 극은 본래 그것보다 앞서 있었던 한 신화의 마지막 장章에 해당했습니다. 앞서 있었던 신화는 보고의 방식으로 음악적 구성에 삽입되거나, 아니면 주지의 것으로 전제될 수밖에 없는 것이 단점이었습니다. 첫 번째 것이 예술적 처리의 번거로움을 의미하고 있었다면, 두 번째 것은 교양을 요구하고 있었습니다.

그런데 바그너는 교양의 요구를 대단히 싫어했습니다. 그는 그런 것을 받아들일 사람이 아니었습니다. 그가 작품에 착수할 때에는 세계가 먼저 전면에 등장하였고, 그 누구도 뭔가를 이해하기 위해 알아야 할 필요가 없었습니다. 아마도 그는 이미 바로 여기서 이번에는 세계가 정말 전면에서 등장해야 할 것이라는 것을 느끼고 있었던 것 같았지만, 그러나 그것을 스스로 시인하지는 않았습니다. 첫 번째 것에 대하여 그가 인정했던 것은 다만 관객의 결합능력에 대한 너무 지나친 전제들과 요구가 그의 작품에서 특징적으로 부각되던 신화의 원초적 단순성과 모순된다는 사실이었습니다. 따라서 그는 우선 〈젊은 지그프리트〉를 써야만 한다고 생각했습니다. 지그프리트의 전사前史는 가능하면 전반적으로 직접적인 서술, 감각적으로 단순한 서술이 되지 않을 수 없었습니다.

바그너는 숲에 관한 각본을 쓰면서 거기서 매혹의 감정을 느꼈습니다. 그는 즉시 그것을 음악으로 옮기기 시작했고, 당분간 작곡은 순조롭게 진행되었습니다. 그러나 돌연 바그너는 건강을 위해 뭔가 하지 않으면 안 된다는 생각이 들어서 냉수욕 전문요양원으로 떠났습니다. 그것은 실상 병으로의 피신, 작품으로부터의 도피였습니다. 그는 일하는 것을 대단히 즐거워했었습니다만, 이번에는 그렇지 않았습니다. 작업 도중에 뭔가가 잘못되고 있었던 것입니다. 그런데 이 뭔가는 분명히 그의 미묘한 건강상의 문제가 아니라 그의 양심의 문제와 관련이 있었습니다. 그는 어지간해서는 이런 정도의 건강 문제로 심각해질 사람이 아니었기 때문입니다.

양심의 고백이 필요한 순간이었습니다. 바그너에게 〈젊은 지그프리트〉가 만족스럽지 않았으며, 그것으로는 작업을 더 이상 진행할 수 없었던 것입니다. 무수히 많은 필연적 연관관계, 전작前作 〈라인의 황금〉과 〈발퀴레〉의 경우 줄거리와 인물들에 대하여 감동적이고 효과적인 의미를 부여했던 것이 여기서는 아직까지 나타나지 않고 있었으며, 머리에서만 맴돌고 있었습니다. 그것은 늘 작업이 수월하게 진척되기를 소망하는 소심한 존재, 예술가의 감각에 따라 이루어질 수는 있어도 작품의 성향에 의존하는 것은 아니었습니다. 그러나 이번 작품은 한 방울도 흘려서는 안 되는 잔처럼 완벽해야만 했습니다. 아직 도래하지 않은 미래의 것을 생각한다는 것은 예술가로서 훌륭하고, 게다가 지극히 감동적이며 의미심장한 일이라 하겠습니다. 바로 이 문제를 바그너는 해결하려고 했습니다. 하지만 이런 미래의 것도 돌이켜보면 언젠가 틀림없이 그에게도 나타난 적이 있었습니다. 실제로 그는 이런 순간을 회상해보지 않을 수 없었습니다. 왜냐하면 자신에게도 전에 이런 일이 일어났으며, 그 순간을 기억나게 하는 것은 오직 음악이었기 때문입니다.

지그문트와 지그린트, 신들의 신 보탄Wotan의 뜻에 따라 행동하면서도 그에게 저항하는 브륀힐트, 그리고 보탄의 위기, 이 모든 것이 공연 첫째 날 밤에 무대에 올라야만 했습니다. 이것이 바그너에게 너무나 어려운 과제였으며, 이 문제로 얼마나 오랫동안 고심했는지 모릅니다. 〈발퀴레〉의 집필이 끝났을 때, 그는 이미 사흘 저녁으로도 〈니벨룽겐의 반지〉가 충분하지 않다는 것을 알 수 있었습니다.[42] 수미일관된 방식으로 제4의 것, 첫 번째 극 이전의 원초적 사건이 선행되지 않으면 안 된다는 것을 그는 알아차렸습니다. 다시 말해 황금의 탈취와 난쟁이 알브리히의 사랑과 황금에 대한 저주, 그리고 보탄의 머리에서 처음으로 섬광처럼 번뜩이는 칼에 대한 사고가 민중의 수수한 감각에 와 닿아야만 했습니다. 이렇게 해서 맨 앞에 라인강이 등장하게 되었습니다.

고민에 빠져 있던 바그너는 이상의 내용을 리스트에게 편지로 써서 보냈으며, 자신의 믿어지지 않는 광적인 계획이 외적으로 정확히 계산된 근심에서 생겨났다고는 생각하지 말아달라고 요청했습니다.

42_ 〈반지〉는 전야제에 공연되는 〈라인의 황금〉에 이어서 사흘에 걸쳐서 공연되는 〈발퀴레〉, 〈지그프리트〉, 〈신들의 황혼〉으로 이어진다. 실제로 바그너 자신은 〈라인의 황금〉을 〈반지〉의 서곡이라고 칭했다.

오히려 그는 이것이 언젠가 자신을 사로잡아 완벽하게 실행하도록 자극한 이 소재의 본질과 내용의 필연적 결과라고 주장했습니다. 바그너는 편지에서 "자네는 이른바 순수 성찰Reflexion이 아니라 무엇보다 열광Begeisterung이 나의 가장 새로운 계획에 영감을 부여했다는 것을 알게 될 걸세"라고 썼습니다. —20년 후에야 완성된 작품과 직면하여 그 어떤 것도 이보다 더 신뢰할 만한 것은 없을 것입니다. 거의 헤아릴 수 없는 감각적 능력과 모든 것을 압도하는 의미의 풍부함만 보더라도 더 이상 최고는 없습니다.

이를 입증한 열광, 우리를 그토록 자주 사로잡았던 장엄한 감정, 다시 말해 거대한 자연, 노을빛에 물든 높은 산봉우리들, 사납게 파도치는 바다를 통하여 우리의 마음을 자극하던 황홀감하고만 비교될 수 있는 장엄한 감정이야말로 바그너가 당시에 느꼈던 열광을 역으로 추론하게 해줍니다. 물론 이런 '열광', 창조자와 향유자로서 느꼈던 열광에 저 '성찰'이라는 것이 어느 정도로 역할을 했었고 하고 있는지, 그리고 여기서 성찰과 열광, 성찰과 감정이 서로 날카롭게 분리될 수 있는 것인지는 다른 물음입니다. 내가 생각하기에 이에 대한 대답으로 자신에게 감정이 전부이고 지성은 아무것도 아니라는 바그너의 확증을 우리는 무조건 신뢰해서는 안 됩니다. 마찬가지로 자신의 예술은 감정을 지향할 따름이고, 지성과는 관계없다는 그의 말 또한 믿을 만한 것이 아닙니다.

예술가에게는 자기오해라는 것이 존재합니다. 그러나 바그너가 다음과 같이 기술했을 때, 자신을 좀 더 잘 이해하고 있었던 것 같습니다. "우리가 성찰의 힘을 너무 과소평가하지 않을지라도, 무의식적으로 창조된 예술작품은 우리의 시대와는 동떨어진 시대의 것이다. 반면에 교양이 절정에 도달한 시대의 예술작품은 의식에 의해서만 창조될 수 있을 뿐이다." 참으로 지당한 말입니다. 그리고 실제로 그의 창작품에는—특히 〈니벨룽겐의 반지〉에서도— 영감靈感과 우연의 행복한 산물인 황홀의 표지를 이마에 달고 다니는 것들 이외에도 대단히 감각적이고 세심하게 고려된 것, 풍자에 가득 찬 이지적 조직물, 거인적 신의 작품처럼 보이는 것에 내재된 대단히 영리한 난쟁이의 세밀한 작업이 나타납니다. 그렇기 때문에 이런 것이 단지 몽환과 어둠의 창조물이라고는 믿을 수가 없는 것입니다.

바그너 고유의 매력은 그의 천재성이 가장 현대적이고 이지적인 성격과 신화의 원초적 보편성을 절묘하게 혼합하고 있다는 점에 근거하고 있습니다. 나아가 그와 그의 영향의 경우 성찰과 열광의 날카로운 분리 및 대립이 상호 간에 완화되고 있다는 것, 이에 대해서는 무엇보다 극작가로서 그가 맺고 있는 음악과의 관계가 대변해주고 있습니다. 그의 음악과의 관계는 지극히 정신적이고 게다가 이지적인 관계였으며, 니벨룽겐 계획에 있어서 이 작품을 순수 극으로부터 4부작 신화로까지 결정화한 계기였습니다.

리스트에게 보내는 장문의 편지에는 이에 관해서는 언급되지 않고 있습니다. 그렇지만 바그너가 소재에 대한 어려움을 겪었던 원인은 극 자체에 있는 것이 아니라 음악 때문이었다는 것이 확실한 것 같습니다. 무엇 때문에 그가 〈지그프리트의 죽음〉의 줄거리로부터 시작한 것이 아니라 사건들의 시초로까지 되돌아가서 시작해야 했을까요? 극이 전사前史를 받아들이려 하지 않았기 때문일까요? 그러나 극 자체는 전사들과 전혀 대립되는 면이 없습니다. 반대로 바그너의 극에는 전사를 발전시키려는 작가의 취향까지도 종종 나타나는데, 그것은 이른바 분석적 방법이라고도 불리고 있습니다.

고대의 극과 프랑스의 극은 이 방법을 실행에 옮겼으며, 이런 점에서는 고전극에 근접했던 입센 또한 그러했습니다. 만일 바그너의 예술 수단이 단지 문학적 언어에만 머물러 있었다면, 그 역시 그들과 마찬가지로 분석적 방법을 사용했을 것입니다. 그러나 그는 작가일 뿐만 아니라 음악가였으며, 그것도 둘 중에 하나로 있었던 것이 아니라 동시에 원초의 통합체로서 존재하고 있었습니다. 그는 작가로서의 음악가, 음악가로서의 작가였습니다. 그의 문학과의 관계는 바로 음악과의 관계였기 때문에 그의 언어는 언어를 통하여 원시의 상태로 되돌아갔으며, 음악 없는 그의 극들은 반 푼짜리 문학에 불과했습니다. 그리고 바그너와 음악과의 관계는 순수 음악적인 것이 아니라 문학과 연관된 방식에 따라 정신적인 것, 음악에 내재한 상징성과 매혹적인 의미, 연상의 가치 및 관계의 마법이 결정적으로 작용하고 있었습니다.

그의 음악적 문학은 그로 하여금 기존 오페라 형식들을 점차 탈피하도록 하였으며, 그에게 새로운 주도동기의 연관적 조직기법[43]을 고취시켰습니다. 이 기법은 그것이 극 전체에 걸친 연관적 확장에 있어

43_ 원문은 '주제부를 이루는 동기들의 조직기법thematisch-motivische Gewebsthechnik'이라고 되어 있으나, 주제부를 이루는 동기들이란 바로 주도동기Leitmotiv를 가리키는 것이므로 주도동기

서 전에는 한 번도 응용된 적이 없었다는 점에서 새로운 기법입니다. 이것은 〈방황하는 네덜란드인〉과 더불어 처음으로 사용되었는데, 이 작품의 음악적 핵심부는 제2막에서 선장 달란트의 딸 젠타Senta가 부르는 담시풍의 노래였습니다. 이 극의 시적으로 이루어진 상像, 이 극의 주제는 동기들의 완벽한 조직으로서 전 작품에 걸쳐 퍼져나갑니다. 〈탄호이저〉와 〈로엔그린〉에 들어서면서 이와 같은 음악적·문학적 표현수법은 계속 형성력과 세련성을 얻게 되었습니다. 그것은 주요 소재의 변형 속에서 점점 더 발전된 기법을 통하여 단순한 잔상들까지도 부각시켰는데, 이미 이전의 몇몇 작곡가들도 이와 비슷한 것을 사용한 바 있습니다(우리는 대략 구노Gounod의 〈마가레테Margarthe〉 마지막 장면에서 축제로부터 나오는 감동적인 발레의 반복을 생각해 볼 수 있을 것입니다).

그런데 니벨룽겐 신화의 경우를 보게 되면, 여기서 사용되는 정신적이고 감각적인 기법은 우리로 하여금 이제까지는 전례가 없었던 장엄함과 성스러움을 즐기고 그 영향력을 입증하게 하리라는 것을 예고하고 있었습니다. 바그너를 한동안 깊은 숙고와 지지부진으로 몰아갔던 것도 이런 전제조건들이 해결되지 못했기 때문이었습니다. 그가 계속 〈지그프리트의 죽음〉에 관하여 작곡하려고 했을 때, 이런 조건들이 충족되지 않았기에 그는 고민하고 주춤거렸던 것입니다. 일단 그는 극의 각본을 시작할 수 있었는데, 그것을 한편으로는 과거로 소급되는 서사적 전사前史로서 이해시키도록 하였고, 다른 한편으로는 주지의 것

로 번역하였음. 특히 음악에서는 테마음악이라는 것이 동기들이 반복적으로 사용될 때에 사용되고 있음을 유의해볼 필요가 있다.

으로 전제되도록 하였습니다. 그럼에도 그는 음악을 시작할 수가 없었습니다. 왜냐하면 음악 또한 극처럼 원초적 깊이의 전사가 필요했기 때문입니다. 그런데 이 원초적 깊이의 전사前史를 전달할 방법이 없었습니다. 극이 정신적으로 음악에 의존할 수 없듯이, 음악적 전사는 극의 회상에 의존할 수가 없었습니다. 이 원초적 음악이 언젠가 한번 실제로 극적 순간과의 현재적 결합을 통하여 울려 퍼지지 않았을 때에는, 음악적 전사라는 것도 극을 새로운 주제의 조직적 연관기법에 의한 최절정의 감동적 승리로 이끌 수가 없었던 것입니다.

물론 "이 세상에서 가장 비장한 주인공"의 죽음과 장례의 행렬을 애도하기 위해서는 비극적 동기에서 생겨나 연관 없이 독자적으로 존재하던 비장한 음악을 작곡할 수도 있었을 것입니다. 그러나 그것은 옛 오페라 작곡가들의 경우처럼 전체적인 것 내지 문학적 의도와는 상관없이 한 장면에만 통용되는 음악들만을 작곡했던 것과 같지 않겠습니까? 바그너가 그의 주도동기의 방법을 한 장면에 대해서뿐만 아니라 전체 극으로 확장시키고, 나아가 그것을 하나의 극뿐만이 아니라 모든 것이 처음부터 수미일관되는 서사적 연작극連作劇 전체로까지 확대하여 적용했을 때, 그것은 참으로 얼마나 대단한 일이었겠습니까? 아마도 그것은 어느 누구도 감동의 눈물을 억제할 수 없을 만큼 우리에게 관계의 축제, 정신적으로 심원한 암시, 음악적 사상의 감동과 위대함을 수여한 일이라 할 수 있을 것입니다. —바그너 자신도 처음에는 상상에 불과했지만 이런 감동을 느꼈고, 이에 관해 리스트에게 언급한 바 있었습니다.

그렇다면 지그프리트에 대한 죽음의 애도, 소위 장례행진곡은 이제까지 감명 깊었던 오페라의 장례식과는 다른 어떤 것이라 하겠습니다. 말하자면 그것은 그야말로 사상이 압도하는 장례식이라 할 것입니다. 어머니를 향한 소년의 그리움에 찬 질문, 부자유스러운 신이 신 없이 자유로운 행위를 위하여 만들어낸 그의 혈족의 영웅동기, 쌍둥이 남매 사이인 어머니와 아버지의 사랑의 동기가 놀랍도록 이 죽음의 애도로까지 이어집니다. 그런가 하면 칼집에서 힘차게 빠져나온 칼, 일찍이 처음으로 발퀴레의 입에서 나온 예언을 통해 알게 된 자기 본질에 대한 거대한 팡파르, 그의 뿔피리의 음향이 무시무시한 리듬 속으로 울려 퍼집니다. 언젠가는 잠에서 깨어날 브륀힐데를 위한 감미로운 음악, 강탈당한 황금에 대하여 오랫동안 비탄의 노래를 부르는 라인강의 처녀들과 난쟁이 알베리히의 저주에 대한 침울한 음조, 이 모든 장엄하고 감정적으로 무겁고 운명으로 가득 찬 경고들은 땅이 흔들리고 벽력이 치는 가운데 관을 메고 가는 장례의 행렬과 교차하게 됩니다. 이는 정신적 엄숙함과 신화적 원초의 분위기에 대한 하나의 범례에 불과한 것으로, 이는 만일 극이 장면이 있는 신화가 된다면 이루어지도록 되어 있었습니다.

원초를 향하여 돌아가라, 모든 사물과 음악의 원초를 향하여! 왜냐하면 라인강의 처녀들이 유희를 벌이며 흥겨워하는 그곳, 잔물결 사이로 황금이 반짝거리는 라인강의 심부는 순수하면서도 욕망과 저주로 때묻지 않은 세계의 원초상태이며, 이 세계와 하나가 되어 원초의 음악이 펼쳐졌기 때문입니다. 신화적 음악뿐만 아니라 음악의 신화 자체

를 바그너라는 문학적 음악가가 제시하게 되는 것입니다. 그가 우리에
게 선사한 것은 신화적 철학과 음악적 창작시, 도도하게 흐르는 라인
강 심부의 내림 마장조 삼화음으로부터 이루어진 풍부한 상징세계를
위한 구성입니다.

〈니벨룽겐〉이라는 거인적 작품의 구상은 이런 식으로 진행되었습
니다. 이 빼어나기 이를 데 없는 작품은 다른 영역, 아마도 보다 순수
한 영역에서 유래한 예술작품으로서, 이에 대해 우리는 과장과 찬사를
아끼지 않을 수 없습니다. 이 작품이 다른 영역에서 유래했다고 말할
수 있는 이유는 무엇보다 독자적이기 때문입니다. ― 온갖 현대성을 지
니고 있는 것처럼 보이면서도 세련성, 의식성, 진화된 최신의 수법에
따라서 극단적으로 현대적인 작품, 본원적으로 열광과 낭만적 혁명의
지를 지향하는 동시에 음악과 예언적 본성을 지닌 세계시世界詩입니다.
여기서는 현존재의 원초적 요소들이 역할을 맡아 행동하고, 밤과 낮이
대화를 나누며, 인류의 신화적 기본유형으로서 빛처럼 밝고 금발머리
처럼 명랑한 정서, 증오와 비탄과 격정을 품은 것들이 몽상적인 동화
의 줄거리 속에서 서로 조우합니다.

지그프리트의 적수는 하겐입니다. 하겐은 그의 음울한 그림자로
인하여 예전이나 동시대의 인물들, 예컨대 〈니벨룽겐의 노래〉에 나오
는 하겐이나 헵벨Hebbel의 하겐보다 훨씬 돋보이는 인물로 등장합니다.
바그너의 극적·문학적 형상화의 능력은 질투를 낳는 반+ 요마의 형
상에서 그 누구도 얻을 수 없을 만한 결실을 얻었습니다. 하겐이 무엇
때문에 형제의 맹세를 어겼느냐는 질문에 대하여 조롱조로 자신을 규

정했을 때, 다음과 같은 말은 그의 형상을 강력하게 만들어 줍니다.

나의 피는 너희들의 잔을 더럽히리라!
나의 피는 너희들만큼
깨끗하고 고상하게 흐르지 않는다.
내 몸 속에서
완고하고 차갑게 멈춰 있도다.
내 얼굴조차 붉어지려 하지 않는다.
그러므로 나는 불의 맹세로부터
멀리 떨어져 있노라.

이는 요약하자면 신화적 무대-성격-얼굴을 대변하는 하나의 상像입니다. 하겐은 밤에 잠을 자다가 꿈에서 아버지 알베리히와 대화를 나눕니다. 이후 지그프리트와 군터, 홍겨운 무리들이 그를 위해 세계 지배의 반지를 가지러 가는 동안, 그는 혼자서 성을 지키고 있습니다. 하겐은 특히 군터의 불행한 결혼식을 축하하도록 부하들을 불러 모으는 해학적인 장면의 소집자로서도 나타납니다. ―어떤 극도 이보다 더 악마적인 것과 친숙한 장면을 알지 못할 것입니다.

바그너의 문학적 재능에 의구심을 갖는 것은 나에게 항상 터무니 없는 것으로 여겨졌습니다. 보탄과 지그프리트의 관계, 자신을 무기력하게 만든 자에 대하여 어른스럽게 조소적이고도 태연한 자세를 취하는 신의 성향, 영원한 젊음을 위하여 기꺼이 옛 권력을 버리는 태도보다 문학적으로 더 아름답고 심오한 것이 얼마나 있겠습니까? 음악가가 여기서 찾아낸 놀라운 음절들은 시인 덕분이었습니다. 그러나 그가 제 2의 예시적이고 보완적인 언어를 사용했을 때, 그 스스로도 종종 인정 하는 것처럼 보이듯이 시인의 모든 것은 음악가 덕분이 아니었겠습니 까? 그에게 있어서 정말 음악이라는 제2의 언어는 시인의 언어에서는 알려지지 않은, 숨어 있는 지식의 왕국이었습니다.

지그프리트에게 두려움을 가르치려는 대장장이 미메의 시도, 그 의 공포와 전율에 대한 투박한 묘사는 '어둡게 변형된 불의 음악, 마찬 가지로 잠자는 브륀힐데의 어렴풋하고 뒤틀린 동기로 채색되어 있습 니다. 따라서 두려움에 대한 난쟁이의 묘사를 생생하게 하기 위하여 〈반지〉의 세계에서 모든 것을 두렵게 하는 것, 특별히 두려움을 자아 내고 전율을 일으키는 것, 요컨대 동굴을 보호하는 화염이 음악으로 울려나옵니다. 물론 지크프리트는 불을 두려워하지 않습니다. 그는 두 려움을 배우지 못한 채 불의 벽을 돌파하게 됩니다. 그러나 동시에 그 에게 두려움을 알게 하는 것, 잠에 빠진 여인에 대한 기억이 음악적으 로 어두운 분위기를 자아내며 유령처럼 나타납니다. 정작 지그프리트 자신은 이를 의식하지 못하지만, 그는 그녀를 잠에서 깨우도록 결정되 어 있는 것입니다.

보고 듣는 자 지그프리트는 다시 전야前夜의 끝 무렵으로 옮겨져 두려움을 모르는 그의 영혼 깊숙한 곳에서 자신을 두렵게 하는 것에 대한 예감이 꿈틀거리고 있음을 이해하게 됩니다. 그것은 우둔한 자가 아직 배우지 못했으나 앞으로는 배워야만 하는 사랑에 대한 예감입니다. 왜냐하면 두려움과 사랑은 영적·음악적으로 동일한 것이기 때문입니다. 예전에 그는 보리수나무 아래서 어머니는 과연 어떤 모습인지를 꿈속에서 그려보곤 했습니다. 그런데 어머니 역시 여성인 것입니다. 여성의 사랑에 대한 동기, 〈라인의 황금〉 제2장에서 불의 신 로게가 이야기하는 "여성의 환희와 가치"라는 주제는 이 장면에서 다시 오케스트라의 연주로 기억나도록 되어 있습니다. 이어서 지그프리트가 브륀힐데로부터 발퀴레의 갑옷을 벗기고 여자의 몸을 발견했을 때, 그의 입에서 터져 나온 탄성은 어머니의 상과 여성에 대한 사랑의 영적인 콤플렉스입니다. "이런, 남자가 아니잖아! 불안하여 눈을 뜰 수가 없고, 정신이 혼미하고 어지럽구나! 나를 도와 구해줄 사람은 누구인가? 어머니! 어머니! 나라는 존재를 잊지 마십시오!"

그 어떤 것도 신화의 고대성과 심리학적·정신분석학적 현대성의 이와 같은 결합보다 더 바그너적인 것은 없을 것입니다. 이는 신화를 통하여 성스러워진 19세기의 자연주의입니다. 그렇습니다, 바그너는 폭풍과 뇌우, 나뭇잎들의 일렁거림과 반짝이는 파도, 불꽃의 춤과 무지개 등의 외적 자연을 가장 탁월하게 그리는 화가이자 영혼의 본질, 영원한 인간열정의 위대한 보고자였습니다. 그는 처녀성의 동굴 주변에 무시무시한 불의 장막을 쳐놓습니다. 하지만 자신의 각성적·생산적 결정에 의해 수행되는 원초의 남성적 본능은 이 불의 공포를 돌파하고 있으며, 그리움의 대상을 보는 순간 자신의 근원인 성스럽고 여성적인 존재, 어머니를 향하여 도움의 외침을 터트리게 되는 것입니다.

가장 진지하고 소박한 영혼의 원초시原初詩, 인습적이고 사회적인 것 이전에 존재하는 영역은 바그너의 세계와 작품에서만 부각되고 있으며, 오로지 이런 것만이 그의 예술 일반에 부합되는 것처럼 보입니다. 그의 작품은 19세기에 있어서 기념비적 예술을 마련한 독일적 기여에 속합니다. 반면에 다른 국가들의 경우에는 그것이 주로 위대한 사회적 소설문학의 형태로 나타났습니다. 디킨스, 태커레이Thackeray, 톨스토이, 도스토옙스키, 발자크, 에밀 졸라, 이들의 도덕적 위대성의 동질적 성향에 의해 쌓아올려진 작품들은 19세기에 있어서 범유럽적·사회비판적·사회의식적 세계를 형성하였습니다.

독일적 기여, 독일의 특수한 현상으로서의 위대한 예술은 사회적인 것에 관해 아는 바가 없으며, 알려고도 하지 않았습니다. 왜냐하면 사회적인 것은 음악적이지 못하고, 대체로 예술적으로도 적합하지 않았기 때문입니다. 신화적이고 순수 인간적인 것, 역사와 무관하고 무시간적인 본성과 가슴의 원초시만이 예술적으로 가능성을 지닙니다. 그것은 실상 사회적인 것으로부터의 도피이자 사회적 타락에 대한 정화의 수단입니다. 이런 이유에서 독일의 정신은 시대가 제시하지 않으면 안 되는 가장 숭고한 것, 불가항력적인 것을 창조했던 것 같습니다. 사회성이 없고 원초시적인 것이 바로 독일정신의 고유한 신화이자 전형적이고 근본적인 국가적 천성입니다. 이것이 독일정신을 다른 유럽 국가들의 정신 및 전형적인 것과 구별해 줍니다.

예컨대 졸라와 바그너, 연작소설 《루공 마카르》와 바그너의 예술 사이에는 시대적으로·공통적인 것이 많습니다. ―나는 이른바 주도동기Leitmotiv만을 생각하는 것은 아닙니다. 하지만 본질적이고 전형적인 국가의 차이는 프랑스 작품의 사회정신과 독일 작품의 신화적·원초 시적 정신입니다. "독일적이란 어떤 것인가" 하는 까다롭고 오래된 질문에 대하여 이런 구별이야말로 가장 확실한 대답이 아닐까 싶습니다. 독일정신은 근본적으로 정치·사회적인 것에 무관심합니다. 독일정신은 가장 내적인 본질에 따라(예술작품은 가장 내적인 것에서 연원합니다. 우리는 이 말을 적절한 것으로 인정해도 좋을 것 같습니다) 이런 영역에는 익숙하지 않습니다. 이는 완전히 부정적으로 평가될 수만은 없습니다만, 이에 대해 진공상태, 결손, 결핍이라는 말이 주어질 수도 있겠습니다.

사회문제가 지배적인 시대, 사회적이고 경제적인 균형의 이념, 늘 냉철한 의식을 가지고 보다 정당한 경제적 질서를 추구하는 이념이 가장 역동적인 것으로 느껴지고, 그 이념의 구현이 가장 시급한 도덕적 문제로 수용되는 시대에는 당연히 이런 부정적 평가가 뒤따를 수 있습니다. 그렇습니다, 이런 상황에서는 이와 같이 종종 창조적인 결핍이 지고의 행복으로 부각되지 못하고 세계정신의 의지와도 불일치하게 됩니다. 시대의 문제와 직면하여 바그너는 그만의 독특한 해결책, 사회적인 것을 대치하여 신화적 대용물의 특징을 지니는 해결책을 시도했습니다. 오늘날 나치 독일의 경우 국가 및 사회의 실험에서 이런 신화적 대용물을 인식하는 것은 어렵지 않습니다. 이 실험은 정치적 용어를 다음과 같이 심리적인 것으로 바꾸는 것을 의미합니다. "나는 도대체가 사회적이라는 것을 원치 않고, 민족동화를 원한다." 그러나 정치 분야에서 동화란 거짓이 되기 십상입니다.

내가 앞에서 바그너라는 위대한 인물과 더불어 생겨나게 될 오해에 관해 언급했을 때, 나는 결국은 이 문제로 되돌아올 수밖에 없으리라는 것을 알고 있었습니다. 왜냐하면 오늘날 바그너에 관해 이야기하면서 이런 오해에 대해 항변하지 않는 것은 나로서는 불가능한 것처럼 보이기 때문입니다. 그는 정치적 문제에 대한 예술가적 예언자로서, 정치적 현실이란 그의 내면에서 반영되어야 할 그 무엇이었습니다. 아니, 그는 예언자 이상의 존재로서 이미 예언의 실행을 단호히 포기하고 오히려 낯선 땅에서 자신의 무덤을 구했습니다. 그는 이런 실행의 장소에서는 아마도 묻히고 싶어 하지 않았던 것 같습니다. 그러나 이는 우리의 마음속에 깃든 최상의 것, 찬미라는 것과는 위배되기 때문에 구체화라는 말이 설령 왜곡된 의미일지라도 이 자리에서 거론될 수 있는 것 같습니다.

민족과 칼과 신화와 북구의 영웅, 이는 어떤 의미로는 바그너라는 예술가의 어투를 불법적으로 모방한 아류적인 표현일지도 모릅니다. 〈반지〉의 창조자는 과거 및 미래의 매혹적인 예술을 가지고 시민적 교양시대를 빠져나옴으로써 정신을 말살하는 국가총체성에 예술을 희생시키지 않았습니다. 그에게 독일정신은 모든 것이고, 독일국가는 아무것도 아니었습니다. 이에 대해 그는 이미 〈뉘른베르크의 명가수〉에 나오는 핵심적인 말로 다음과 같이 표명하고 있습니다. "신성로마제국은 안개 속으로 사라졌어도, 신성한 독일예술은 우리에게 살아남아 있을 것이다."

바그너는 우리가 다시 만나야만 하는 위대한 작품 〈니벨룽겐의 반지〉에서 권력자가 자신의 권력을 파괴한 자까지도 사랑할 수 있도록 황금의 저주를 가르치고, 권력욕을 내면의 개심改心으로 인도하였습니다. 그의 참된 예언은 "재물도 황금도 호화찬란함도 아니고, 거짓 맹약의 우울한 체결도 아닙니다." 그것은 〈신들의 황혼〉 마지막에서 천상의 음조가 되어 울려 퍼집니다. 불타오르는 신들의 성으로부터 괴테의 《파우스트》 끝부분에 나오는 음절과 같은 것이 하늘로 숫아오르며 미래를 예고합니다.

"영원히 여성적인 것이 우리를 이끌어 올린다."

바그너와 영속성

바그너 책의 저자 에밀 프레토리오우스Emil Preetorious 씨에게

귀하의 편지를 받고나서 바그너 서적이 출간되기까지에는 기대했던 것보다 훨씬 더 오랜 시일이 경과했습니다. 제 자신이 바그너라는 대상으로부터 얼마나 큰 영향을 받고 있었는지 조마조마한 마음을 누를 길이 없었습니다. 너무 읽고 싶은 마음에 이끌려 그 책을 손에 쥐고 단숨에 읽어나가다 보니, 마지막 말에 이르도록 긴장감의 연속이었습니다. 책을 단숨에 읽어버린다는 것이 내게는 몹시 드문 일입니다. 가벼운 피로감을 느끼고는 있지만, 이 책의 주제와 교묘하면서도 정감 있게 파고드는, 깊은 이해에서 나오는 서술과 분석으로 인하여 나는 미처 그런 것을 생각할 틈조차 없었습니다. 논조 또한 시종일관 고조되어 있기 때문에 그만큼 감동을 불러일으킵니다.

우선 논제는 현대 장식예술가의 관점에서만 파악되는 것처럼 보입니다. 그리고 바로 이런 관점에 따라 "바그너 작품의 초시간적 가치와 지속적 영향 가능성은 완전히 특수하고 지극히 숙고를 요하는, 몹시 해명하기 힘든 문제가 되고 있다"라는 문장이 이 책 전체의 중심요지가 되고 있습니다. 그러나 이 책은 모든 특수한 문제제기들을 한층

뛰어넘어 거대한 전체 현상 일반에 대해 은연중에 저자의 대담한 해석과 해설을 시도하고 있습니다. 그런데 여기에 지나치게 현학적이고 장황하며 동시에 지나치게 독일적인 어떤 것이 부각되는 경우, 귀하는 사태Sache 자체의 본래적 의도와 필연적인 귀결을 제대로 표현할 수 없을 것입니다. ─ 물론 독자는 미학적·철학적 소양을 지닌 전문가의 글을 접하고 있다는 사실을 간과하지는 않을 것입니다만.

사태, 그렇습니다! 나는 우리가 이 문제에 관해 차와 담배를 즐기며 세 시간 가량 담소할 수 있다면 얼마나 좋을까 하고 생각했습니다. 그렇다면 우리는 우리의 열정 속에서, 그 열정의 회의적 굴절을 통하여 서로를 잘 이해하게 되리라 생각합니다. 귀하의 글을 보면 귀하는 바그너의 모든 면을 신봉하고 있습니다. 그로 인해 귀하는 자신도 모르는 사이에 필연적으로 바그너에게 속해 있는 무서운 측면을 간과하고 있으며, 도가 넘칠 정도로 그의 세계 공헌을 지나치게 미화하고 있습니다. 귀하는 부르주아 세계를 정복한 승리의 대열이 당시의 시대상에서는 뚜렷이 모습을 드러내지 않았던 이기주의와 그 밖에도 비스마르크가 유럽을 굴복시키는 토대가 되었던 야만성과 세련성의 독일적 결합에 힘입고 있는 것이 아니라, 오히려 새로운 통합을 요구하는 "심연과 성스러운 밤의 깊이로 침잠해 들어가려는 동경"에 근거하고 있음을 진실로 확신하는 것입니까? 정말 그렇게 생각하는 것은 아니겠지요?

귀하는 파리에서 열린 〈비너스 산Venusberg〉 연주를 아직도 멋진 곡으로 들을 수 있겠습니까? 그 연주는 내게 역겨운 때가 한두 번이 아니었습니다. 그러면 다른 예를 들어봅시다. 귀하는 어수룩한 처녀 에바에게 연정을 품고 있는 한스 작스Hans Sachs의 극적 감각, 면류관의 유태인 베크메서Beckmesser의 역할을 참아낼 수가 있습니까? 물론 노래가 삽입되기까지의 무언극은 과연 현란하고, 막이 오르기 전까지의 서곡 또한 장쾌하며, 특히 그 부분에서 엇갈려나오는 5중주곡은 정말 멋들어집니다. 바그너에게 주어진 일종의 능력과 재능, 언어예술 일반의 측면에서는 할 말이 없습니다. 그럼에도 불구하고 기교적 수단이나 뽐내는 듯한 태도, 자기예찬과 밀교사제密敎司祭와도 같은 신비스런 자기연출은 뭐라고 꼬집어 말할 수는 없지만 도저히 참을 수가 없습니다.

지극히 개인적인 종합작품이지만 어디서나 공연되는 이 작품이 도대체 무엇 때문에 민족의 창의성을 보여줄 뿐만 아니라 세계구원적인 작품이라고 찬양하는 것인지 신들만이 알 것입니다. 이는 뭔가 거창한 분위기로 나타납니다. 다시 말해 이는 바그너의 호언장담과 영원히 남을 만한 연설, 유일자唯一者의 열변이고자 하는 갈망, 함께 견해를 나누고자 하는 것이 아니라 그 위에 군림하려는 독단자의 태도에서 나타납니다. 히틀러야말로 바로 이런 독단적 품성의 전형적 인간인 것으로, 바그너에게는 이런 요소가 다분히 들어 있습니다. 귀하는 바그너의 이런 측면을 완전히 빠트렸습니다. 아니, 귀하가 이런 측면을 빠트렸던 것은 당연했습니다. 어떻게 귀하가 신앙과도 같은 그 작품을 히틀러와 연결시킬 수가 있었겠습니까! 바그너의 작품은 오랫동안이나 히틀러와 깊이 연관되어 있었습니다.

이제 와서 생각하면 형이상학적 환희의 조직물인 〈트리스탄Tristan〉 제2악장은 성의 본원적 원리와 결과를 알지 못하는 젊은이들에게 훨씬 더 많은 감동을 주는 어떤 것입니다. 이졸데의 노래 〈작고 연약한 조각배〉, 즉 두 연인 사이에 팽팽한 긴장감을 고조시키는 장면은 "여주인이시여, 당신께서 소망하는 것을 갈구하소서"라는 구절로 시작됩니다. 이 장면에서 주도적인 테마는 "그대는 알지 못해요 / 내가 갈구하는 것이 무엇인지"라는 이졸데의 노래입니다. 이 가사는 심금을 울려주는 표현력의 완전한 정수입니다. 그런데 여기서도 언어는 순수 문체상의 한계가 있는 서사적 토대를 통하여 유지되고 있습니다. 그럼에도 나는 더 이상 이 〈트리스탄〉을 참고 감상할 수 없을 것 같습니다.

〈로엔그린Lohengrin〉 또한 사정은 마찬가지입니다. 〈로엔그린〉의 서곡은 아마도 바그너가 쓴 작품들 가운데에서도 가장 경이로움으로 가득 찬 작품일 것입니다. 게다가 나는 로엔그린의 푸르스름한 회색빛 광채에 빠져 이 작품을 늘 마음속 깊이 사랑하고 있는데도 참을 수 없는 감정이 생깁니다. 나는 아직까지도 〈우울한 나날의 고독〉을 노래한 공주 엘자 역의 가수 귀여운 델리아Delia의 오랜 판 하나를 간직하고 있습니다. ―그녀는 최근에 유감스럽게도 남자가수 발터Walter와의 불화로 인하여 그와 예정된 가곡의 밤을 돌연 취소하였습니다. 그녀는 아주 여린 음의 트럼펫 취주에 맞추어 노래를 부르곤 했는데, 그 노래의 가사는 이러했습니다. "빛나는 병기의 광채를 뿌리며, 저기 한 기사가 다가오누나." 나는 이 곡을 들을 때면 언제나 18세의 청년기에 느꼈던 찬란한 황홀감에 사로잡히게 됩니다. 이런 것이 바로 낭만주의의 절정인 것입니다.

나는 귀하가 직접 무대를 설치한 〈로엔그린〉 공연을 진심으로 보고 싶습니다! 그런데 〈파르시팔Parsifal〉은 한 번도 연출한 적이 없으셨지요? 상당히 과소평가되고 있는 이 노년기의 작품은 실상은 가장 흥미로운 작품입니다. 이 작품에는 아주 훌륭한 음악이 삽입되어 있습니다. 3막 중에 나오는 변주곡이 그것입니다. 그리고 쿤드리Kundry라는 인물은 의심할 나위 없이 바그너의 가장 탁월한 문학적 성과입니다. 바그너는 그것을 알고 있었습니다.

프레토리오우스 씨, 이렇게 긴 편지를 나는 더 이상 쓰지 못할 것입니다. 나는 바그너와 함께 하는 자리라면 그 즉시 젊어지게 될 것입니다. 귀하가 제게 보내주신 책 덕분으로 흥취와 새로운 자극을 받게 되어 대단히 감사합니다.

아울러 볼프스케엘Wolfskehl에 대한 귀하의 아름답기 그지없는 추도문을 즉시 받아 감동스럽게 읽었습니다. 독특한 성품에도 불구하고 원만했던 고인故人이 귀하의 따뜻하고 애정 어린 추도문을 통하여 제게 생생히 살아 있게 되었습니다.

부디 평안하시고 세계의 어디에서나 좋은 결실을 맺으시길 기원합니다.

바그너와 히틀러

〈코먼센스〉지의 출간인에게

귀하가 〈히틀러와 리하르트 바그너〉라는 페터 피어에크Peter Viereck의 기사가 게재된 11월호 잡지를 보내주신 데 대해 나는 매우 감사해하고 있습니다. 귀하는 내가 바그너 예술의 공인된 숭배자로서 이 기사에 상당한 이의를 갖고 있고 틀림없이 이에 항변할 생각이 있을 것이라고 가정하고 있는 것 같습니다. 그러나 나는 귀하에게 실망을 드려야 하겠습니다. 전혀 그렇지 않습니다.

나는 피어에크 씨의 글을 거의 중단 없이 읽어보았고, 그 글을 대단히 훌륭한 업적으로 생각합니다. 내가 보기에는 이 까다롭고 고통스런 관계, 즉 논박의 여지가 없을 만큼 바그너 예술과 국가사회주의의 재앙 사이에 성립된 친밀성이 이곳 미국에서는 최초로 날카롭고 신랄한 분석의 대상이 되고 있는 것입니다. 이와 같은 분석은 많은 감상적 미국인들의 순박한 두뇌에 강한 충격을 줄 것이라고 생각합니다. 그것이 여러 선한 사고와 마음씨를 가진 독자들에게 가져올 당혹과 혼란, 실망감은 우선 인식 자체를 일깨우는 것과는 다른 어떤 것입니다. 그리고 이런 감정들은 진리의 참모습에 이바지하기 위해서라도 어쨌든 감수되어야 합니다.

귀하의 동료가 인기 있는 바그너 연주회에 참가하여 "히틀러의 독일과 바그너의 독일, 다시 말해 자유로운 예술의 독일인 동시에 종족의 인내심 및 민주주의의 독일을 보여주는 바그너의 독일 사이에는 엄연히 차이가 있소"라고 소개하는 사회자의 말을 들었을 때, 그에게서 참을 수 없이 터져 나오는 웃음을 나는 너무나 잘 이해할 수 있을 것 같습니다. 자유로운 예술—그것은 아직도 내 마음에 와닿습니다. 한때는 정말 자유로운 예술이 있었습니다. 한때는 고전적 휴머니즘으로 가득 찬 세계에서 분노 가득한 모순과 경멸의 웃음을 터트리며 불길에 휩싸인 채 당당히 승리의 행군을 감행했던 이 음악적·극적 대가의 열정과 지적 소산의 작품들이 있었습니다. 만일 당시에도 문화볼셰비스트Kultur-Bolschewist라는 말이 있었다면, 바그너는 분명히 그렇게 불렸을 것입니다. 그런데도 종족의 인내심, 민주주의라고요? 그 말은 정말 잘못된 표현인 것 같습니다.

니체는 그 무렵까지도 공개적으로 바그너와 절교한 일이 없었습니다. 게다가 니체는 자신을 바그너의 숭배자로 자처했습니다. 그는 "〈뉘른베르크의 명가수〉는 반문명적이고, 프랑스적인 것에 반反한 독일적 성격"이라고 기술한 바 있습니다. 그것은 당시만 해도 논란거리가 아니라 확증이었습니다. 그러나 이미 바그너의 독일적 성격을 거부하기 위한 순수 비판의식의 추이국면이 나타나고 있습니다. 〈명가수〉가 우리의 가련한 신사 히틀러의 애호를 받는 오페라로 지정되었다는 사실은 이 심상치 않은 동향과 더불어 한층 의미심장한 측면을 부각시켜 줍니다.

동일한 것을 두 사람[44]이 좋아하는데 그 중 한 사람이 저열한 인간이라면, 이런 경우 그것이 비판의 대상이 될까요? 우리는 니체가 〈명가수〉의 서막을 위해 헌정한 이를 데 없이 빼어난 산문을 읽을 수 있습니다. 우리는 《이 사람을 보라》에 기술된 〈트리스탄〉에 대한 그 유명한 페이지를 다시 읽을 수 있습니다. 최초의 바그너주의자 가운데 한 사람은 보들레르였습니다. 〈로엔그린〉의 작곡자 이외에 보들레르가 특별히 사랑했던 작가는 에드거 앨런 포였습니다. 독일적 상식으로 볼 때—독일적이라는 낱말이 도대체가 복잡한 심리적 결핍요소이기는 하지만—도무지 이해할 수 없을 만큼 낯선 이 연관관계는 바그너가 독일 예술의 거장이고 반문명적이었다는 것 외에도 그가 본질적으로 어떤 사람이고 무엇이었는가를 잘 보여주고 있습니다. 말하자면 바그너는 유럽에서 인상에 남을 만한 세련성의 예술가이자 모든 낭만적 유혹의 수액을 섭취하고 자라난 행복의 전달자 또는 축원자였습니다.

바그너는 고통을 참고 세파를 겪어온 영혼의 마술사였던바, 그의 예술작품이 세계적 영향력을 행사했던 것은 결코 우연이 아니었습니다. 그가 독일 상류계층에서 찬사를 받았던 것도 이런 이유에서였습니다. 그는 현대 서구세계에서 표현될 수 있는 가장 강렬한 극적 환상과 극적 연출을 창조해냈으며, 그는 신화를 교묘한 방식으로 재현할 만큼

44_ 문맥으로 보아 여기서 두 사람은 히틀러와 니체를 지칭하는 것으로 보인다.

영혼으로 충만한 감각 있는 연출가이기도 하였습니다. 바그너의 무한한 열광적 충동은 그가 속한 세기의 모든 감성적 요소들, 혁명적·민주주의적 요소들뿐만 아니라 민족주의적 요소들까지도 그의 영향체계 내에 완전히 연관시킨 바 있으며, 그것은 후대의 이탈리아 극작가 다눈치오D'Annunzio조차도 거의 모방할 수 없을 정도였습니다.

니체는 바그너의 거인적 재능이 결정화되어 있는 '이중시각 doppelte Optik'에 관하여, 동시에 가장 대담하고 가장 섬세한 것 모두를 얻으려는 그의 명예욕에 관하여 언급한 바 있습니다. 그에게는 모든 것이 성공적이었으나, 그 결과는 그를 숭배하던 일단의 애호가들이 다른 부류의 사회에서 느끼는 불쾌감으로 나타나고 있습니다. 바그너 예술의 모호한 이중의성二重意性으로 인하여 발생하는 지속적 결과가 바로 그것을 겨냥한 모든 비판의 고도화된 이중의성인 것입니다. 이중의성에는 언제나 간극적인 어떤 것, 열정적 아이러니의 어떤 요소가 포함되어 있습니다. 이중의성은 감동과 오해의 과정으로부터 결합되는 특성을 지니고 있습니다. 그것은 니체가 말하는 생철학적 사랑에 대해 상기시켜 주는데, 그는 "이중의성은 우리에게 회의를 불러일으키는 여성에 대한 사랑"이라고 규정하고 있습니다.

바그너의 성격은 이루 말할 수 없이 까다롭습니다. 그는 정신의 가장 깊은 곳으로부터 심리적 양심과 싸우는 성격의 소유자였습니다. 그렇지만 바로 이런 이유 때문에 그는 예술과 정신사에 있어서 가장 매혹적인 사건을 남긴 사람들 가운데 하나입니다. 그런데 나는 피어에크 씨의 그 탁월한 기사 내용을 읽고 무척 당황했습니다. 그의 기사를 보면 마치 내가 현상의 미혹迷惑에 무감한 채 지극히 단면적인 입장을 내세워 "바그너는 히틀러의 나쁜 독일과 대립되는 선한 독일의 명백한 대변자"라는 식의 주장[45]이라도 한 것처럼 잘못된 인상을 조장하고 있습니다. 그는 내가 바그너의 예술 및 철학에 대해 언급한 강연문을 인용하고 있습니다. ─그의 인용이 옳은지 그렇지 않은지는 거론하지 않겠습니다. 나는 그 강연에서 "바그너의 예술 저작들이 놀랄 만큼 통찰력 있는 글들이기는 하지만, 자신을 뽐내려는 듯한 과시적 거동이 들어 있어서 에세이 본연의 위대한 문체라고는 할 수 없다"고 말한 바 있습니다. 나는 당시에 바그너의 저작들에 각인되어 있는 독일어의 특성, 즉 순수 산문으로만 받아들여 무엇보다 내용을 배제한다면 의심할 바 없는 국가사회주의적 성격이 강하게 드러나는 독일어에 대하여 서글픈 마음을 누를 길이 없어서 함구했던 것입니다.

암스테르담이나 파리에 있는 단체들이 바그너의 사후 50주년을 맞이하여 내게 요청했던 축사가 문제였습니다. 그러나 피어에크 씨는 무엇인가 잊고 있든가 아니면 잘못 알고 있습니다. 나의 결정적 망명 동기가 되었던, 더 솔직히 말해 독일로 귀향할 수 없도록 만들었던 바그너 사후 50주년 축사는 정확히 1933년에 있었다는 사실입니다. 더욱이 그 무렵에는 바그너에 대한 열정이 나치스가 맹목적 광란으로 바꾸

45_ 토마스 만은 몇 년 뒤 그의 연설문 〈독일과 독일인Deutschland und die Deutschen〉에서도 이와는 거의 반대되는 취지의 연설을 행한 바 있다. 즉 "독일 출생의 정신적 인물에게는 악한 독일, 죄지은 독일을 거부하고 '나는 선한 독일, 고귀한 독일, 백의를 입은 정의로운 독일이요 [···]'라고 선언하는 것은 도저히 불가능합니다."

어 놓은 서글픈 분위기로 인하여 침체되어 있었습니다. 이 나치스라는 야수의 본능에는 폭발 일보직전의 분노의 감정이 섞여 있었습니다. 그러나 미묘하게도 이런 것은 바그너를 이야기할 때면 언제나 필연적으로 남아 있는 어떤 것입니다.

바그너에 대한 피어에크 씨의 일방적 성격평가는 안타깝게도 이런 미묘한 색조의 명암을 제대로 살려내지 못하고 있는 것이 아닐까요? 결국은 내가 지극히 천부적이고 숭배할 만한 가치가 있는 이 예술에서 사랑의 미묘한 색조, 열광적 개인체험의 색조에 대해 말하고 있는 것일까요? 바그너는 알 수 없는 놀라움에 사로잡혀 자신의 작품을 "기적의 작품"이라고 칭한 바 있습니다. 이는 물론 종국적으로 예술에 대해 올바른 표현입니다. 비록 우리가 예술의 절대적 경지에 대해 논하거나 언급할 수 없겠지만, 어떤 표현도 이렇게 대담한 선언에 비교할 만한 것은 없을 것입니다. 예술작품의 역사에서 어떤 것도 이보다 더 적절한 표현은 없을 것입니다.

어쩌면 우리는 다른 소중하고 없어서는 안 될 문화 및 영혼의 산물, 예를 들어 《햄릿》이나 《이피게니에》, 베토벤 제9교향곡을 언급한 '기적의 작품'으로 표현해 보려는 마음의 자세조차 없었는지 모릅니다. 그러나 〈트리스탄〉의 총보總譜는 〈명가수〉와는 거의 이해할 수 없고 성가신 이웃입니다. 이 두 작품을 〈니벨룽겐의 반지〉의 섬세하고도 거대한 사상을 완성하기 위한 가벼운 기분전환으로 파악하는 한, 이 〈니벨룽겐의 반지〉는 실로 기적의 작품입니다. 그것은 재능과 천재성의 분출에서 생겨난 작품이며, 동시에 영혼으로 가득 차 있는 만큼이나 세련된 재치에 도취해 있는 마술사의 진지하고 긴박감 넘치는 작품입니다.

〈니벨룽겐〉은 누구나 항상 인정해야만 하듯이 완전히 일회적인 작품입니다만, 반면에 정신적으로는 대단히 비판받을 소지가 많은 작품입니다. 특히 문학성과 음악성의 결합이 그러한데, 여기서 두 상이한 성질들은 필연적으로 자체의 순수성을 얼마간 상실하고 크든 작든 보통 때와는 다른 어떤 것으로 변하게 됩니다. 바그너는 시인으로서의 음악가이자 음악가로서의 시인이었습니다. 그의 문학과의 관계는 물론 음악가로서 맺어진 관계였으므로, 그의 언어는 음악을 통하여 원시 상태로 돌아가야 했고, 음악 없는 극이란 얼치기 문학에 불과했습니다. 그의 음악과의 관계는 순수 음악적인 것이 아니라 음악의 정신성과 상징성, 음악의 의미유발과 이에 상응하는 관련마법Beziehungszauber 이 이 관계를 전적으로 결정지을 만큼 문학적이었습니다. 절대적 위대성으로 상승하는 연금술적 재능으로부터 이 작품이 탄생하게 되었던 것입니다.

〈니벨룽겐의 반지〉는 자기 방식으로 존재하는 예술창조물로서, 마치 모든 현대성을 탈피하고 있는 것처럼 보이면서도 세련성이나 의식 또는 예술수단의 원숙함이라는 면에서는 극단적이리만큼 현대적인 작품입니다. 말하자면 열정과 낭만적·혁명적 의지에 따라 원초적입니다. 그러므로 이 작품은 음악과 예지적叡智的 천성과 더불어 자라난 일종의 세계시世界詩입니다. 이 세계시에는 현존재의 근원요소들이 웅성거리고 있으며, 밤과 낮이 서로가 친숙한 대화를 나눕니다. 인간의 신비로운 기본유형들, 이를테면 밝은 빛과 금발머리의 즐거운 인간정서, 증오와 공포, 격분의 감정이 서로 만나고 있습니다. 이런 섬뜩한 분위기가 서사적 급진주의인 것으로, 나는 이와 같은 열정을 도저히 잊을 수가 없습니다. 이 〈태초〉의 급진주의, 모든 사물의 근원과 원초세포에로의 회귀, 서막序幕만이 지닌 무의식 상태에로의 회귀, 음악적 천지개벽, 즉 음악적 우주를 창조하고 여기에 심오한 생명력을 부어넣으려는 광기 — 이런 것들이 태초의 세계와 종말을 노래하는 직관의 시인 것입니다.

사람들은 종종 문학성과 음악성의 결합을 터무니없고 순수하지 못하다고들 말합니다. 나 역시 이런 면을 부인하는 것은 아닙니다. 하지만 경우에 따라서는 모든 가능성이 허용되어도 좋을 때가 있으며, 또한 모종의 초월적 힘이란 언제나 잠재되어 있게 마련입니다. 문학적 사물세계와 음악의 평행성은 서사의 탄생과 아울러 음악의 탄생을 가능하게 합니다. 음악의 신화는 세계신화와 긴밀하게 연관되어 있으며, 거기에서 나타나는 신비철학과 창조적 운율은 우리의 감각을 형성하는 근원이 되고 있습니다. 요컨대 음악적 전개는 도도히 흐르는 라인강 심부의 내림 마장조 3화음을 기조로 하여 풍요롭게 조직된 상징세계를 만들어 내고 있습니다.

이제 문제가 되는 것은 섬뜩하면서도 전형적인 독일작품에 관해서입니다. 다시 말해 피어에크 씨가 발견한 관련사항들, 우리를 불안하게 만드는 하나의 확증에 관해서 말입니다. 근본적으로 이와 같은 확증은 오늘날 우리에게 만연되어 있음에 틀림없는 모든 것의 불신에 대한 공감에서 비롯되고 있습니다. 그럼에도 분명한 것은 오로지 독일 정신으로부터만 이런 작품이 나올 수 있었다는 사실입니다. 확언할 수는 없지만 여기에는 유태인의 피가 한몫을 하리라 생각합니다. 이 예술이 지닌 모종의 특성, 감각성과 이지성이 이런 면모를 말해줍니다. 그러나 이 예술은 무엇보다 지극히 독일적입니다. 그것은 다른 국가들의 경우에는 사회소설이라는 문학적 형상에서 주도적으로 나타나는 19세기의 기념비적 예술에 독일적 특징으로 기여하고 있습니다.

디킨즈, 태커래이Thackeray, 톨스토이, 도스토옙스키, 발작, 졸라— 도덕적 위대성을 추구하는 성향에서 이루어진 이들의 기념비적 소설 작품들은 유럽의 19세기, 즉 문학적·사회비판적 또는 사회적 세계를 대표합니다. 반면에 독일적 예술, 이 위대한 독일적 현상형식은 사회적인 것에 전혀 아는 바가 없으며, 이에 대해 알고자 하지도 않습니다. 왜냐하면 사회적인 것은 음악적이지 못하고, 예술적 능력과도 거리가 멀기 때문입니다. 오로지 신비와 순수가 깃들어 있는 인간성, 자연과 심성心性의 비역사적·무시간적 근원시Urpoesie만이 예술적 능력인 것입니다. 그것이 독일정신을 이루게 될 모태이기도 합니다. 그것이 본능이며, 모든 의식적 결단보다 훨씬 앞서 있습니다. 〈니벨룽겐의 반지〉는 에밀 졸라의 대작 《루공 마카르Rougon-Macquart》 총서의 상징적 자연주의와 모든 시대심리적 성향을 공유하고 있습니다. 그러나 본질적·전형적 국가의 차이는 프랑스 작품의 사회정신Gesellschaftsgeist과 독일 작품의 신비적·근원시적 정신입니다.

예전부터 제기된 '무엇이 독일정신인가' 하는 까다로운 물음은 이와 같은 차이점을 명백히 함으로써 가장 설득력 있는 대답을 얻을 수 있을 것 같습니다. 독일정신은 사회적·정치적 측면에서는 본질적으로 무관심합니다. 독일인들의 가장 깊은 곳에는 사회적·정치적 영역을 꺼려하는 마음이 있습니다. 물론 정신적 행위가 이 사실을 단순히 부정적으로 평가해서는 안 될 것입니다만, 그러나 바로 여기에 일종의 진공상태, 사회적·정치적 미성숙과 오류, 결핍이 문제시되는 것입니다. 그리고 우리의 시대처럼 사회 및 정치 분야가 결정적인 역할을 하는 시대에서 그토록 종종 생산적이기도 했던 이 결핍요소는 안타깝게도 저주에 가득 찬, 실로 거대한 파국의 성격을 받아들이고 있는 실정입니다. 시대적 문제들과 직면하여 해결의 실마리를 찾으려는 노력이 이런 결핍의 인식으로부터 나타나고는 있지만, 그것은 악의에 찬 회피의 태도이거나 사회현실을 빙자한 신비적 대용물의 인상을 짙게 드리우고 있습니다. 그러나 무엇보다 우리는 저 국가사회주의와 대면해 있는 것입니다.

국가사회주의는 이렇게 말합니다. "나는 결코 사회성을 원치 않고 민족동화民族童話를 원한다." 이렇게 국가사회주의가 지극히 부드럽고 정신적인 형태를 갖추고 있는 것도 사실입니다. 그럼에도 그것은 실제로는 추악한 야만성의 발로인데, 왜냐하면 동화가 정치 분야에서는 거짓으로 변질되기 때문입니다. 이루 형용할 수 없는 경험적 비속함에 비추어 국가사회주의는 독일정신의 신비로운 정치적 이질성에서 비롯된 비극적 결과입니다. ─ 귀하는 나의 견해가 피어에크 씨보다는 조금 더 진전되어 있음을 보고 있습니다. 나는 바그너의 의심스런 '문학'에서만 나치스의 요소를 발견하는 것은 아닙니다. 나는 그의 '음악'에서도, 그리고 고상한 의미에서 사용하고 있지만 그의 의심스런 '예술작품'에서도 마찬가지로 나치스의 요소를 발견합니다. 이 관련 세계에서 흘러나오는 어떤 지리멸렬한 음향이 우연히도 내 귓가에 들려올 때면, 나는 오늘날까지도 전율에 몸을 떨게 됩니다. 이런 음향에 귀를 기울일 정도로 그렇게 그것을 사랑했었다는 사실이 의아할 지경입니다.

바그너 작품의 이런 음향이 자아내는 열광, 그토록 자주 우리를 사로잡는 장엄함, 즉 가장 위대한 자연이나 저녁놀 속에 우뚝 솟아오른 산정, 불타오르는 바다가 우리들 마음속에서 불러일으키는 오직 그런 감정들하고만 비교될 수 있었던 장엄함은 이 작품이 르네상스 이래로 지배적이었던 문명에 대해 대립될 뿐만 아니라, 전체 문화와 교양에 대해서도 반대 입장을 취하며, 또한 그런 이념을 바탕으로 창작되었다는 것을 명백히 보여줍니다. 히틀러주의와 마찬가지로 이 작품은 시민적·휴머니즘적 시대를 완강히 뿌리치고 나왔습니다. 더욱이 잊어서는 안 될 사실이 이 작품은 각운법과 두운법, 고대성과 미래성의 혼합, 계급 없는 민중성의 호소, 신비적·반동적 혁명성을 내포한 변칙적 정치운동의 엄밀한 정신적 전형식前形式이라는 점입니다. 이런 요소가 오늘날 세계를 경악에 몰아넣고 있는바, 유럽에 실제적 사회질서가 새롭게 나타나는 것이 당연하다면, 이는 전적으로 철폐되어야 할 것입니다.

우리는 결코 현혹되어서는 안 됩니다. 국가사회주의는 반드시 패배해야 하며, 그것은 오늘날 유감스럽게도 독일이 패해야 한다는 실제적 의미이기도 합니다. 그러나 이는 아주 결정적인 의미에서 정신적이기도 합니다. 왜냐하면 하나의 독일만이 존재할 뿐이고 두 개의 독일, 즉 선하고 악한 독일이란 있을 수 없기 때문입니다. 모든 참담한 현실에서 볼 때 히틀러의 출현은 결코 우연이 아닙니다. 만일 공황이나 실직, 자본주의적 투기와 정략에서 찾을 수 있는 것보다 더욱 깊이 뿌리를 내린 심리적 선행조건이 없었더라면, 히틀러와 같은 존재는 가능할 수 없게 되었을 것입니다.

그렇다고 언제나 민중들이 그런 얼굴을 드러내는 것은 아닙니다. 민중들의 영속적 특성도 시간과 상황에 따라 예외적인 면모를 보입니다. 독일은 오늘날 공포의 얼굴을 드러내 보이고 있습니다. 그것은 세계의 고통입니다. 왜냐하면 독일이 나쁜 까닭이 아니라 선한 면도 있기 때문입니다. 이는 앵글로색슨의 유머에서도 충분히 알려져 있는 하나의 사실입니다. 그들의 저명한 비평가 해롤드 니콜슨Harold Nicolson의 유머러스한 표현은 이 점을 확증해 주고 있습니다. "독일인의 성격은 가장 훌륭한 인간품성의 하나이지만, 그것을 계발해나가기에는 가장 불편한 것 가운데 하나란 말이오!"

독일은 패배해야만 합니다. 독일은 수백 년 내려온 전통기반의 모든 내재적 요소조차도 재정비하지 않으면 안 됩니다. 그럴 때에만 독일은 유럽적 연합, 유럽에 성숙해 있는 국가사회에 적응할 수 있습니다. 현대 국가사회는 모든 민족에게 군주국가의 성격과 국가적 이기심을 버리도록 요구할 것입니다. 이 전쟁은 결국 독일을 은혜롭게 하는 결과로 이끌고 있습니다. ―당분간은 독일이 이것을 깨달으리라는 것이 무리한 요구이겠습니다만. 독일은 이 전쟁으로 말미암아 어떤 다른 민족에게서도 볼 수 없는 지리멸렬 상태의 강권정치적 재앙으로부터 해방된 새로운 국면을 맞이하게 될 것입니다. 이는 해방된 유럽, 탈정치화된 유럽을 위한 새로운 국면을 의미합니다.

독일은 이런 유럽적 분위기 속에서만 위대하고 행복할 수 있습니다. 그도 그럴 것이 이런 분위기 속에서만 독일의 예술작품들은 정치적 결백성을 돌려받고 이에 대한 열광이라는 것도 선한 양심의 발로임을 확인받을 수 있으며, 그럼으로써 유럽의 분위기는 더 이상 비탄에 빠지는 일이 없게 될 것이기 때문입니다. 독일은 위대하고 훌륭하지만, 그러나 독일은 '반문명적'입니다.

바그너의 예술

　　나의 예술에 대한 기쁨과 예술인식이 바그너 덕분이라는 사실을 조금도 잊을 수가 없다. 설령 내가 바그너와 정신적으로 아주 멀리 있다 해도 그러하다. 나는 이 교향악극 이론가에게서 산문적·서사적·심리적 기질을 물려받았다. 그의 문학적 영향은 위대한 시인 클로프슈토크Klopfstock의 영향과 마찬가지로 개인적 영역을 초월해 있었고, 그의 산문양식은 나의 사랑에도 불구하고 어떤 직접적이고 거인적인 것을 배울 수 없다는 당혹감을 끊임없이 불러일으켰다. 그러나 예술은 바로 이런 이유 때문에 모든 면에서 동일한 현상형식일 따름이다.

　　바그너는 모든 예술방식에 대해 교훈적이고 풍부한 영향을 끼칠 수 있을 정도로 종합예술의 대가였다. 더욱이 나와 바그너의 긴밀하고 친숙한 관계를 성립시켜 주는 것은 내가 그에게서 극예술에 못지않은 위대한 서사문학가의 모습을 남모르게 발견하고 그것을 사랑하고 있었던 특수한 사정이었다. 예컨대 주제부主題部를 이루는 동기, 자기인용, 상징적 표현형식, 포괄적 지평을 넘나드는 언어사용과 의미심장한 반추관계, 이런 것들은 내가 느끼기에 서사적 표현수단으로서 그 자체가 나를 사로잡고 있었다. 나는 일찍이 이 세상의 어느 것도 바그너의 작품만큼 그렇게 강렬하게 나의 예술충동을 자극했던 것은 없었노라고 고백한 바 있었다. 바그너의 작품은 언제나 새롭게, 적어도 은은하고 조용한 분위기 속에서 이런 계기를 부여할 수 있었던 사랑의 동경으로 나를 채워주었다. 실제로 나의 소설《부덴브로크 일가》, 이 서사적이며 주도동기에 의하여 연관되고 면밀하게 구성된 세대소설에서 〈니벨룽겐의 반지〉에 나타난 정신의 입김을 감지하기란 어려운 일이 아니다.

오랫동안 바이로이트의 거장 바그너의 명성은 나의 모든 예술적 사유와 행위 위에 우뚝 서 있었다. 오랫동안 나에게는 모든 예술적 견해와 소망이 이 전능한 이름으로 귀결되는 것 같았다. 그러나 바그너에 대한 나의 고백은 바그너의 신뢰성을 의미하는 것은 결코 아니었다. 이와 같은 나의 태도는 뮌헨 궁정극장에서 열렸던 〈트리스탄〉 공연을 빠짐없이 관람했을 때에도 변함이 없었다. 그는 정신과 성격에 있어서는 의심스러워 보였다. 그가 귀족과 맺고 있는 관계나 영향의 순수성 내지 건전함이라는 면에서는 비록 애매모호한 점이 많았지만, 예술가로서만큼은 도저히 반박할 수 없는 것처럼 보였다. 내 청년기의 바그너에 대한 열광은 위대한 시인이나 작가들에게 바쳤던 저 신뢰에 찬 헌신적 태도와는 결코 같은 성격이 아니었다. 바그너는 이들 시인이나 작가들 가운데 몇몇 인물을 '비속한 문학가'라고 거의 측은히 여길 정도였다.

바그너에 대한 나의 사랑은 맹목적이었다. 그럴 것이 믿음 없이는 사랑할 수도 없다는 것이 내게는 언제나 옹졸하게 여겨졌기 때문이다. 그것은 하나의 내밀한 관계, 다시 말해 회의적이고 염세적이며 명료하면서도 불쾌감이 감도는, 이와 동시에 철저히 정열적이고 말로는 이루 형용할 수 없는 삶의 매혹이었다. 극중에서 발생하는 깊이 있고 고독한 행복감의 경이로운 순간들, 짜릿한 흥분과 차가운 지성의 환희로 가득 찬 채, 감동적이고 위대한 의미충만성을 환히 들여다보는 공포와 축복의 교차적 순간들, ─ 이 고도의 초월될 수 없는 예술만이 이런 순간들을 허락하지 않겠는가!

그럼에도 불구하고 나는 예전처럼 예술작품의 지고한 경지가 그 작품의 빼어난 영향수단에 있다고는 오늘날 더 이상 믿지 않는다. 그리고 나는 독일 정신의 하늘에 높이 떠 있던 바그너의 별이 점차 하강하고 있다는 사실에 대해 확인해 보고자 한다.

나는 바그너의 이론을 말하려는 것이 아니다. 만일 그의 악극이론이 완전히 이차적인 어떤 것이 아니고 또한 그의 재능을 빛내는 데 부수적이며 불필요한 것이 아니라면, 의심할 여지없이 그의 작품도 그의 이론처럼 오래가지 못하게 되었을 것이다. 극장에 앉아 있을 때 그의 작품이 그의 이론을 증명하는 것처럼 보일지는 모르지만, 그의 작품은 결국 작품 그 자체만을 드러내고 있기 때문에 작품을 접하지 않고서는 단 한 순간만이라도 그의 이론을 진지하게 눈여겨볼 사람은 없을 것이다. 그럴진대 과연 어느 누가 일찍이 그의 이론을 진지하게 믿었겠는가? 어느 누가 예술적 동경을 완전히 충족시키기 위해 바그너가 편견

없이 받아들였던 미술과 음악, 언어와 행위의 결합을 믿었겠는가? 그리고 어느 누가 〈지그프리트Siegfried〉에 이어서 〈타소Tasso〉가 성립된 장르들의 위계질서를 믿었겠는가? 도대체 바그너의 예술이론서는 읽혀지기라도 하는 것인가? 도대체 저작자 바그너에 대한 관심의 결여는 근본적으로 무엇 때문인가? 결국 그의 저작들이 당파적인 것이요, 예술가의 고백서가 아니라는 근거는 어디에서 연유하는 것인가? 바그너의 저작들이 고통을 감내하는 위대한 삶의 소산인 그의 작품에 큰 흠집을 만들고 오해로 이끌기라도 한다는 말인가? 사람들은 이런 유감스러움을 그대로 받아들이고 있음에 틀림없다. 그들은 바그너의 저작으로부터 바그너에 대하여 많은 것을 배우지 못하는 것이 사실이다.

아니, 나는 오늘날 부르주아 대중에게서 인기의 절정에 도달한 그의 강렬한 작품에 대하여, 기호嗜好로서의 예술에 대하여, 문체와 세계감각으로서의 예술에 대하여 언급하고 있다. 실제로 관람석 끝줄에 있는 젊은이들의 열광하는 소리를 통하여 혼란을 일으키는 일은 없을 듯하다. 실상 바그너에 대한 조용한 불신, 정확히 말해 바그너에 대한 무관심이 있는 것이 사실이다. 실제로 가장 활발한 청년층에서 오늘날 많은 바그너 비판과 본능적인 거부감이 자리잡고 있다. 이들에게 과연 바그너의 예술은 지나간 것일까?

바그너는 철두철미 19세기의 인물이다. 그는 진정 사람들의 기억 속에 위대하면서도 불운한 것으로 살아 있게 될 지난 세기의 대표적 독일 예술가인 것이다. 반면에 20세기를 대표하는 걸작을 생각해 본다면, 나에게는 웬일인지 바그너의 작품과는 본질적으로 다른 어떤 것이 떠오른다. 그것은 어쩌면 뭔가 장점을 부각시킬 수도 있는데, 이를테면 이제까지는 볼 수 없던 논리적이고 형식적이며 명쾌한 어떤 것, 동시에 바그너의 작품보다는 훨씬 더 예술의지의 긴장이 강하게 나타나면서도 냉담하고, 보다 품위 있고 정신의 건강함을 지키려는 그 어떤 것, 요컨대 바로크풍의 거대함 속에서 작품의 위대함을 찾는 것도 아니요, 작품의 아름다움을 도취 속에서 찾지도 않는 그 어떤 것이다. 내 생각에 새로운 고전적 경향이 도래하고 있음에 틀림없다.

그럼에도 뜻밖에 어떤 음향, 바그너의 작품에서 우러나오는 매혹적인 선율이 문득 내 귓가에 와 닿을 때면, 언제나 나는 기쁨에 가득 차 어찌할 바를 모른다. 일종의 향수와 청춘의 고통이 나를 뒤덮는 것이다. 그것은 예전처럼 나를 다시 찾아와 바그너라는 재기 넘치고 감성적이며 사람의 마음을 뒤흔드는 마법사 앞에 나의 정신을 굴복시킨다.

오늘날 바그너의 위치

나는 귀하가 문학적으로도 시도해 보고자 하는 〈로엔그린Lohengrin〉의 새로운 연출 소식을 관심 있게 전해 들었습니다. 귀하는 내가 서적이나 짧은 글들을 통하여 바그너에 관해 언급했고 또한 비판했던 여러 가지 사항을 다시금 상기시켜 줍니다. 그러나 내가 말하고자 하는 것은 그런 경우에 독일정신의 하늘에 높이 떠 있는 바그너의 별이 하강하고 있다는 상황비판적 증명들이 잘못된 것이라는 것을 지적하고 싶습니다. —세인들은 심지어 바그너의 별이 지평 아래로 완전히 사라져버렸다고 말할 수 있을지도 모르겠습니다.

내용을 제대로 알지 못하는 데서 기인된 천재예술가의 종말은 가장 깊은 내 영혼의 아픔이었습니다. 그런데 내가 가장 알차고 교육적이며, 가장 결정적인 청년기의 체험을 부인함으로써 내 자신의 판단을 전면에 내세우려는 욕구가 조금이라도 마음에 잔재해 있다면, 이는 스스로가 경멸스러운 일입니다. 나는 바그너의 도시 바이로이트가 오늘날 독일정신과 그 미래에 대한 관심보다는 샌프란시스코에서 온 그 신사의 일로 더욱 들떠 있다는 것을 잘 알고 있습니다. 그러나 이런 분위기는 바그너가 예술잠재력이라는 면에서 거의 전례 없는 어떤 존재이고, 아마도 모든 예술사에 있어서 가장 훌륭한 재능을 지닌 인물이었다는 사실과는 전혀 무관합니다. 그렇다면 이와 같은 위대성과 세련성, 감성과 고상한 타락, 대중성과 마술의 결합은 어디에서 유래하는 것일까요? 바그너는 세계지배의 예술적 전형으로 남아 있습니다. 유럽은 비스마르크의 국가정책에 굴복하였듯이 바그너의 예술적 능력에 굴복하였습니다. 그들은 서로가 잘 알지 못하지만, 독일정신의 낭만적 지배권을 거머쥐고 있습니다.

우리가 괴테에 대해 논할 때면 인간적·도덕적·시적인 것에 대해 말하고 싶어 합니다. 바그너의 〈니벨룽겐의 반지Ring der Nibelungen〉는 분명히 예술작품의 정수입니다. 괴테와는 달리 바그너는 완전히 예술작품만을 위해 태어난 인간이고, 철두철미한 힘의 인간이자 현세적 인간, 성취의 인간이며, 이런 의미로 정치적 인간이기도 합니다. 그의 작품에 나타나는 삶의 완전성, 완결성과 충족성에도 불구하고 이런 인간은 삶 자체를 완벽하게 살지는 못하는 것 같습니다. 그가 완벽하게 살기 위해서는 정치적 세계작품과 더불어 비밀스런 진실의 일기를 써나갔더라면 좋았을 것입니다. —나의 말이 이해에 도움이 될지는 잘 모르겠습니다. 그는 깊은 비밀을 마음에 간직함이 없이 행동하는 인간이었습니다. 그의 자서전은 전무합니다. 사람들은 흔히 이렇게 말할지도 모르겠습니다. 즉 그의 작품, 그의 삶이 남김없이 스며들어 있는 이 생동하는 작품은 영원할지라도, 그의 삶은 그렇지 못하다.

어느 누구도 바그너만큼 우리가 지닌 작품을 향한 본능의 정곡을 제대로 찌른 사람은 없습니다. 우리의 인간적 · 시적 영향의 일부는 괴테에게 돌아갑니다. 나로서는 최초관계라는 면에서 바그너에게 이루 말할 수 없이 큰 빚을 지고 있고, 나의 작가 초년시절부터 지금까지 바그너 체험의 흔적은 어디에나 분명히 드러나 있음을 조금도 의심치 않습니다. 나는 그의 작품 〈로엔그린〉을 일찍부터 알고 있었습니다. 나는 그것을 수없이 감상했고, 그 작품의 언어와 음향에 대해 아직까지도 거의 기억하고 있을 정도입니다. 〈로엔그린〉의 제1막은 드라마 경제학과 극적 작용의 독특한 하나의 현상입니다. 서막은 절대적 마술의 경지, 낭만주의의 절정을 보여줍니다.

나는 한때 뮌헨 궁정극장에서 열리던 〈트리스탄〉 공연을 빠짐없이 관람한 적이 있었습니다. 〈트리스탄〉은 바그너의 작품 가운데서도 가장 극적이며 위험이 도사린 작품으로, 성적性的인 것에 예민한 젊은 세대들에게는 감성적 · 초감성적 열정과 관능의 최면상태로 유혹하는 그런 작품입니다. 니체는 〈뉘른베르크의 명가수Meistersinger von Nürnberg〉에 대해 심리적으로 가장 현혹하는 점을 지적한 바 있습니다. 나는 이 자리에서 니체가 행한 그 작품의 서막에 대한 놀라운 분석을 논하려는 것이 아닙니다. 나는 다만 작품 일반에 대해 간단한 소견과 정신적 위치를 생각하고 있습니다. 니체는 "〈명가수〉가 문명비판이며, 프랑스적인 것에 대한 독일적 비판"이라고 쓰고 있습니다. 여기서 문명개념이나 독일성에 대한 언급은 내가 이미 제1차 세계대전 와중에 나의 저서 《비정치인의 고찰Betrachtunen eines Unpolitischen》에서 포괄적으로 다룬 바 있습니다. 그러나 니체의 문화심리적 확증에 첨가되어야 할 사항은

<명가수>가 위대하고 모든 면에서 인정할 만한 독일적 승리이자 완벽한 반문명적 독일성의 승리였으며, 그것은 어떤 상황에서도 역사적으로 남아 있을 것이라는 점입니다.

오늘날 나의 관심은 이상하게도 바그너가 고대의 극을 각색한 작품 <파르시팔Parsifal>에 집중되어 있습니다. 그 이유는 아마도 내가 이 작품을 가장 뒤늦게 알게 되었고, 또한 아직까지도 그 작품의 깊이를 헤아리지 못하기 때문이라고 생각합니다. 이런 것이 <트리스탄>을 비롯하여 그의 모든 문체에 기계적으로 동화되어 있음에도 새롭게 호기심을 갖게 하는 그의 작품들의 극단성인 것으로, 우리에게 주어진 영혼과 문체의 적응능력은 결국 바그너에게 익숙해져 있는 것보다 더 높은 수준을 요구합니다. 나는 언제나 다시 맞이하는 불안과 호기심, 마법에 매료되어 소리로 가득 찬 그의 작품에 귀를 기울입니다.

문학과 예술의 지평

나 자신에
관하여

제 **3** 부

나 자신에 관하여On Myself [46]

나 자신의 일, 작가인 나 자신에 관하여 오늘 여러분에게 나는 뭔가 이야기하도록 되어 있습니다. 내가 서술자 또는 서사작가로서 과제를 장중한 말로 다룰지라도 여러분은 놀라실 필요가 없습니다. 다시 말해 "알에서부터 시작하는 것ab ovo"을 즐기고 모든 사물의 단초를 캐묻는 것을 고집하여 과거지사를 상술하는 뮤즈의 제자로서 이야기를 진행할지라도 여러분은 놀라실 필요가 없습니다. 나의 예술가로서의 형성과정, 나의 예술성의 역사에 관하여 질문을 받을 때면, 나는 예술가로서의 뿌리, 첫 싹과 자극들을 떠올려봅니다. 그리고 나는 그것을 나의 유년기의 놀이에서 발견합니다.

이렇게 말하니 여러분이 이상하게 생각하고 의구심마저 생길지도 모르겠습니다. 여러분은 아마도 어린아이의 놀이가 뭐 그리 특별한가 하고 반문할 것입니다. 그렇습니다. 어떤 아이든지 놀이를 즐기는데,

---

46_ 본문은 프린스턴 대학생들에게 강의한 내용을 모아 1940년에 발표한 글이다. 따라서 본서 제1부의 〈프린스턴 대학생을 위한 마법의 산 입문〉과 일부 같은 내용이 있으나, 토마스 만의 글을 인용하는 학생들이나 연구자들을 위하여 중복되는 부분 역시 그대로 옮겨놓았다.

그것이 예술의 서막이거나 준비를 의미할 필요는 없습니다. 대부분의 경우 유아기의 장난기는 육체의 성숙과정을 통하여 사라집니다. 모종의 불명료한 진지성이 우세해지면, 인간은 곧 고루한 어른이 되는 것입니다.

하지만 다른 몇몇 경우에는 성숙한 삶이 유아기적인 것을 유지하기도 합니다. —이는 정신적으로나 도덕적으로 유아단계에 머무는 이른바 유치증幼稚症 같은 병리적 형태와는 상관없습니다. 그보다는 성인이 되도록 유지된 유년기의 성격, 유희충동이 정신적 성숙, 나아가 인간의 가장 높은 충동인 진리와 선의 추구, 완성을 향한 열망과 연결됩니다. 유희충동은 우리가 예술 및 예술성이라는 이름으로 존경하는 것으로 발전합니다. 짧게 말해 유아기적인 것, 놀이가 품위Würde로 변하는 것입니다. 그럼에도 지나치게 시민적 품위로 가득 차 있거나 장엄한 태도를 취하는 것은 예술가에게 어울리지 않습니다. 왜냐하면 예술가적 본질의 근저에는 어린 시절의 유아적 놀이본능, 본래 재능이라고 불리는 것이 들어 있기 때문입니다. 예술가가 재능이 없다면 높은 정신력과 도덕성을 갖추었어도 예술가라고 불리기 어려울 것입니다.

위대한 배우의 경우를 보십시오. 그에게는 아마도 예술의 원초적 뿌리가 가장 잘 드러나 있을 것입니다. 배우는 여기서 희극적 원숭이 같은 모사와 흉내의 기본본능, 현시적으로 자신의 육체적 특성을 이용하는 요술Gauklertum을 대변합니다. 나는 지금 뿌리를 말하고 있습니다. 왜냐하면 보다 훌륭하고 운이 좋은 경우 이 요술은 정신적인 것, 인간적으로 의미 있는 많은 것을 이끌어내며, 예술적 창조의 영역으로 성장하여 인격의 현상, 최고의 예술체험으로 변하기 때문입니다. 그러나 이 승화의 과정은 이른바 재능, 배우 기질이라는 희극적 본능의 핵심이 없으면 불가능하며, 무대에서 이런 본능은 어떤 지성, 어떤 문학에 대한 사랑과 정신적 명예욕으로도 대치될 수 없습니다.

이왕에 연극에 관하여 우리가 이야기하고 있으니, 여러분은 종교적 신비극과 중세 소설에서 유래하는 드라마의 기원을 상기해 보십시오. 세익스피어가 최고의 경지로 끌어올린 드라마는 행위가 풍부한 모험소설을 무대에서 직접 연기하도록 각색함으로써 생겨나게 되었다고 합니다. 먼저 이야기로 쓰인 행위를 소설 인물들의 가면을 쓰고 그들과 동일화된 실제의 말하는 배우를 통하여 눈에 보이고 귀에 들리도록 했던 것입니다. 이는 옛 신비극의 구체화, 이를 위한 세속으로부터의 소재공급Stoffzufuhr을 의미했습니다.

그러나 우리가 최초의 민중극 내지 신비극을 삶으로 불러들인 소망과 열망의 어린 시절을 돌이켜본다면, 내 생각에 우리는 드라마의 기원에 대한 올바른 관점을 얻는 것처럼 보입니다. 인디언의 이야기로 가득 차 자신도 머리에 깃털로 장식하고, 얼굴에는 인디언처럼 칠하고, 손에는 창도 쥔 채 배우들이 말하듯이 "가면을 만드는" 어린아이, 애호하는 책 속의 인물과 동일화된 채 오랫동안 상상의 근거가 되었던 모험을 마침내 흉내내는 어린아이,—이 어린아이는 신화적·종교적·문학적 세계의 형상들을 결국은 가면을 쓰고 무대에서 공연하는 사람들과 달리 행동하는 것이 아닙니다.

나 자신의 어린 시절 놀이로 되돌아간다면, 인디언 이야기가 큰 몫을 차지한 것은 아니었습니다. 나는 인디언 이야기에는 관심이 없었고, 나의 가면놀이를 고취시킨 것은 그런 것이 아니라 그리스 신화였습니다. 나의 흔들거리는 목마는 '아킬레스'라고 불렸습니다. 내가 직접 목마에게 지어준 이름이었습니다. 여러분은 이로부터 나의《일리아드》에 대한 어릴 적 열광을 알아차리실 것입니다. 실제로 호메로스와 "최후의 모히칸 사람"이라고 주장한 베르길리우스가 나의 유년기에 큰 자리를 차지하고 있었습니다. 신화를 가르칠 때 이미 어머니에게 유용했던 책에는(표지에는 여신 아테네가 있었는데, 이 책은 어린아이들이라면 누구나 책장에 소지해도 좋을 만한 책들 가운데 하나였습니다) 두 고대 작가의 작품들 중에서 독일어로 발췌된 내용이 들어 있었습니다. 나는 거의 모든 지면을 외울 정도였습니다.

무엇보다 제우스가 괴수 티폰과 싸우며 들어올렸던 "다이아몬드처럼 날카롭게 자르는 낫"은 인상적이었습니다(나는 그 장면을 계속 흉내내곤 했습니다). 나는 일찍이 트로야, 이타카, 올림포스도 내 집처럼, 가죽양말 나라의 오래된 동년배들처럼 편안하게 다녔습니다. 그리고 내가 열렬히 마음으로 받아들인 것을 나는 장난삼아 시연했습니다. 나는 때로는 헤르메스가 되어 종이로 만든 날개 신발로 방안을 깡충깡충 뛰어다녔고, 때로는 헬리오스가 되어 향기 나는 머리에 황금빛 나는 왕관을 올려놓곤 했습니다. 나는 아킬레스가 되어 좋든 싫든 헥토르 역을 맡은 내 여동생을 세 번이나 가혹하게 일리온의 장벽으로 끌고 갔습니다. 그러나 나는 제우스가 되어 신들의 성으로 유용하게 사용되던 붉은 에나멜로 채색된 작은 책상 위에 올라가 우뚝 서보기도 했습니다. 거인들이 거대한 오사 산에 펠리온 산을 쌓아올려도 소용없었습니다. 나는 상단에 작은 종이 달린 붉은 말채찍으로 무시무시하게 번개를 일으켰습니다.

그것은 다른 사람들도 알아볼 수 있는 눈에 보이는 놀이였습니다. 그러나 도구 따위는 필요 없고 조용한 만족감을 느끼며 내 환상의 독자적인 힘을 의식할 수 있었던 눈에 보이지 않는 놀이도 있었습니다. 여기서는 그 어떤 것도 나에게서 환상을 빼앗아갈 수는 없었습니다 (나는 소설《고등사기꾼 펠릭스 크룰의 고백Bekenntnisse des Hochstaplers Felix Krull》 가운데 한 부분에서 이 환상의 놀이를 특징적으로 되살렸습니다). 예를 들어 나는 어느 날 아침 오늘은 칼이라고 불리는 18세의 왕자가 되어야겠다고 다짐하면서 잠에서 깨어났습니다. 나는 품위 있게 정장을 갖추고 내 상상력의 산물인 총독 또는 부관과 흥미진진한 대화를 나누었으며, 신비롭고 우아한 자태를 뽐내며 이리저리 거닐었습니다. 우리가 수업을 하거나 산보하고 또는 동화를 낭독할지라도 이 환상의 놀이는 한 순간도 중단될 필요가 없는 것이며, 이 때문에 그것은 실제적이었습니다.

이 모든 것에도 불구하고 내가 인형극에서 가장 멋진 놀이의 즐거움을 경험했다는 것은 의심할 바 없습니다. 이 예술 교습을 이끌어가던 방식을 나는 내 초기의 단편소설 〈어릿광대Bajazzo〉에서 기술한 바 있으며, 하노 부덴브로크의 삶의 이야기에서도 이에 대한 열정이 부각됩니다. 인형극이 위대한 작가 지망생들의 삶에서 어떤 역할을 했는지는 주목할 만합니다. 전적으로 드라마 작가에게만 그런 것이 아닙니다. 우리는 괴테의 《빌헬름 마이스터》와 고트프리트 켈러의 《녹색 옷을 입은 하인리히》에 나오는 고백과 회상을 생각하면 그것을 알 수 있습니다. 나 역시 인형극을 너무 좋아했으며, 따라서 언젠가는 내가 이극에서 멀어질 것이라는 생각은 있을 수 없는 것 같았습니다. 내가 문들을 닫은 채 연출하던 특이한 음악극에서 그 효과를 높이도록 나의 목소리를 베이스 톤으로 바꾸려고 할 때면 나는 몹시 즐거웠습니다. 그리고 내가 베이스로 노래하는 가수로서 인형극장 앞에 앉고자 했을 때, 그것을 우스꽝스럽다고 나의 형이 핀잔을 줄 때면 나는 크게 화를 내곤 했습니다.

그렇지만 나는 어떤 의미에서 오늘날까지도 그 앞에 앉아 있지 못하는 것일까요? 나의 추억에서는 어린이의 놀이Spiel와 예술연습 사이에 어떤 간극이나 날카로운 경계선도 존재하지 않습니다. 내가 하지 않고는 못 배긴다고 생각했던 최초의 문학적 결정들은 어린이의 놀이자체이거나 이미 예술적 성향이었습니다. 극 연출의 기초로서 유용했던 드라마 대본이나 연출계획이 문제가 되었는데, 나는 내 여동생들과 함께 부모님과 숙모님들 앞에서 실제로 극을 시연해 보였습니다. 여기서 나는 어쩌다가 악독한 여관주인 역을 맡게 되었습니다. 그는 여관에 묵는 젊은 기사를 독살하고 가진 것을 강탈할 작정이었지만, 평소에는 아버지의 뜻에 고분고분하던 딸이 이를 가로막습니다. 딸은 기사를 사랑하기 때문입니다. ―이와 같은 극 연출은 치기어린 모험적 행동으로서, 그 발상은 체험이나 감정과는 전혀 관계가 없었습니다.

이런 경우 순수 형식적인 유희충동Spieltrieb이 우선은 아무 내용도 없이 체험과 감정보다 선행되었습니다. 유희충동은 어디에선가 빌려 온 가상의 내용을 포착한 뒤에야 실제적인 삶의 내용 및 경험의 내용을 갖게 됩니다. 이 최초의 글쓰기는 가족-극Familien-Theater에 기초적인 대본을 부여하려는 목표만을 가지고 있었습니다. 본연의 문학적 의도에 근접한 드라마를 나는 얼마 뒤에야 실러와 그의 작품 〈돈 카를로스 Don Carlos〉의 영향을 받아 5각의 약강격 운율로 저작해 보았습니다. 이 드라마는 더 이상 어린아이의 연출을 위해 결정된 것이 아니라 드라마 그 자체를 위해 창작되어 문학작품이 되고자 했습니다. 나는 〈사제들 Die Priester〉이라는 중세를 대상으로 하는 드라마 하나를 아직도 기억하고 있는데, 왜 그랬는지 모르겠지만 이 작품은 지극히 반反성직자적인 경향에 자족해하고 있습니다. 음모로 가득한 막의 끝부분에는 다음과 같은 시 구절이 들어 있었습니다.

그 짓을 악마조차 하지 않았다 할지라도,
적어도 성직자는 그 짓을 하였도다.

매우 경건하였고 성직자 및 선교사들과도 교분이 많았던 나의 할머니는 나의 자유분방한 공상에 깊은 우려를 표명하셨지만, 이런 나의 태도는 더 이상 공허하거나 잠정적인 것은 아니었습니다.

개인적인 내용들, 즉 학교라는 공동체 생활과 첫 댄스시간에서의 에로틱한 느낌이 가져다 준 사랑과 우정의 경험들은 당시 하이네와 슈토름에게 열광하여 그들을 모방하려고 하던 십사오세의 청소년이 창작한 서정적 작품에 최초로 삽입되었습니다.

이제 나는 '모방Nachahmung'에 대한 찬사의 말을 잠시 첨가하고자 합니다. 모방이란 어떤 나이에서는 문학적 약점과 자질부족의 표시가 아니라 반대로 문학적 생동감과 문체능력에 대한 징후가 됩니다. 오늘날도 그렇고 이미 오래 전부터 나만의 특징적인 문체가 있다고 사람들은 말합니다. 그러나 창조적 욕구가 오로지 모방으로서만 표출되는 시절들이 있었습니다. 그리고 나는 당시에 처음으로 접촉했던 헤르만 바Hermann Bahr가 주도한 비엔나 상징주의 유파의 경이로운 산문문체를 나의 일기와 서술문학적 시도에서 얼마나 노예처럼 열광적으로 모사하고 바로 거기서 예술적 만족감을 찾았는지 잘 알고 있습니다. 이후 나는 반쯤은 창조적이고 반쯤은 모방의 방식을 취하면서 크누트 함순Knut Hamsun47에게 열광했습니다. 그의 초기의 명작 〈배고픔Hunger〉, 〈신비Mysterien〉, 〈팬Pan〉의 어조를 갖지 않는 글은 거의 한 줄도 쓸 수 없을 정도였습니다. 다시 한 번 말하지만, 모방은 어떤 한계까지는 절망적인 개성의 부족이라기보다는 오히려 재능의 표시입니다.

비엔나 상징주의 예술에 대한 나의 열광의 시기에 아마도 나는 학파 제자로서 쓴 창작품 하나, 지나치게 감각적이고 화려한 한 편의 산문을 임시적인 명칭, 〈색채스케치Farbenskizze〉라는 제목으로 고향도시 뤼베크의 어느 신문사에 보내려고 시도한 바 있었던 것 같습니다. 이는 하나의 모험이자 겸허한 출발이었는데, 왜냐하면 나의 작품은 선불

47_ 크누트 함순(1859-1932)은 노르웨이의 작가로 1920년에 노벨상을 수상했다. 그의 심리묘사는 도스토엡스키와도 필적할 만하다는 평을 받는다.

리 그 한계를 넘어서 있어서 신문사에게는 악재이거나 호재가 될 수도 있었기 때문입니다. 하지만 편집부에는 베를린 출신의 꽤나 거만한 편집자가 앉아 있었습니다. 그는 정중하게 표현된 사절의 쪽지 아래에 이렇게 적었습니다. "귀하에게 종종 이런 착상이 떠오르게 되면, 정말이지 귀하는 이를 단호히 물리치는 것이 좋을 것입니다." 나는 이 말에 흔히 생각하듯이 좌절감에 빠지지는 않았습니다. 이유인즉 편집자의 바른 말이 들어 있는 편지를 손에 쥔다는 것은 여하튼 하나의 성과였기 때문입니다. 그러나 나는 여러분에게 위로의 내용 때문에 짧은 경험을 이야기하고 있습니다. 이와 같은 초보자의 체험들은 언젠가는 작가의 삶에 속하게 될 것이며, 장래의 더 좋은 결실을 가로막지 않을 것입니다.

서정시 분야는 나에게는 드라마만큼 예술의 고향이 되지는 않았던 것 같습니다. 반면에 산문작가가 되리라는 기대가 나의 의식 속에서 공고해지기 시작한 것은 상당히 오래 전부터였으며, 이는 나이 스물에 이르도록 지속되었습니다. 산문작가로서의 재능은 유럽의 어린 아이라면 누구나 그림형제와 안데르센 동화의 형상에서 일찍이 일깨워지듯이 나에게도 있었습니다. 이후 나는 어머니가 우리들에게 읽어주셨던 프리츠 로이터Fritz Reuter[48]의 〈견습시절Stromtid〉을 접하게 되었고, 이 영향으로 나는 먼저 저지독일어로 된 소설형식을 알게 되었습니다. 이 어법은 차후 저지독일어의 환경을 보여주는 최초의 장편소설

<hr>

[48]_ 프리츠 로이터(1810-1874)는 독일 북부의 저지독일어를 사용하여 많은 작품을 발표했으며, 재치와 유머러스한 문체로 인기를 끌었다.

《부덴브로크 일가》의 작업에서 상당한 결실로서 남아 있게 됩니다.

내가 산문에 본격적으로 집중하게 되는 것은 자연주의 운동과 분위기의 쇄신이 일어나던 바로 전 세기, 즉 19세기에 독일로 들어온 유럽의 소설예술, 프랑스 및 러시아, 스칸디나비아의 위대한 작품들을 접하면서 시작되었습니다. 졸라, 톨스토이, 투르게네프는 나의 우상이었습니다. 무엇보다 투르게네프의 작품들인 《봄의 물결》, 《첫사랑》, 《황야의 리어왕》을 반복해서 읽곤 했지만, 무엇보다 그의 《아버지와 아들》을 나는 오늘날까지도 유럽소설에서 가장 축복받을 만한 명작으로 손꼽고 싶습니다. 나아가 스칸디나비아의 작가 헬란과 리Lie[49]의 소설기법은 《부덴브로크 일가》의 문학적 준비에 대단히 유용했는데, 나는 바로 이들의 기법을 사용하여 모방을 꾀했습니다. 이와 같은 시도에 따라 킬란트의 상인소설과 같은 어떤 것이 나에게도 나타나게 되었지만, 그럼에도 그와는 다른 어떤 것이 탄생하게 되었던 것입니다.

나의 첫 문학적 성과는 어느 편집부의 갈채를 받아 출간된 단편소설이었습니다. 당시에 나는 고등학교를 중퇴한 뒤 뮌헨에서 일종의 대학생으로 살아가고 있었습니다. 이 소설은 〈타락Gefallen〉이라는 염세적 색채의 사랑이야기였습니다. 〈타락〉은 당시에 출간되던 철저 자연주의적 투쟁잡지의 편집위원장, 미카엘 게오르크 콘라트Michael Georg Konrad에 의해 창설된 〈사회Gesellschaft〉에 발표되었을 뿐만 아니라 나에게 유명한 서정시인 데멜Richard Dehmel의 호의적인 격려의 편지와 심지

49_ 헬란(1849-1906)은 요나스 리Jonas Lie(1833-1908), 입센, 비외른손과 함께 19세기 노르웨이 문학의 4거장으로 손꼽힌다.

어는 나중에 이 훌륭한 시인의 개인적 방문까지도 받게 하였습니다. 열정적인 시인은 나의 들끓고 미숙하지만 감동적 음조가 없지 않은 작품에서 타고난 재능의 흔적을 발견했던 것입니다. 나는 그가 죽을 때까지 그와 공감을 나누거나 존경스런 충고를 받으며 길을 함께 갔었습니다.

이것이 내가 공적으로 알려지게 된 첫 계기였습니다. 이전에는 내가 쓴 많은 것들이 공적으로는 무용한 습작품들에 지나지 않았으며, 이렇게 되기까지는 많은 불필요한 시행착오들이 뒤따랐습니다. 나는 나의 문학에의 돌파구가 단편 〈작은 신사 프리데만Der kleine Herr Friedemann〉과 더불어 생겨났다고 말하지 않을 수 없습니다. 나는 이 작품을 1년 동안 당시에는 아주 임의적이고 실험적인 삶을 보내던 로마로부터 피셔 출판사의 잡지였던 〈신독일 전망Neue Deutsche Rundschau〉의 편집부에 보냈고, 내 작품은 기쁘고 자랑스럽게도 그곳에서 출간되었습니다. 내 첫 단편집의 제목이기도 했던 이 이야기가 피셔라는 거대 출판사를 통해 얻게 된 공감은 내가 쓴 모든 작품들을 그곳에서 한꺼번에 모아 출간하자는 요청을 수락함으로써 이루어졌습니다. 여러분은 입센, 하우프트만, 비에른손, 헤르만 방, 데멜 등을 자신의 작가들로 여기는 주도적 출판인의 베를린 발 편지가 로마에서 실험적인 글쓰기에 몰두하던 미지의 신참내기로 인하여 현대문학에서 어떤 기원을 만들어냈는가를 상상할 수 있을 것입니다.

그러므로 이 곱사등이의 우울한 이야기는 그것이 최초로 개별 작품에서의 주도동기Leitmotiv와 마찬가지로 전체 작품에서도 같은 역할을 하는 근본동기Grundmotiv로 작용한다는 점에서 나의 개인사에서 획기적인 전기轉機를 이루고 있습니다. 주인공은 자연으로부터 차별 대접을 받는 인간입니다. 그는 현명하고 부드럽게, 평화롭고도 철학적으로 자신의 운명과 타협할 줄 아는 사람으로서 삶을 고요하고 명상적이며 화평하게 조화시켜 왔습니다. 특이한 매력을 지닌 동시에 냉혹하고 잔인한 여인의 출현은 이렇게 보호된 삶 내부로 정열이 침투한다는 것을 의미합니다. 그것은 이제껏 쌓아온 모든 것을 허물고 조용히 살아가던 주인공까지도 나락에 빠트립니다.

그러나 나는 수십 년이 지난 언젠가 요셉의 이야기를 다루는 신화 소설에서 작은 신사 프리데만 이야기가 처음 시도한 근본동기, 즉 나의 전 작품을 관통하며 연관시키는 동기에 대하여 다음과 같이 표명한 바 있습니다.

"세계에 드리워진 시간의 깊이와 비교하면, 우리 자신의 삶에 대한 과거통찰은 그 얼마나 사소한 것인가! 그렇지만 개인적이고 친숙한 것만을 겨냥하는 우리의 시각은, 인류사의 아득한 과거 속에서 더 웅대하게 방향을 잡았던 시각조차 사라져 버렸던 것과 마찬가지로, 아득한 과거 속에서 꿈을 꾸듯 가물가물 사라져 버린다.—인류의 삶에서 반복되는 통일성Einheit에 대한 지각에 고무된 채 말이다. 우리는 인간 본연의 존재처럼 그렇게 우리의 시초, 우리가 태어난 근원, 또는 더 깊은 뿌리를 향하여 거의 침투해 들어갈 수 없다. 그곳은—좁은 시선으로든 넓은 시선으로든—의식과 기억의 어슴푸레한 첫 새벽 전야前夜의 암흑 속에 존재하는 것이다.

그러나 우리의 정신적 행위가 시작되자마자, 우리는 즉시 인류가 과거에 그래왔듯이 문화적 삶을 일궈 나가고 이를 위해 최초로 온정 있는 기여에 헌신하고 이바지한다. 이에 따라 우리는 통일성—그리고 그것은 항상 동일하다는 사실—을 우리로 하여금 아주 놀랍도록 느끼게 하고 인식시키는 관심과 편애에 부딪치게 된다. 하지만 이는 '시련Heimsuchung'의 이념이다. 술에 취한 듯 파괴적이고 전멸적인 힘들이 평온한 삶, 품위와 평정이라는 제약된 행복에의 온갖 희망과 결탁되어 있는 삶 속으로 침투해 들어오기 때문이다. 쟁취하여 안정적인 것처럼 보이는 평화의 노래와 충실한 예술의 건축물을 웃으면서 일소해 버리는 삶의 노래. 거장다운 솜씨와 압도적 능력, 이방의 신[50]의 도래를 알리는 노래는 중간에 있었듯이 처음에도 있었다. 그리고 인간적으로 처음 것에 공감하는 삶의 뒤안길에서 우리는 다시 통일성의 특징을 얻기 위해 저 옛 관심으로 끌려들어 가도록 강요당한다."

중간에 있었듯이 처음에도 있었습니다. 〈작은 신사 프리데만〉으로부터 〈베니스에서의 죽음〉, '이방의 신'의 도래에 관한 훨씬 뒤의 작품[51]에 이르기까지 연속적으로 아치가 펼쳐집니다. 젊은 이방인에 대한 포티파[52]의 아내가 보여주는 욕정은 다시 힘들게 통찰과 체념으로부터 얻어진 높은 교양적 자세의 파괴와 붕괴, 요컨대 문명의 패배,

---

50_ 주신 디오니소스를 가리킨다.

51_ 신화적인 연작소설 《요셉과 그의 형제들》을 가리킨다.

52_ 포티파Potiphar는 구약성서에 나오는 이집트의 어느 관리 이름으로, 그의 아내는 젊은 요셉을 유혹한다.

억압된 충동세계의 울부짖는 승리와 다를 것이 무엇이겠습니까?

내 최초의 장편소설 역시 이탈리아 체류, 나의 형 하인리히와 1년 간 로마에서 보낸 생활과 그곳의 환경이 큰 몫을 차지하고 있습니다. 나는 이 소설을 쓰기로 결심했거나 아니면 적어도 그것의 시작을 결심했습니다. 나는 지금 "한 가문의 몰락"이라는 부제를 붙인 한자도시의 명문가를 다룬 소설 《부덴브로크 일가》를 말하고 있습니다. 이에 앞서 나는 일련의 스케치 형식의 단편들, 예컨대 〈루이셴Luischen〉 같은 종류부터 〈환멸Enttäuschung〉, 〈어릿광대〉에 이르는 단편들을 썼습니다. 나는 근본적으로 모파상, 체호프, 투르게네프 문파에서 체득한 단편이 나에게 맞는 장르라고 확신하고 있었습니다. 나는 이 작품을 거대한 장편소설의 형식으로 쓰게 되리라고는 결코 생각하지 않았습니다.

당시 나는 로마에서 공쿠르 형제의 소설 《르네 모프렝Renée Mauperin》을 읽었으며, 거기서 나타난 바와 같이 창조적 방식에 따라 짧은 장들로 분류된 이 책 구성의 기품과 명료성에 매료되었습니다. 너무나 매료된 나머지 나는 용기를 갖고 "너도 결국 이렇게 할 수 있어"라고 중얼거렸습니다. 나에게 유용할 수 있는 소재가 무엇일까 찾다보니 가장 먼저 떠오르는 것은 당연히 나의 개인적 유년기체험, 나의 가족 이야기, 환경으로서는 고향도시였습니다. 나는 그것에 매달렸으며, 노르웨이와 덴마크에서 나온 유사한 문학적 전형들을 떠올리는 가운데 이 소재를 내 능력과 의도에 맞도록 정리하려고 노력했습니다.

나는 위대한 교회음악의 작곡가가 태어난 사비네 산맥의 팔레스티나에서 자료를 모아 제1장을 집필하기 시작했습니다. 소설은 노르웨이의 가족소설을 기준으로 하여 200~250쪽으로 계획되었습니다. 그렇지만 책이란 자기 의지가 있다는 것이 증명되었습니다. 그 의지는 나의 의도를 훨씬 뛰어넘어 두 권으로 된 독일 시민의 소설로 발전되었으며, 당시에 나의 약한 힘과 예술적 미성숙을 한층 넘어서서 내가 이를 악물고 긴장을 고조시켜야만 극복할 수 있었던 부담을 서술로써 해결하였습니다. —다른 한편으로 나는 세기말로 향하는 19세기의 거장들에게서 지원과 도움을 구했습니다. 기억을 떠올려보면 나는 당시에 특히 톨스토이의 《안나 카레니나》와 《전쟁과 평화》를 읽음으로써, 가장 위대한 사람들에게 지속적으로 의존해야만 내가 감당할 수 있었던 과제에 총력을 기울일 수 있었습니다.

나는 모든 기대 이상으로 이미 부풀어 오른 원고를 가지고 뮌헨으로 돌아왔습니다. 그곳에서 원고는 종종 작업이 중단되기도 하면서 2년 반 뒤에 완결되었습니다. 나는 〈작은 신사 프리데만〉 이후로 감사하게 느꼈던 피셔 출판사에 원고를 보내야 했습니다. 나는 어떻게 그것을 발송했는지 아직도 잊지 않고 있습니다. 나는 소포를 보내는 데 너무 미숙하여 뜨거운 봉랍을 손에 떨어트렸고, 그곳에 커다란 물집이 생겨서 오랫동안 고통을 당했습니다. 원고에는 문제가 많았습니다. 그때만 해도 타자기가 모든 저작자의 당연한 집필도구에 속하지 않았습니다. 바로 내가 우체국 창구에서 내밀었던 것은 손으로 직접 쓴 커다란 원고 뭉치였고, 우체국 책임자나 창구직원도 정말 아연실색할 일이었습니다. 더구나 원고 양면에 글씨가 빼곡히 적혀 있었으니 말입니다!

하지만 젊은 작가가 생각한 것은 그런 것이 아니라, 하나밖에 없는 원고 뭉치를 과연 우편에 맡겨도 좋을 것인가 하는 큰 걱정이었습니다. 나는 본래는 원고를 따로 베껴 써놓으려고 했었습니다. 어떻게 될지도 모르니 직접 손으로 써놓아라! 그러나 뒤에 분량이 너무 많아서 중도에 포기하였습니다. 단 하나만 있었으므로 나는 우편보험에 가입하기로 결정했으며, 내용물 신고에 '원고'라고 적었습니다. 소포에 대한 보험금 수령총액은 대략 400달러쯤 되는 것 같은데, 이때 우체국 직원은 빙긋이 미소를 지어 보였습니다.

이렇게 해서 앞서 나온 단편집을 제외하면 첫 작품인 이 소설은 세상을 향해, 우선은 미지의 장소인 출판사로 여행길을 떠나게 되었습니다. 이곳에서 완전히 낯선 사람들이 몇 년간의 내 수고에 대해 가치가 있는지 없는지, 신출내기 무명작가의 존재를 어떻게 볼 것이지를 결정하도록 되어 있었습니다. 돌이켜보면 오늘날까지도 놀라움에 대한 회의, 용기에 대한 거의 경악과 같은 어떤 것이 나를 사로잡습니다. 그렇지 않다면 수수께끼 같은 신을 신뢰하여 자신의 미래를 희망의 색채로 적었던 것에 내맡겼던 젊은 작가 지망생의 경솔함을 지적해야 할 것입니다. 아무도 당시에는 젊은 작가의 책에 관해 알지 못했습니다. 어떤 문학평론가도 작가에게 뭔가를 권유하거나 혹평하지 않았으며, 그의 독자라고는 이 책 가운데 그가 몇 장을 낭독해 준 구성원들인 가족과 여러 친구들뿐이었습니다. 물론 그들은 즐거워 박수를 치기도 했지만, 이는 단지 전적으로 개인사, 공적 의미가 없는 가족의 재미에 대한 것에 지나지 않았습니다.

이를 생각하니 내가 1929년 스톡홀름의 노벨상 수상식 연회에서 지금은 이미 고인이 된 여성작가 셀마 라겔뢰프Selma Lagerlöf[53]에게서 들었던 말이 문득 떠오릅니다. 그녀의 가장 유명한 작품은 《예스타 베를링의 전설》이었습니다. 그녀는 다음과 같이 말했습니다. "나는 그때 아무것도 생각하지 않았습니다. 나는 다만 조카와 조카딸을 위해 책을 썼습니다. 그것은 아마 웃음을 위한 어떤 것이라고 생각했습니다." 어마어마한 의도를 갖고 글을 썼다고 해서 언제나 위대한 작품들이 되는 것은 아닙니다. 이와는 반대로 위대한 작품들은 겸손한 의도의 산물입니다. 그것은 법칙이라고 생각합니다. 작가의 명예욕이란 처음에는 작품이 나오기도 전에 있어서는 안 됩니다. 명예욕은 작품과 더불어 성장하여 예술가라는 자아보다는 오히려 작품의 몫으로 돌아가야만 합니다. 추상적이고 구체화되지 않은 명예욕, 작품과는 무관한 명예욕 자체, 자아의 맹목적 명예욕보다 더 나쁜 것은 없습니다.

나의 정형화되지 못한 원고에 대한 피셔 출판사 측의 신중한 심의는 나의 군복무 기간 중에 진행되었습니다. 나는 당시 사열시에 생긴 건초염으로 위수병원에서 누워 있었는데, 이곳에서 출판인의 편지 한 통을 받아보게 되었습니다. 그 내용은 이 책의 엄청난 분량과 성격이 과연 현대의 독자에게 받아들여지고 수용될 수 있는 것인지에 대해 강한 의구심을 표출하면서, 만일 내가 분량을 반으로 줄일 자세가 되어 있다면 출판을 고려해 보겠노라는 것이었습니다. 나는 병원 침대에서

53_ 스웨덴 출신의 여성작가(1858-1940). 그녀는 1909년 노벨문학상을 수상했다.

책의 축소에 대한 요구를 단호히 거부하는 절실하고도 열렬한 어조의 편지를 연필로 빠르게 써내려갔습니다. 나아가 책의 분량을 길이의 연장과 상관없이 동기의 연관성에 따라 작품의 본질적이고 손상되어서는 안 될 특성이라고 설명했습니다. 책에 손대지 않도록 하려는 나의 주문呪文은 정말 놀랍게도 성공을 거두었습니다. 피셔 출판사는 내 뜻대로 책을 내기로 결정했습니다. 1900년 말 《부덴브로크 일가》는 두 권짜리 판으로 출간되었습니다.

이 책이 즉각 독자층에 쉽게 퍼져나갔을 것이라고 생각해서는 안 됩니다. 출판인의 우려가 실제화되는 것처럼 보였습니다. 어느 누구도 알려지지 않은 신출내기 작가의 불확실한 작품에 상당한 돈을 지불할 마음이 없었습니다. 어느 평론가는 예컨대 여러 권으로 된 두꺼운 책이 다시 유행이 되는 것 아니냐고 불편한 심기를 드러냈습니다. 그는 소설을 모래 속에 빠져서 바퀴를 헛돌리는 짐차로 비유했습니다. 그럼에도 독자들과 언론에서는 다른 목소리가 울려나왔습니다. 무엇보다 사무엘 루블린스키Samuel Lublinski라는 당시에는 환자였으나 얼마 뒤 고인이 된 유태인 혈통의 평론가는 이 책이 시간이 지나면서 점차 알려져 동시대 사람들로부터 읽혀지게 될 것이라고 평가했습니다.

이런 판단이 작가에게 어떤 효과를 가져왔을까요? 그가 자부심과 기쁨으로 가득 차게 되었다는 것은 두말 할 나위가 없습니다. 하지만 그가 놀라워했을까요? 그를 위대한 사람들 사이에 끼도록 한 높은 평가와 판단에 어리둥절했을까요? 나는 말할 수 없습니다. 하지만 그것은 나의 기질이 아니었습니다. 나는 지금 언젠가 그 전에 내가 발송한 단편에 대해 어느 편집자가 보내왔던 답장이 생각납니다. 그것은 처음부터 "대단한 재능을 지녔습니다!"라는 감탄사로 시작되는 편지였습니다. 이상하게도 그의 말이 우직하게 느껴졌는데, 바로 이런 느낌 때문에 나는 이 얘기를 하는 것입니다. 당시에 내가 어깨를 으쓱해 보였던 태도는 형성되어 가는 작가, 형성되어 가는 모든 작가들에 있어서 뭔가를 예감하는 영적 상태를 특징적으로 대변하는 것 같습니다. 그것은 아마도 시간을 요하겠지만 확고부동하게 존재하는 힘들의 현전에 대한 비밀스런 예감이 아닐까요? 이 힘들은 아마도 확증을 요구하겠으나, 동시에 훌륭한 작가의 경우 세계불안과 밀접하게 연관된 저 용기에 의하여 확증을 선취할 수도 있는 것 같습니다.

그 모든 저항에도 불구하고 1년이 지나자 첫 판 1000세트가 모두 팔렸습니다. 지금은 두 권짜리 소설이 한 권으로 묶여서 나오고 있는데, 이 소설은 놀랄 만한 행보, 적어도 작가가 예상한 행보를 보인다고 하겠습니다. 언론의 찬사와 더불어 즉시, 현재는 외국의 신문들에서 찬사가 늘어가면서 새 판들이 거듭 나오기 시작했습니다. 그것은 바로 명성이었습니다.

성공에는 오해가 따른다는 것은 더 이상 말할 필요가 없습니다. 그러나 오해의 소지는 영향의 폭과 넓이에 내재해 있다는 것 또한 의심할 바 없습니다. 《부덴브로크 일가》의 성공은 이에 대한 아주 구체적인 예입니다. 이 소설은 소위 '향토예술'의 산물, 프리츠 로이터의 저지독일어 유머로부터 각인된 전통 계열에 있는 북독일 시민계층의 이야기로서 이해되었습니다. 모호하기는 하지만 논박의 여지가 없는 이런 성향들은 나의 소설이 독일의 독자층에 다가가는 데 도움이 되었습니다. 그러나 독일의 독자층은 우선은 적어도 초국가적·유럽적 영향에 따라 그 책에 유입된 모든 것, 아니 오히려 유럽으로 나가게 한 모든 것을 간과하고 있었습니다. 오늘날까지도 이 책의 독일적 성격이 세계 능력을 요구했다는 것은 당연하다고 말할 수 있습니다.

세계문학에의 진입에 관해서 말하자면, 지난 세기의 권위 있는 서사적 성과물들은 바로 독일 쪽이 아니라 처음에는 프랑스와 영국, 뒤에는 스칸디나비아와 러시아에서 나왔습니다. 다른 한편으로 나의 소설이 외국의 전범들에 따라 형상화되었음에도 국가적이고 지역적인 것(로이터와 바그너의 주도동기 및 교향악적 변증법과는 다른 근원에서 형성된 것), 분명히 재인식될 수 있는 아주 독일적인 요소가 남아 있었습니다. 하지만 국제적인 성향, 아니 확고하게 말하자면 보편적으로 인간적인 성향이 영향관계에 결정적이었습니다. 이는 소박하고 실제적인 것이 정신적인 것으로 상승하고, 상인의 문제가 예술로 변화하는 시민의 연대기에서 반영된 바 있습니다. 이 소설에서 몰락은 동시에 세련화와 상승을 의미할 수 있다는 것을 보여주고 있는데, 일반적인 세계과정이 당시에 전 지역에서 그러했습니다.

우리는 바로 산업적으로 '포말회사 범람시대'의 제어할 수 없는 공황과 시민시대의 종말을 예고하는 세계대전 중간에 머물러 있었습니다. 선조들이 이런 상황을 창출했으며, 우리들 자신은 상속자로서 이미 종말의 거대한 권태를 감지하고 있었습니다. 나의 책에서 이와 같은 시대의 동기가 곳곳에서 동시에 느껴질 수 있었습니다. 서로가 전혀 모르던 사람들은 마르세유, 코펜하겐, 마드리드에서 후일 나에게 상황이 모든 나라가 우리와 같다는 것을 확인시켜주었습니다. 세대가 바뀌는 과정에서 영적 승화가 문명의 법칙이었습니다. 그리고 《부덴브로크 일가》의 작가가 정신과 생물학을 일종의 대립으로 전제하는 가운데 정신을 생물학적 몰락과정의 산물로 파악한 것은 주도적인 시대정신과도 부합했습니다. 그럼에도 작가는 당시에 '사회적 결정론'에 전적으로 의존하던 시대정신에 대해서는 지나치게 빠져들지는 않았습니다.

나의 소설 《부덴브로크 일가》에 관해 언급할 때면, 나는 끝부분에서 역할을 수행하는 놀라운 영적 체험을 생각하지 않을 수 없습니다. 나는 쇼펜하우어 체험을 말하고 있습니다. 토마스 부덴브로크는 그의 저작 《의지와 표상으로서의 세계》를 그의 인생의 마지막 시기에 읽게 되며, 이를 통해 꿋꿋한 죽음을 맞이하게 됩니다. 나는 여기서 니체의 문화비판과의 첫 만남에 의해 얻게 된 교양체험 또한 말하고 있습니다. 니체의 이념은 쇼펜하우어 체험으로 채색된 장들에서는 바로 쇼펜하우어의 철학과 본질적으로 뒤섞여 있습니다.

의심할 바 없이 니체의 정신적·문학적 영향은 이미 나의 첫 산문의 시도들에서 눈에 띄게 나타납니다. 내가 이 마법으로 가득 찬 복합적 인물과의 관계를 여기서 말해야만 한다면, 나는 즉시 그 관계에 내재된 개인적 조건들과 한계를 먼저 거론하지 않을 수 없습니다. 니체를 알게 된 것은 나에게 지극히 결정적인 일이었습니다. 그러나 어떤 교육의 힘도 우리의 본질, 우리와는 다른 어떤 것을 만들 수는 없습니다. 괴테는 뭔가를 만들기 위해서는 먼저 뭔가로 존재해야만 한다고 말한 바 있습니다. 하지만 이미 어떤 더 높은 의미에서 무엇인가를 배울 수 있기 위해서는 무엇인가로 존재해야만 합니다. 나의 경우 니체의 품성과 예술성을 발견한 유기적 관계와 변화는 무엇보다 처음부터 모순과 거리를 지니고 동반되었습니다.

이미 20세의 젊은이는 이 철학자의 유행 내지 시류의 영향, 크든 작든 당시에 철저히 존경을 받으며 퍼져나가던 이를테면 모든 단순한 '르네상스주의', 초인숭배, 케자르 보르기아Cesare-Borgia[54] 유미주의, 모든 열광과 미美의 과시와 밀접한 관계를 맺고 있었습니다. 그는 이 위대한 도덕주의자의 '비도덕주의'가 의미하는 상대성을 잘 알고 있었습니다. 그의 기독교에 대한 증오의 연극을 바라볼 때면, 나는 파스칼에 대한 그의 친근한 사랑을 동시에 떠올렸으며, 저 증오를 심리적인 것이 아니라 철저히 도덕적인 것으로 이해했습니다. 이는 죽도록 사랑하던 존재, 바그너에 대한 그의 문화비판적 · 시대사적 투쟁에서 입증되는 것처럼 보였던 차이점을 반증하고 있습니다. 한 마디로 나는 니체에게서 무엇보다 '자기극복의 인간'을 보았습니다.

나는 니체에게서 말 그대로 아무것도 취하지 않았고, 그에게서 거의 아무것도 믿지 않았습니다. 바로 그것이 그에 대한 나의 사랑에 이중적 열정, 그에 대한 깊이를 부여했습니다. 그가 예술에서 향락주의를 설파했을 때 나는 과연 그것을 진지하게 받아들였을까요? 그가 비

<hr>

54_ 이탈리아 르네상스 시대의 인물(1476-1507).

제를 들먹이며 바그너를 비판했던가요? 그의 권력철학과 "금발의 야수"는 나에게 무엇이었을까요? 거의 당혹스런 질문입니다. 독일적 사고에서는 대단히 곤란한 결과를 초래했던 그의 정신의 희생 대신에 삶의 찬양—이를 내 방식대로 표현할 단 하나의 가능성이 있다면, 바로 아이러니가 그러합니다. 니체적인 "금발의 야수blonde Bestie"가 나의 초기문학에서도 출몰하는 것이 사실이지만, 그러나 그 야수는 다분히 짐승의 포악한 성격을 벗어나 있으며, 거기에 남아 있는 것은 오로지 정신이 결핍된 금발[55]일 따름입니다. —그것은 '에로스적 아이러니erotische Ironie'와 보수적 긍정[56]의 대상인바, 이를 통하여 정신은 스스로도 알고 있듯이 근본적으로 거의 손상을 당하는 법이 없습니다.

그렇지만 니체를 경험함으로써 마음에 생겨난 개인적 변화는 시민화Verbürgerlichung를 의미하는 것인지 모릅니다. 이 시민화는 오늘날까지도 나에게 변화가 없었더라면 아마 니체에 의해 고무되었을 그 모든 영웅적·심미적 도취보다 더 깊고 단단하게 뿌리내리고 있었고, 지금도 그런 것처럼 보입니다. 나의 니체 체험은 제1차 세계대전 동안에 완료한 보수주의 사고 시기의 전제를 이루고 있었습니다. 그러나 그것은 동시에 나로 하여금 삶과 정신이라는 관계의 비인간적 가치로부터 출발할 수 있고 현재도 여러 모로 그런 면을 보이는 사악한 낭만적 자극

55_ 〈토니오 크뢰거〉에서 예술가 기질의 토니오와는 달리 평범한 삶을 대변하는 금발머리 잉에를 연상하면 이해가 쉬울 것 같다. 반면에 이와 관련하여 토마스 만은 소위 삶의 포악성 Brutalität, 권력의지 등에 대해서는 경계하고 있다.

56_ 본서의 〈아이러니와 급진주의〉 참조.

에 대해 저항할 수 있는 능력을 만들어 주었습니다.

《부덴브로크 일가》는 "한 가문의 몰락"이라는 부제를 달고 있습니다. 그것은 자연주의적·숙명론적으로 감지된 이야기, 쇼펜하우어의 비관주의와 저지독일어의 유머, 근본적으로 바그너 음악에 의해 묘사된 몰락의 이야기인 동시에 세련화·탈시민화·정신화의 이야기입니다. 정신과 삶의 대립이 나의 이 시민소설에 이미 잠재되어 있었습니다. 그것은 사랑스런 아이러니와 더불어 소설 전체를 유동하는 중심동기, 〈토니오 크뢰거〉라는 이야기의 주제로 발전했습니다. 오늘날까지도 이 이야기가 나의 마음에 가장 친근한 것처럼 여겨지며, 젊은이들에게도 꾸준히 사랑을 받고 있습니다.

〈토니오 크뢰거〉의 구상은 《부덴브로크 일가》의 작업시기로까지 거슬러 올라가며, 이 단편소설 자체 내에서도 역할을 수행하는 덴마크 준트 해변으로의 여행과 연관되어 있었습니다. 이 여행이 체험의 핵심을 이루고 있는데, 이를 중심으로 하여 갖가지 관계의 작은 이야기들이 모여 있습니다. 나의 집필 속도는 매우 느렸습니다. 특히 서정시적 에세이의 막간극인 토니오의 러시아 여자친구—전적으로 고안된 인물—리자베타와의 대화는 수개월이나 걸렸습니다.

〈토니오 크뢰거〉는 1903년 〈작은 신사 프리데만〉이 실렸던 동일한 잡지에 게재되었으며, 아주 따뜻한 대접을 받았습니다. 이 작품은 가장 밀접한 관계에 있는 소설 〈베니스에서의 죽음〉에 앞서 청춘의 서정시적 고통을 선취하고 있습니다. 순수 예술적으로 파악하면 그것이 사람들의 공감을 얻게 된 음악적 특성이기도 합니다. 최초로 이 단편소설에서 서사적 구성이 정신적 주제의 조직, 교향악적 연관의 복합체로서 이해되었으며, 이런 면은 나중에 《마법의 산》에서 더 대규모적인 척도로 이루어졌습니다. 무엇보다 〈토니오 크뢰거〉에서 언어상의 주도동기Leitmotiv[57]는 《부덴브로크 일가》에서처럼 단지 자연주의적이거나 순수 외적 묘사의 처리에 머무르는 것이 아니라, 탈기계화되고 음악적으로 상승한 이념적 감정의 투명성을 획득하였습니다.

이야기를 정신화하는 이런 방식이 나로 하여금 정신적으로 거칠고 불명료한 저 시대의 지배적 유파인 자연주의와 어떤 거리를 갖게 했노라고 부언한다면, 그것은 순수 문학적 확증입니다. 자연주의가 나에게 영향을 주었다는 것은 당연합니다. 그러나 〈토니오 크뢰거〉는 자연주의가 절정에 달했을 때 나는 이미 몇몇 동시대의 작가와 함께 그것을 극복했다는 사실을 보여줍니다. 이 사랑스런 문학적 총아가 어느새 몇 세대가 지나고 청년층의 유형이 변화되었음에도 불구하고 여전히 젊은이들에게 호소력을 지녔다는 것이 내게는 즐거운 경험이었습니다. — 왜냐하면 젊은이들은 이 작품에서 자신을 재발견하기 때문입니다.

이는 놀라운 일이 아닙니다. 이유인즉 〈토니오 크뢰거〉는 햄릿의 멜랑콜리와 "인식의 구토Erkenntnisekel"[58]가 들어 있는 전형적인 청춘의 작품이기 때문입니다. 그것은 비속한 현실 세계와는 대립되는 정신적

---

[57]_ 반복적 동기 또는 자주 사용되면서 주제를 이루는 동기를 말한다. 음악적으로 테마음악이라는 말이 있듯이 주제와 거의 동일한 말로 사용되기도 한다(각주 32 참조).

[58]_ 여기에는 쇼펜하우어적인 사고가 깊이 내재해 있다. 오성 및 인식의 능력이란 삶의 의지 Wille 앞에서는 여지없이 무너지는 거의 무용한 것에 불과할 수 있기 때문이다. 바로 그런 것을 느끼기 때문에 토니오는 '인식의 구토'라는 표현을 사용하고 있다.

이고 도덕적인 감수성으로 가득 채워져 있습니다. 이 작품과 동시에 완성된, 거의 개인적 색채가 없는 단편 〈트리스탄〉에서도 평범하고 건강한 삶에 대한 정신적인 것의 부끄러운 사랑이라는 동일한 주제가 변형되어 있습니다. 요컨대 〈토니오 크뢰거〉는 "동경과 우울한 질투, 약간의 경멸"이 뒤섞인 사랑의 이야기입니다.

예술가의 문제, 한편으로는 정신과 예술, 다른 한편으로는 삶의 변증법적 대립은 〈베니스에서의 죽음〉에 이르는 일련의 창작물들에서 계속 지배적인 역할을 수행합니다. 이와 같은 대립은 나의 유일한 드라마 시도인 〈피오렌차Fiorenza〉에서 다른 양상으로 전개됩니다.[59] 무대는 1492년 르네상스의 도시 플로렌스입니다. 이곳에서 위대한 미의 애호가 로렌초 메디치와 금욕적인 수도사 사보나롤라가 권력투쟁을 벌입니다. 인문주의의 회의적이고 현세를 중시하는 계몽적 정신과 총체적 신의 국가가 대립관계로 부각됩니다. 자신을 예술가로 규정하는 로렌초, 성자인 도덕주의자 사보나롤라, 그런데 죽음을 맞이하는 로렌초가 정신적으로 적대자인 사보나롤라를 형제라고 부를 때, 사보나롤라는 그 말을 믿으려 하지 않습니다.

〈피오렌차〉는 그것이 약간은 어중간한 장르로서 더 이상 여느 때처럼 소설도 실제적인 극도 아닌 이상 나의 아픔의 소산입니다.[60] 독일의 극장이 여러모로 이 작품에 매혹을 느껴서 일련의 시도를 실패로

59_ 도미니카 성당의 수도사 사보나롤라는 기독교적 고행과 그리스도의 대변자로 등장하며, 이에 반해 유미주의자 내지 디오니소스의 숭배자인 로렌초 메디치는 향락적 예술 및 문화의 대변자로 등장한다.

60_ 초연은 1907년 5월 프랑크푸르트 극장에서 성공적으로 이루어졌으나 이후 다른 대도시에

끝내지 않았을지라도 말입니다. 무엇보다 나는 세계대전 직후 엄선된 힘으로 개최되었던 비엔나 공연을 회상해 봅니다. 거기에는 혁명적 분위기와 같은 어떤 것이 있었습니다. —이 작품은 갖가지 측면에서 이후 실제로 대두하게 되는 것, 즉 공상주의Fanatismus의 쇄도로 인한 순수 미적 교양세계의 몰락[61]을 선취하고 있었던 것 아닌가 하는 생각이 아주 강하게 나의 감정에 와 닿았습니다. 과격 공상주의는 스스로의 원시성을 의식하면서 유미주의의 호기심 많은 약점을 찔러서 의식적으로 이득을 얻어냅니다. 그것은 유럽에 닥치게 되는 것들에 대한 암시이자 전조였던 것으로, 이를 나는 당시에 한 번 강렬하게 느꼈습니다.

이런 변증법에 의하여 여러 측면의 것이 파괴되는 것을 보게 되며, 문제는 여러 단면들에서 굴절되어 나옵니다. 〈토니오 크뢰거〉에서 한편으로 정신과 예술이 삶과 대립적인 관계였다면, 〈피오렌차〉에서는 금욕적으로 되어 버리고 무無로 절대화된 정신이 승화된 삶의 향유로 이해되던 예술과 대립관계를 맺게 됩니다. 다음에 나오는 장편소설 《대공전하Königliche Hoheit》는 소재라는 면에서는 궁정의 이야기로 꾸며져 있으나 예술가의 실존 문제가 다시 거론됩니다. 그리고 이번에는 개인적 사정이 영향을 미침으로써 낙관적인 면모가 새롭게 등장합니다. —내가 이 책을 썼을 때는 신혼의 시기였습니다.

《대공전하》는 구원의 이야기입니다. 우울하게 공국을 대표하는

서의 공연은 거의 주목을 받지 못하면서 점차 독일 무대에서 사라지게 된다. 토마스 만은 이에 대해 여러 번 아쉬움과 유감을 토로한 바 있다.

61_ 실제로 제1차 세계대전의 패배와 동시에 독일의 전통적 부르주아 시민사회가 몰락하며, 아울러 유미적 취향의 교양세계 또한 정치적 또는 종교적 공상주의에 의해 무릎을 꿇는다.

순수 형식적 실존 속에서 예술가의 비유적 인물로 등장하는 왕자는 사랑과 결혼을 통하여 자신의 나라를 구원합니다. 이에 따라 비현실이 현실 및 삶으로 바뀌는 것입니다. '존엄'과 행복한 삶의 일치 가능성이 낙관적으로 허락되고 있습니다. 순간적으로 그것은 진실한 감정을 획득하였습니다.

그런데 소설형식으로 이루어진 희극적 시도로서의 《대공전하》는 나의 최근의 소설 《바이마르의 로테Lotte in Weimar》와 아주 동질적인 작품입니다. 정신적으로 이 책은 상당히 흥미로운 '민주적인 것'으로의 전환을 표출하고 있습니다. 더욱이 '존엄', '특별한 존재' 등 귀족의 불합리한 현상에는 여전히 아이러니로 채색된 작가의 애정이 깃들어 있습니다. 그렇지만 바로 아이러니의 수단에 의해 미친 개 퍼시발에 이르기까지 왕실의 고상한 개성적 유형들은 시대착오로서 규정되며, 그 가운데 가장 사랑스런 유형만이 고독으로부터 공동체와 사회적 공감으로의 통로를 열어가게 됩니다. ─빌헬름 제국의 영광에 대해 1905년의 독자들이 책을 읽고 알아냈던 것보다 더 많은 것을 선취하고 있었던 허구적 이야기입니다.

이어서 《고등사기꾼 펠릭스 크룰의 고백Bekenntnisse des Hochstaplers Felix Krull》이 나오게 됩니다. 이 소설은 단지 예술가의 고독과 거짓의 문제를 범죄적인 것으로 변형시킨 것에 지나지 않았습니다. 그러나 문체에 있어서 나를 자극한 것은 아직까지도 실행해보지 못한 자서전적 직접성의 형식이었습니다. 일종의 환상적이고 정신적인 자극이 생기게 된 까닭은 괴테의 《문학과 진실Dichtung und Wahrheit》을 포함한 18세기의 자서전들을 패러디하려던 일 때문이었습니다. 나는 오늘날에도 현존하는 단편[62]을 즐거운 마음으로 썼는데, 전문가들이 내가 쓴 것 가운데 그것을 가장 행복하고 훌륭한 것으로까지 평가했다는 사실에 나는 그리 놀라워하지 않았습니다. 아무튼 이 작품은 가장 개인적인 것이라고 할 수 있었는데, 왜냐하면 그것은 후일 《마법의 산》에서 더욱 뚜렷하게 나타나는 사랑스럽고 마음에 와 닿는 전통과 나의 관계를 형상화하고 있기 때문입니다. 나는 《마법의 산》을 통하여 독일 교양소설의 역사를 패러디 형식으로 완결했습니다.

주인공 크룰이 고백하는 형식의 까다로운 (정치적) 균형의 작품을 나는 불철주야로 열심히 집필해 나갔습니다. 이런 와중에서 내가 1912년 여름 베니스의 리도 섬을 방문했을 때, 나는 새로운 소재들을 비밀스럽게 찾는 중이었습니다. 거기서 일련의 호기심을 자극하는 상황과 인상들이 발생함으로써, 베니스라는 이름과 연관된 소설을 쓸 생각이 문득 떠오르게 되었습니다. 〈베니스에서의 죽음〉은 급히 끝내야 할 즉흥적 작품 내지 사기꾼 소설 작업의 삽입물로 생각했었습니다. 그러나 작품이란 자기 고유의 의지가 있는 법입니다. 예전에 《부덴브로크 일가》나 이후 《마법의 산》에서와 똑같은 일이 나에게 일어났던 것입니다. 존엄스런 위치에 도달한 예술가 아셴바흐의 이야기가 탄생하게 되었습니다.

실로 작업이란 어떤 것이든 단편적인 일이면서도 우리의 본질을

62_ 수십 년에 걸쳐서 일부만 완성된 미완의 작품이다.

자체 내에 담고 있는 구체적 현실입니다. 말의 가장 투명한 의미로 보았을 때, 많은 것들이 여기서 수렴되어 다면적 관계로 떠오르면서 작가를 꿈으로 인도할 수 있는 하나의 연관조직을 만들어 냅니다. 관계, 나는 이 말을 좋아합니다. 그것을 생각할 때면 나는 의미라는 개념이 연상됩니다. 의미란 바로 관계의 풍부함이라고 말하고 싶습니다. 하지만 모든 것은 특수한 음향을 지니고 있으며, 〈베니스에서의 죽음〉에서도 창작 성향은 청춘기의 〈토니오 크뢰거〉와 같지 않습니다. 의심스런 곤돌라 뱃사공, 소년 타치오와 그의 일행, 수하물이 바뀌는 바람에 불행을 당하게 되는 여행, 콜레라, 여행사의 성실한 직원, 악의적인 거리의 광대—모든 것이 실제적 현실을 통해 주어지고 삽입되었습니다. 나는 여행 동안 어디를 가나 전례가 없던 유유자적한 감정을 느꼈었습니다.

본래 나는 완전히 다른 어떤 것을 만들려고 했습니다. 나는 괴테의 울리케에 대한 노년의 사랑[63]을 내 소설의 대상으로 하여 매혹적이고 순결한 삶의 부분에 대한 열광을 통하여 높이 도달한 정신이 품위를 상실하게 되는 현상을 표현하고 싶은 소망으로부터 시작했습니다. —괴테의 심각한 위기 덕분에 우리는 그에게 거의 몰락이었고 어쨌든 죽음 직전의 상황과도 같았던 마음의 깊은 당혹과 좌절에서 우러나온 절규의 노래, 그의 훌륭한 칼스바트의 비가悲歌를 감상할 수 있었습니다. 이때 나는 감히 괴테의 형상을 끌어들일 생각은 하지 못했고, 그럴

---

[63] 괴테는 74세의 노령으로 19세의 처녀 울리케 폰 레베트초프Ulike von Levetzow를 사랑하게 된다. 이때의 아픈 심정이 비가로 남게 된다.

만한 능력도 없어서 포기했습니다.

내가 창조해낸 것은 현대적 주인공, 내가 이미 초기작품들에서 깊이 공감하여 형상화했던 여린 유형의 주인공, 토마스 부덴브로크 및 중세의 지롤라모 사보나롤라Girolamo Savonarola의 형제와 같이 일에 지칠 대로 지쳐서 극단적인 것을 결심하는 유약한 주인공이었습니다. 짧게 말해 나 자신에게 세례를 받은 "일에 몰두하는 윤리학자" 타입의 주인공이었습니다. 표면적으로 보면 주인공 구스타프 폰 아셴바흐는 당시에 중환자로서 미국 순회공연에서 돌아온 오스트리아의 위대한 음악가 구스타프 말러의 성향을 지니고 있었습니다. 서서히 일간지를 통해 알려진 이 음악가의 파리 내지 비엔나에서의 품격 있는 죽음으로 말미암아 나는 내 소설의 주인공에게 내게 친밀한 예술가 형상의 엄밀한 열정적 성향을 부여하게 되었습니다. 다시 나의 주제는 열정의 파괴, 잘 가꾸어지고 외견상으로는 잘 다듬어진 것처럼 보이는 삶의 붕괴였습니다. 삶은 "이방의 신" 에로스 내지 디오니소스를 통하여 가치를 상실하고 터무니없는 상태에 빠져 버립니다. 감각적인 것에 집착하는 예술가는 실제로 가치 있게 될 수 없는 것입니다. 모든 예술성에 대한 쓰라리고 우울한 회의의 이런 기본경향은 (플라톤의 대화록 형식으로) 주인공의 고백을 통해 표출됩니다. 나는 이미 죽도록 규정된 주인공으로 하여금 솔직하게 말하도록 합니다.

이는 소설을 통한 특수한 자기징벌입니다. 소설은 그 자체로 보고와 산문으로 된 의도된 아이러니에 의하여 거짓과 우행으로 낙인찍히는 품위 및 대가연하는 태도를 여지없이 드러냅니다. 이미 〈토니오 크

뢰거〉와 〈트리스탄〉, 〈피오렌차〉에서 표명된 바와 같이 도덕적·인
간적 관점에 따른 예술성에 대한 우울하고 회의적인 비판은 〈베니스
에서의 죽음〉에서 정점에 이르게 됩니다. 동시에 예술가의 감정 속으
로 스며들어야만 하는 교육적 요구는 철저하게 관철됩니다.

　이와 같은 요구와 경향, 이념은 그것이 고독한 청춘기와 보헤미아
시기로부터 대두된 이래로 나의 삶에서도 역할을 하기 시작했었습니
다. 나는 이런 이념과 요구를 자서전 및 고백의 세계를 〈교육〉, 인간형
성, 교양과의 직접적 관계로 연결시킨 에세이 〈괴테와 톨스토이〉에서
개진한 바 있습니다. 나는 의식적이든 무의식적이든 이미 자서전적·
고백적인 글에서 교육적 요소가 어떻게 살아 있고, 또 어떤 모습으로
성장하게 되는지를 보여주었습니다. 나는 다음과 같이 주장하였습니
다. "어느 누구도 일찍이 자신의 자아를 문화적 과제로서 이해하지 않
았던 사람은 없었다. 외적 인간세계에서의 교육적 효과, 청춘의 지도
자 및 우연과 같은 인간형성자의 행복과 기품에 도달함이 없이는 이
과제를 지키는 것이 몹시 힘들어질 것이다. 그리고 삶의 높은 곳에 이
르러서야 비로소 나타나는 이런 통찰의 순간은 생산적 인간의 삶에서
최고의 순간인 것이다."

　이런 식으로 에세이에서 자신의 견해를 피력하는 작가가 거의 편
타고행자鞭打苦行者와도 같은 비관주의를 가지고 소설에서 모든 예술 내
지 문학성에 대하여 어떤 교육적 효과를 위한 소명을 부인한다면, 여
러분은 그것을 문학적 사유의 진기한 이중성의 예로 간주하십시오. 그
럼에도 불구하고 나의 정신에 있어서 교육의 이념이 얼마나 깊이 뿌리

박고 있었는지는 내가 비밀스럽게 붙잡은 다음 소재가 모든 전제와 의도에 반해 독일 교양소설 및 교육소설의 후기형식이 되었다는 사실에서 잘 나타나고 있습니다. 나는 《마법의 산》을 말하고 있는데, 이에 관해서는 다음 번 모임에서 이야기하려고 합니다.

우리가 마지막으로 거론했었던 산문형식의 이야기, 그 모든 작품들 가운데 미국에서 유감이지만 지금은 사라진 잡지 〈다이얼〉에 영어로 게재된 최초의 작품 〈베니스에서의 죽음〉은 작가로서의 개인적 삶에 있어서, 동시에 나의 삶이 속해 있는 시기에 있어서도 유난히 눈에 띄는 이중의 위치를 차지하고 있습니다. 이 작품은 바로 제1차 세계대전 발발 직전인 1913년에 출간되었습니다. 전쟁의 발발과 아울러 유럽적 삶의 한 단면은 끝나 버렸고, 새로운 운명의 세계가 계속 살아가야 하는 사람을 위해 문을 열었습니다. 그리고 운명의 세계가 나의 내적 삶에서 수행하는 역할은 그것이 최후의 극단적인 것, 종결을 의미하는 한, 시대적 전환을 맞이하여 나의 감정에 우연이 아닌 이 장소에 어울립니다.

그것은 도덕적으로나 형식적으로 《부덴브로크 일가》 이래로 내 창작물의 특징이었고 실제로 〈베니스에서의 죽음〉과 더불어 확고해졌던 데카당 및 예술가 문제의 가장 첨예화되고 집약된 형상화의 세계였습니다. ─ 이는 파국으로 끝나는 시민시대 있어서 특징적으로 나타나는 총체적 문제성의 구체화 및 완결과도 전적으로 일치합니다. 〈베니스에서의 죽음〉에 이르렀던 개인적 도정에는 무턱대고 나아가는 전진이나 초월은 없었습니다. 당시에 친구들이 나의 작업에 대해 내가 얼마나 그렇게 하기를 원했는가에 대해 그들의 우려를 인식시키려 했을 때, 나는 이를 완전히 이해하였습니다. ─이런 우려에 대해 내가 미지근하게, 확고하지 못한 청춘기의 특징이었던 운명론과 생명의 신뢰에서 나온 불분명한 태도로 답했다는 것을 제외하면.

정말이지 하나의 분기점, 내가 도달한 상대적이고 일시적인 완성의 한 지점을 극복하느냐 못하느냐는 생명력의 문제였습니다. 우리가 고정화되어버린 것, 완전히 형식화되어 버린 것을 다시 유동성 있도록 풀어헤쳐서 생산성을 유지하도록 거기에 새로운 내용을 주입시키고, 삶의 정신적 토대를 확대하고 계속 더 높게 쌓아올릴 수 있는가 하는 것은 생명력의 문제였습니다. ─아니면 새로운 시대의 환경 속에서 우리의 부분이 과거의 것의 반복 내지 정체에 불과할 것이냐 하는 것도 그것에 달려 있었습니다. 이에 대한 결단은 의지로부터 확고해지는 것이 아니며, 그것은 하나의 사건입니다. 우리가 먼저 이를 전혀 의식하지 못할지라도, 성장이란 결코 새롭고 계속되는 것에 관해 조금도 알지 못했던 옛것, 진부해진 것의 전면 포기가 아니라 결국은 '옛것'이 새로운 요소를 포함하고, 반면에 '새것'은 옛것의 요소를 재수용하고 발전시키는 것이 중요합니다. 이것이 〈베니스에서의 죽음〉과 《마법의 산》의 관계입니다.

아셴바흐의 이야기에는 비록 아이러니하고 비관적으로 이치에 어굿나는 일이 일어나기는 해도, 더 이상 옛 시민시대에 속하는 것이 아니라 이미 새로운 후기 시민적 생활태도와 관련된 많은 것이 전개됩니다. 한편《마법의 산》은 여전히 낭만적인 책, 죽음과의 공감을 이야기하는 책입니다. 그럼에도 이 소설은 개인적 고난의 세계에서 새로운 사회적·인간적 도덕성의 세계로 들어가는 도정을 보여줍니다. 과거의 책 가운데 어느 누구에게서도 주인공 한스 카스토르프가 눈 속에서 꿈꾸는 인간에 대한 인식은 아마 있을 수 없었을 것입니다. "인간은 사랑과 선 때문에 죽음에게 그의 사고에 대한 지배권을 넘겨주어서는 안된다."

삶, 예술가 내지 작가의 삶이란 계획에 따라 실행되는 것이 아닙니다. 그것은 앞서 주어진 것을 실행하면서 발전시켜 나가는 일입니다. 우리의 삶은 앞으로 어떻게 될 것인가, 우리는 청년기에 이에 대한 불분명한 기대만을 가지고 있었습니다. 그러나 우리의 과거는 어땠는가 하는 것을 우리는 나이가 들면서 신중하게 살펴볼 수 있을 것입니다. 나의 경우 처음에는 독일시민의 소설이, 중간에는 유럽적 문제성과 변증법의 소설이, 근자에는 내가 파악하는 한 요셉과 그의 형제들에 관한 인간신화가 있습니다. 그것은 올바르든 아니든 삶의 길입니다. 그것을 나에게 데려온 것은 명예욕이 아니었습니다. 나는 이 길을 지나갔는데, 왜냐하면 이 길을 가도록 일이 발생했기 때문입니다.

1912년에—현재 대학생이라면 그때는 태어나지도 않았을 연령입니다.—나의 처는 그리 심하지 않은 폐렴에 걸려서 아무튼 스위스의 고산지대에 있는 다보스 요양소에서 반년간 보내지 않을 수 없었습니다. 나는 그 위에서 요양하는 환자를 몇 주간 방문하였습니다. 여러분이 《마법의 산》 앞부분을 읽어보면 〈도착〉이라는 장章이 있습니다. 그 장에는 손님인 한스 카스토르프가 환자인 그의 사촌 요아힘 침센과 요양소 식당에서 저녁식사를 하면서 당지의 분위기와 "우리가 사는 이 위" 삶의 첫 인상들을 경험합니다. ― 여러분이 이 장을 읽어보면, 여러분은 당시 내 자신의 경이로운 인상에 관한 상당히 자세한 기술을 대면하게 될 것입니다.

이처럼 아주 특수한 인상들이 내가 다보스 요양소의 병적 분위기 속에서 내 처의 동반자로서 지내는 3주 동안 강화되고 심화되었습니다. 본래 주인공 카스토르프 역시 그곳에서 지내려고 생각한 것은 3주였는데, 그 3주가 그만 마법의 동화 같은 7년으로 바뀌게 됩니다. 나는 이에 관해 아마도 상세히 이야기할 수 있었을 것 같습니다. 왜냐하면 만일 내 자신에게 그런 일이 일어났다 해도, 그 세월은 적지 않은 기간이었기 때문입니다. 적어도 그의 ―실제로 근본적인― 체험들 가운데 하나는 내 자신이 직접 겪었던 일을 주인공에게 그대로 옮긴 것입니다. 즉, 평지 출신의 병과는 상관없는 손님이 우연히 검사를 받다가 그 자신이 병자라는 판명을 받게 됩니다.

나는 그 위에서 대략 열흘간 지내던 중이었는데, 춥고 축축한 날씨에 발코니에 나갔다가 고지의 대기에서 생기는 특수한 카타르에 걸리게 되었습니다. 이때 두 명의 전문의, 과장과 그의 조수가 현지에 있었기 때문에, 요양소의 안전과 질서를 위하여 나의 기관지를 검사받지 않을 수 없었습니다. 그리고 나는 막 검사받도록 지시를 받은 나의

처의 뜻에 따르기로 하였습니다. 여러분들도 상상할 수 있듯이 외견
상 소설 속의 베렌스 원장을 약간 닮은 과장은 나의 몸을 여기저기 타
진하기 시작하다가, 아주 빠르게 이른바 탁음이 나는 부분, 나의 폐의
병든 부분을 찾아냈습니다. 만일 내가 한스 카스토르프와 같았더라
면, 이로 인해 나 역시도 인생에 있어서 전환점을 맞이하게 되었을 것
입니다.

의사는 조심스럽게 행동하는 것이 좋을 것이며, 이곳 요양소에서
반년 정도 치료를 받을 것을 권고했습니다. 그런데 내가 만일 그 권고
를 따랐더라면, 나도 그 위에서 아직까지도 누워 있을지 모를 일입니
다. 이렇게 하여 나는 《마법의 산》을 집필하기로 마음먹었습니다. 짧
은 3주일 동안에 그 위에서 받았던 인상들, 젊은이에 대한 이런 환경의
위험으로부터 내게 하나의 개념을 부여하기에 충분한 인상들을 나는
이 책에서 활용하였습니다. 나의 책 《마법의 산》은 이 실존형식의 최
종작품이 되어 버렸습니다. 이유인즉 오늘날 이 책은 손상되지 않은
자본주의 경제형식에서만 생각할 수 있는 고급스런 요양소와 더불어
끝났거나 거의 끝난 것과 마찬가지이기 때문입니다. 서사적 묘사가 삶
의 형식을 완결하며, 또한 삶의 형식은 서사적 묘사에 따라 사라진다
는 것은 어쩌면 법칙과도 같은 어떤 것이 아닌가 합니다. 오늘날 폐질
환에 대한 치료법은 대체로 다른 방법을 모색하고 있으며, 스위스 고
산지대의 대부분은 스포츠를 위한 호텔로 변해 버렸습니다.

내가 《마법의 산》에서 일종의 의료행위—거칠게 말해 부유한 환
자들의 착취—를 서술했을 때, 그것은 여러분이 이 나라에서 구체적

인 표현으로 '추문을 캐다muck-raking'라고 하는 것과 같았습니다. 어떤 초상의 유사성을 이용할 때의 이른바 실화소설의 효과에 대한 생각 같은 것과는 거리가 멀었습니다.

여기서 작가로서의 관찰 일반의 기법에 관하여 한 마디 해도 좋을 것 같습니다. 요컨대 이웃사람을 몰래 뾰족한 연필로 스케치하면서 그들의 외관과 특징들을 묘사하는 작가들이 있다면, 아무튼 나는 그런 부류에 속하지 않습니다. 거동을 살피는 것은 내게 전혀 어울리지 않습니다. 나는 거의 소재를 찾으러 다니거나 인상을 쫓아다니지 않습니다. 나는 어떤 놀라운 사건을 체험하는 것이 아닙니다. 반대로 이렇게 말하고자 합니다. 즉 삶의 인상들에 대한 나의 관계는 본질적으로 수동적이며, 무의시적 수용에 가깝습니다. ―어떻게 해서든 시각적이고 청각적인 지각이 나에게 들어와 나의 내면에서 인간적 성향과 특수성의 기반을 형성하며, 창조적 기회가 오게 되면 나는 이를 바탕으로 작품을 만들어냅니다.

주로 거대한 인간적 기본형식들만이 문제시되는 나의 후기 작품들, 요셉 연작소설과 최근의 작품인 괴테―소설에서는 자연주의적 초상은 갈수록 더 배후로 물러나고 있습니다. 그러나 초기의 작품들에서 나에게 중요한 문제는 전적으로 문체화와 자연주의적으로 관찰된 자료의 정신적 상승이었습니다. 내 작품의 인물들에게 삶의 본보기가 있다면, 〈베니스에서의 죽음〉에 나오는 아셴바흐의 경우처럼 어떤 전형의 특징들이 아주 다른 근원에서 생겨난 자극들과 뒤섞이거나 다양하게 서로 교차함으로써, 예술적 통합을 위한 최종 결과로 용해됩니다.

이런 과정에서 만들어진 '초상'은 혼란을 야기하며 재인식되기도 하지만, 동시에 다시는 인식되지 않기도 합니다.

다보스의 인상과 경험으로부터 이야기를 만들어내려는 생각은 나에게서 아주 빨리 확고해졌습니다. 그것은 즉시 《마법의 산》이라는 제목을 얻었습니다. 이 소설은 〈베니스에서의 죽음〉과 비교하면 유머가 돋보이고 규모가 크다는 점에서 일종의 상관물, 따라서 단지 어느 정도만 연장된 단편에 불과했습니다. 그것이 지닌 분위기는 이 위라는 특수한 장소에서 내가 경험한 죽음과 재미가 뒤섞여 있어야 했습니다. 죽음의 매혹, 〈베니스에서의 죽음〉에서 묘사된 질서정연한 삶을 누르는 도취적 무질서의 승리가 유머의 차원으로 옮겨져야 했습니다.

단순한 주인공, 죽음의 모험과 시민적 성실 사이의 우스꽝스러운 갈등이 어디까지나 나의 의도였습니다. 하지만 이 이야기가 확대되면서 뭔가 위험에 대한 알 수 없는 예감이 곧 나에게 스며들기 시작했습니다. 내가 앞서 언급했던 "생산적 자기기만", 즉 어떤 시도에 대하여 반복되어 온 과소평가는 이번에는 아주 일찍부터 다보스 이야기는 이런 면을 자체 내에 지니고 있어서 내가 생각한 것보다 자신을 넘어서서 아주 다른 어떤 것이 되리라는 예감에 의해 사라져 버렸습니다. 이미 외적인 면에서 그러했는데, 왜냐하면 내가 베니스−소설의 엄격함을 탈피하고자 사용했노라고 말하고 싶은 영국식 유머가 두드러진 문체는 넓은 공간과 이에 걸맞은 시간을 요구했기 때문입니다. 이런 와중에서 소설의 끝을 나에게 맡기게 된 세계대전이 일어났습니다. 전쟁의 내적 경험은 물론 이루 말할 수 없이 소설의 내용을 풍부하게 했지만, 전쟁의 과정에서 나는 몇 년간 작업을 중단해야 했습니다.

평화조약이 체결되고도 오랜 시간이 지난 1924년에서야 본래는 단편으로 구상되었던 작품이 두 권의 장편소설로 출간되었습니다. 이렇게 되기까지는 통틀어 7년이 아니라 12년이 걸렸습니다. 나는 완성된 작품을 세계가능성이라는 면에서는 체념의 제스처로, 조금도 신뢰성을 갖지 않고 포기하는 데 익숙해 있었습니다. 과거에 내가 맛본 세계가능성의 자극은 이미 진부해져 버린 지 오래였습니다. 완성은 창작윤리의 성실성, 근본적으로 자기고집의 문제였습니다. 만일 나의 문제적 개인의 만족에 나의 인생에서 여러 번 있었듯이 아주 떠들썩하게 독자참여가 일어난다면, 나는 정말 "깜짝 놀랄 것입니다."

《마법의 산》의 경우 이 우호적인 놀라움의 감동이 특히 깊었고 상상을 초월했습니다. 전후戰後의 어려운 상황에서 수천 명 이상의 독자들이 평범한 소설 읽기와는 전혀 무관한 아주 기이한 이야기에 돈과 시간을 과연 투자하려고 하겠습니까? 이 두 권의 책이 10년 일찍 나왔더라면 아마 독자가 없었을 것입니다. 물론 1924년만 해도 《마법의 산》 문제들이 여전히 대중적이지는 않았으나 교양 있는 독자들에게는 대단한 호기심을 자극했습니다. 일반적인 위기가 넓은 독자층의 수용성으로 하여금 젊은 주인공 카스토르프의 본질적 모험을 결정한 바로 저 "연금술적 상승alchimistische Steigerung"을 경험하도록 하였던 것입니다.

사람들은 《부덴브로크 일가》처럼 《마법의 산》을 유럽의 문제성을 지니고 있음에도 불구하고 대단히 독일적인 책이라고 불렀습니다. 어느 탁월한 스웨덴의 비평가는 이 책의 외국어 번역은 전혀 불가능하다고 단호한 어조로 설명했습니다. 하지만 그의 예언은 잘못되고 말았습니다. 내 책들 가운데 어떤 책도 《마법의 산》만큼 전 세계적으로 그렇게 관심을 끌지 못한다고 나는 생각합니다. 미국에서도 역시 그렇다고 덧붙이자니 특히 만족스럽습니다.

과연 나는 이 책 자체에 관해, 그리고 이 책을 이를테면 어떻게 읽어야 할 것인가에 관해 무슨 말을 해야만 하는 것일까요? 소설의 특별한 창작방식, 그 구성으로 말미암아 독자는 이 책을 두 번 읽을 때에 만족감이 상승하고 깊어지게 됩니다. 음악을 올바르게 감상하기 위해서는 그것을 제대로 알아야만 하는 것처럼 말입니다. 음악, 작곡―나는 일찍이 나의 초기 작품들과 관련하여 소설, 서술작품이란 나에게 교향곡, 대위법의 작품, 이념들이 그 안에서 음악적 역할을 수행하는 주제의 조직이라고 말한 바 있습니다. 이 기법은 《마법의 산》에서 가장 복잡하고 모든 것을 관통하는 방식으로 적용되었으며, 이런 구성원리는 이 소설을 두 번 읽으라는 나의 주제넘는 요구와 관련되어 있습니다. 독자는 소설의 주제를 알고 있는 상태에서 상징적 핵심용어를 앞뒤 양방향으로 해석할 수 있을 때에야 비로소 나의 소설이 형성하는 음악적·이념적 연관의 복합체를 간파할 수 있을 것입니다.

이제 나는 이미 더욱 매혹적인 어떤 것, 이 소설이 다면적으로 관계를 맺고 있는 시간의 신비에 관해 거론할 시점에 와 있습니다. 《마법의 산》은 이중의 의미에서 시간소설Zeitroman입니다. 이 소설이 유럽에서 전쟁이 발발하기 이전 시기의 내적 상을 형상화하려고 한다는 점에서는 한편으로 역사적이지만, 다른 한편으로 순수한 시간 자체가 이 소설이 주인공의 경험으로서 다룰 뿐만 아니라 그 자체 내에서 또한 그 자체를 통하여 다루는 대상이기 때문에 이중적입니다. 이 책 자체가 서술의 대상이 되고 있는데, 왜냐하면 이 책은 젊은 주인공의 연금술적 마법을 무시간적인 것으로 서술하는 가운데 예술적 수법을 통하여 시간의 지양을 추구하고 있기 때문입니다. 시간의 지양은 이 책이 포괄하고 있는 음악적·이념적 전체세계에 매 순간 완전한 현재성을 부여하고, 마술적인 〈정지된 현재nunc stans〉를 이끌어내려는 시도에 의하여 가능해집니다.

그러나 내용과 형식, 본질과 현상을 완벽하게 일치시키고 동시에 줄거리로서 서술되는 것과 언제나 동일해지려는 이 책의 명예심은 이 정도로 그치는 것이 아니라 한층 더 나아갑니다. 《마법의 산》은 또 다른 기본주제, 종종 '연금술적'이라는 부가어가 주어져 있는 〈상승〉과 연관되어 있습니다. 여러분은 한스 카스토르프가 순박한 주인공, 함부르크에 가족이 있는 평범한 엔지니어라는 것을 기억하고 있을 것입니다. 그러나 마법의 산의 열기 어린 연금술 속에서 이 순박한 철부지는 자신을 도덕적이고 정신적이며 감성적인 모험들을 가능하게 하는 상승을 경험하게 됩니다. 이런 것에 관해서는 늘 아이러니하게도 그는 '평지'로 특징화되는 세계에서는 결코 꿈도 꿀 수 없었을 것입니다. 카스토르프 이야기는 상승의 이야기이지만, 그것은 이야기와 서사작품으로서도 자체 내에서의 상승입니다.

그의 이야기는 얼핏 사실주의 소설의 수단으로 이루어지는 것처럼 보이지만, 그것은 그런 것이 아닙니다. 그의 이야기는 사실적인 것

을 상징적으로 상승시키고 정신적이고 이념적인 것에 대해서는 투명
하게 하는 가운데 지속적으로 사실적인 것을 초월합니다. 등장인물들
의 처리에서도 이미 이 이야기는 그러합니다. 인물들 모두가 독자의
감정에 대하여 겉으로 보이는 것 이상으로 호소력을 갖고 있습니다.
그들은 정신적 영역 및 원칙들, 정신세계의 순수 대리인, 대표자 내지
사절들입니다. 이 때문에 나는 그들이 그림자가 아니라 움직이는 알레
고리Allegorie이기를 바랍니다. 반면에 나는 독자가 소설의 인물들, 즉 요
아힘, 쇼샤, 페퍼코른, 세템브리니 등을 실제의 인물처럼 여기는 경험
을 통하여 위안을 받습니다. 독자는 그들을 정말 친분을 맺은 사람들
처럼 생생하게 기억하고 있습니다.

이 모든 것 사이에서 자신의 길을 가야만 하는 단순한 주인공이 이
해하기를 배우는 것은 더 높은 건강이란 언제나 병과 죽음의 심원한
경험을 통하여 관철되어야만 한다는 것입니다. 죄에 대한 깨달음이 구
원의 전제조건이듯이 말입니다. 언젠가 한스 카스토르프는 쇼샤 부인
에게 이렇게 말합니다. "삶에는, 삶에는 두 길이 있습니다. 그 중 하나
는 평범하고 직접적이며 선량합니다. 다른 하나는 좋지 않습니다. 그
길은 죽음으로 인도하는데, 그것은 천재의 길입니다."

병과 죽음을 깨달음, 건강, 삶에의 필연적인 통로로 보는 관점은
《마법의 산》을 일종의 밀교-소설로 만들고 있습니다. 밀교소설initiation
story이라는 표현은 나 자신에게서 나온 말이 아니며, 미국의 젊은 학자
가 사용한 말입니다. 얼마 전에 하버드대학교의 젊은 학자 하워드 니
머로Howard Nemerow가 저술한 영문 원고가 나에게 도착했습니다. 이 연

구서의 제목은 《탐구자 주인공. 토마스 만의 작품에서 보편적 상징으로서의 신화The Quester Hero. Myth as Universal Symbol in the Works of Th. M.》입니다. 이 저술은 나 자신의 추억과 의식을 대단히 새롭게 일깨워 주었습니다. 이 연구서의 저자는 《마법의 산Magic Mountain》과 순박한 주인공을 거대한 전통, 독일의 전통뿐만 아니라 세계의 전통 속으로 들여보냅니다. 저자는 주인공을 민족들의 문헌으로까지 소급되는 문학의 한 전형으로 설정해 놓고, 그에게 '탐구자 설화The Quester Legend'라는 명칭을 부여하고 있습니다.

그의 가장 유명한 독일의 현상형식은 괴테의 《파우스트》입니다. 그러나 영원한 탐구자 파우스트의 배후에는 성배소설聖杯小說, 즉 생그레일Sangraal 또는 홀리 그레일Holy Grail 소설이라는 일반적 명칭을 가지고 있는 일군의 문학들이 존재합니다. 성배소설의 주인공은 거웨인Gawain 또는 갤러해드Galahad, 퍼시발Perceval이라고 불리든 아니든, 바로 천국과 지옥을 유랑하면서 거기서 일어나는 모든 것을 받아들이는 탐구자, 추적자, 묻는 자입니다. 그는 성배를 찾아가는 도정에서는 그 어떤 것과도 협정을 맺습니다. 그는 비밀, 병, 악, 죽음, 다른 세상, 신비로운 것, 《마법의 산》에서는 "의심스러운 것"으로 특징화되는 세계와도 가리지 않고 협정을 맺습니다.

이런 탐구자로서의 주인공 계열에서 가장 최근의 주인공이 한스 카스토르프라고 저자는 설명하고 있습니다. 성배의 탐구자 카스토르프는 퍼시발이나 괴테의 빌헬름 마이스터처럼 "순진한 바보Guileless Fool"입니다. 내가 이미 언급한 바 있으며, 《마법의 산》이 패러디의 방식으로 완결하는 것처럼 보이는 독일 교양소설은 모험소설의 승화 내지 정신화와 도대체 무엇이 다르겠습니까? 나의 교양여행자의 교육적 시험은 성배 탐구자가 중도에 교회에서 무섭고 비밀스런 시험, 밀교의 비밀에 접근하는 조건들을 이행해야만 하던 밀교의식과 무엇이 다르 겠습니까?

알다시피 한스 카스토르프는 고상하고 신비한 기사를 조상으로 갖고 있습니다. 그는 가장 높은 의미에서 전형적이고 호기심 많은 개 종자, 자의로, 오직 자신의 의지로만 병과 죽음을 포용하는 개종자입 니다. 왜냐하면 병과 죽음과의 첫 접촉은 즉시 그에게 특별한 이해를 약속하고 모험을 하도록 촉구하기 때문입니다. 성배의 탐구자로서의 한스 카스토르프 —내가 그를 묘사했을 때 정작 내 자신이 "순진한 바 보"였다는 것을 짐작조차 하지 못했습니다. 그가 비록 성배를 찾지는 못할지라도, 그가 죽음의 꿈속에서 예감하는 성배는 인간의 이념, 병 과 죽음에 대한 깨달음을 통하여 관철되는 미래의 휴머니티입니다.

한스 카스토르프는 저 위 요양소에서 내려와 내가 이미 말한 것처 럼 수년간이나 《마법의 산》 작업을 중단시킨 유럽의 엄청난 파국 속으 로 휘말려 들어가게 됩니다. 나는 전쟁기간 동안 자기탐구의 방대한 노작勞作, 전쟁과 그 문제성들을 마무리 지으려 했으나 나중에 드러나 듯이 유예된 나의 예술작품 《마법의 산》에 대해서는 필수불가결한 준 비와 안정화의 기반이 되었던 에세이 《비정치인의 고찰Betrachtungen eines Unpolitischen》을 썼습니다. 나는 이 에세이의 "평행적 행동"을 통하여 문 학적 시도의 부담을 사상적으로 줄이려 했던 경향에 충실하게 머물러 있었습니다. 그렇습니다, 나는 이 비판적이고 논쟁적인 책을 나의 본질의 양도할 수 없는 중요한 요소로 느끼고 싶지 않습니다. 물론 의무감의 문제만으로도 결코 돌리고 싶지 않습니다.

《부덴브로크 일가》는 에세이적 논설문들을 쓰기 위해 중단된 적이 없는 유일한 장편소설입니다. 그런데 다음 세 권에는 '나날' 및 시대의 '요구'와 내적 절박감의 만남으로부터 완성된 길고 짧은 논설문들이 들어 있습니다. 12년이라는《마법의 산》작업기간이 지나 무엇보다 〈괴테와 톨스토이〉, 〈신비의 체험〉, 〈독일 공화국론〉이라는 에세이가 나왔던 것입니다. ─그러나 앞서 나온《비정치인의 고찰》에서는《마법의 산》에 등장하는 인물 나프타와 세템브리니의 결투가 이미 격렬하게 벌어지고 있었습니다.

어느새 나온 지 25년이나 된 이 저작에서 나는 '민주주의'라는 것, 요컨대 정신의 정치화에 대해 문화 및 심지어는 자유의 이름으로 전력을 다해 항거했습니다. 나는 심지어 자유라는 이름까지 거론했습니다. 이유인즉 자유란 내 생각에 독일시민의 특징적 성향에 따라 〈도덕적〉 자유라고 나는 이해했기 때문입니다. ─이것과 시민적 자유와의 관계에 대해서는 거의 의식하지 못했고, 의식하고 싶지도 않았습니다.《고찰》은 '대중의 봉기'와 더불어 부각되는 기계적 문명의 평준화 경향에 대한 도전이자, 돈의 지배와 '정치가들'의 타락과 같은 영적 황폐화에 대한 반대시위였습니다. 나는 내가 알고 사랑했던 독일, 바로 빌헬름 황제의 사치스런 분위기에서 번성할 수 있었던 독일을 위해 투쟁했습니다. 이는 음악, 형이상학, 심리학, 비관론적 윤리학, 개성적이고 휴머니즘적인 이상주의를 자신의 것으로 인정하면서도 정치적 요소는 과소평가하여 배제시키는 자세였습니다.

따라서 《고찰》은 투쟁서인 동시에 이미 자기 탐구와 자기 근본의 교정을 담고 있는 열정의 작품이었습니다. 더욱 회의적이고 의심스런 지식인으로서 내가 쓴 모든 것을 통하여 그 토대를 모두 묻어버린 보수적·회의적 정신의 내 세계,—이런 세계가 저 전쟁의 파국 이후에도 살아남을 수 있었을까요? 내가 보건대 그럴 수 없었습니다. 그러나 나는 "지금 벌어지는 일을 밀어붙여야 한다!"고 말하는 부류에는 분명히 속하지 않습니다. 아니, 고백하건대 나의 주장이 실패한 것처럼 보일지라도, 나는 그것을 성실하게 지키는 것이 더 기품 있는 태도라고 생각합니다. 나는 황제나 저 자기탐구서에 나오는 루덴도르프를 위해 싸운 것이 아니라 괴테의 독일을 위하여 싸웠다는 것을 명심해야 합니다.

그럼에도 자기탐구는 대체로 이미 변화하기 위한 첫 걸음입니다. 나의 경험으로는 어느 누구도 자신을 인식해가면서 과거의 자신 그대로 남아 있는 사람은 없었습니다. 《고찰》 자체가 이미 위기의 표현이자 혼란한 역사적 사건들에 의해 새롭게 야기된 상황의 산물이었습니다. 인간의 물음, 휴머니티의 문제가 이렇게 전반적이고 필연적으로 정신적 양심 앞에 놓여본 적이 없었습니다. 정신과 정치가 완전히 분리되어서는 안 된다는 것, 우리가 비정치적 문화인간[64]일 수 있다고 믿는 것은 독일시민의 오류였다는 것, 문화는 자체에 정치적 본능과 의지가 결여되어 있으면 아주 심각한 위험에 빠진다는 것이 나의 고백이었습니다. ─단적으로 말해 이런 사고가 바로 나의 '민주주의에 대한' 확고한 고백이었습니다. 이는 스스럼없이 고백할 수 있는 나의 좋은 천성 덕분입니다. 만일 나의 보수주의가 그 모든 정신과 음악을 지키지도 못하고 가장 비굴한 권력예찬 및 서구 양속의 근본을 위협하는 야만적 행위로 흘러 들어간 독일을 고집했더라면, 도대체 나는 오늘날 어디에 있을 것이며, 어느 편에 있겠습니까!

이 사유의 노작을 끝낸 뒤 시급한 것은 새로운 문학과제를 위하여 다시 한 번 집필에 들어가는 것이었습니다. 그리하여 비교적 짧은 운문작품과 동물과 목가적 삶이라는 주제를 지닌 이야기 〈주인과 개〉가 완성되었습니다. 이 개를 다룬 이야기는 특히 영국에 독자가 많았는데, 영국에서 팬클럽이 개최되었을 때 존 골즈워디John Galsworthy는 바로 이 작품에 대한 특별한 사랑을 내게 털어놓은 바 있었습니다.

나는 《마법의 산》 집필이 끝난 뒤에야 어느 정도는 완성을 축하하는 의미로 다음 작품에 착수했습니다. 내 생애에 있어서 최초로 이른 바 주문에 따라 문학적인 어떤 것을 썼습니다. 피셔 출판사의 잡지 〈새로운 전망Neue Rundschau〉의 편집진은 나의 50번째 생일을 축하하여 특별잡지를 출간하면서 거기에 게재될 기념적인 작품을 원했습니다. 이렇게 해서 내가 훌륭한 작품들 가운데 손으로 꼽는 나의 사랑스런 이야기 〈무질서와 젊은 시절의 노래Unordnung und frühes Lied〉가 생겨나게

64_ 민주주의 또는 프랑스적 문명 개념에 반한 '비정치적 문화인간unpolitischer Kulturmensch'의 개념이 바로 《고찰》의 요체라고 할 수 있는데, 토마스 만은 전후에 발표한 〈독일공화국론〉에서 자신의 태도를 지양하고 민주주의를 옹호한다.

되었습니다. 이 작품이 독일에서 호평을 받았다면 그것은 부분적으로는 이 작품에 독일 전후戰後와 공황시기의 무시무시한 위기가 우울하면서도 유머러스하게 반영되었다는 점에 기인하는 것이었습니다. 그러나 이 작품은 전쟁으로 인하여 아주 날카롭게 제기된 세대의 문제가 잔잔하게 울려나온다는 점에서도 시대상의 반영이었습니다. 하지만 이런 서술 방식은 어제에 대한 애정을 가지고《고찰》의 무거운 분위기로부터 자서전적 특징을 받아들였습니다. 즉흥적인 것에 인간적 온기를 부여한 아버지 사랑의 형상화 역시 자서전적이었습니다. 이 작품이 일차적으로 감동적인 효과를 거두게 된 것은 아마도 아버지의 사랑이라는 따뜻한 감정 때문이었을 것입니다.

이 막간극은 괴테의 말을 빌리자면 내가 다음 번 '주요업무'로 고려하는—물론 집필을 시작하지도 않았지만—〈요셉의 이야기〉 구상 시기에 출간되었습니다. 따라서 이 성서 및 신화적 소재에 몰두한 것은 이미 이 시기로까지 거슬러 올라갑니다. 완전히 시민적·사실적인 것과 결부되어 있었던 내 청춘기에 감추어져 있었던 형상화의 경향과 가능성들은 이제 인간이 특수성에서 보편성으로 기우는 나이에 들어와 이런 소재를 지향하고 있었으며, 작품을 시작하려고 작정하기도 전에 성숙해졌습니다. 이는 순전히 인간 문제에 대한 관심이었습니다.

나는 물론 성서적 소재에 대한 지식을 여러분 모두가 그렇듯이 동화와 더불어 어린 시절의 감동스런 첫 인상에 속하는 독서로부터 얻었습니다. 이렇게 말해도 좋을지 모르지만,《요셉》이라는 이집트 소설에 대한 나의 구체적인 '학문적' 준비는 학창시절로까지 소급됩니다. 그것은 해당과목 선생님과의 고통스런 체험까지도 초래했습니다. 나로 말미암아 선생님의 체면이 손상을 당했고, 반면에 내 쪽에서는 아마도 존경과 실망이 뒤섞인 거부를 당했다는 점에서 이중의 고통스런 체험이었습니다. 나는 이 때문에 지금까지도 당시의 과정을 정확하게 기억하고 있습니다. 선생님은 내게 이집트의 황소 신 이름을 물었고, 나는 이집트 말로 정확히 '하피Hapi'라고 알고 있었던 것을 대단히 자랑스럽게 여겼었습니다. 이때 선생님은 퉁명스럽게 내 대답을 시정했습니다. "말도 안 되는 소리, 그것은 아피스Apis야!" 그러나 아피스는 나중에 그리스어로 번역된 이름이었습니다. 만일 내가 진실을 밝힐 수 있는 용기가 있었다면, 선생님의 무지가 무참하게도 밝혀질 수 있었을 것입니다. 여러분, 여러분은 아마 용기 있게 말할 것이라고 나는 확신합니다. 하지만 나의 젊은 시절에는 선생님을 신처럼 우러러보았습니다.

《요셉과 그의 형제들》을 쓰게 된 직접적인 동인은 야곱의 아들인 요셉의 운명을 표현한 예쁜 그림, 하나의 화첩을 나에게서 가져가 사용하기를 원하던 지기이자 뮌헨의 화가 때문이었습니다. 나는 그림을 오래된 가족성서에서 찾아냈는데, 그것은 괴테가 《시와 진실》에서 다음과 같이 쓴 것을 입증했습니다. "이 자연스런 이야기는 지극히 우아하지만, 너무 짧은 것처럼 여겨진다. 그래서 우리는 그것을 하나하나 따로 떼어 상상하는 것을 사명으로 느낀다." 이때까지도 나는 괴테의 이 말이 정말 작업에 바친 많은 세월의 모토가 되리라고는 전혀 생각하지 못했습니다.

앞에서 나는 《요셉》을 위한 '학문적' 준비에 관해 언급했습니다.

물론 '전거들'을 찾으려는 많은 연구와 노력이 집필보다 선행 내지 병행되었다는 것을 부인하는 것은 어처구니없는 얘기일지도 모르겠습니다. 그러나 나의 요셉이야기가 역사에 기초를 둔 소설과 문화사적 파노라마로서 이해되고자 한다는 의미에서는 그런 것이 중요한 것이 아닙니다. 《요셉》은 일차적으로 연구되고자 하는 것이 아니라 향유되고자 하는 서술작품Erzählwerk이고 또한 서술작품으로 남아 있습니다. 나는 나의 박식함에 놀라워하는 분들에게 연구된 것으로 여길지도 모르는 바로 개별적인 것들이 사실은 자유롭게 고안된 것이라고 이야기하고 싶습니다. 그것은 내가 '접촉'이라고 부르는 것, 우리로 하여금 그의 언어로 말하고 정신적으로 상상하도록 가르치는 어떤 영역과의 강렬한 친밀성의 산물들입니다.

요셉의 이야기는 학문적 작품이 아니라 가장 본질적 의미에서 '픽션', 환상의 산물입니다. 그러나 《요셉》이 암흑 또는 무의식의 밤, 시간의 깊이 또는 본래는 같은 것인 영혼의 깊이로의 탐색일지라도, 허구적인 방식으로 인식의 돌격을 감행하고 있다는 의미에서는 여하튼 학문적입니다. 인간에 있어서 가장 원초적이고 가장 오래된 것, 이성 이전의 것에 대한 호기심—인간의 근원과 목표를 향한 호기심은 우리들 모두의 내부에서 들끓고 있으며, 신화에 대한 관심은 지극히 대단한 우리 시대의 열정입니다.

대뇌의 발전, 요컨대 우리가 의식의 정신적 해명과정에서 도달한 단계를 부정하는 극단적 낭만주의의 태도라든가 우리가 철학적이고 정치적인 의사일정에서 파악하고 있는 정신의—적어도 어떤 나라들에서의—저주, 지성의 이런 희생은 나의 관심사가 아니었습니다. 오히려 나의 머릿속에서는 공감과 이성의 일치가 비속해서는 안 되는 아이러니를 위하여 떠올랐습니다. 신화와 심리학, 이는 동행할 수 있었을까요? 그렇다고 나는 생각했습니다. 신화적 심리학의 수단으로 신화의 심리학을 시도하는 것이 나에게는 흥미로울 것 같았습니다.

이에 대해 마음속으로 품었던 생각을 나는 언젠가 한 연구자에 대한 공감을 표명할 기회에 언급한 바 있었습니다. 그는 정신사에 있어서 가장 위대한 발견자 가운데 하나인 지그문트 프로이트입니다. 그의 영혼에 대한 해명은 신화적인 것의 의미와 그것이 명칭 형태의 삶에서 차지하는 역할에 대한 나의 관점과 다면적으로 교감을 이루었습니다. 나의 요셉은 재차 문제성이 있는 예술가의 변형과 무엇이 다르겠습니까? 그렇습니다, 그가 신을 모방하면서 무의식적인 영역에서 유희하는 한, 그는 예술가입니다. 나는 1주일 전에 '유치증Infantilismus'에 관해 간략하게 이야기한 바 있습니다. 유치증, 이 순수 정신분석학적 요소가 우리 모두의 삶에서 얼마나 큰 역할을 수행하며, 인간의 삶의 형성에서 얼마나 강력한 몫을 차지하고 있는지요! 삶이란 자취를 밟고 가는 것, 추후적인 생명, 눈에 보이거나 전승된 신화적 전형의 동일화와 전혀 다를 바 없는 것 입니다! 아버지와의 연결, 아버지 모방, 아버지 역할과 더 높고 신적인 방식의 아버지 대리형상으로의 전위—이런 유치증이 개인적 삶에 얼마나 결정적으로 영향을 미치고 있습니까!

모든 삶은 회귀이자 반복인 것으로, 이른바 개체의 '성격'이란 원형적 일회성의 착각 속에서 흡사 가장 고유한 창조물을 추적하듯이 자기 힘으로 확고하게 수행되는 신화적 역할입니다. 하지만 그 역할의 수행자는 자신의 진지성 내지 일회성으로부터 그런 확고함을 길러내는 것이 아니라, 정반대로 기존의 것, 이미 증명되고 통용되는 어떤 것이 그와 더불어 다시 나타나 현재화될 것이라는 보다 심층적인 의식으로부터 그렇게 합니다. 우리는 특정한 동기에 따라서 어떻게 움직이고 처신하는지, 우리는 어떤 형태의 감정과 사고의 옷을 차려입는지—그것은 최초의 즉흥곡이 아니라, 다소는 어두운 추억과 관련되어 있습니다. 그것은 과거라는 무한한 연속으로의 굴절, 매번 근저에 도달하지도 못한 채 골몰하는 눈빛으로부터 점점 더 멀리 물러나는 시간이란 무대로의 굴절과 연관됩니다.

이 "신화적 동일화"는 결코 고대의 인간에게만 특징적인 것이 아닙니다. 나폴레옹도 "자취를 밟아 변화하면서" 자신을 알렉산더 대왕이나 카를대제大帝와 비교했을 뿐만 아니라, 그런 존재로 여겼습니다. "나는 카를대제이다"라고 그는 말했습니다. "나는 그를 기억한다"라든가 "나는 그와 같다"라고 말한 것이 아니라 "바로 나다"라고 말했습니다. 이것이 신화의 공식입니다. 그런데 아브라함의 자손이자 야곱에 이어 "두 번째 아버지"인 나의 요셉은 그가 전설로 노래되는 조상 아브라함의 신화적 자손인 엘리처와 동일한 것인지 아닌지 전혀 알지 못합니다.

요셉은 그렇다고 주장하지도 않지만, 그것을 부인하지도 않습니다. 그는 이 물음을 고대인이 과거뿐만 아니라 미래에 대해서도 "미해결로 열어놓듯이" 그냥 놓아둡니다. 이는 "이미 알고 있는 것처럼 느껴지는 일이" 일어났을 때 우리에게도 종종 해당됩니다. 인용으로서의 삶, 그리스도의 수난은 이에 대한 다른 예이자 가장 훌륭한 범례입니다. 이는 십자가에 못 박혀 마지막 죽음의 절규에 이르기까지 예언자들의 말이 "실현되는" 삶인 것입니다. "나의 하느님, 나의 하느님, 왜 나를 버리셨습니까?"라는 인용은 메시아의 도래를 알리는 유일한 예고인 시편 22편 1절에 나오는 말입니다. 그것은 "그래, 바로 나요"라고 말하려고 합니다.

내가 계획했던 것은 그림으로 비유하자면 양편의 서로 다른 그림들이 스페인과 독일 작품을 다루는 역사적 삼 폭 장식 가운데 날개로서의 한 권으로 된 이야기였습니다. 그로부터 탄생한 것이 무엇인지 아시겠습니까? 바로 옛 노래입니다! 나의 서사적 꼼꼼함, "알에서부터 시작하려는" 공상적인 태도로 인하여 나는 젊은 주인공의 전사前史 내지 조상들의 역사에 연루되지 않을 수 없었고, 그리하여 요셉은 그의 이집트 주인 페테프레Petepre가 그를 집어넣도록 명령한 감옥에서 오늘까지도 여전히 아버지 및 형제들과 재회를 축하하는 것 대신에 작가가 해방시켜 줄 날을 고대하고 있습니다. 그렇지만 이번에는 그 죄가 작가에게만 있는 것은 아닙니다. 이번에는 시간이라는 것, 저작자의 모든 계획과 의도들보다 훨씬 강력한 모종의 시대적 사건들이 개입되어 있는 것입니다.

먼저 성서 소재의 작업에 뒤섞여 있는 일상적 삽입물과 "부수적 업무들"이 이루어지고 있었고, 이런 와중에 《요셉》 소설의 신화문제와 직결되는 클라이스트의 《암피트리온Amphitryon》 희극에 대한 에세이가 준비되고 있었습니다. 그러나 이번 역시 작업에 중단이 생기게 된 것은 다행이었습니다. ─작품 또한 아주 외적인 것처럼 보이는 자극 덕분에 오히려 완성에 도움이 되었는지 모릅니다. 나는 당시에 발트해 연안의 작은 해수욕장에서 여름철을 보내면서 《요셉》의 집필을 계속할 작정이었습니다. 그도 그럴 것이 유감스럽게도 나는 휴가 중에 한 번도 빈둥거리며 지내는 것을 이해할 수 없었기 때문입니다. 그렇다고 바다에 오지 않을 수도 없었고, 더욱이 《요셉》 집필을 위해서는 많은 참고문헌과 쪽지들이 필요했지만, 그것들은 해풍에 날아갈 것이 뻔했습니다.

나는 작업을 위해 실내에 틀어박혀 있는 것도 원치 않았습니다. 따라서 《요셉》 원고를 휴가기간 동안 다른 서류와 함께 치워놓고 해변의 등의자에 앉아 집필할 수 있는, 말하자면 허구화할 수 있는 작은 작업을 시작하기로 결정했습니다. 이렇게 해서 〈비극적 여행의 체험〉이라는 부제가 달린 단편소설 〈마리오와 마술사Mario und der Zauberer〉가 생겨나게 되었습니다. 여기서는 대중을 미혹에 빠트리는 최면술사의 이야기를 다루고 있습니다. 하지만 그는 결국 자신의 희생물에게 오히려 총에 맞아 죽게 됩니다. 말로는 어디에도 표현되어 있지 않지만, 정치적·도덕적 풍자는 1933년이 되기 오래 전인 당시 독일에서도 아주 잘 이해되고 있었습니다. 요컨대 공감 또는 분노의 반응이 일었는데, 이 소설은 인간 해방의 종국적 파국의 단계에 이르러 극복되고 파멸하게 될 독재를 통한 폭력에 대한 경고였습니다.

《요셉》 제1권을 끝낸 뒤에 나는 그 표상에 따라 내가 잘 알고 있다고 믿었던 장소를 연구를 위해서가 아니라 단지 나를 조절하기 위하여 마침내 방문하기로 결정했습니다. 이 팔레스티나 여행은 나에게 내가 이미 잘 알고 있던 것, 즉 창작이란 현실을 "허구화하는 것"이라는 사실을 재확인시켜 주었습니다.

《요셉》 제2권이 끝난 뒤 나로 하여금 조국을 떠나도록 한, 아니 더 정확히 말하면 독일 밖에 머물게 한 독일의 파국이 일어났습니다. 독일 밖이라고 표현한 이유는 당시에 나는 강연 여행을 떠나 외국에 머물고 있었기 때문입니다. 스위스에 머물던 5년 동안에 《이집트의 요셉》이 완성되었지만, 《마법의 산》 이후의 〈무질서와 젊은 시절의 노래〉처럼 전환을 위한 단편으로만 생각했던 가장 최근의 소설 《바이마르의 로테》는 겨우 걸음마 단계에 있었습니다. 그렇지만 이번에도 책은 다시 장편소설이 되었습니다. 여러분은 〈베니스에서의 죽음〉이 내 머릿속을 채우던 25년 전에 이미 내가 독일의 위대한 작가 괴테를 소설작품의 대상으로 삼으려고 생각했었다는 것을 기억하실 것입니다. 물론 그때만 해도 이 까다로운 시도를 꼭 감행해야겠다는 용기는 없었습니다.

나이 60에 이르러서야 나는 위대한 노작가를 무대에 감히 올리려고 시도했습니다. ─무대에 올린다는 말에는 의도가 없지 않은데, 왜냐하면 나는 이 소재가 내가 이미 말한 바와 같이 이 작품을 《대공전하》보다 더 높은 형제작품으로 만드는 희극적 요소에 따라 극에 더 유효한 것은 아닌지 오랫동안이나 확신을 가지 못한 채 망설여왔기 때문입니다. 《바이마르의 로테》는 고귀한 노부인이 도착하자마자 그녀가 묵는 소공국 수도의 여관이 큰 소동에 빠져든다는 희극적인 이야기로 시작됩니다. ─그녀는 〈젊은 베르테르의 슬픔〉에서 괴테가 기념비적 여성으로 만들었던 동일한 로테 부프, 즉 부프 가문의 샬로테 케스트너보다 못하지 않은 인물입니다.

내 소설의 여주인공 로테는 그토록 오랜 세월이 지난 뒤에도 여전히 체험을 완결하지 못한 상태인 것으로, 바야흐로 존귀하고 유명해진 청춘기 친구와의 재회로부터 요컨대 해피 엔드가 이루어질 참입니다. 그러나 여기에는 동시에 자유로운 마침표를 "약혼녀에 대한 사랑"은 무엇 때문이었을까 하는 괴로운 질문을 던지도록 하는 견해 또한 생겨납니다. ─로테는 당시에 이미 그녀가 현재 성을 따르고 있는 남자와 약혼한 상태였으며, 이제는 미망인으로서 여러 아이들을 기르고 있기 때문입니다. 나아가 다른 질문, 즉 질풍노도의 젊은이를 사랑으로 몰아넣고는 그를 도주하게 한 것은 정말 무엇 때문일까, 그는 어째서 사랑한 여자로부터 언제나 고령에 이르도록 도주했는가 하는 질문이 뒤따릅니다.

로테가 이런 질문에 대하여 만족스런 대답을 가지고 있는지는 독자가 결정할 문제일 것입니다. 작품은 괴테를 중심으로 한 유희로서도 희극적으로 시작됩니다. 괴테는 뒤에 가서야 존엄해진 예술가, 존엄해진 정신적 인물로서 작품에 등장합니다. ─여러분도 알다시피 다시 이 주제가 내게 중요한 문제가 되고 있습니다. 이런 기품 있는 얼굴은 뻣뻣하면서도 교활한 가면을 쓰고 호기심 어린 세상을 향해 자신의 본질적인 것을 감추고 있는 것입니다.

괴테는 사람들의 헌신을 받지만 존재한다는 것만으로, 위대한 인간인 동시에 더 이상 범인凡人이 아니라는 사실만으로 고마워하거나 뭔가를 주는 법이 없는 천재입니다. 이 때문에 사람들은 그가 종종 냉혹하고 무정하며, 심지어는 악마적·허무적 성격의 소유자라고 생각합니다. 그를 향한 범인들의 사랑은 증오가 섞여 있습니다. 그들은 그를 통하여 행복감과 마찬가지로 그만큼 압박감을 느낍니다. 그는 사람들의 존경을 받으면서도 반항심을 일으키는 근엄한 아버지와 같습니다. 하지만 정작 그 역시 희생자, 희생을 당하는 천재입니다. 그는 화염이지만, 빛을 밝히기 위해 몸을 태우는 불붙은 양초와 같습니다.

한 위대한 남성, 위대한 인격체의 자연현상을 독자에게 이해시킬 수 있었다면, 이와 같은 성공은 신화적인 것에 대한 긴 세월의 노력을 통하여 《요셉》에서 수행된 사전작업 이후에만 가능했습니다. 왜냐하면 가장 최근의 소설인 《바이마르의 로테》는 하나의 신화, 괴테 신화를 다루고 있기 때문입니다. 이 책은 전제들을 만들어내고 있습니다. ─그것은 아마도 예술적인 것이 아닐 것입니다. 어느 신화의 구체화에 있어서 기초가 되는 모험적인 것은 독자가 이 신화와 친밀해질 때에만 효과적이 될 것입니다. ─그러므로 우리의 경우 독일 문화전통의 신화와 친밀할 필요가 있습니다. 만일 이런 친밀감이 결여된다면, 이 책을 무엇보다 소설로 만드는 자극이 사라지게 될 것입니다. 나에게 유감스러운 것이 있다면 첫째로 괴테 신화가 독일의 교양영역을 한층 넘어서서 세계체험이 되어 버렸다는 점입니다. 둘째로 이 책이 근본적으로 괴테 개인뿐만 아니라 천재 그 자체, 위대한 인간 자체의 문제를 다루고 있다는 점입니다.

이 소설은 요셉의 유희와도 같습니다. 라헬의 아들이 즐겨 행하는 하느님의 모방은 나의 괴테 모방과 일치합니다. 그것은 아버지와의 동일화이자 신비로운 연합입니다. 이제 요셉은 그의 두 번째 무덤에서 부활하도록 되어 있습니다. 내가 몰두하고 있는 인도 소설에 대한 우회로에서 나는 독일 휴머니즘의 바이마르 세계로부터 요셉 신화의 영역으로 되돌아가는 길을 찾고자 합니다. 여러분, 나의 창조적 소망을 괴테의 시로 요약하는 바입니다.

"창조하라. 내가 그것을 완성하도록
내 손의 일상이여, 위대한 정신이여!"

토마스 만의 삶과 문학세계

〈1〉

　토마스 만의 생애(1875-1955)와 창작활동은 19세기 말에서 20세기 중엽에 이를 만큼 긴 도정에 걸쳐 있다. 그런 만큼 그의 작가로서의 발전과정 또한 변화가 많고 복합적이며, 그때그때 미묘하고 까다로운 명암을 포괄하고 있다. 따라서 이에 대해 일관된 관점으로 설명하거나 요약하는 것은 매우 어려운 일이다. 그의 창작과정에는 수많은 세계사적 사건과 개인적 체험들이 각인되어 있을 뿐만 아니라 여러 사상가들의 영향과 다양한 예술적 수용관계, 정신의 변화와 삶의 굴곡이 한데 융해되어 있어서 그의 삶과 문학을 하나의 체계나 연속성 속에서 추적하는 것은 자칫하면 오류에 빠지기 십상이다. 그럼에도 불구하고 그의 생애에서 분수령을 이루며 우뚝 선 세계적인 작품들, 예를 들어《부덴브로크 일가Buddenbrooks》(1901),《마법의 산Der Zauberberg》(1924),《파우스트 박사Dr. Faust》(1947)와 같은 거대한 장편소설과 그 형성배경을 통해 접근한다면 상당히 객관적인 시각에서 전체적인 윤곽을 조망할 수 있으리라 여겨진다.

이 작품들이 토마스 만의 삶과 문학세계를 거의 대변할 수 있는 이유는 우선 그것이 그의 3대 걸작으로 평가받는다는 점 외에도 다음과 같은 몇 가지 중요한 의미를 지니고 있기 때문이다.

첫째, 이 작품들은 대략 20년마다 세계문단에 큰 획으로 돌출하면서 그의 생애를 삼등분하고 그 자체로 초기, 중기, 후기라는 문학적 시기분할의 개념과도 여러 모로 일치하고 있다. 노벨상 수상의 주요 대산으로 선정된 《부덴브로크 일가》의 경우, 세기의 전환점에서 발표된 그야말로 19세기 유럽의 정신사적 분석의 총결산이자 새로운 세기를 준비하는 도약의 작품이라고 할 수 있고, 《마법의 산》은 제1차 세계대전과 불가분의 관계에서 탄생한 그의 성숙단계를 대표하는 서사작품이다. 그런가 하면 《파우스트 박사》는 제2차 세계대전이라는 인류의 대참사를 '비극적 운명의 교향시'로 그려낸 그의 노년기의 고뇌에 찬 역작인 것이다.

둘째, 토마스 만과 여러 사상가, 작가, 예술가들과의 관계를 빼놓고는 그의 삶과 문학세계를 깊이 있게 충분히 설명할 수 없다는 점이 지적되어야 한다. 바그너, 쇼펜하우어, 니체, 괴테, 프로이트 등이 가장 중요한 인물들이라고 하겠는데, 특히 쇼펜하우어-니체-바그너의 영향은 매 작품마다 다른 형태로 수용되고 변형되면서 매번 새로운 발전의 양상을 보여준다. 《부덴브로크 일가》에서는 '몰락'이라는 주제가 쇼펜하우어의 염세주의와 혼융되어 '삶과 세계의 부정'이라는 어두운 색채로 표출된다. 《마법의 산》에서는 이와 같은 부정성이 니체의 삶의 찬양(디오니시즘)과 토마스 만 특유의 아이러니 및 유머를 통하여 긍정성으로 반전되는 모습을 보여준다. 미국 망명시절에 탈고한 《파우스트 박사》에서는 니체적 삶의 찬양의 목소리가 '세계의 전멸'이라는 부정적 음조로 다시 바뀌면서 동시대의 정치적 현안인 파시즘의 고발이라는 문제와 결부된다. 주인공인 작곡가 레버퀸의 운명은 종래에는 독일의 패망과 일치하고, 따라서 소설은 예술가 개체와 그를 둘러싼 세계가 동시에 몰락하는 전멸의 상황을 연출한다.

셋째, 토마스 만의 이념적 사고의 발전과정, 이른바 '사상변전 Gesinnungswandel'이라는 문제가 이 작품들의 저변에 매번 새로운 관점으로 자리잡고 있다는 점이 간과되어서는 안 된다. 1920년경 이전의 토마스 만은 독일의 보수성을 옹호하면서 부분적으로는 정치를 본성적으로 꺼려하는 독일의 향토주의 내지 민족주의 성향까지도 보여준다. 그러나 《마법의 산》을 새로운 발판으로 하여 그는 민주주의라는 사회적 공동체 이념을 전면에 내세우기 시작하며, 《파우스트 박사》를 집필하던 시기에는 미국에서 반파시즘 운동에도 적극 참여한다.

이 모든 것은 그의 문학적 삶이 세계사의 거친 소용돌이를 헤치고 나왔다는 보편적 사실에서 일단 파악될 수 있지만, 그의 문학적 태도 및 인식능력 자체가 일방성이 아닌 다면성에 기초해 있다는 가장 근본적인 특성에서 동시에 설명되어야 할 것이다. 다시 말해 그는 세계와 삶을 아이러니스트로서 사유하고 인식하며, 아이러니라는 문체수단으로 창작한다. 그에게서 아이러니는 모순 및 대립관계를 해결하려는 예

술적 수단이자 삶의 한계성을 극복하기 위한 최종적 자기근거로서 작
용한다. 그렇기에 무엇보다 독자들은 토마스 만에게서 일방적 긍정이
나·부정을 기대해서는 안 되며, 일방성이 아니라 다면성, 단거리가 아
니라 장거리를 보려는 넓은 시야와 서사적 끈기를 필요로 한다.

〈2〉

　　토마스 만의 문학활동은 대략 자연주의가 쇠퇴하고 비합리적 물
결이 쇄도하는 세기의 전환기(1894-1895)에 시작된다. 이 시기에는 소
위 '세기말의 종말감정'과 '몰락감'이 전반적으로 시대의 어두운 분위
기를 조성하는 가운데 문학에서는 자연주의에 대한 반발로서 일어난
신낭만주의나 인상주의, 상징주의가 몰락과 권태의 정조情調를 특징적
인 예술개념으로 표출시킨다. 토마스 만 역시 젊은 작가로서 이런 물
결에서 완전히 벗어날 수는 없었다. 처녀작 〈타락Gefallen〉(1894)이나 그
이후의 〈환멸Enttäuschung〉(1896), 〈작은 신사 프리데만Der kleine Herr
Friedemann〉(1896)이 바로 세기말의 경향을 단적으로 반영하는 단편들이
다. 그러나 불과 몇 년 뒤에 출간된《부덴브로크 일가》에서 청년 작가
는 이미 자신의 문제를 독일 및 유럽 시민사회 일반의 문제성으로 확
대하는 가운데 어떻게 하면 예술을 통해 정신적 위기와 몰락의 압박감
을 극복할 수 있을 것인가 묻고 있다.

　　'데카당스'라는 말로 집약되는 만 초기의 예술적 경향과 증상은
여러 경로를 거쳐 그에게 전파되었다. 특히 바그너 음악의 에로스적

열광과 낭만적 선율은 그를 한때 죽음의 도취로까지 몰아넣었다. 하지만 여기에는 쇼펜하우어와 니체 철학의 사상적 영향과 그의 개인체험이 한데 어우러져 이미 특유의 문학적 방향이 정립된다. ―《부덴브로크 일가》에서 우리는 그의 개인체험과 시대의 분위기가 어떻게 연결되고, 또 그것이 어떤 사상적 바탕 위에서 19세기 시민사회를 반영하는 하나의 '문화적 수채화'로 형상화되는가를 확인할 수 있다. 그 자신도 여러 에세이 내지 자서전에서 언급하고 있듯이, 이 시기에 열병처럼 유행하던 '예술을 위한 예술'이나 '딜레탕티즘', '보헤미아적 취향'과 같은 반시민적 데카당스의 경향은 그에게서 단순히 자아의 공허한 도취나 시대적 고뇌로만 남아 있었던 것이 아니라 쇼펜하우어–니체–바그너라는 거인들의 지대한 영향 속에서 어떤 다른 복합적 현상, 무엇인가 새로운 것이 되고자 하는 열망으로 변모하고 있다. 토마스 만은 이를 아이러니하게도 '신생에의 열망', '시민적 에토스'를 동반한 허무, "새로운 통합에의 반명제"라고 말한다.

　이처럼 바그너, 쇼펜하우어, 니체는 긍정적이건 부정적이건 청년 작가에게 지대한 영향을 준 정신의 모태였다. 바그너가 주도동기 Leitmotiv 등의 표현기법을 통하여 그의 서사문학의 지평을 넓혀주었다면, 쇼펜하우어는 논리정연한 사상체계를 가지고 그의 작품에 내적 깊이를 심어주었고, 니체는 세기말의 우울과 몰락감에 삶의 뜨거운 열정을 불어넣었다. 물론 이 세 사람 가운데 니체가 데카당스의 자기진단과 성찰, 염세주의의 극복에 가장 중요한 역할 했던 것은 틀림없다. 니체가 바그너 음악의 환각적 무기력을 데카당스로 규정한다거나, 쇼펜하우어의 페시미즘을 지양하여 그것을 삶의 동력학으로 돌려놓았던 것처럼, 만의 작품에서도 니체의 영향은 먼 훗날까지도 항상 강렬한 생명력의 발화점으로 작용한다.

물론 이와 같은 영향의 복합성에도 불구하고 토마스 만 초기의 문학적 특징은 '육체적·생물학적 몰락'이 영혼의 세련화와 정신의 상승을 자극하는 내적 동인 및 거짓된 삶의 환영을 몰아내는 예술의 생산적 원리로 나타난다는 사실이다. 《부덴브로크 일가》에서 《마법의 산》에 이르기까지 '몰락'의 테마는 시민적 삶의 권태와 시대적 위기에 대한 작가의 자기관찰에 기인할 뿐만 아니라 '세계고世界苦의 예술적 초극'이라는 그의 사상의 핵심을 반증하고 있다.

쇼펜하우어에 관한 한 토마스 만의 초기작품들에서부터 줄곧 나타나는 병, 죽음, 몰락이라는 주제와 어느 누구보다 긴밀하게 연관되어 있는데, 그는 실상 쇼펜하우어 염세주의의 본질을 주로 '생의지Lebenswille의 해명'과 예술적 각성이라는 생산적 측면에서 작품에 수용하고 있다. 왜 죽음이 그토록 신성할 수 있는가? 이런 본원적 물음에 대하여 그는 쇼펜하우어의 '의지론'에 내재된 삶에 대한 비판, 즉 세계에 대한 형이상학적 부정성과 속죄의 모멘트를 차용하여 '죽음의 미학'이라는 예술가로서의 자기근거를 만들어 낸다. 이로써 그는 《부덴브로크 일가》와 그것의 분지分枝와도 같은 여러 단편들에서 몰락과 죽음의 의식으로부터 정신적 구원의 가능성을 이끌어내려고 끊임없이 시도한다.

〈3〉

쇼펜하우어의 염세주의와 《부덴브로크 일가》에 투영된 몰락의 내적 관계는 '의지의 세계화Weltwerdung des Willens'라는 관점에서 논의될 수 있다. 토마스 만에 의하면 쇼펜하우어의 '의지' 개념은 플라톤의 '이데아'나 칸트의 '물자체'처럼 모든 현상의 원천이자 더 이상 환원될 수 없는 근원이지만, 그러나 이 의지는 맹목적이고 야수와 같은 무절제하고 때로는 무자비한 욕망으로 삶의 현장에 나타난다. 이때 의지의 세계화란 욕망의 그림자를 끊임없이 좇아가며 분규를 일으키고 서로 치열하게 싸우는 우리들 세속적 인간들의 탐욕스런 모습 그 자체인 바, 그것은 청년 토마스 만에게 무질서와 도덕적으로 타락해가는 근대 시민사회의 한 단면도로 비쳐진다.

《부덴브로크 일가》의 세계상은 다음과 같은 삶의 원초적 문제성에 입각해 있다. "의지의 세계화는 개별화 원리에 따라 다수로 분산되면서 자기실현을 이행하는 과정에서 자신의 근원적 통일성을 망각하게 된다. 마디마디 잘려나가는 중에도 의지는 자기 자신과 불화를 일으키고, 자기 자신과 천만 번을 싸우면서도 의지일 따름이다. […] 아니, 의지는 다른 모든 현상들을 희생시키면서도 자신만의 햇볕 드는 자리를 찾아서 자기 육신을 탐욕스럽게 먹어치우는 저 타르타로스 동굴인처럼 끝없이 자신의 살점 속으로 이빨을 쑤셔박고 있는 것이다." (토마스 만의 쇼펜하우어 에세이 인용)

오로지 자기실현을 위하여 자본주의적 경쟁원칙만을 뒤쫓는 하겐스트룀 일가와 전통적 상인가문 부덴브로크 일가는 이와 같은 세계상의 근대적 패러독스를 반영한다. 전자가 시민사회의 변동기에 아무런 도덕적 거부감 없이 탐욕스런 욕망만을 추구하여 물질적 상승을 보여주는 반면에, 후자는 자본주의의 치열한 각축장에서 이탈하면서 점점 더 병적이고 회의적이며 탐미적인 성향(데카당스)에 빠져든다. 이 소설에 전제되어 있는 가족공간의 특수한 구조와 혈통관계, 그로부터 자라나는 병의 씨앗과 유전의 문제는 독일 시민사회에 깊숙이 스며 있는 몰락의 내재적 증상을 반영하는 것이다. 과도기를 살아가는 주인공 토마스 부덴브로크에게서 보이듯이 그가 의지의 속박을 느끼면 느낄수록 가문의 계승은 의심스럽고 그 최종단계에 적자생존의 사회에서 살아가기 어려운 예술가적 기질의 주인공이 탄생한다.

단적인 예증으로서 〈증조부 요한－영사 요한－토마스 부덴브로크－한노 부덴브로크〉로 이어지는 4세대의 계보는 육체적 몰락과 탈시민화脫市民化의 과정을 어김없이 보여준다. 작품의 첫머리에서 증조부 요한은 동요 없는 안정성 속에서 자신의 "생활의지"를 굳건히 밀고 나간다. 제2세대에 속하는 영사 요한 부덴브로크도 비록 철저한 생활의지가 아니라 상인가문에는 다소 어울리지 않는 종교적 엄격성과 "실천이상"을 신조로 내세우지만, 그때까지도 몰락의 징후는 그리 뚜렷하게 부각되지 않는다. 반면에 그의 자손들에게서는 서서히 여러 가지 병적 징후가 나타난다. 장남 토마스의 남동생 크리스티안은 노이로제 증상을 보이다가 사회의 부랑아로 떠돌고, 순진한 여동생 토니는 두 번이나 파혼을 당하며, 막내 클라라도 결혼 직후 뇌결핵으로 죽는다. 오직 토마스 부덴브로크만이 삶에 회의를 느끼면서도 가문의 계승이라는 막중한 책임을 안고 시의원이라는 명예로운 직책에까지 도달하지만, 자신과 무섭게 싸우지 않으면 안 되는 자신의 모습을 자각하면서 번뇌한다. 반쯤은 회의주의자이고 반쯤은 강요된 시민계급의 상인으로서 경쟁의 소용돌이 속에 서 있는 그의 고독한 존재는 쓰러져가는 가문의 앞날을 예고하고 있으며, 이런 일련의 암시들이 제4대 주인공 하노의 음악적 도취와 병, 죽음으로 실제화된다. 가문의 마지막 혈통 하노는 '종말의 음악'이 울려 퍼지자 가문의 계보에서 삭제되고 그 끝에는 어두운 적막만이 음울하게 드리워진다.

그럼에도 이러한 생물학적 또는 사회적 몰락의 지속적 과장에는 정신적 상승 및 '유기체의 재생가능성'이 감추어져 있다는 데 이 소설의 특수한 의미가 드러난다. 예컨대 토마스 부덴브로크의 독백은 초기 토마스 만 소설의 결정結晶이라 할 만큼 심오한 의미를 내포하고 있으며, 그의 죽음의 한계체험은 욕망과 체념, 육체와 영혼의 대립을 초월할 수 있는 형이상학적 지평의 비전을 제시한다. 그는 고뇌의 끝에서 "죽음이 내가 그도 나도 아니라는 저 가련한 망상으로부터 불현듯 나를 해방시키는 어느 한 순간, 나는 참으로 존재한다"고 말한다. 참된 존재에 대한 인식은 '의지의 부정'이라는 윤리적 모멘트, 다시 말해 욕망의 온갖 그림자를 떨쳐버리는 바로 죽음의 의식으로부터 생겨난 것이다. 이것이야말로 토마스 만이 그의 소설들에서 지속적으로 추구하고 완성해 나가는 '죽음의 미학'의 초기적 본보기라고 할 수 있다.

<4>

　서두에서 시사한 바와 같이《마법의 산》을 쓰기 전까지 토마스 만은 니체처럼 반문명주의 및 반혁명주의, 반민주주의를 고수하고 있었다. 그의 이런 태도에는 독일인 특유의 세계에 대한 낯섦과 보수적 성향, 파우스트적 향기에 대한 동경, 낭만적 생철학의 영향과 문화숭배주의가 뒤섞여 있었고, 현실적으로는 프랑스의 정치적 움직임과 이를 신봉하는 (형 하인리히 만을 포함한) 독일의 진보세력이 독일에 악영향을 미친다는 심각한 염려와 위기의식이 깔려 있었다.

　그의 이런 사고를 총괄하여 보여주는 저작물이 방대한 에세이《비정치인의 고찰Betrachtungen eines Unpolitischen》(1918)이다. 이 책에서 저자는 문화의 담지자 예술은 정치적 영역보다 더 진실하고 우월하며, 모든 것에서 자유롭기까지 하다고 주장한다. 왜냐하면 정치가 '힘'의 영역에 속하면서 맹목적으로 '세계개혁'을 기도하는 데 반해, 예술은 삶의 자유로운 영역에 속하면서 오로지 자기목적으로서의 '향유'만을 지향하기 때문이라는 것이다. 이는 예술과 삶, 문화를 동일시하는 독일정신사의 한 흐름을 반영하는 것으로, "순수 직관화되고 또는 예술을 통해 반복된 표상으로서의 삶만이 의미심장한 연극"이라는 니체의 심미주의와 상당히 일치한다. 아직까지 예술이나 문화숭배주의, 보수주의의 환상 속에서 아무런 위험이나 폭력의 전조를 예상하지 못하던 이른바 '비정치적 작가'는 자유라는 이름으로 독일의 지배적 정신현상에 찬사를 보낸다.

《비정치인의 고찰》에 이어서 꼭 4년 만에 발표된 〈독일공화국론 Von der deutschen Republik〉은 시대적 상황으로 미루어 문화와 정치의 분리가 더 이상 불가능하며, 따라서 새로운 독일에서는 민주주의와 공화국의 정치형식이 필수불가결하다는 것을 강조하는 연설문이다. 《고찰》을 쓰게 된 동기가 저속한 현대적 대중집단과 문명, 소란한 정치투쟁에서 문화의 경계를 확고히 하고 그로부터 독일인의 정신적 자율성을 보호하려는 의도가 있었다면, 여기서는 비슷한 어조에도 불구하고 제1차 세계대전의 참담한 결과에 대한 자기각성과 현실인식이 두드러진다.

토마스 만 자신에 의하면 〈독일공화국론〉은 《고찰》에서의 기본적 관점을 바꾸려는 것이 아니라 그것에 현실감각을 가미하여 예술과 정치 사이에서 새로운 균형을 찾으려는 데 역점을 두고 있다. 이 글의 서문에서 토마스 만이 《고찰》을 쓴 저자의 '사고Gedanke'는 바뀌었어도 본질적인 '의도Gesinnung'는 바뀌지 않았노라고 적고 있듯이, 〈공화국론〉은 시대의 필연성에 따라 수줍고 보수적인 민족성향이 세계사의 보편적 조류, 민주주의적 국가체계에 적응하지 않으면 안 된다는 새로운 자각의 음성을 담고 있는 한편, 그가 생각하는 독일공화국의 형태는 가능한 한 프랑스와 러시아의 정치이데올로기(동서 이데올로기)에서 거리를 취할 수 있는 중도적 정치형태이다. ─《마법의 산》에서도 중도 Mitte의 이념이 강조된다. 여기서 '세계주의'의 신봉자 괴테가 토마스 만의 대변자로 부각되는 것도 이 때문인데, '행위자가 아니라 관찰자가 양심적'이라는 괴테의 표명은 현시점에서 독일공화국과 민주적 공동체의 이상을 위하여 가장 적절한 금언으로 여겨진다. 그는 여전히 행동보다는 '미적 성찰'과 '이론적 태도'를 중시하는 예술가였기에, 그의 괴테 수용은 다분히 보수와 진보 사이의 균형점을 찾기 위한 노력의 일환으로 보인다.

이와 같은 사상적 전환점에서 토마스 만은 정치, 사회, 문화에 대한 자신의 전반적인 관점을 소설로 형상화하게 되는데, 그것이 바로 아주 복잡하고 난해해 보이는 다층적 구조물《마법의 산》이다. 따라서 이 소설의 기층을 관류하는 일관된 맥락을 제대로 파악하기 위해서는 《고찰》과 〈공화국론〉 사이의 모순된 것처럼 보이면서도 연속성 있는 그의 사상의 변화과정을 이해하는 것이 우선적으로 요구된다.《마법의 산》에서 세계대전을 앞두고 이루어지는 중심인물들 사이의 길고 긴 정치적 문답법이나 화자의 아이러니한 태도 등에 관한 의문점도 이 두 에세이에서 실제적으로 상당히 많은 실마리를 찾아낼 수 있다.

〈5〉

이미 1912년부터 구상되어 1924년에 완결된《마법의 산》은 낭만적 시의 원칙에 현실성이 결합된 새로운 세계이념을 겨냥한다. 쇼펜하우어와 니체의 정신적 입김이 면면이 스며 있던《부덴브로크 일가》에서의 영적 구성은 모험의 세련성과 공동체적 이념을 한데 짜넣은 교양소설의 형식으로 변모한다. 괴테의 교양소설《빌헬름 마이스터》가 체험된 이상을 길잡이로 하여 구체적 사회현실과 화해하는 것을 주제로 삼고 있다면, 세계대전의 비참한 결말을 겪고 난 토마스 만은 그에 대한 자성自省으로서 이미 진행되었던 풍자소설을 교양소설의 구도로 바꾸어 거기에 정치사회적 의미와 역사적 관점을 부각시킨다. 그는 한 서한에서 다음과 같이 말하고 있다. "정신과 자연의 이원성, 인간에 내재한 평범하고도 마성적인 경향의 모순, 이런 문제가 전쟁에서 실제화되고, 1914년의 전쟁이 나의 《마법의 산》의 부패함 속에서 일어나게 되는 것은 당연합니다."

《마법의 산》의 전체적 구성은 이렇게 전쟁을 허구의 중심에 놓고 외부세계에서 내면세계로, 내면세계에서 다시 외부세계로 나아가는 체험적 자아의 의식화 과정(교양화 과정)과 행위를 반추한다. '시간의 지양Aufhebung der Zeit'을 통한 주인공의 연금술적 상승이라는 주제는 초기소설에서처럼 근본적으로 '삶의 예술적 심미화' 원리에 입각해 있으나, 서술의 과정은 전적으로 교양소설의 기본구도로 형상화되어 있다. 따라서 자아의 본질을 인식하려는 주인공의 내적 체험은 궁극적으로는 외부세계에서의 실제행위를 통하여 현실에 깊이 관여하려는 영혼의 확장 및 인류공동체의 이념을 지향한다. '눈의 장章'은 이 방대한 소설이 형식의 통일성으로 귀결되는 핵심부일 뿐만 아니라 모든 내용의 정점을 이룬다.

환자로서 주인공 카스토르프가 보낸 7년간의 마법의 산 편력은 평지(시민사회)와는 달리, 주로 오류와 혼란을 일으키는 시간의 '마법적 작용' 속에서 고찰될 수 있다. ―시간이 소설의 결정적 구성요소인 바, 역사적 현실과 상상의 시간이 변증법적 관계로 서로 맺어져 있다. '체험된 시간'은 시계바늘처럼 이루어지는 '인습적 시간'이나 '사회적 시간', '메커니즘적 시간'의 개념을 지양하는 영혼의 범주로 변화하며, 병든 유럽의 피난처 다보스 요양소는 주인공의 감성적 모험(병, 죽음, 에로스의 모험)을 무르익게 하는 특수한 소세계로 설정되어 있다. 여기서도 자아의 무한성에로의 침잠과 몰락에 대한 체험이 정신의 상승을 가능하게 하는 동기가 된다는 점에서는 물론 전작들과 유사한 구성적 전제를 발견할 수 있다.

쇼펜하우어와 니체의 영향은 이 작품에서 시간이라는 '신비로운 현상'을 빌려 다루어진다. 카스토르프가 점차 시간의 지양을 인지하다가 요양소 식당에서 '매일같이 반복되는 수프'를 통해 돌연 시간의 정지를 느끼며 "그것은 동일성이라든가 정지된 현재, 또는 영원성이라고 해야 한다"고 말할 때, 이는 쇼펜하우어의 '불멸의 시간'이나 니체의 '영원한 회귀'의 사상과 가까워진다. 이로부터 일종의 디오니소스적 망아상태(심미적 상태)가 찾아오고, 그는 예술적 범주에서만 가능한 '연금술적 마법'의 활동성 속으로 들어간다.

〈눈의 장〉에서 주인공이 침묵을 지키는 원초의 정적으로 뛰어들어 "그 마지막 의미가 철저히 규명되지 못한 채 남아 있는 세계의 영원한 순환"에 빠지는 것도 이런 시간체험의 결과이다. 카스토르프는 그동안 자신의 지식을 넓혀준 여러 교육자들, 특히 계몽적 이성을 중시하는 문명주의자(프랑스적 이념의 대변자) 세템브리니, 중세신앙의 반동적 신봉자 나프타를 통하여 세계지배의 두 이데올로기를 습득해왔다. 전자에게서는 서구의 이성논리와 민주주의를, 후자에게서는 철저한 일원론적 사상과 공산주의적 종교관을 배워온 것이다. 그럼에도 불구하고 그들은 세계공리와 정치적 당파성에 치우친 나머지 인간 자체의 물음이나 문화적 가치를 자신들의 이데올로기에 예속시킨다는 것이 그의 비판적 시각이었다.—독일공화국은 좌우 또는 동서 이데올로기의 경직성에 휩쓸려서는 안 된다는 작가의 사고가 이 작품에서도 충분히 엿보인다.

흔히 '보편성'이라고 못 박는 이면에는 "스테레오판처럼" 분류되기를 "거부하는 유혹의 힘"이 개별적 권리를 주장하는 법이며, 이것이 주인공이 눈의 세계로 스키 모험을 감행하게 된 근본적 이유였다. 주인공은 눈 속에서 길을 잃고 헤매다가 "그의 추구의 희망 없는 원점으로 되돌아 와 있음을 발견한다." 그는 공포를 느끼며 죽음의 꿈에 빠진다. 이 꿈속에서 태고의 종족들은 '피의 연회'를 벌이기도 하지만, 바로 이 때문에 인류는 서로 사랑하며 인류공동체를 이루어 왔던 것으로, 그는 인간 또는 인류애가 어떤 미적 향유나 강건한 이념보다 앞서야 한다는 것을 철저히 인식한다.

《마법의 산》에서 시간의 변증법, 주관적 체험의 객관화는 외부세계에서 밀려오는 세계대전의 천둥소리와 함께 이루어진다. 벌레처럼 장미꽃 속에 들어가 마법의 수액을 먹고 나온 이 천식환자의 꿈은 인류애에 대한 인식을 배태하고는 있지만, 그것이 공동체적 실천의지나 사회적 유용성을 띤 것은 아니었다. 토마스 만은 여기서 이 작품을 쓰게 된 본래의 의도를 명백히 한다. 카스토르프의 모험은 《부덴브로크 일가》의 마지막 후손 하노나 〈베니스에서의 죽음〉(1912)의 주인공 아센바흐처럼 미적 열광으로서의 죽음이 아니라 저 "아래 세계"에서의 실천적 행위, 죽음을 뜻하는 참전의 형태로 나타난다.

토마스 만이《마법의 산》에서 구체화하려는 이념은 결국 미적 체험과 자의식의 성숙, 영혼의 교화를 통한 '개체의 세계화'이고, 그 이념의 국가적 실천방안은 예술 및 문화의 토양 위에 세워진 독일공화국의 새로운 건립이다.《부덴브로크 일가》이래로 그의 작품들에 각인된 독일적 심미주의의 색채는《마법의 산》에서 그 향토성과 보수성을 지양하여 보편적 세계형식에 도달한다. 토마스 만은 이와 같은 이상형적 체계를 〈독일공화국론〉에서 "신비주의와 민주주의의 결합", "미적 공동체"라는 말로 특징짓는다.

〈6〉

바이마르 공화국은 독일 역사상 최초의 민주국가로서 토마스 만의 희망처럼 표면적으로는 상당히 이상적인 면모를 갖추고 있었다. 그러나 이 공화국은 여러 가지 국내외 정세와 경제적 파탄으로 결국은 파시즘이라는 재앙을 낳고 말았고, 이미 노령에 접어든 토마스 만에게는 기나긴 망명의 세월이 기다리게 된다. 그러나 스위스, 체코를 거쳐 미국으로 건너간 그에게는 조국의 비극적 운명과 예술가로서의 힘든 처지가 오히려 새로운 문학적 방향을 개척하고 정립하는 계기로 작용한다. 괴테의 〈젊은 베르테르의 슬픔〉을 패러디하여 현대적 시각에서 해석한《바이마르의 로테》(1938), 4부작 연작소설《요셉과 그의 형제들》(1933-1943),《파우스트 박사》(1947), 그 밖에 자신의 정치적이고 예술적인 소견을 담은 수많은 에세이와 연설문 등이 이 시기를 전후하여 발표되었다.

한편 망명 초기에는 그의 형 하인리히나 아들 클라우스를 비롯한 많은 작가들이 세계적 명성을 지닌 노벨상 수상자에게 반파시즘 투쟁의 선봉에 서기를 기대하고 요구하기도 했으나, 토마스 만은 한동안 정치적 행동을 자제하여 망명문학가들에게 갖가지 오해와 비난을 사기도 했었다. 그의 침묵은 《마법의 산》에서도 보이듯이 이데올로기에 대한 거리와 정치적 직접성에 대한 아이러니적 유보 및 우회를 의미했고, 이 침묵의 결과는 마침내 미국에서 민주주의에 대한 강한 신념을 드러내는 그의 연설문들과 히틀러에 대한 대독 경고방송으로 표출된다. 여기에는 그의 삶과 문학적 방향의 새로운 면모에도 불구하고 예술가로서의 확고하고 일관된 자세가 들어 있는데, 이미 망명하던 해에 발표한 〈문학과 히틀러〉에서 그는 문학을 "현실의 변용"이나 "현실의 정신적 고양"으로 파악하면서 자신은 "괴테와 독일낭만주의의 후예"로서 예술과 세계시민성 사이에서 어떤 식으로든 균형을 찾으려고 노력한다는 점을 강조하였다.

독일의 비극적 역사와 예술가의 운명을 동시에 조명하는 《파우스트 박사》(1947)의 이중적 퍼스펙티브도 그의 이런 태도, 즉 예술을 역사적 사실과의 긴밀한 관계에서 언어화하면서도 최대한 예술의 자율성을 견지하려는 고통스런 노력에서 출발한다. 이에 따라 괴테의 파우스트 자리에 들어선 천재 작곡가 아드리안 레버퀸의 일생은 비극적 종말을 향해 서서히 흘러가는 역사적 시간의 수레바퀴와 동시적으로 맞

물려 서술된다.

니체-소설이라고도 명명되는 이 소설에서 비극은 주인공과 악마의 계약에서 절정을 이룬다. 에스메랄다라는 창녀와의 성적 체험은 니체가 쾰른 여행에서 가졌던 유곽의 일화에서 따온 것이지만, 토마스 만은 강력한 힘과 초인적 삶을 위해서는 어떤 행위도 용납될 수 있다는 니체의 위험한 천재주의를 파시즘적 세계관과의 평행선상에서 받아들여 암묵적으로 재판하고 있다. 예컨대 현대음악의 한계에 부딪혀 고뇌하는 레버퀸은 이런 독일적 마성魔性의 희생양으로 등장한다. 그에게는 베토벤과 같은 강렬한 개성과 "주관적 돌파", 니체적인 초월적 행위가 불가능하며, 따라서 악마와의 계약만이 가능성으로 제시되지만, 그의 악마와의 계약 행위는 결국 자신의 심장을 찌르는 양심의 가책으로 남아 있을 뿐만 아니라 무서운 절망적 상황을 예고한다. 그가 최후로 〈파우스트의 비탄〉을 완성한 뒤 이 곡을 듣고자 찾아온 손님들 앞에서 자신의 죄악에 대해 솔직하게 고백하면서 최후의 죽음을 맞이하는 것도 이와 같은 맥락에서 이해할 수 있다. 이는 예술가의 무모한 자기욕망에 대한 속죄를 넘어서서 역사 앞에 죄를 지은 독일 전체에 대한 속죄로까지 해석이 가능한데, 왜냐하면 예술가 개인의 비극과 독일의 비극이 처음부터 끝까지 평행선을 이루면서 전멸적 상황을 연출하기 때문이다.

토마스 만이 독일로 가지 않고 스위스로 돌아와 발표한 《선택받은 자》(1951)나 미완성 작품 《고등사기꾼 펠릭스 크룰의 고백》(1954)은 노년기의 작가가 자신을 포함하여 전 인류의 '생의지生意志'에 대한

"죄 없는 죄"를 반성하고 속죄하는 그의 마지막 유산이라고 할 수 있다. 끝까지 인간의 삶과 역사의 과정에서 모순을 꿰뚫어보고, 그 모순을 인간에 대한 공감과 휴머니즘이라는 이념으로 통합하려던 아이러니스트의 생애는 이로 인해 종종 많은 사람들의 오해를 불러일으키기도 했었다. 그러나 아마도 인류가 존재하는 한, 토마스 만의 이런 성찰적 사고와 문학은 지성과 사랑의 등불처럼 우리를 지혜의 세계로 인도할 것이다.